大众媒介与审美嬗变
——传媒语境中新世纪文学的转型研究

张邦卫 著

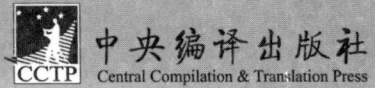

图书在版编目（CIP）数据

大众媒介与审美嬗变：传媒语境中新世纪文学的转型研究 / 张邦卫著. —北京：中央编译出版社，2016.4
ISBN 978-7-5117-2954-5

Ⅰ.①大… Ⅱ.①张… Ⅲ.①中国文学－当代文学－文学研究 Ⅳ.①I206.7

中国版本图书馆 CIP 数据核字（2016）第 027290 号

大众媒介与审美嬗变——传媒语境中新世纪文学的转型研究

出 版 人：	刘明清
出版统筹：	董 巍
责任编辑：	曲建文
责任印制：	尹 珺
出版发行：	中央编译出版社
地　　址：	北京西城区车公庄大街乙 5 号鸿儒大厦 B 座（100044）
电　　话：	（010）52612345（总编室）　（010）52612341（编辑室）
	（010）52612316（发行部）　（010）52612317（网络销售）
	（010）52612346（馆配部）　（010）55626985（读者服务部）
传　　真：	（010）66515838
经　　销：	全国新华书店
印　　刷：	北京天正元印务有限公司
开　　本：	710 毫米×1000 毫米　1/16
字　　数：	296 千字
印　　张：	17.5
版　　次：	2016 年 4 月第 1 版第 1 次印刷
定　　价：	52.00 元
网　　址：	www.cctphome.com　　邮　箱：cctp@cctphome.com
新浪微博：	@中央编译出版社　　微　信：中央编译出版社（ID：cctphome）
淘宝店铺：	中央编译出版社直销店（http://shop108367160.taobao.com）　（010）52612349

本社常年法律顾问：北京嘉润律师事务所律师　李敬伟　问小牛
凡有印装质量问题，本社负责调换，电话：（010）66509618

声 明

本书是教育部人文社会科学研究一般项目《现代传媒与新世纪文学的转型研究》（编号：07JC751019）、浙江省社科联研究课题年度课题《媒体化语境下新世纪文学的转型研究》（编号：2009N30）、湖南省高等学校科学研究青年项目《传媒视野下新世纪文学的价值体系研究》（编号：08B002）的最终成果，也是国家社会科学基金项目一般项目《媒体化语境下新世纪文学的转型研究》（批准号：10BZW103）的阶段性成果。

鸣 谢

本书承蒙浙江省传播与文化产业研究中心、浙江省"十一五"省级重点学科 A 类"戏剧戏曲学"、浙江传媒学院校级重点学科"中国语言文学(文化与传播)"、浙江传媒学院人才引进专项资金(2009)与第五批中青年学科带头人专项资金(2010)的大力资助出版,特此鸣谢。

目 录

第一章　生态与生机：新世纪文学的整体观 …………………… 1
　第一节　此在与彼在：新世纪文学的合理性 ………………… 1
　第二节　困局与活局：新世纪文学的文化语境 ……………… 8
　第三节　骚动与异动：新世纪文学的多态景观 ……………… 30
　第四节　面相与本相：新世纪文学的时代特征 ……………… 57

第二章　施控与施救：新世纪文学的媒介问题 ………………… 71
　第一节　文学期刊与新世纪文学的变奏 ……………………… 71
　第二节　商业出版与新世纪文学的变迁 ……………………… 77
　第三节　影视传媒与新世纪文学的变换 ……………………… 84
　第四节　网络媒介与新世纪文学的变革 ……………………… 89
　第五节　手机媒介与新世纪文学的变更 ……………………… 96

第三章　突变与突围：新世纪文学的机制问题 ………………… 101
　第一节　媒介化与新世纪文学生产方式的转制 ……………… 102
　第二节　媒介化与新世纪文学消费方式的转制 ……………… 112
　第三节　媒介化与新世纪文学传播方式的转制 ……………… 124

第四章　相克与相生：新世纪文学的图像问题 ………………… 139
　第一节　新世纪文学的图像问题 ……………………………… 140
　第二节　新世纪文学的图像化写作 …………………………… 152
　第三节　新世纪文学的影视改编 ……………………………… 167

第五章 病变与嬗变：新世纪文学的美学问题 …………… 190
  第一节 从"日常生活审美化"到"审美日常生活化" …… 191
  第二节 从"膜拜价值"到"展示价值" ………………… 202
  第三节 从"影像"到"拟像" …………………………… 211
  第四节 从"审美"到"审丑" …………………………… 219

第六章 无教与有教：新世纪文学的教育问题 …………… 231
  第一节 传媒语境中高校文学教育的现状与对策 ………… 232
  第二节 作家教育背景与新世纪文学的调查报告 ………… 242
  第三节 "网络文学引导工程"的实践性建构 …………… 255

参考文献 ……………………………………………………… 265

后　记 ………………………………………………………… 272

第一章 生态与生机：新世纪文学的整体观

文学是人类的一种精神活动，它既来源于社会生活，是社会生活的反映，又具有相对独立的发展规律，有其自身的历史继承性与发展逻辑。马克思认为："关于艺术，大家知道，它的一定繁盛时期绝不是同社会的一般发展成比例的，因而也就绝不是同仿佛是社会组织的骨骼的物质基础的一般发展成比例的。"① 马克思的"物质生产与艺术生产的不平衡关系"论断，事实上包含了"艺术生产的相对独立性"的言说，而这种相对独立性又主要来源于文学本身的继承性。文学有自己的道路，它既有前世今生，也有前赴后继。因此，从2000年至2015年十五年的新世纪文学绝不是一个孤立、封闭的文学时期，它必然与20世纪中国文学有着千丝万缕的关系，也与形态各异、类型不同的文化语境有着剪不断、理还乱的关联。考察新世纪文学，既要考察作家、作品、读者、社会、媒介等要素，也要考察这些要素的自在变迁与各要素间的互动关系以及影响和修正新世纪文学的文化语境。所以，新世纪文学既是一个相对独立的整体，也是一个开放的共同体，毕竟新世纪文学兴起，绝不是20世纪中国文学的简单否定者，而是20世纪中国文学的合法继承者。

第一节 此在与彼在：新世纪文学的合理性

当岁月的年轮转过1999年这个所谓"千禧之年"的最后那抹夜色之后，我们告别了不能忘却也无法忘怀的20世纪，又满怀憧憬地走进了一个新的世纪——21世纪。就中国文学而言，20世纪中国文学已成为一种名副其实的过去式，而21世纪中国文学也就是我们所谓的"新世纪文学"，不管它是一个

---

① ［德］马克思：《〈政治经济学批判〉导言》，《马克思恩格斯全集》第46卷（上），人民出版社1979年版，第47页。

真命题还是假命题，也不管它是一种学术考量还是现实考量，还不管它是一种暂时性命名还是权宜性策略，无论如何，"新世纪文学"都已成为我们指称当下文学的一种没有多少选择余地的命名。从 2000 年到 2015 年，经过十五年的孕育、积淀、淘洗、推进与演变，"新世纪文学"早已成为一种货真价实的现在式，或者说是一种当下状态，一种实在与实存。所谓"存在就是合理的"（海德格尔语），不管承认与否，也不管赞同与否，在新世纪，文学还在，文学的繁荣景象还在，文学的进化景观还在，文学边缘化与泛化景致也在，只不过我们所谓的"新世纪文学"与 20 世纪中国文学相比似乎有着更多的异质性存在，它虽在承前，却也在启后。

一、新世纪文学的合理存在

所谓"新世纪文学"，是指新世纪以来的中国文学，也就是指起于 2000 年以来中国文学。雷达认为："如果说，几年前文学理论界还在为'新世纪文学'的概念正名的话，那么，在新世纪走过十年的今天，人们似乎打算放弃对这一概念的费力争辩了，因为它已经成为一个没有多少选择余地却又不得不交付使用的概念。"① 在雷达看来，"新世纪文学"是对 2000 年以来中国文学的一个"没有多少选择余地的'命名'"。命名的学理性已不重要，重要的是存在的合理性与使用的合理性。毕竟进入新世纪以来的中国文学，不断呈现出大量新的质素，发生了巨大的变化，尽管它与传统文学血肉相连，尽管它与新时期各阶段文学有扯不断的关联，尽管它仍处在打开自己的过程中，但是，谁也无法否认，它已经嬗变为一种具有新质的文学阶段了。邵燕君认为："在现当代文学的梳理研究中，十年一小结是一个惯用的方法。除了整理和归纳的方便之外，我们看到年代更替和文学变迁之间似乎总有某种暗示性的偶合，特别是在当代文学进入'无主潮'阶段后，年代特征成为文学发展最显著的特征，一如'70 后'、'80 后'、'90 后'的称谓虽是'自然叫法'，却成为命名一代一代新作家的最有效方式。"② 所以，"新世纪文学"准确来说是一个自成系统的独立单元，也是一个兼容并包、承前启后的开放单元。

近代著名学者王国维在 1922 年所写的《宋元戏曲考·序》中曾经说过："凡一代有一代之文学：楚之骚，汉之赋，六代之骈语，唐之诗，宋之词，元

---

① 雷达：《新世纪十年中国文学的走势》，《文艺争鸣》2010 年第 2 期，第 6 页。
② 邵燕君：《新世纪文学脉象》，安徽教育出版社 2011 年版，第 3 页。

第一章 生态与生机：新世纪文学的整体观

之曲，皆所谓一代之文学，而后世莫能继焉者也。"王国维重点聚焦的是中国古代文学史在文体上的"代有所擅"现象，并意在推崇元曲，但他的"一代有一代之文学"却集中体现了他的文学观与文学发展观。事实上，王国维的"一代有一代之文学"与刘勰的"文学通变论""文学时序论"有着极深的渊源与传承。马克思关于古希腊神话与史诗的经典论述也与王国维的"一代有一代之文学"有异曲同工之妙，即认为古希腊神话与史诗只能出现在人类的童年时代，不仅是古希腊艺术的"武库"，而且是整个西方文学的"土壤"。文学因时顺变、趁势通变，换言之，文学是一种过程，是一种历史的存在，也是一种文化语境的存在。每一个时代的文学总是处于特定的历史文化语境之中，有政治的、经济的、伦理的、道德的、法律的、文化的、传播的等差异性存在，但无论身处何种语境，有一点是颠扑不破的，那就是"凡语境转变，则文学转型"。历史文化语境的代代递嬗，文学从一代走向另一代，从一种形态走向另一种形态，从一批经典走向另一批经典，从一股潮流走向另一股潮流，这本是文学的应有之义。

文学是社会生活的反映，并随着社会生活的发展而发展。刘勰在《文心雕龙·通变》中说："通变则久"，"通变无方，数必酌于新声"，"变则可久，通则不乏"。这充分说明了穷变通久的思想。在《文心雕龙·时序》中，刘勰还说："时运交移，质文代变"，"歌谣文理，与世推移"，"文变染乎世情，兴废系乎时序"。这充分说明了时代推移、世情演变和文学的内容、形式的内在关联。马克思、恩格斯说："历史的每一阶段都遇到有一定的物质结果、一定数量的生产力总和，人和自然以及人与人之间在历史上形成的关系，都遇到有前一代传给后一代的大量生产力、资金与环境，尽管一方面这些生产力、资金和环境为新的一代所改变，但另一方面，它们也预先规定新的一代的生活条件，使它得到一定的发展和具有特殊的性质。"[1] 这说明了发展的社会生活有历史继承性。恩格斯说："每一个时代的哲学作为分工的一个特定的领域，都具有由它的先驱者传给它而它便由以出发的特定的思想资料作为前提。"[2] 这说明了发展的文学艺术也有历史继承性。文学随社会生活的发展而

---

① [德] 马克思、恩格斯：《德意志意识形态》，《马克思恩格斯选集》第1卷，人民出版社1972年版，第43页。
② [德] 恩格斯：《致康·施米特》，《马克思恩格斯选集》第4卷，人民出版社1972年版，第485页。

发展，没有一成不变的社会生活，也就没有一成不变的文学；但文学的发展不是抛弃，而是扬弃。

鉴于此，我们认为，"新世纪文学"只是悠长中国文学发展中的一个历史节点，它不仅有它的"前世今生"，也有它的"来世来生"。"新世纪文学"并不是一个孤立封闭的文学阶段，它不仅有一个预备期或过渡期，即大约指从1993年算起的七八年间，而且它还有一个发展期或延宕期，即从2015年直至2099年，我们可以仿效"20世纪中国文学"称之为"21世纪中国文学"。从这个角度来说，"新世纪文学"是一个开放性的命名与命题，有着陶东风所谓的"移动的边界"和"延宕的节点"。按雷达的观点，新世纪文学有一个预备期或过渡期，可以上溯到1993年。诚如此，那么新世纪文学迄今为止已有20多年文学行动与文学空间。张末民认为，新世纪文学可以上溯到20世纪90年代甚至80年代，因而新世纪文学也并非特指固定在"新世纪"这一单纯时间维度的文学，它在20世纪最后20年间已有了相当程度的发展，标志着一种具有"文学新世纪"意义的大不同于20世纪中国文学主潮的新的文学，只不过到了新世纪这些年，面对新世纪中国社会和文化氛围以及文学面貌的巨大改观，人们才仿佛突然"发现"一种新的文学生态和形态已然成型。张末民说："言说和使用'新世纪文学'，并以此来考察新世纪10年来的中国文学进程，其意义就在于，一是力图表述新时期30年来文学演进的实质，即30年来的变迁最终历史地形成了一个什么样子的文学；二是期望深入地阐释这种当代文学的新形态，并展望这个文学的未来。"①

二、新世纪文学的本质规定

"新世纪文学"除了有着属于自己的时间界定之外，还有着属于自己的本质规定，这种本质规定可以指认其合理存在。从整体上说，"五四"时期的文学是以启蒙主义为主的文学，1930年代的文学是以民族主义为主的文学，1940年代的文学是以新民主主义为主的革命文学，1950年代至1970年代末的文学是以意识形态为主的革命文学，1970年代末至1980年代的文学是以改革主义为主的"泛政治"文学，1990年代的文学是以经济主义与市场主义为主的商业文学，2000年以来的文学是以技术主义、商业主义、消费主义、媒介主义为主的媒介文学。相比较而言，"新世纪文学"确实呈现了令人眼花缭

---

① 张末民：《新世纪以来的文学进程》，《当代文学研究资料与信息》2010年第6期。

第一章　生态与生机：新世纪文学的整体观

乱的变化与变迁。对此，有人曾描述说：小说改编影视的多了，经得起阅读的少了；作品的种类、印数、销量和网上的点击量增加了，艺术质量与思想分量却减少了；各式各样的写法多了，佳作力构却少了；大作多了，大师少了；期刊的时尚味儿浓了，文学味儿却淡了；作家的人数比过去多了，影响却比过去小了；各类奖项和获奖的作者多了，能记得住的作品却少了。同样，习近平总书记在 2014 年 10 月《北京文艺工作座谈会上的讲话》概述说：在文艺创作上，存在着有数量缺质量、有"高原"缺"高峰"的现象，存在着抄袭模仿、千篇一律的问题，存在着机械化生产、快餐式消费的问题；存在着想一夜成名、不脚踏实地搞创作的"浮躁风"；存在着文艺作品沾满铜臭气、做市场的奴隶的问题。一句话，众声喧哗，花样百出，形态各异，各领风骚。由是观之，新世纪文学是有着新质素、新内涵、新形态、新生态的复合体。

　　透过新世纪文学的层层帷幄与重重迷雾，既有山山岭岭也有沟沟壑壑的新世纪文学，我们似乎很难准确地把握它的本质规定，但它的合理存在仿佛能让我们感知到它的点点滴滴、断断续续与若有若无。新世纪文学显然不仅仅是一个时间性的描述，倒是更应该成为一种具有前瞻性、召唤性的本质界定。从理论上，本质主义与反本质主义都有其合理性，当本质主义将本质绝对化时那它也就僵化了，当反本质主义将本质虚无化时那它也就虚空了，毕竟本质是一个在者区别另一个在者的"存在"，否则"此"与"彼"、"这"与"那"就没法界别了。所以，追问新世纪文学的本质规定既势所必然也理所当然。那么，身处新世纪文学的"丛林"中，我们应该如何界定新世纪文学的本质属性呢？在此，龚善举在《"新世纪文学"八大趋向》一文的观点值得借鉴。龚善举明确指出，"新世纪文学"是对以全球化、都市化、生态化、市场化为显著标志的 21 世纪现代生活的艺术观照方式。他还进一步指出，作为一种具有前瞻性和召唤性的价值倡导，"新世纪文学"应该不仅仅是一个时间性的概念；依必然律和可然律预设，"新世纪文学"存在或隐或显的八大趋向：文学观念多元化，人文视野全球化，艺术表现自便化，题材范型都市化，生活关怀纪实化，生态主张明朗化，传播路径电子化，接受行为市场化。[①] 值得一提的是，龚善举虽然没有将媒介化与媒介主义纳入到新世纪文学赖以生存的 21 世纪现代生活的范畴之中，但在归纳新世纪文学的八大趋向中已敏

[①] 参阅龚善举：《"新世纪文学"八大趋向》，《甘肃社会科学》2007 年第 1 期。

锐地看到了"传播路径电子化",这是值得肯定的。所以,依照龚善举的思路,我们似乎可以粗放型地将新世纪文学看作是对全球化、都市化、生态化、市场化、消费化、技术化、媒介化为显著标志的21世纪现代生活的艺术观照方式。这一点,与我们前述的"2000年以来的文学是以技术主义、商业主义、消费主义、媒介主义为主的媒介文学"有异曲同工之妙。毕竟从工具理性的角度来看,媒介是"展板的展板"甚至是最后的底板,而媒介主义之上的技术主义、商业主义、消费主义其实都不过是"呈现的呈现""表征的表征"。

  关于新世纪文学的本质规定,论述较为深刻的莫过于张末民,事实上张末民也是最早倡导"新世纪文学研究"的学者。在张末民所完成的国家社科基金项目"新世纪文学研究"(项目编号08BZW067)之上编"新世纪文学论"中,张末民认为:新世纪文学表述的出现及其语义探讨与使用,不仅说明当代文学主体力量的建构努力,更重要的是当代文学在昭示自身的一种新的语境的生成,表明我们一定要立足于"新世纪新阶段"的立场。所谓"新世纪新立场",主要意味着一种立足于新世纪文学现实视野的文学立场和姿态,它强调中国社会历经新时期以来三十多年的发展,已经走出20世纪以启蒙现代性、政治现代性为主导的语境和氛围,在以经济建设为中心的社会现代转型进程中导致了一场大规模的世俗生活重建,进而也导致了以经济建设为中心的价值生活的重建,这就是"中国新现代性",亦即"生活现代性"。生活现代性是中国新世纪文学之潮兴起的根本所在,也体现出了中国社会现代化转型的独特之处,其影响所及催生了一种具有高度现实精神、直指当下具有高度生活化、世俗化、自觉性的文学景观。在这一新的文学生态和形态中,文学呈现出不同以往的新特征,即它不同于新时期由五四文学观所形成的精英式的"创作观",而是一种"写作观";它走出了20世纪以来中国文学传统的断裂性、二元对立的思维模式,体现出一种在生活中认识和理解文学、包容广大、层次多元的新思维;它不再将启蒙、革命、建设、阶级斗争、人文精神等定为文学的一尊,而是力图恢复生存、欲念、身体与精神之间的平衡。势头越来越强劲的网络写作、80后写作、底层文学、打工文学表明,文学不再是精英阶层的专利,不再蜷缩于脱离日常生活的精神象牙塔,而转化为一种关于人的生存和生活的言说及写作。这种蔚为大观的"写作"文学,体现出以下特征:从整体上说,它是一种"增量"的文学、生长的文学、总体的文学;从文学的具体层面而言,它是一种生活的文学、体物的文学、"文明"的文学。① 应该说,张末民对新世纪文学的本质规定的探究,是十分值得肯定的。

三、新世纪文学的研究概述

从理论上说,任何一种研究都是以特定的对象化存在来践行的。新世纪文学的研究关注的就是新世纪以来的文学,即具有"中国新现代性"或"生活现代性"的当下文学。在文学失去轰动效应之后,新世纪以来的文学依然以精神文明、文化产业与软实力的形式潜滋暗长,虽无繁华却也是喧哗不断,这些事实性存在宣示了"文学已死"的荒谬与虚妄。以新世纪的长篇小说为例,新世纪的长篇小说处在空前的繁荣期,这不仅指它的数量,而且也指它的质量。长篇小说的质量是建立在中国现代汉语文学百年发展的基础之上的,新世纪的长篇小说在文体和叙述上要比过去更加成熟,小说内涵也要更加深邃和博大,兼容并蓄是新世纪长篇小说最突出的特征。新世纪以来,长篇小说在对时代的新的认知的基础之上开始了对现实主义精神的意义重建,大大开阔了现实主义的叙述空间和叙述能力,也大大丰富了现实主义的表现方式;在重建现实主义宏大叙事的过程中,宏大叙事与日常生活叙事这两种叙事方式逐渐走向了融合;作家试图在中国经验的基础上展开想象,本土性与现代性得到了相互的印证;文学创作中的二元对立的战争思维逐渐向和平包容的思维过渡。② 可见,新世纪以来的文学活动、文学空间与文学成就,让我们搭建新世纪文学的研究平台变得不仅有必要而且是有价值。如果我们套用克罗齐的名言"一切历史都是当代史"的话,那么,我们可以这样声明"一切文学史都是当代文学史"。

由于新世纪文学的当下性,对新世纪文学的关注与研究早已成为学界热点。2005年《文艺争鸣》第2期《新世纪新表现》首开新世纪文学研究的先河。2005年6月,"文学新世纪与新世纪文学五年"研讨会召开,扩大了新世纪文学的话语影响。2006年,张末民倡议"开展新世纪文学研究"。2006年

---

① 参阅张末民:《中国新世纪文学的全景观察与阐释——"新世纪文学研究"成果简介》,见全国哲学社会科学规划办公室网 http://www.npopss-cn.gov.cn/,2012年6月12日。
② 参阅张末民:《中国新世纪文学的全景观察与阐释——"新世纪文学研究"成果简介》,见全国哲学社会科学规划办公室网 http://www.npopss-cn.gov.cn/,2012年6月12日。

《文艺争鸣》第 4 期刊发了雷达等人的一组"新世纪文学研究"的文章，2007年第 2 期又刊发了於可训、程光炜、孟繁华、吴思敬、白烨等人的集中论述。2006 年《文学评论》第 5 期所刊惠雁冰的文章是一种理性的反应。张末民、张颐武、欧阳友权、高楠与王纯菲、孟繁华的专著《新世纪文学研究》《对新世纪中国文学的思考》《数字化语境中的文艺学》《中国文学跨世纪发展研究》《文学革命终结之后——新世纪文学论稿》是颇具分量的阶段性成果，其中特别值得一提的是欧阳友权的《数字化语境中的文艺学》（中国社会科学出版社 2005 年版）于 2007 年 10 月获"第四届鲁迅文学奖"之"文学理论批评奖"、高楠与王纯菲的《中国文学跨世纪发展研究》（人民文学出版社 2008 年版）于 2010 年 10 月获"第五届鲁迅文学奖"之"文学理论批评奖"、孟繁华的《文学革命终结之后——新世纪文学论稿》（现代出版社 2012 年版）于 2014 年 8 月获"第六届鲁迅文学奖"之"文学理论批评奖"。还有，由中国社会科学院白烨研究员从 2000 年至今主编的"年度文情报告"与"年度作品选"是颇具慧眼的选家备料。另外，钱中文、张炯、贺绍俊、陈思和、王一川、白烨、南帆、张末民、刘跃进、张冬梅、李思屈、龚善举、周海波、邵燕君、欧阳文风、胡友锋、张邦卫、单小曦、黎扬全、苏晓芳、何坦野、葛娟等的相关论述已触及到了媒体化语境下新世纪文学转型的问题。尽管如此，对新世纪文学的关注尚缺乏对"媒体化语境下新世纪文学的转型"的系统研究、"新世纪文学十五年"的整体概观和新世纪文学的未来走向及核心价值体系的建构的研究。

第二节　困局与活局：新世纪文学的文化语境

　　文学绝不仅仅是纯粹的文字游戏，它总是植根于特定的文化语境之中，并与特定的文化语境息息相关，超脱于特定的文化语境之外的文学是不可想象的。所以，我们想要考察新世纪文学的变化与变迁、生态与形态、转型与转机、走向与走势，离不开对 2000 年以来近十五年之中国社会及其经济政治思想文化语境的认知与把握。事实上，从 20 世纪 90 年代中后期以来，我国市场化进程大提速，特别是入世以来，全球经济一体化、政治多极化、文化多元化，已是大势所趋。当然这中间还杂有全球化与本土化的抗争、文化帝国主义与文化民族主义的较量以及"地球村"与"中国部落"的角力。这些自然不会直接作用于文学，但作为文学生态的大气候又无不影响着文学，间接地推动着文学的发展与审美的嬗变。知识经济的迫近,"可持续发展"的提出,冷战思维的淡出,技术主义的张扬,消费意识的深入,消费社会的形成,娱乐主义的泛滥,图像时代的到来,景观社会的繁荣,网络社会的建构,虚拟社区的成熟,自媒体的无限扩张,微时代的迅速潮涌,所有这些都在推进新世纪文学的生成、变迁与转型。如果要用几个关键词来表述新世纪文学的文化语境的话,我们不妨提出以下七个关键词:市场化、消费化、技术化、网络化、图像化、自媒体。这七个要素是新世纪文学的"核动力",它们虽然也单个地影响新世纪文学,但最主要是以"文化共同体"与"文化场域"的形式制导新世纪文学。它们作用于人,又通过人作用于新世纪文学,并最终成为新世纪文学转型的"动力因"。

一、市场化与新世纪文学的市场语境

所谓市场化,是指在开放的市场中,以市场需求为导向,以竞争的优胜劣汰为手段,实现资源充分合理配置、效率最大化目标的机制。换言之,市场化是指用市场作为解决社会、政治、经济与文化问题等基础手段的一种状态,意味着政府对经济的放松管制和对工业产权私有化的影响。市场化的工具有好多种,低程度的市场化是外包,高程度的市场化是出售。简言之,利用价格机制达到供需平衡的一种市场状态叫市场化。

20世纪90年代,中国的经济体制已从计划经济走向市场经济为主、计划经济为辅的时代;而在新世纪十多年里,中国的经济体制却是全面市场经济的时代,市场成为调节、运行、控制的最权威杠杆,国家强权、国家意志只是一个宏观的调控者,"让市场说话"似乎成了新世纪最普适的经济法则,"竞争"似乎也成了新世纪最铁律的商业活动。在成功与失败的选择面前,"利益"成为首当其冲的问题。在竞争中全方位与高标格胜出,梦想成为利益最大化的成功者与掌控者,已成为市场经济语境下人们心照不宣的目标与愿景。在市场经济的初始阶段,人们对金钱的攫取欲望和对世俗生活享乐的期待,几乎成为不可逆转的潮流。不止是普通民众对此充满了向往,国家公职人员的贪污腐化、挥霍无度的倾向也以"示范"的方式对社会产生了巨大的影响。同时当我们目睹明星们高唱主旋律,并眼含泪花的背后,也看到了他们毫不掩饰的高额出场费、竞相攀比的出场价格。在明星那里已不止是利益的追逐,它已逐渐演变为个人身价的标准。因此,金钱在这个时代成了一个无处不在、无往不胜的尺度。于是,"唯利是图""一切向钱看""一切为了钱""为了钱什么都可以商品化""为了钱可以牺牲一切",成了市场经济条件下世风的显在表征。这样,市场化催生了一种新型的文化形态——市场文化。

市场文化是市场经济的必然产物,从本质上讲是一种通俗文化,对这一文化的接受已不仅止于寻常百姓,纵使在所谓的精英层、知识界喜欢言情、武侠作品的人也比比皆是。20世纪90年代,北京大学开设了金庸小说的专题课并大受欢迎;在电视节目的黄金时段,消遣性、休闲性的影视作品几乎充斥所有的电视台;软性小说是出版社获得经济利益的主要手段……所有这些无不说明一点:市场文化已被知识界和传媒业所接受,甚至走向赞同与膜拜。这样,经过新世纪十五年的侵蚀与淘洗,市场文化已经完全普泛化,消费社会已经全面普适化。孟繁华认为:"市场文化有巨大的解构力、浸染力和吞噬力。它以中性的面目出现,没有自己坚持的固定立场,它只有在市场规律支配下的利益原则。它使日常生活变得亲近可感,无论什么趣味和爱好的人,都可以在今日的文化市场上找到自己的读物或音像制品。市场文化的无所不有,无形中解构了'一体化'的文化专制,它分散了人们对政治意识形态的关注和热情,使'一体化'的文化霸权在无意中被分解。"① 市场文化既然是市场经济的产物,占有市场并最大限度地获取利润就是它最终的目的。在利益的驱使下,所有的文化资源都有可能被这一文化形态纳入市场,经过新的发掘和包装后,使其变成文化消费品。这一策略甚至使"红色经典"和严肃文学作品也在这样的策划中转化为消费。张荣翼认为:"当前的市场已经广泛地拓展到文化领域,形成了一个从产品生产、营销、售后服务到品牌塑造的配套的体系。在这样的一个文化语境中,市场的文化部分或者曰文化市场,已经是进行文化研究工作不能绕开和回避的重要场域;更积极的方面来说,对于文化市场的研究,是了解相应的文化领域工作的一个助推器。这种助推器在一定程度上也是文学研究发挥功能的一个方面,即不只是在认识角度切入文学,而且要在实践领域干预文学。"②

伴随着市场化进程的是中国当代文学生产机制的转型。该转型如果上溯的话最早可推至1984年的"断奶政策"的颁布。所谓"断奶政策",是指国

---

① 孟繁华:《市场经济条件下的大众文化及生产》,《海南广播电视大学学报》2003年第1期,第27页。
② 张荣翼:《市场化语境中的文化市场叙事》,《湖北大学学报》2012年第7期,第54页。

第一章 生态与生机：新世纪文学的整体观

务院在 1984 年发布的《国务院关于对期刊出版实行自负盈亏的通知》中要求，除少数指导工作、推动科学技术进步，以及少数民族、外文等类别期刊外，其余一律"独立核算，自负盈亏"，这就是俗称"断奶政策"的开始。但真正发生实质性变化是在 1998 年有关部门再次重申"三年断奶"之后。从 1999 年文学期刊大规模改版潮的发生，至 2009 年出版社和文学期刊全面"转企"的启动，市场化的进程虽然在各级行政拨款的持续输血下有所延宕，但仍不动摇地进行到底。在此期间，"市场原则"越来越深度地折射进文学场，期刊发表原则、文学出版原则、批评和评奖原则及新人培养机制，都发生了本质变化。

伴随着文学生产机制市场化转型的有文学媒介的转型，或曰文学媒介革命，主要是"网罗天下"的网络与"沟通无处不在"的手机这两个新媒介的通行化与主流化。新世纪的十五年也是网络文学迅速发展的十五年。这一点，不仅可以在网络阅读上得到确证，也可以在手机阅读上得到印证。从 1999 年原创文学网站"榕树下"正式成立，到 2009 年"榕树下"被"盛大文学"收购（此前，"盛大文学"已收购了"晋江文学城"和"红袖添香网"，此后又收购了"小说阅读网"和"潇湘书院"，2010 年"盛大文学"官网宣称已占国内网络原创文学 90% 以上市场份额），再到 2015 年 1 月曾经风云一度的网络文学帝国——"盛大文学"被腾讯鲸吞收购成立"阅文集团"。虽然还有着"百度文学""360 文学"等对手，但"阅文集团"在国内网络文学市场的地位已不可挑战。这样，网络文学从自发自觉、自娱自乐走进付费写作、收费阅读、出售版权、出售影视改编权以及网络文学 IP 资源在网游、手游、页游市场的全线走红，从分散化写作迈进流水线式生产，从个体经营跨进集团化经营，其幕后的"太极推手"就是市场化。对此，邵燕君认为："在强力发展的过程中，网络文学不但逐渐形成了独立的运营模式、写作阅读模式和快感机制，更形成了独特的意识形态。而资本不但在网络文学内部一统江湖，更有力地撬动了主流文坛，改变了文学的格局。由此开启的网络文学与传统文学之争，也将不仅是文学体制、文学功能和审美原则之争，背后更有千年以来的纸质文明与数字化革命之间的媒介战争。"[①]

伴随着文学生产机制转型的还有文学新人群体的崭露头角、割据文坛。这些文学新人群体主要包括"80 后"作家群、"90 后"作家群与新世纪网络

[①] 邵燕君：《新世纪文学脉象》，安徽教育出版社 2011 年版，第 4 页。

写手群。以"80后"作家群为例,这个新人群体"萌芽"于老牌青年文学期刊《萌芽》的市场转型之举——"新概念作文大赛"(1999),其后更迅速地被畅销书出版机制所捕获,文学新人被冠以"80后"的名称,并被打造成以"80后"读者为特定消费群体的"青春写作"的明星。更引人注目的是,2006年之后,郭敬明、张悦然、饶雪漫、蔡骏、韩寒等几位最有号召力的明星作家相断创办杂志并继而在资本市场纵横捭阖、笑傲江湖。具体地说,郭敬明主编的《最小说》(2006年10月,长江文艺出版社),张悦然主编的《鲤》(2008年6月,江苏文艺出版社),饶雪漫主编的《最女生》(2008年10月,万卷出版公司),蔡骏主编的《谜小说》(2009年4月,新世纪出版社),韩寒主编的《独唱团》(2010年6月,山西出版集团·书海出版社),都在资本市场中既生意兴隆又财源茂盛。不同于"60后""断裂作家"的"杀人放火受招安"和"70后""美女作家"的以文学之名奔向市场,"80后""青春作家"仅经过很短一个时期的"携市场之威叩击文坛",便有机会和实力自立门户。之所以如此,就在于"80后"作家群有着巨大的市场号召力和高量的市场份额,它们几乎垄断性地拥有庞大的青年读者群。换言之,它们拥有了读者,拥有了市场,拥有了舞台,于是便拥有相当的话语权。

二、消费化与新世纪文学的消费语境

所谓消费社会(consumer society),是指生产相对过剩,需要鼓励消费以便维持、拉动、刺激生产的一种社会形态。在生产社会,人们更多关注的是产品的物性特征、物理属性、使用与实用价值;而在消费社会,人们则更多的关注商品的符号价值、文化精神特性与形象价值。消费社会始于美国,然后影响到其他西方发达国家,接着又影响发展中国家。大卫·理斯曼在《孤独的人群》一书中指出,中世纪以来西方社会已有两次革命,第一次包括文艺复兴以来诸多运动的工业革命,而"在最发达国家,尤其在美国,这次革命正让位于另一种形式的革命——即随着由生产时代向消费时代过渡而发生的全社会范围内的变革","许多人仍然拘泥于第一次革命,尚未为讨论第二次革命确立多种论点"。[①] 美国后现代理论家杰姆逊曾经描述消费社会在西方出现的历史状况。他认为,一种新型的社会开始出现于二次大战后的某个时

---

① [美]大卫·理斯曼:《孤独的人群》,王昆、朱虹译,南京大学出版社2002年版,第6页。

第一章 生态与生机：新世纪文学的整体观

期，它被冠以后工业社会、跨国资本主义、消费社会、媒体社会等种种名称。他指出："新的消费类型；人为的商品废弃；时尚和风格的急速变化；广告、电视和媒体迄今为止无与伦比的方式对社会的全面渗透；城市与乡村、中央与地方的旧有的紧张关系被市郊和普遍的标准化所取代；超级公路和驾驶文化的来临——这些特征似乎都可以标志着一个与战前社会的根本断裂……"因此，我们可以认为西方发达国家在20世纪六七十年代开始形成消费社会。也依照这一标准，当代中国已进入准消费社会。刘方喜认为："西方发达国家已进入消费社会，中国等国家也正经历着消费社会的转型。"①

消费社会是一种新的社会形态，也是一种后工业化社会。在这样的社会里，消费成为社会生活和生产的主导动力和目标，价值与生产都具有了文化的含义。传统社会的生产只是艰难地满足生存的必需，而消费社会显然把生活和生产都定位在超出生存必需的范围。费瑟斯通认为，"这一切都发生在这样的社会中：大批量的生产指向消费、闲暇和服务，同时符号商品、影像、信息等的生产也得到急速的增长"。当然，对消费社会论述最为深刻的莫过于让·波德里亚的《消费社会》一书。在《消费社会》中，波德里亚认为，作为新的部落神话，消费已成为当今社会的风尚。消费社会的主要内涵包括：一是物的包围和意义的完备；二是消费生产力：浪费与增长；三是消费的社会逻辑；四是否定享受与个性化的消费；五是消费文化，包括消费文化中的"身体"与其他，消费文化是一种新的社会规训；六是大众传媒文化；七是最美的消费品：身体；八是休闲的悲剧或消磨时光之不可能性；九是丰盛社会的混乱；十是消费之消费。② 至于消费社会的基本特征，刘方喜在《消费社会》一书的《导读》中进行了很好的概括：一是阶级关系的重组，包括巨型公司与"新阶级"即"服务阶级"的兴起，美国化与全球化。二是物质需求与文化需求之间关系的重组，包括免于匮乏与奢侈消费的大众化，消费需求的非迫切性及被制造性、被操纵性。三是经济与文化之间关系的重组，包括商品与符号的差异趋于缩小、经济与文化日趋交融，电子传媒的规模扩张与信息的高速流动、符号的极度爆发。四是生产与消费之间关系的重组，包括

---

① 刘方喜：《导读》，见刘方喜选编：《消费社会》，中国社会科学出版社2011年版，第1页。
② 参阅［法］让·波德里亚：《消费社会》，刘成富、全志钢译，南京大学出版社2001年版。

社会重心的转移：由"生产"而"消费"，艺术审美活动与日常生活的差异趋于缩小：日常生活的审美化，过度娱乐化。五是"人——人社会关系"与"人——物自然关系"之间关系的重组，包括人——人社会关系的凸显。① 以上五大方面十个要点，大致概括了当代消费社会的新特征，在这些特征中又有一个共同的特征，那就是"重组"。

消费社会有着属于它自己的文化形态——"消费文化"和自己的文化范式——"消费主义"。对于"消费文化"（consumer culture），费瑟斯通认为有双层的涵义，他指出："首先，就经济的文化维度而言，符号化过程与物质产品的使用，体现的不仅是实用价值，而且还扮演着'沟通者'的角色；其次，在文化产品的经济方面，文化产品与商品的供给、需求、资本积累、竞争及垄断等市场原则一起，运作于生活方式领域之中。"他还说："消费文化，顾名思义，即指消费社会的文化。它基于这样一个假设，即认为大众消费运动伴随着符号生产、日常体验和实践活动的重新组织。"② 事实上，让·波德里亚认为消费文化是一种新的社会规训，是"一种更加非官方、非制度化的系统"。对于"消费主义"，玛丽·道格拉斯、贝伦·伊舍伍德在《物品的用途》一文指出，"消费是一个积极有效的过程，所有社会范畴都在消费过程中不断被重新定义"③；西蒙·弗里思在《通俗文化：来自民粹主义的辩护》一文也指出，"如果当代文化恰恰在消费行为中存活，那么，当代文化的价值也就一定存在于消费的过程之中"④。可见，"消费主义"是与"生产主义"不同的文化范式，"关心的是消费时的情感快乐及梦想与欲望等问题"。

在消费社会中，为适应消费社会的社会逻辑与文化逻辑，新世纪文学必然会随之发生巨大的变化，形成新的面貌、新的格局、新的生态与新的特质，简言之就是基于消费需求的消费化。比如文学活动日益深入地市场化、商业化与产业化；文学产品的生产无不受制于消费社会的无形的手操控和拨弄。

---

① 参阅刘方喜：《导读》，见刘方喜选编：《消费社会》，中国社会科学出版社2011年版，第2—34页。
② ［英］迈克·费瑟斯通：《消费文化与后现代主义》，刘精明译，译林出版社2000年版，第165页。
③ ［英］玛丽·道格拉斯、贝伦·伊舍伍德：《物品的用途》，见罗钢、王中忱主编：《消费文化读本》，中国社会科学出版社2003年版，第64页。
④ ［英］西蒙·弗里思：《通俗文化：来自民粹主义的辩护》，见罗钢、刘象愚主编：《文化研究读本》，中国社会科学出版社2000年版，第252页。

进入消费市场的文学，将越来越显露出商品性。文学可以为作家赚来养家糊口的钱，也可以成为出版商赢利的工具，这一切都需要作为商品的文学有卖点，被消费者购买的文学才能成为商品。所以作家写作时必须考虑购买者的需要，考虑他们的阅读趣味。文学将越来越迎合大众的需要走向通俗，文学的深度模式将被打破。事实上，越来越多的作家已经意识到这一点，他们的创作虽还不能被称之为通俗文学，但越来越具有通俗性。这意味着文学将从高居于社会顶端的象牙塔中走出，成为大众的日常消费品。购买文学作品与购买时装、汽车一样，没有什么特别之处。文学作为精神产品的特殊性已在消费者的购买过程中消失，它像其他任何商品一样，只有被购买消费了才能产生价值。而且，越来越多的作家将摆脱体制的束缚，进入市场规则，成为市场化的写手，而不必再承担一些空泛的所谓的社会责任与义务。

三、技术化与新世纪文学的技术语境

科学技术的突飞猛进，给世界生产力和人类社会经济的发展带来了极大的推动，毕竟工具是器官的延伸、社会是身体的延伸、工具是技术的结晶。科学技术是先进生产力的集中体现和主要标志，可从以下几个方面理解：一是科学技术对生产力诸要素起倍增作用；二是科学技术是生产力发展的先导；三是当代高科技集中体现先进生产力的发展水平；四是以高科技为基础的先进生产力与现代化管理相结合，将生产力的各个要素更好地组合起来，极大地提升了当代生产力的水平。正是如此，邓小平有一个著名的论断："科学技术是第一生产力。"这种生产力至少有以下三个维度：一是科学技术是物质生产的第一生产力；二是科学技术是艺术生产的第一生产力；三是科学技术是社会关系的第一生产力。R.舍普认为："技术就是不懈地改造世界和人类以便它们能相互适应。这样的改造发挥着随时代和地点而变化的知识、技能和人的作用，并且以同样不断变化的社会准则为依据。"① 目前，现代科学技术进入了大科学和高技术时代，科学技术的发展呈现出一系列新趋势和特点，如科学技术的整体化趋势、科学技术的数字化趋势、原创性创新成为科技竞争的制高点、科技成果转化为直接生产力的周期大为缩短等。

新世纪十五年，是高科技快速发展的十五年。在这十五年中，诸如影像

---

① [法] R.舍普等著：《技术帝国》，刘莉译，生活·读书·新知三联书店1999年版，第3页。

技术、通信技术、电子计算机技术、网络技术、微电子技术、多媒体技术、自动控制技术、航空航天技术、军事科学技术、生物工程、克隆技术、干细胞技术、新材料技术、纳米技术、新能源技术、激光技术、交通运输技术、海洋技术、水资源利用技术、农业科学技术、环境科学和环境保护技术等都高科技领域,以技术化与产业化的方式在全方位地影响和改造着新世纪。所以,我们认为新世纪十五年意味着技术帝国的合围、知识经济新时代的到来及其无孔不入的渗透。这不是说,以前的科技就不发达,不高级,不渗透,而是说,对于中国社会特定情景而言,人们从未像新世纪这样深刻地感受到科学的高度发展带给传统生活方式的改变之剧烈,其触角伸向生活的方面之广泛。诚如王岳川所说的,高科技"以超速的方式改变着人类的存在方式、思维方式和价值传递方式",而它造成的直接后果是"使技术成为一种霸权,任何艺术、宗教、文化不与技术联姻,不成为技术中心的附庸,就将不具有价值"①。

　　随着技术帝国的合围,工具理性和技术主义也随之蔓延。这既令人欣喜也令人焦虑。一方面,我们看到,中国几乎是在一夜之间从自行车时代跳进了汽车时代,继而要跳进高铁时代。小汽车销量的惊人,动车的提速,高速公路的密布,地铁的扩线,资讯的发达,手机的流行,网络的无所不在,都在极大地改变人们的时空观,人与人在身体的移动和信息的交流上达到了前所未有的近距离。诚然这不包括边远的穷困地区,它们是理所当然的例外。高科技创造出大量新物质手段,大大提高和便利了人们的生活。另一方面,人们旋即发现,与此同时,世界的丰富性反而越来越小了,复制化、克隆化现象越来越多了。仅就城市生活而言,大家住在大同小异的楼盘小区里,或为按揭焦虑,或为蜗居挣扎,或为孩子择校操心,或为交通拥挤闹心,或为工业污染费心,一句话,人们患着相同的城市病;人们走进货品几乎完全相同的超市购物,晚上搜索机顶盒观看同样的谍战剧或抗战剧,看到手机上交换来的段子发出同样的笑声,平时看最流行的官场小说和悬疑小说消遣,土特产的概念快要消失了,方言成了某个地域人们最后的精神堡垒,人们说着方言如同互相取暖,验证各自存在的真实,除了气候的不同,各个城市之间几乎没有剩下多少不同。于是,人们突然感到,不但地球村变小了,往昔被认为还算广大的中国也骤然变小了。与高度便捷相联系的是人的极大的不自

---

① 王岳川:《中国镜像——90年代文化研究》,中央编译出版社2001年版,第51页。

第一章 生态与生机：新世纪文学的整体观

由状态。据说，最先进手机的持有者虽然顾盼自雄，但他的行踪包括他此时此刻在哪条街道哪个房间，卫星定位早就一目了然。到处是电子眼，已无什么秘密可言。人哪，在高科技的眼皮底下，是一种多么可怜的存在。更为可怕的是，科学好像在彻底颠覆古典的以信仰和仁义为重心的精神世界，人好像忽然失去了道德的保护；在文学领域，科学也在极大地改变着作家的创作心理。文学中的现代主义、后现代主义，抑或后殖民主义、解构主义都与现代科学的巨大影响不无关系。科技给这个世界和人类带来的所有幸与不幸、快乐与郁闷，对精神的失望抑或对物质的依赖，现在或将来，都会成为新世纪文学的应有之义。由此可见，高科技之于新世纪文学而言，我们完全可以这样认为：它既是一种建构力，也是一种解构力；它既是一把雕塑刀，也是一把剔骨刀。

莱维·斯特劳斯曾经说过："技术既是文化的一个组成部分，又是文化的产物和条件。"尽管海德格尔曾经说过，"技术的本质与技术毫不相干"，但是我们依然要说，技术不仅存在于工具之中、物品之中，而且技术还存在于我们看问题的方式之中。比如网络技术与信息技术的高度发展，让我们对"数字化生存"有了清晰的认识。尼葛洛庞帝在《数字化生存》一书中就明确认为，"计算不再只是和计算机相关，它决定我们的生存"，并把这种生存称之为"数字化生存"。"数字化生存"所代表的是一种生活方式、生活态度以及每时每刻都与电脑为伍的生活状态。再如图像技术的高度发展，让我们对"新图像"（或曰"虚拟图像"）有了清晰的认识。按照R.舍普的观点，"新图像"主要是指合成图像，也就是计算机制作的数字图像，随着"新图像"的出现，人们确实又跃上了一个新台阶，现在研究人员、医生和艺术家都在使用这种图像。"随着新图像的出现，人们终于可以进入到图像中去，它变成了一个场所，人们可以在里面探寻，与别的人相遇，有虚拟的经历。由于这些原因，我可以说今天人们正在经历真正的飞跃。数字图像不只是图像制作史上的又一项新技术，它还是一种新的书写方法，可以与印刷技术的发明和字母表的诞生相提并论。"[①] 还如通信技术与传播技术的高度发展，让我们对"地球村"与"全球化"有了清晰的认识。麦克卢汉在《理解媒介——论人的延伸》一书中认为，电子媒介使信息传播瞬间万里，地球上的重大事件借助

---

① [法] R.舍普等著：《技术帝国》，刘莉译，生活·读书·新知三联书店1999年版，第98页。

电子传媒已实现了同步化,空间距离和时间差异不复存在,整个地球在时空范围内已缩小为弹丸之地;电子媒介的同步化性质,使人类结成了一个密切的相互作用、无法静居独处的、紧密的小社区。正是由于传播媒介的高技术化,从而导致信息的同步化、文化的同质化、经济的一体化,因而也有了"重新部落化"的"全球化"。从上述案例分析中,我们不得不佩服麦克卢汉的真知灼见和深谋远虑:"我们自身变成我们观察的东西……我们塑造了工具,此后工具又塑造了我们。"① 高科技也是如此。

但是,高科技并不等于高艺术,技术优势也不等于文学强势。说到底,文学是源于人的精神而不是源于技术,技术只是文学借助的工具,它应该受驭于文学的艺术目的,为创作者遵循艺术规律插上创造的翅膀,而不是以技术优势替代艺术规律。毫无疑问,文学艺术的发展离不开技术的进步,但艺术的价值命意又是超越技术的。无论高科技有多么巨大的生产力,也无论高科技有那么神奇的创造力,它仍然只是技术而不是艺术。技术可以具有"艺术性",而艺术则不能"技术化",因为技术作为艺术的道具,它永远代替不了艺术的创造。所以,我们要避免新世纪文学对高科技的过度依赖。欧阳友权认为:"技术的进步会给未来文学艺术生产增设更多的技术含量,但新世纪的中国文学转型最需要的并不在技术媒介的升级换代,而在于借助新技术、新媒介提升作品的艺术水准与审美价值。"②

四、网络化与新世纪文学的网络语境

新世纪十五年是计算机网络高速发展的十五年,人们称之为"网络时代"。在新世纪,计算机网络已经进入其发展阶段的第四代,即信息高速公路时代,有着高速、宽带、多业务、大量数据、交互性等特点。在新世纪的中国,从1997年至今,是Internet发展最为快速的阶段。国内Internet用户数1997年以后基本保持每半年翻一番的增长速度。增长到今天,上网用户已超过1000万。据中国Internet信息中心(CNNIC)公布的统计报告显示,截至2009年10月30日,我国上网用户总人数为5.3亿人。这样,网络成为继报纸、广播、电视之后的"第四媒介"(也称e媒体),网络传播也成为大众传

---

① [加]马歇尔·麦克卢汉:《理解媒介——论人的延伸》,何道宽译,商务印书馆2000年版,第17页。
② 欧阳友权主编:《网络文学概论》,北京大学出版社2008年版,第258页。

播的主流甚至主导形态。所谓网络传播,其实就是指通过计算机网络的人类信息(包括新闻、知识等信息)传播活动。在网络传播中的信息,以数字形式存贮在光、磁等存贮介质上,通过计算机网络高速传播,并通过计算机或类似设备阅读使用。网络传播以计算机通信网络为基础,进行信息传递、交流和利用,从而达到其社会文化传播的目的。网络传播的读者人数巨大,可以通过互联网高速传播。对此,有学者认为,网络传播的特点有三:一是全球性;二是交互性;三是超文本链接方式。还有学者认为,网络传播的特点有四:一是信息数字化;二是传播的双向互动性;三是传播权利的普及和平等参与;四是传播的个性化和个人性。① 事实上,具有信息海量、形态多样、迅速及时、全球传播、易于复制、便于检索、超文本链接、自由、交互、易逝性、易改性等特点的网络媒介,"已为人类信息传播提供了一个崭新的天地,它是相对于现实世界而存在的人类精神交往的第二世界,而不只是所谓的'第四媒体'而已"。②

尼葛洛庞帝(Nicholas Negroponte)在《数字化生存》一书的前言中开宗明义地写道:"计算不再只和计算机有关,它决定我们的生存。"在该书中,尼葛洛庞帝始终贯穿着一个核心思想:"比特"作为"信息的DNA",正迅速取代原子而成为人类社会的基本要素,他认为:"数字化生存所代表的是一种生活方式、生活态度以及每时每刻都与电脑为伍……数字化生活,将把人类带入一个后信息时代(Post—information Age)。现行社会的种种模式正在迅速转变,形成一个以'比特'为思考基础的新格局。比特,作为信息DNA,正迅速取代原子而成为人类社会的基本要素。"③ 正是这种数字化生存方式与数字化生存语境的客观性诉求,人类步入后现代转型的以计算机与网络为主体的"数字化时代"。雅克·德里达是这样描述这个时代的:"一个划时代的文化变迁在加速,从书籍时代到超文本时代,我们已经被引入了一个可怕的生活空间。这个新的电子空间,充满了电影、电视、电话、录像、传真、电子邮件、超文本以及国际互联网,彻底改变了社会组织结构;自我的、家庭

---

① 参阅戴元光、金冠军主编:《传播学通论》,上海交通大学出版社2000年版,第325—327页。
② 张允若:《关于网络传播的一些理论思考》,载《国际新闻报》2002年第1期。
③ [美]尼葛洛庞帝:《数字化生存》,胡泳、范海燕译,海南出版社1997年版,第3—4页。

的、工厂的、大学的，还有民族国家的政治。"①

基于电子计算机网络与多媒体技术的网络媒介对后现代社会的影响也是全方位的。美国学者约书亚·梅罗维茨认为：新媒介产生新场景，新场景产生新行为。"新媒介不仅影响了人们行为的方式，而且它们最终影响人们觉得自己应该怎样行为的方式。正如下面所说，行为和态度的这种变化，在'更新'共享媒介环境内容时对系统进行了'反馈'，这加强了电子媒介的整体影响。"②作为文化环境的网络，是一种普适性极强的新媒介，承载着更多的民主性、平民性、公共性与全球性，因而有人认为网络是"没有中心的中心"。中心化的网络媒介具有无与伦比的传播优势，"它以空前的方式消除了空间与时间的距离。它能够使每一个信息的接受者生产一个信息，每一个个体向大众散布信息"③。网络媒介在传承现代文明的同时也在对现代文明进行超越，人类以数字化、网络化的"筒载方式"步入"第二次现代化"的轨道。有学者认为"互联网也许是后现代主义状态的最完美的说明书"④，还有学者认为"文明社会终于迎来了向文明后社会转换的第二个转折点"⑤。

从理论上说，新的媒介方式或媒介语言在不断地重构我们的当代生活，也不断地在重构我们的当代文化。就文化而言，人们往往注意其发展中前后承传的一面，而忽略一种新的传播技术和媒介手段的兴起，会造成其断裂与转型的一面。活的文化不是在封闭的环境中生长的，而是在人们的社会交往中积淀起来的，人们的社会活动与获取信息的方式，本身就是文化，是文化构成中最核心的部分，决定着文化发展的方向。当一种社会交往或信息方式被另一种社会交往或信息方式替代时，整个文化也在逐渐转换。这恰如马克·波斯特所说的："在信息方式下，一套新的'语言——实践'冲击了印刷文

---

① 转引自［美］J·希利斯·米勒：《论全球化对文学研究的影响》，《当代外国文学》1998年第1期。

② ［美］约书亚·梅罗维茨：《消失的地域：电子媒介对社会行为的影响》，肖志军译，清华大学出版社2002年版，第166页。

③ Mark Poster, "*National identities and communication's technologies*", in Information Society, 1999, Vol 15, Issue 4.

④ 李河：《得乐园·失乐园——网络与文明的传说》，中国人民大学出版社1997年版，第45页。

⑤ ［日］林雄二郎：《信息化社会》，见张国良主编：《20世纪传播学经典文本》，复旦大学出版社2003年版，第389页。

第一章 生态与生机：新世纪文学的整体观

字语境下各种面对面的原有'语言——实践'形式。"① 这样，当文化载体由大众媒介向网络媒介递嬗时，网络文化便成了人们耳熟能详的文化物质与文化现实。

不可否认，网络文化是依附于现代科学技术特别是多媒体技术的一种现代文化，是网络这个质料因与动力因驱动与漫溢的结果。雪莉·特尔克（Sherry Turkle）说："在电脑的压力下，大脑与机器的关系问题成了文化关注的焦点。"② 马克·波斯特说："因特网预示着人类文化的基本因素的重构。"③ 尼尔森（Theodor Hollm Nelson）认为："计算机的目的就是自由。"④ 这表明，网络与文化有着内在的关联，这种内在关联改变了技术文明与文化对立的尴尬境况，从而形成了一种新型的文化形态——网络文化。美国微软公司总裁比尔·盖茨说过，信息高速公路将打破国界，并有可能推动一种世界文化的发展，或至少推动一种文化活动、文化价值观的共享。

什么是网络文化呢？网络文化的特征有哪些？关于网络文化，学界普遍认为网络文化是一个网络技术与文化的一种新型的整合，它是在网络信息技术基础上形成的一种富有精神性的文化形态。爱瑞克·戴维斯（Erik Davis）认为，网络信息空间是以人们的想象力与技术的表达来调节的，"电脑化空间不仅仅是一个虚拟的数据库，而且是一个宇宙，如同但丁的《神曲》"⑤。按欧阳友权的观点，网络文化有广义和狭义之分，从广义上说是指借助计算机网络所发生的政治、经济、军事、社会、学术、文学艺术、娱乐等广泛的社会文化活动；从狭义上说是包括在计算机互联网上进行的教育、宣传、文学艺术、娱乐等侧重人文精神性的文化活动。⑥ 网络文化是一种新型的文化形态，

---

① Mark Poster："*The mode of information*"，Polity Pressinassoiation with BasilBlackwell，1990，p1.
② 转引自［美］克劳迪亚·斯普林格：《性、记忆和愤怒的女人》，见王逢振等编译：《网络幽灵》，天津社会科学院出版社2000年版，第41页。
③ Mark Poster："*National identities and communication's technologies*"，in Information Society，1999，Vol 15，Issue 4.
④ Theodor Holm Nelson："*Opening Hypertext：A Memoir*"，in Myron C. Tuman，ed. *Literacy Online：The Promise（and Peril）of Reading and Writing with Computers*，University of Pittsburgh Presss，1992．p. 51.
⑤ ［美］爱瑞克·戴维斯：《技术真知、魔法、记忆和信息天使》，见王逢振等编译：《网络幽灵》，天津社会科学院出版社2000年版，第123页。
⑥ 参阅欧阳友权：《网络传播与社会文化》，高等教育出版社2005年版，第21页。

其独秀于文化场的特质主要有五点：一是数字性；二是虚拟性；三是超文本性；四是交互性；五是全球性。①

网络文化的生成与漫溢，对文化本身而言意义重大，毕竟它实现了存在论意义上的文化转向。对此，著名学者欧阳友权有着精辟的论述，他认为网络语境下的文化转向主要包括三个方面：一是"从现代走向后现代"；二是"从理性走向感性"；三是"从精英走向大众"。②换言之，网络文化的本质至少包括三个维度，即"后现代"、"感性"与"大众"。同样，网络文化的生成与漫溢，对文学本身而言也意义重大，毕竟它实现了工具论意义上的文学转型。网络与网络文化，让我们获得了一种观察文化发展与人类自身的新窗口，也让我们获得了一种观察新世纪文学特别是新世纪网络文学的新窗口。正如欧阳友权所说的，因特网之于文学的革命性意义至少有两点是显而易见的：一是在本体论意义上，计算机网络的媒介模式带来了文学存在方式的根本变革；二是在价值论意义上，兼容而无垠的网络空间切合了文学的自由本性。③正是由于网络与网络文化的潮涌，使得文学在这个以信息技术为龙头的高科技和全球化时代，得以用"比特"来建造自己的"比特之境"和"艺术之塔"。

五、图像化与新世纪文学的图像语境

新世纪十五年是图像技术高速发展的十五年，人们称之为"读图时代"。如果说照相术的问世还只是现代文化图像化、视觉化的肇始的话，那么虚拟技术的出现则为图像文化成为时代艺术的主流提供了无论是理论还现实的可能性。事实上，在新世纪十五年，除了传统的图绘技术、照相技术、摄影技术、摄像技术之外，新的数码影像技术、高清数字影像技术、电子网络技术、多媒体技术等高速维新，并且迅速普及从而促使图像的生产、流通、消费甚至是再生产、再流通、再消费变得触手可及和轻而易举。诚如雷吉斯·德布雷所说的："图像技术带来的首先是直接性占统治地位，换句话说就是拒绝抽象和中介：重要是具体，是图像，而在这个充斥着图像的世界上消失的是想

---

① 参阅张邦卫：《媒介诗学——传媒视野下的文学与文学理论》，社会科学文献出版社2006年版，第155—159页。
② 参阅欧阳友权：《网络传播与社会文化》，高等教育出版社2005年版，第32—40页。
③ 参阅欧阳友权：《网络文学论纲》，人民文学出版社2003年版，第4—6页。

第一章 生态与生机：新世纪文学的整体观

象。图像技术是直接的技术，然而只有在时间的差距中才会的文化的存在。另外文化通常所具有的区域性同图像技术的全球性也形成了对比。从区域性即特定的象征体系相关联的某种经验出发，人们创作出了意欲征服全世界的艺术品。然而可以说实现了世界大同的图像技术彻底改变了这一切，我发现文化（无论其确切含义是什么）想要在图像技术统治的世界中找出自己的位置真是越来越困难。"① 于是，"世界成为图像"，成为当下社会现实的一种显在表征；"图像化生存"，也成为当下大众的一种生存方式。正是如此，雷吉斯·德布雷说得好："我们以前是站在图像前面，现在进到了图像里面，就好像走进生活一样。以前有距离所以才有希腊戏剧、现代戏剧、电影、读物存在的可能性。可是如果我们不再从图像里走出来，就不再有可能将生活搬上舞台；不是舞台把生活变成了殖民地，相反，是生活把舞台变成了殖民地，有趣的是，技术的胜利伴随着生活的胜利，生活战胜了一切，特别是文化。"② 这样，海德格尔当年预言的"世界图像时代"已然生成，并且还在进一步强化。

伴随着图像技术的推陈出新，古已有之的图像文化在新世纪华丽转身为包括图像、影像、视像与拟像的综合文化形态。美者学者约翰·伯杰认为："历史上也没有任何一种形态的社会，曾经出现过这么集中的影像、这么密集的视觉信息。"③ 在图像社会，无处不在、无时不在的图像深刻地改变了我们的文化生存方式与文化生活方式。世界不再是世界，甚至人也不再是人——它们都以图像的方式（真实影像的方式）成为人类掌握世界、认识自身、交流信息、表达思想、显示世界观、进行意识形态竞争与交锋的一种符号编码或话语言说，成为人类感情生活、政治生活、文化生活甚至日常生活、人际交往等等的方式与习惯。在新世纪十五年，由于电影电视、动画漫画、网络视像与视频、智能手机与3G手机的视像嵌入，图像文化主要是影视图像、图络影像、手机影像在大众生活中所占的比例相当大。人类文化的传统格局、轻重比例、主次关系、空间分布、互动状态因此发生了根本性的改变。这几乎是一种不可逆转的文化潮流，也日益现实化、主流化。对此，阿莱斯·艾

---

① ［法］R.舍普等著：《技术帝国》，刘莉译，生活·读书·新知三联书店1999年版，第196页。

② ［法］R.舍普等著：《技术帝国》，刘莉译，生活·读书·新知三联书店1999年版，第205页。

③ ［美］约翰·伯杰：《视觉艺术鉴赏》，戴行钺译，商务印书馆1999年版，第153页。

尔雅维茨在《图像时代》一书中将之概括为"图像转向",他认为图像正在成为后现代社会最日常的文化现实,学术史上的所谓的"语言学转向"迅速地被"图像转向"所取代,后现代社会的最大特征就是"图像统治"。W.J.T.米歇尔也主张"图像转向",他说:"无论图像转向是什么,我们都应该明白,它不是向幼稚的摹仿论、表征的复制或对应理论的回归,也不是一种关于'图像'的玄学的死灰复燃;它更应该是对图像的一种后语言学的、后符号学的再发现,把图像当作视觉性(visuality)、机器(apparatus)、体制、话语、身体和喻形性(figurality)之间的一种复杂的相互作用。我的认识是,观看行为(观看、注视、浏览,以及观察、监视与视觉快感的实践)可能与阅读的诸种形式(解密、解码、阐释等)是同等深奥的问题,而基于文本性的模式恐怕难以充分阐释视觉经验或'视觉识读能力'。"[①] 这样,"看的方式"挤压了"读的方式",新世纪的图像文化有着属于它自己的特质。

其一,新世纪的图像文化是没有阻隔、没有隔膜、没有障碍的超越语言、超越民族、超越国家的通行的大众文化。具体地说,图像的方式是视觉形象的方式,也就是"看的方式"。从横的方向看,不同民族语言的阻隔被打破;从纵的方向看,同一个国家和社会中,文字的垄断被打破,社会进入一个"音影文三位一体"大众文化时代。这样,全球一体化的经济和没有语言文字隔膜的图像文化,促进文化传播进入无障碍的共享化时代,从而更加紧密和有效地把人类联为一体,文化等级的高低与文化地位的贵贱由于图像的植入而淡化、削平。这正如赫尔马斯·根舍姆在1962年所说的:"摄影是世界各地都能够理解的唯一'语言',它在所有民族和文化之间架起桥梁,维系着人类大家庭。它超越于政治影响——在人们享有自由的地方——真实地反映生活的事件,使得我们分享别人的希冀和期望,阐明政治和社会环境,成为人类的人道和非人道的见证。"[②] 这样,图像打破了印刷文化时代的文化等级的界限,甚至打破了国界。作为视觉文化的图像是一种淡化了文化等级、淡化了国家区域的全民的甚至世界的共同语言。

其二,新世纪的图像文化是一种借助于图像的直接性、观看性的消费文

---

① [美] W.J.T. 米歇尔:《图像转向》,见《文化研究》第3辑,天津社会科学出版社2002年版,第17页。
② 转引自李树峰:《图像文化的时代特征》,http://art.people.com.cn/GB/41123/41124/3835808.html。

化。具体地说,文化活动的属性发生了很多变化,由传统文学艺术借助文本对人世的间接性和想象性体会和感悟,转变为借助图像对现实的记录、展示和消费,"直接观看"成为流通形式。图像不仅走遍四方,而且还促进不同文化领域的交流与共享,甚至改变了文化活动的样式。传统的文化活动主要借助于语言、文字和表演来进行,图像运用在生产活动、生活活动与艺术活动中也有,但应用面窄,相互之间也缺少关联。现在不同了,图像应用表现在社会生活和生产的各个领域、各个层面上。日常生活离不开图像,世界成为图像中的世界,大众跟着图像狂欢。在图像生产者看来,绘图、摄影、摄像是一种方式,任何东西都可以确切地通过这种方式说出来,任何目的都可以通过这种方式达到,现实中的孤立现象可以由图像结合起来。在图像消费者看来,图像是获取知识、了解事态、掌握规则等的方式。传统文化活动中听评书、读小说、诵诗歌以及表演,都必须借助一个语音或文字的链条构成的文本,通过想象,来间接性地认识外界社会,读者得到的是体验和领悟;而图像时代,文化活动借助于现实的形象印迹直接呈现在视觉中,在读者和观众那里引起新奇(陌生化)的感觉,利用从众心理引导消费。可见,在新世纪,我们以机械复制与电子拷贝的方式大量生产图像,以直接观看与浏览扫描的方式大量消费图像,图像意识与图像霸权已然畅行。德国学者洛伦兹·恩格尔认为:"视觉哲学的主要发现是,思想并不独立于视觉。……口头语言并不是思想交流的唯一工具,在口头语言的框架内发展出的各种概念的逻辑思维也并不是我们唯一的思维方式。""图像不仅仅影响到思考的过程,它们就是思维本身。"[1]

其三,新世纪的图像文化是一种大众传媒造就的图像符号文化。在新世纪,图像符号取代文字符号成为一种主流符号。与文字符号相比,图像符号的传播与消费要便捷轻松许多。这样,诚如费瑟斯通所说:"真实的实在转化为各种影像;时间碎片化为一系列永恒的当下片断。"[2] 于是,大众传媒造就的图像文化便有了诸如詹明信所说的"后现代文化特征",从而导致了平面化、薄写化、浅尝化,"宣告了元叙述的终结",甚至由于影视文化与消费文

---

[1] [德]洛伦兹·恩格尔:《不可见之见——从观念时代到全球时代的德国视觉哲学》,见《图像时代:视觉文化传播的理论诠释》,复旦大学出版社2005年版,第4页。

[2] [英]迈克·费瑟斯通:《消费文化与后现代主义》,刘精明译,译林出版社2000年版,第7页。

化的加盟产生了一个"仿真的世界"和"拟像的世界",这个世界实际上成了一个飘浮的、游移的能指所构成的世界。"高强度、高饱和的能指符号,公然对抗着系统化及其叙事性",挣脱了理性束缚的感官刺激、欲望放纵,不仅成为消费文化的基本表征,而且消解了语言文化及其历史叙事的逻各斯中心,显示了"一种由话语文化形式向形象文化形式的转变"。丹尼尔·贝尔在《资本主义的文化矛盾》一书中认为:"当代文化正在变成一种视觉文化而不是一种印刷文化,这是千真万确的事实。"① 他还说:"现代美学如此突出地变成一种视觉美学……甚至连水坝、桥梁、地下仓库和道路格式——建筑与环境的生态学关系——都成了与美学有关的问题。"② 阿莱斯·艾尔雅维茨认为:"无论我们喜欢与否,我们自身在当今都已处于视觉成为社会现实主导形式的社会。"③ 经由"视觉转向"所形成的视觉社会,其本质就是通过语言把握世界转向通过图像把握世界,换言之,就是从语言范式转向图像范式。当然,需要说明的是,图像范式的普适得益于电影电视、网络视频等大众传媒的普及与助推。随着大众传媒对社会生活的渗透与掌控,图像符号借助大众传媒对人们的生活方式、审美趣味、情感状态、道德观念产生广泛而深刻的影响。

其四,新世纪的图像文化是一种兼具生活性与审美性的虚拟文化。在新世纪,世界成为图像,或被把握为图像。日常生活既被图像化,也被审美化,审美化的图像成为日常生活的主体。图像无处不在,无时不在,人们置身于图像的世界中而不自知甚至还乐此不疲,图像生活成为人们的第二生活与第二现实。这样,"虚拟空间"介入现实空间,成为对现实的阐发、复制或扭曲,人们生活在现实空间和虚拟空间的对比、紧张和焦虑之中。我们浸泡在图像的大海里,必须花费精力来区分哪个是第一现实,哪个是第二现实,而且有时分不清楚二者的界限,因为对第一现实的认识本身也依靠着语言和图像的描述。事实上,我们所认识的社会准确来说是电视、网络给我们呈现的社会。值得一提的是,网络使图像以无差别的方式存贮、共享和无穷尽地生产,网络本身的虚拟性更加助推与深化了图像的虚拟性,也使图像的虚拟性

---

① [美]丹尼尔·贝尔:《资本主义文化矛盾》,赵一凡等译,生活·读书·新知三联书店1989年版,第156页。
② [美]丹尼尔·贝尔:《资本主义文化矛盾》,赵一凡等译,生活·读书·新知三联书店1989年版,第155—156页。
③ [斯]阿莱斯·艾尔雅维茨:《图像时代》,胡菊云、张云鹏译,吉林人民出版社2003年版,第25页。

呈倍级增长与增容。苏珊·桑塔格曾经说："摄影业最为辉煌的成果便是赋予我们一种感觉，使我们觉得自己可以将世间万物尽收胸臆——犹如物象的汇编。"还有学者认为："形象或类象与真实之间的界限已经内爆，与此相伴，人们从前对'真实'的那种体验以及真实的基础也均告消失。"①

六、自媒体与新世纪文学的自媒体语境

所谓"自媒体"（We Media），又称"公民媒体"或"个人媒体"，是指私人化、平民化、普泛化、自主化的传播者以现代化、电子化的手段向不特定的大多数或特定的单个人传递规范性及非规范性信息的新媒体的总称。自媒体是一种集体性、集束性的新媒体，主要包括博客、微博、微信、贴吧、论坛/BBS等。2003年7月，美国新闻学会媒体中心发布了由谢因波曼与克里斯威理斯两位联合提出的"We Media"（自媒体）的研究报告。研究报告指出："We Media是普通大众经由数字科技强化与全球知识体系相连之后，一种开始理解普通大众如何提供与分享他们自身的事实、新闻的途径。"简言之，自媒体就是公民用以发布自己亲眼所见、亲耳所闻事件的载体。通俗地说，"自媒体"就是自己的媒体，与传统的"他媒体"形成鲜明的对比。

与传统媒体不同，自媒体强化了由普通大众主导的信息传播活动，让传统的"自上而下""点对面"的传播转化为"自左至右""点对点"的传播，同时开创了一种为个体提供信息生产、积累、共享、传播内容兼具私密性和公开性的信息传播方式。自媒体极大地挑战了传统媒体的权威，从根本上说取决于自媒体传播主体的多样化、平民化与普泛化，也取决于自媒体传播内容的微内容，以及取决于消除了传受界限的"人人即媒体"、取消了新闻资源的"独享制"或"有限独享制"。从总体上看，自媒体异于传统媒体的特点有三：一是平民化与个性化。在自媒体时代，社会正从机构向个人转变，个人正成为"新数字时代民主社会"的公民或曰用户。公民既是自媒体内容的使用者，也是自媒体内容的创造者。从"旁观者"转变成为"当事人"，每个平民都可以拥有一份自己的"网络报纸"（博客）、"网络广播"或"网络电视"（播客）。"媒体"仿佛一夜之间"飞入寻常百姓家"，变成了个人的传播载体。人们自主地在自己的"媒体"上"想写就写""想说就说""想看就看""想评

---

① ［美］道格拉斯·凯尔纳、斯蒂文·贝斯特：《后现代理论：批判性的质疑》，张志斌译，中央编译出版社1999年版，第154页。

就评",每个"草根"都可以利用互联网来表达自己想要表达的观点,传递自己生活的阴晴圆缺,构建自己的社交网络。二是低门槛与易操作。在自媒体时代,媒体运作不像电视、报纸等传统媒体那样高门槛、难操作,而是由于互联网特别是移动互联网让"一切皆有可能",手提电脑与智能手机的普及让平民大众拥有一个属于自己的"媒体"不仅可能而且现实。在像新浪博客、优酷播客等所有提供自媒体的网站上,用户只需要通过简单的注册申请,根据服务商提供的网络空间和可选的模版,就可以利用版面管理工具,在网络上发布文字、音乐、图片、视频等信息,创建属于自己的"媒体"。至于在手机上编发短信、在朋友圈中刊发微信、心情日志或转发文章等,更是伸手可及、轻而易举。可见,自媒体的进入门槛低、操作简单、运作便捷,这也是自媒体发展迅速、大受欢迎的最主要原因。三是交互强与传播快。由于数字科技、移动高科技的发展,自媒体没有时间和空间的限制,公民在任何时间、任何地点都可以经营自己的"媒体",真正做到了"随手拍""随手写""随手转""随意看""随意赞""随意评"。信息能够迅速地传播,时效性大大的增强。作品从制作到发表,其迅速、高效,是传统的电视、报纸媒介所无法企及的。自媒体能够迅速地将信息传播到受众中,受众也可以迅速地对信息传播的效果进行反馈。时下,我们每个玩微信朋友圈的人都知道,每一张照片、每一段文字、第一次转发,都能短短几分钟之内收到无数的点赞与无数的"神评",特别是那些所谓的"铁粉"。自媒体与受众的距离是为零的,其交互性的强大是任何传统媒介望尘莫及的。这一点,在所谓的影视明星、文化名人、企业老板、政府政要、网络大V、微信达人等那里表现得尤其突出。据报道,2006年8月12日,李亚鹏在其博客上发表承认自己女儿李嫣兔唇的博文《感谢》,短短六小时之内,就有回复近1600条,浏览量112000次。传播力与影响力、交互性与交互度由此可见一斑。当然,自媒体的局限性也很明显,毕竟它是一匹脱缰的野马、一辆没有制衡的高速列车。这主要表现在以下五点:一是良莠不齐;二是可信度低;三是哗众取宠与标题党泛滥;四是片面追求点击率与遮蔽真相;五是自律缺失与他律缺位;六是自由主义与无政府主义扩张;七是无事生非与造谣诽谤升级;八是情绪主义与小圈子主义甚嚣尘上。

置身于新世纪的自媒体语境之中,新世纪文学如何"玩转自媒体"或者说如何"与自媒体共舞"或者说"走向自媒体并实现自媒体化的华丽转型",这既是值得深思的文学问题也是值得深究的美学问题。对此,加拿大著名的

第一章 生态与生机：新世纪文学的整体观

传播学家麦克卢汉的"媒介即讯息"理论给予了我们许多启示。麦克卢汉认为，媒介本身才是真正意义的讯息，即人类只有在拥有了某种媒介之后才有可能从事与之相适应的传播和其他社会活动。媒介最重要的作用就是"影响了我们理解和思考的习惯"。因此对于社会来说，真正有意义、有价值的"讯息"不是各个时代的媒体所传播的内容，而是这个时代所使用的传播工具的性质、它所开创的可能性以及带来的社会变革。可见，媒介革命的后果之一必然是社会变革、文学革命与审美嬗变。美国学者尼尔·波兹曼认为："虽然文化是语言的产物，但是每一种媒介都会对它进行再创造——从绘画到象形符号，从字母到电视。和语言一样，每一种媒介都以思考、表达思想和抒发情感的方式提供了新的定位，从而创造出独特的话语符号。"① 网络作家千夫长指出："凭借人们对短信已经形成的习惯和依赖，手机已经成了和人体不可分割的一个电子器官，这个器官每天在创作、述说我们内心的情愫。"② 随着手机的普及，特别是近年来手机的移动终端化与智能化，手机不仅是当代人日常生活的必备工具，也是文学生活的首选平台，它重新建构了文学与读者之间的关系，也重新创造了新的文学形态与文学生态。对此，张颐武指出："人们会发现文学的形态完全改变了——变成网络和手机互动的文学。而这个文学与纸质文学就冲突了，这种形式完全是后现代的。……它追求的是点击率，这使得文学的整个形态发生了根本改变。"③

纵观文学发展史，一种新媒体总会对接一种新文学，诚如此，自媒体必然会对接一种自媒体文学。事实上，在新世纪，网络文学、博客文学、手机短信文学、手机微信文学、文学类微信公众号等不仅喧哗骚动而且形态纷呈，它不仅与"占统治地位的文学成规决裂与撕逼"，而且奠定出一套新的"文学成规"。这恰如阿布拉姆斯在总结文学史规律时所说的那样："文学史显示了一个反复重复的过程，在该过程中，具有创新精神的作家，如多恩、华兹华斯、乔伊斯或者贝克特，同他们时代占统治地位的成规决裂，创作出具有独创性的作品，而让其他作家模仿他们的创新，由此把新颖的文学形式变成新

---

① ［美］尼尔·波兹曼：《娱乐至死》，章艳译，广西师范大学出版社2004年版，第12页。
② http://media.people.com.cn/GB/40606/3124629.html.
③ http://news.xinhuanet.com/newmedia/2003—08/25/content_1043165.html.

的一套文学成规。"① 基于自媒体家族的自媒体文化，必然全方位地促进诸如新日常主义、新节约主义、新情感主义、新娱乐主义、新青年主义、新解构主义、新幽默主义、新情色主义、新复古主义、新精英主义、新小圈子主义等，并恣意合成自媒体语境的审美话语建构与诗意表达。基于自媒体之上的文学生产、文学消费、文学传播、文学产业、文学教育等主动或被动地改头换面甚至是浴火涅槃，从而重新划分新世纪文学的版图。从这样的意义说，我们完全有理由期待着区别于那些基于传统媒体之上的文学的新文学诞生与勃兴。

第三节　骚动与异动：新世纪文学的多态景观

进入新世纪以来，从2000年至2015年，新世纪文学绝不仅仅是空洞的概念和无物的术语，鱼龙混杂的作家与良莠不齐的作品从不同的维度填充着新世纪文学的数量与质量。尽管许多所谓的有识之士一直在喋喋不休甚至忧心忡忡地谈论着新世纪文学的式微、衰败与没落，如"有数量无质量""有高原无高峰""有大作无大师"等，但新世纪文学依然以自己别样的姿态表征着新世纪的"生活现代性"与"审美现代性"，并伴随着中国经济的腾飞与产业的繁荣，以及由对"物质消费"的倚重转向对"精神消费"（"故事消费"）的青睐，新世纪文学以自己的话语表达与审美建构以及大数据、大产业、大资本诠释着"文学已死"的虚妄与苍白。按照马克思主义的观点，经济基础决定上层建筑，物质生产决定艺术生产，随着中国经济跃升为世界第二大经济体，这既会助推"中国形象"与"中国梦"的硬实力，也会助推"中国文学"的软实力。正如马克思所说："宗教、家庭、国家、法、道德、科学、艺术等，都不过是生产的一些特殊的形态，并且受到生产的普遍规律的支配。"② 概括地说，新世纪文学依托于经济的引擎与产业的驱动，既是"众声喧哗"的，也是"百花齐放"的，呈现出多态景观；既是话语杂糅的，也是审美互涉的，呈现出多样的审美部落。与20世纪90年代相比，新世纪文学的新发

---

① ［美］阿伯拉姆斯：《简明外国文学辞典》，曾忠禄等译，湖南人民出版社1987版，第69页。

② ［德］卡尔·马克思：《1844年经济学哲学手稿》，刘丕坤译，人民出版社1983年版，第74页。

第一章 生态与生机：新世纪文学的整体观

展不仅表现在数量上，也表现在质量上，更表现在文学体裁的多态化、文学风格的多元化、文学传播的多媒化、文学消费的多层化上。从整体上说，长篇小说的数量惊人，并时有力作问世，数量的递增蕴育了质量上升的可能，这一点在网络小说上表现尤其明显；中短篇小说保持了平稳的发展态势，有特色也不乏精品；诗歌呈现出"知识分子写作"与"民间写作"的双峰并峙，并有走向分流的格局，而且"民间写作"渐有上升的趋势；散文的质与量相对稳定，"大散文"与"文化散文"的潮头渐歇，生活散文、休闲散文与旅游散文渐成气候；报告文学关注重大事件、紧扣时代主旋律的同时也关注百姓生活，尤其是"三农"（农业、农村、农民）、"民生工程"与弱势群体的生存状态和命运变化。还有新的文学形态与样式，如网络文学、影视小说、青春文学、博客文学、手机短信文学、手机微信文学等层出迭变，它们不仅推动着新世纪文学的量变，也推动着新世纪文学的质变。文学不再是想象的神话，而是日常的生活；文学不再是贵族的专利，而是平民的共享；文学不再个人的自说自话，而是全民的话语狂欢。当然，新世纪文学从量变到质变必然会一个漫长的过程，但是我们坚信：有量变的今天一定会有质变的明天。

一、"突出"：新世纪长篇小说的景观

新世纪十五年，传统意义的长篇小说有着不俗的表现、取得了突出的成绩，这也正是新世纪文学最有存在感的表征。这首先表现在长篇小说的数量上，据统计，几乎每年都在 1000 部以上。据新闻出版部门统计，仅 2009 年，正式出版的长篇小说已达 3000 部以上。长篇小说数量激增的原因是多方面的，其中消费文化和传媒多样化，是一个不可忽视的重要因素。受经济利益的驱使，文学出版部门与市场通力合作，大量民间通俗文学与网络电子文学进入文学图书流通渠道，使得曾经以主流文学为主的长篇小说领域，被非主流小说所充盈。世纪初连续数年的销售排行前 20 名的文学图书中，以青春文学、网络文学、市井休闲文学为主的亚文学作品占半数以上。在文学质量上则良莠不齐。被称为"严肃写作"或"经典化"写作的重要作家，如王蒙、贾平凹、铁凝、刘震云、张洁、王安忆、莫言、格非、阿来、阎连科、周大新、范稳、迟子建等人的创作仍保持在较高的水平线上，出现了《沧浪之水》《能不忆蜀葵》《无字》《张居正》《水乳大地》《狼图腾》《一句顶一万句》等一批艺术性很高的长篇佳作。但更多的是非主流作者的创作，其作品充当的是"日常生活审美化"的文化主角而不是文学艺术的审美主角。

在新世纪庞大的长篇小说家族中,有许多作家作品是值得关注和记忆的。王蒙的《狂欢的季节》和《青狐》,是个体经验和历史记忆的综合产物,是对历史和人生的理性思考的结晶。宗璞的《东藏记》,以南迁昆明以后的明仑大学为背景,展现了在战时物质条件极为艰苦的条件下,中国知识分子的人格操守和精神面貌。张洁的《无字》,写出了一个家庭几代女性的经历,将历史风云与女性的人生命运相激相荡,堪称是一部集个体经验与历史记忆之大成的力作。张炜的《外省书》《能不忆楚葵》《丑行与浪漫》转向对追逐爱与美的过程中个体命运的关注和失落了的精神理想的反省与批判。韩少功的《暗示》把《马桥词典》发掘在词语后面的故事的创作追求,发展至发掘包藏在具象之中的"隐秘的信息"和言与像之间的关系,说到底,仍然是他"文化寻根"的延续。王安忆的《富萍》描述了上海这个移民城市由散而聚的浮萍一样的人生图景,视角从家族寻根转移到上海市民。贾平凹的《病相报告》,写的是社会的"病相"和人生的"病相",这已不是《废都》那样的历史转型时期的世纪病,而是漫长的历史所酿就的社会病态和人生病态;《怀念狼》讲述的人与自然生态平衡的问题,这是现代化、城乡化进程中不容忽视的社会问题,当然这是他创作中关注的城市生态和乡村生态的平衡问题的一个自然延伸。莫言的《檀香刑》写的是历史,在用民间的历史解构官修的正史,这是新世纪的长篇小说取用和转化民间资源的一次成功的尝试;《四十一炮》写的是现实,在用一个精神侏儒的倾诉解构活生生的现实;这两部作品都在用一种"狂欢化叙事"和对历史的解构与对生活的反讽观照。刘震云的《一腔废话》和《手机》,一如既往地以各种悖谬的方式揭示人生存的尴尬和困境,有着一种鲜明的话语狂欢。阎连科的"耙耧山系列"如《日光流年》《坚硬如水》《受活》等,不仅有着形式诡谲多变、语言荒诞怪异的艺术实验,也有着一以贯之的乡土情结与批判意识。

从整体上看,新世纪的长篇小说有三个亮点十分炫目扎眼。其一,长篇历史小说颇多扛鼎。如熊召政的四卷本小说《张居正》,以严谨的现实主义笔法、历史主义精神塑造了中国封建王朝最后一位身居高位的政治改革家张居正的形象,深入反映了明代万历年间诡谲多变的政治历史,可以说是新世纪长篇历史小说的扛鼎之作。再如张一弓的《远去的驿站》,抒写的是"新历史",历史是作家一个想象的空间,借助历史这个时空舞台,讲述一段知识分子的人生故事,以知识分子的人生轨迹和命运变幻,演绎形形色色的知识分子精神。还如李锐的《银城故事》,写的是辛亥年间的一段故事,实则是讲历

第一章 生态与生机：新世纪文学的整体观

史的偶然与人情人性的关联。其二，长篇女性小说颇有声势。一大批女性作家如宗璞、张洁、王安忆、铁凝、方方、池莉、张抗抗、残雪、毕淑敏、徐坤、林白、虹影、卫慧、棉棉等，用她们的优质作品彰显了女性主义创作在新世纪的迅猛声势与风采依旧。其中铁凝的《大浴女》和张抗抗的《作女》，分别从内外两个方面，展现了女性心灵成长和人生奋斗的艰难历程。前者重在对灵魂的自我拷问，后者重在对女性身份的挑战，面对的都是女性的宿命。徐坤的《春天的二十二个夜晚》和虹影的《饥饿的女儿》，有着明显的自传色彩，分别从个体生存与社会历史的角度切入，女性的经历折射的是特定的性别状态。毕淑敏的《口红》《有了快感你就喊》《水与火的缠绵》和《拯救乳房》，既反映光怪陆离的现实，也表现缠绵悱恻的情爱，既有引人入胜的故事，也有惹人深思的问题，以雅俗共赏的审美形态拥有众多的读者。其三，长篇反腐小说颇多轰动。反腐小说的创作势头有增无减，许多作品纷纷进入畅销书的排行榜，且有着从暴露官场黑暗、官员隐私走向政治剖析的趋势。代表作为张平的《抉择》《国家干部》，陆天明的《大雪无痕》，周梅林的《国家公诉》《天下大势》和张宏森的《大法官》等。这些作品着力于反映现实与弘扬主旋律，有着浓郁的现实主义的艺术风格，在观照社会问题的视野、切入社会问题的角度和思考社会问题的深度广度上有了很大的拓展和深化，尤其是在被改编成影视剧后借助影视等大众传媒产生了持久的"轰动效应"。

在新世纪，还有一批生力军的生猛作品也是值得关注的。如孙惠芬的《歇马山庄》与《上塘书》，阎真的《沧浪之水》，杨显惠的《夹边沟纪事》，韩东的《扎根》，张懿翎的《把山羊和绵羊分开》，董立勃的《白豆》与《米香》，姜戎的《狼图腾》，范稳的《水乳大地》，雪漠的《大漠祭》，红柯的《西去的骑手》等。

当然最能体现新世纪长篇小说的实绩的还是非茅盾文学奖获奖作品莫属。在新世纪的十五年里，共开展了四次"茅奖"评选。分别是：2000年的第五届茅盾文学奖，获奖作品有阿来的《尘埃落定》、王安忆的《长恨歌》、张平的《抉择》、王旭烽的《茶人三部曲》。2005年第六届茅盾文学奖，获奖作品有熊召政的《张居正》、张洁的《无字》、徐贵祥的《历史的天空》、柳建伟的《英雄时代》、宗璞的《东藏记》。2008年的第七届茅盾文学奖，获奖作品有麦家的《暗算》、贾平凹的《秦腔》、迟子建的《额尔古纳河的右岸》、周大新的《湖光山色》。2011年的第八届茅盾文学奖，获奖作品有张炜的《你在高原》、刘醒龙的《天行健》、莫言的《蛙》、毕飞宇的《推拿》、刘震云的《一句顶一万句》。2015年的第九届茅盾文学奖,获奖作品有格非的《江南三部曲》、王蒙的《这边风景》、李佩甫的《生命册》、金宇澄的《繁花》、苏童的《黄雀记》。值得一提的是,这些获奖作品中如《尘埃落定》《长恨歌》《抉择》《张居正》《历史的天空》《英雄时代》《暗算》和《湖光山色》已被改编成同名电视剧热播,而《秦腔》也被改编为同名电影即将公映。这样的话,新世纪的"茅奖"作品共有23部作品,而改编成影视剧的就有8部,改编率高达35%。可见,在新世纪这个影视霸权化、生活化、常态化的视觉时代,"茅奖"作品依然是影视最重要的内容资源、最有号召力的"吸睛大旗"和最有人气的"养粉佳作"。换言之,基于"茅奖"作品的层出不穷的影视改编及其产业化,恰恰从中也透出了新世纪长篇小说的成绩与实力。

当然在谈到新世纪的长篇小说时,任何人都无法忽视的就是获得2012年度"诺贝尔文学奖"的著名作家莫言的作品。作为一个作家,莫言以小说尤其是长篇小说取胜。早期的《红高粱》不仅让他崭露头角,也让参与电影《红高粱》创作的一批人如张艺谋、姜文、巩俐等声名鹊起,让参与电视剧《红高粱》创作的演职人员如郑晓龙、周迅、朱亚文、黄轩、宋佳伦、秦海璐等"渔名渔利"。2012年10月,莫言主要凭借长篇小说《蛙》获得"诺贝尔文学奖",被认为是"将魔幻现实主义与民间故事、历史与当代社会融合在一起"的作品。其实,莫言获"诺贝尔文学奖",不是以一部长篇小说折桂,而是以一系列长篇小说问鼎。这些作品主要包括《白狗秋千架》《红高粱家族》《食草家族》《酒国》《檀香刑》《透明的红萝卜》《四十一炮》《牛》《十三步》《会唱歌的墙》《丰乳肥臀》《生死疲劳》和《蛙》等。莫言在回答记者"作品凭什么打动评委"的问题时说:"这是一个文学奖,授予的理由是文学。我的作品是中国文学,也是世界文学的一部分。我的文学表现了中国人民的生活,表现了中国独特的文化和风情。同时,我的小说也描写了广泛意义上的人,一直是站在人的角度上,一直是写人。我想这样的作品超越了地区、种族、族群的局限。"① 对于莫言获"诺奖",作家陈忠实曾评价说:"中国作家终于走进了诺奖行列,我觉得这不仅是莫言的荣耀,更是整个中国文学的荣耀,必将对中国文坛产生持久而广泛的影响。莫言是位非常优秀的作家,他的独特思维、艺术个性,都已在中国文坛乃至世界文学产生了广泛的影响,他摘

---

① 《莫言获诺贝尔文学奖 陈忠实:这是中国文学的荣耀》,http://roll.sohu.com/20121012/n354709845.shtml。

第一章 生态与生机：新世纪文学的整体观

取诺贝尔文学奖可谓实至名归。"评论家李敬泽认为："他的文字有力证明了中国文学的实力，这个奖，也应该颁给为莫言带来很大创造力的他的家乡高密。他的获奖，会让中国作家和文学更有自信与世界对话。他在近三十年写作中，致力于形成中国式叙事。他对于中国经验，做出了有力的表达。同时，也从西方文学传统的对话中，发现了中国民间的力量。对于生命的看法，对于文学的感性的有力发现和扩展，使得他的影响远远超出文学。"① 著名作家王蒙在接受采访中也不吝赞辞，认为莫言获"诺奖"说明中国当代文学成就获世界关注。毋庸置疑，莫言获"诺奖"，诚然是2012年中国文坛最有轰动效应的标志性事件，所谓"一石激起千层浪"，这种影响至今依然在赓续不断。这恰如澳门大学2012年12月6日在颁授莫言荣誉文学博士学位的赞辞中所称的："莫言是汉语写作群体辉煌星辰中最明亮的一颗，是一个深通艺术辩证法的文化魔术师，是一个将汉语的文学魔力发挥到更高境界的语言魔术师。莫言在汉语文学面临艰难境地的关键时刻，以自己的探索和成就，向世界、也向汉语文学自身，证明了汉语文学的发展前景和远大前程。"②

二、"成熟"：新世纪中短篇小说的景观

从整体上说，新世纪中短篇小说，与20世纪80、90年代的繁华与喧闹相比，虽然数量上依然可观，但整体上显得有些沉默，没有出现人们所期望的那种具备"跨世纪"气概的作品，也没有出现像20世纪中国文学中那样能吸引文学界甚至全社会的目光、引起"共鸣"甚至"轰动"的篇目。这种平静的状态是文学从社会"中心"退潮后的必然结果，同时在某种意义上，小说褪去浮华，增添一份沉稳和平静或许正是它走向成熟的表征。近几年的年度"最佳中短篇小说"选本及评奖对于候选小说的评判也可以看出这一趋势。③

新世纪中短篇小说的第一个表征是褪去浮华、沉稳平实。在新世纪，讲究技术性的中短篇小说不再执着于语言、结构、叙述、故事、文体等形式层，作家的"技术热情"与"技巧热情"相对冷却，此前所张扬的无虚构、跨文

---

① 《陈忠实：我替莫言骄傲 他的作品有思想富有个性》，《新京报》2012年10月12日。
② 《莫言获颁澳门大学荣誉博士学位》，http://news.sina.com.cn/c/2014-12-06/164931254400.shtml。
③ 参阅王先霈主编：《新世纪以来文学创作若干情况的调查报告》，春风文艺出版社2006年版，第10页。

体写作、解构叙事等在新世纪的创作中悄然退场。如王安忆的《小说二题》、史铁生的《两个故事》、莫言的《冰雪美人》、尤凤伟的《原始卷宗》、刘庆邦的《信》等便是如此,以简单朴实的风格展示出作家对日常生活细微而精确的体察,达到艺术上举重若轻的境界。相对于技术的"隐退",有的作品是技术的"隐身",在技术的使用上不露痕迹,在技巧的使用上不落俗套,有招似无招,无招中又有招,无招胜有招,这其实是成熟的一种上乘表现。如毕飞宇的《地球上的王家庄》、红柯的《过年》、迟子建的《花瓣饭》、张万新的《马口鱼》等。这些小说把叙事视角的选择、文本结构的安排、时空线索的设置、话语氛围的铺设等元素融入叙事而不着痕迹,故事发展的内驱力不再仅仅依赖事件的冲突与转折,从而展现叙事的丰富性。这样,技巧内化于质朴而娴熟的叙述中,小说的外表不再花招迭显,也不再乖张怪异,而是沉稳平实。

新世纪中短篇小说的第二个表征是叙事影像、好读耐看。新世纪的中短篇小说在远离文本实验、文体试验与语言游戏之后,变得十分的好读耐看。故事的好读耐看即是故事中的意义淡化,故事与意义疏离。这有两种表现形式:一种是小说的故事不需要人为编织的严密的情节来暗示某种隐含的意义,如迟子建的《芳草在沼泽中》、阿来的《遥远的温泉》等,故事由不同时空间的叙事组成,在散漫、松弛、美妙的叙述中,情节被细节所取代,生活逻辑的逼真替代了对意义的阐释。另一种是故事本身具备可读性,如方方的《奔跑的火光》、池莉的《生活秀》与《怀念声名狼藉的日子》、毕飞宇的《青衣》与《玉米》、陈应松的《豹子最后的舞蹈》等。这些作品除可读性之外,还有浓郁的影像性,有着强烈的视觉冲击的效果。正是如此,这些作品中许多被影视界相中,经改编后搬上了银幕与荧屏。

新世纪中短篇小说的第三个表征是根植现实、写实性强。与长篇小说相比,新世纪的中长篇小说更多地展示着社会晴雨表的功能。基层改革、官场斗争、家庭情感、男女情感、人生烦恼等题材被作家们反复书写。这种"写实"的倾向从某种意义上说是 20 世纪 80 年代中期以来新写实小说的延伸,但与新写实小说相比,虽有着面对现实的无奈情绪,但更多地转变为对生活本身的冷静认知。所以,新世纪中短篇小说的"写实"没有停留在无奈认同的层面,而增强了思考的力度和开掘的深度。这在东西的《不要问我》、严歌苓的《谁家有女初长成》、蒋韵的《上世纪的爱情》、莫言的《冰雪美人》、邓一光的《怀念一个没有去过的地方》等作品都有不同程度的表现。除此之外,毕飞宇的《玉米》、韩少功的《山歌天上来》、池莉的《托尔斯泰的围巾》、须

第一章 生态与生机：新世纪文学的整体观

一瓜的《回忆一个陌生的城市》与《大人》、刘庆邦的《到城里去》、陈应松的《马嘶岭血案》、葛水平的《地气》、袁劲梅的《罗坎村》等都是十分优秀的中篇小说，均从不同侧面、不同角度表达了时代面影与人生百态。

走向写实的新世纪中短篇小说，贴近生活现实，有意识地拉近与当代生活的距离，当代生活的丰富多彩与变化多端在小说中得到真实而迅捷的书写。如池莉的《看麦娘》、方方的《新杀夫记》、张者的《唱歌》、许春樵的《一网无鱼》、刘心武的《京漂女》、申维的《第六代》、唐颖的《告诉劳拉我爱她》、东西的《我为什么没有小蜜》、程青的《艾琳访谈录》等，表现了生活的鲜活感，能使人感觉到当代生活的清新气息和可以触摸的质感。与之相应的便是现实主义创作的再度崛起，它与现代叙事方法的结合成为作家切入现实人生、揭示生存真相的有效途径。如池莉的《生活秀》、东西的《不要问我》、毕飞宇的《青衣》、陈忠实的《日子》、鬼子的《瓦城上空的麦田》、赵本夫的《鞋匠与市长》、须一瓜的《淡绿色的月亮》等，分别从不同的角度，展示了现代人的生存状态。

在新世纪的中短篇小说创作中，毕飞宇与陈应松是最为突出的。毕飞宇的《青衣》和"玉米"系列，详细地描述了当代女性各不相同的人生历程。他从人性的角度探视了人物性格的复杂性与深邃性，筱燕秋、玉米的命运故事不仅揭示了造成女性苦难的社会根源，更凝聚着对女性自身的文化心理及人性普遍弱点的深入挖掘。她们身上不仅体现了传统的文化观念对中国女性的压抑与桎梏，更令人震撼的是，在漫长的历史进程中，女性已经把外在的社会思想和伦理道德规范，转化为内在的心理积淀，成为内在的欲望与自觉的认同。陈应松的"神农架系列"，着力于人与自然的关系，流露出作家对人类生存的强烈忧患意识。《豹子最后的舞蹈》中豹子在猎手追杀中走向死亡的悲壮绝望，《松鸦为什么鸣叫》里松鸦鸣叫后出现的死亡征兆，《狂犬事件》中见到石头都乱咬一气的疯狗……大自然向人类呈现的不祥之兆，正是现代人生存危机的寓言，从而引发人们对人与自然和谐共存的思考。所以，毕飞宇与陈应松的小说，有一种深沉的悲剧力量。

新世纪中短篇小说的第四个表征是关注底层、平民情怀。关注普通人的命运一直是新世纪中短篇小说的重点，而且关注的对象更加底层化。一是关注处于现实变化中的边缘角色的生存现实，如东西的《我为什么没有小蜜》，让人看到一个小科员生存状态的庸常和精神世界的寂寞。二是将目光投向底层民众的底层生活，如铁凝的《逃跑》、北北的《寻找妻子苦菜花》、刘庆邦的《到城里去》、李洱的《龙凤呈祥》、熊正良的《我们卑微的灵魂》、陈应松的《望粮山》、杨争光的《符驮村的故事》等，表现了底层民众对现代生活的向往和现代生活给他们带来的始料未及的后果。与此相关，新世纪的农村题材的中短篇小说依然值得可圈可点，毕竟生活于农村的农民与漂泊于城市的农民工，他们才是真正的底层、真正的民众。方方的《奔跑的火光》、毕飞宇的《玉米》系列、魏微的《乡村、穷亲戚和爱情》、莫言的《倒立》、刘亮程的《榆树的影子》、姜贻斌的《槐树的秘密》等，是这一方面的代表作。而写农民工的作品也不少，其中较为出色的有荆永鸣的《北京候鸟》、张抗抗的《芝麻》、熊正良的《我们卑微的灵魂》、孙春平的《包工头要像鸟一样飞翔》等。特别是孙春平的《包工头像鸟一样飞翔》通过包工头为了替民工争回工钱，爬上了高耸的烟塔的无奈之举最为贴切地表达同了这个群体的生存困境。这些关注底层民生、底层农村、底层民工的小说，都有着令人敬畏的底层伦理与平民情怀，显示了对现实问题的深度关注。"这些作品大都描写了农民的生存状况、农民工的生存际遇、农村的法律现状以及农村基层政权的'潜规则'等，多方位多角度地展现了文学题材中的农村领域"[①]，并塑造了丰富多彩的系列农民形象，为新世纪文学画廊增添了崭新的人物形象，尤其是"农民工"系列形象，这是以前的中国文学作品中不曾有过的，是一种属于新世纪这个时代的新创。

　　由于在中国当代文学评奖体系之中，由于茅盾文学奖是专注于长篇小说的，在对于中短篇小说评奖中最有权威性的莫过于鲁迅文学奖了，因为鲁迅文学奖设有优秀中篇小说与优秀短篇小说奖。从第三届鲁迅文学奖获奖作品（2001—2003）看，优秀中篇小说作品有：毕飞宇的《玉米》、陈应松的《松鸦为什么鸣叫》、夏天敏的《好大一对羊》、孙惠芬的《歇马山庄的两个女人》；优秀短篇小说作品有：王祥夫的《上边》、温亚军的《驮水的日子》、魏微的《大老郑的女人》、王安忆的《发廊情话》。从第四届鲁迅文学奖获奖作品（2004—2006）看，优秀中篇小说作品有：蒋韵的《心爱的树》、田耳的《一个人张灯结彩》、葛水平的《喊山》、迟子建的《世界上所有的夜晚》、晓航的《师兄的透镜》；优秀短篇小说作品有：范小青的《城乡简史》、郭文斌的《吉祥如意》、潘向黎的《白水青菜》、李洁的《将军的部队》、邵丽的《明惠的圣诞》。从第五届鲁迅文学奖获奖作品（2007—2009）看，优秀中篇小说

----

① 周新民：《透视文学作品中的三农题材》，《中国文化报》2005年3月9日。

第一章 生态与生机：新世纪文学的整体观

作品有：乔叶的《最慢的是活着》、王十月的《国家订单》、吴克敬的《手铐上的蓝花花》、李骏虎的《前面就是麦季》、方方的《琴断口》；优秀短篇小说作品有：鲁敏的《伴宴》、盛琼的《老弟的盛宴》、次仁罗布的《放生羊》、苏童的《茨菰》、陆颖墨的《海军往事》。从第六届鲁迅文学奖获奖作品（2010—2012）看，优秀中篇小说作品有：格非的《隐身衣》、滕肖澜的《美丽的日子》、吕新的《白杨木的春天》、胡学文的《从正午开始的黄昏》、王跃文的《漫水》；优秀短篇小说作品有：马晓丽的《俄罗斯陆军腰带》、叶舟的《我的帐篷里有平安》、叶弥的《香炉山》、张楚的《良宵》、徐则臣的《如果大雪封门》。所有这些入选鲁迅文学奖的中短篇小说作品，各有千秋、各有所长，大致代表了新世纪中短篇小说的态势。

三、"复兴"：新世纪诗歌的景观

从整体上说，新世纪的诗歌似乎告别了20世纪90年代市场萎缩、领地消失、冷落冷清的阵痛，市场危机暂告结束，其市场份额在缩减中已趋于稳定，产生了相应的稳定的读者群。尽管说"诗歌的复兴"为时尚早，但诗歌刊物的扩版、新刊物的加入、民间刊物的活跃、网络诗歌的勃兴，为诗人们提供了更多展示作品的平台，为诗歌的发展开拓了更大的空间。但是，新世纪的诗歌已式微为圈内人的"自娱自乐"和圈外人的"装点门面"，诗歌只是那些恋诗者的自恋与精神贵族的个体狂欢，诗歌的小众化倾向越来越明显，毕竟普通大众已随影视、网络和手机而去，大众与诗歌的疏离已是不争的事实。正是如此，有人戏言："在新世纪，写诗的人远比读诗的人多得多"，诗人与诗歌的神圣性受到了前所未有的解构。

其一，新世纪诗歌的展示平台。新世纪诗歌的展示平台，包括改版的传统刊物、新创的官刊、新办的民刊与网络四种。为适应读者和市场需求，《诗刊》于2002年率先改为半月刊，上半月刊以名家名作为主，下半月刊则向青年诗人倾斜，据不完全统计，改版后的《诗刊》可以每年多发诗作2000余首。随即《星星诗刊》也于2002年下半年改为半月刊，也有着不错的业绩。坚守诗歌阵地的还有《诗选刊》《诗歌月刊》《诗潮》《诗林》以及《作家》《山花》等综合性的文学期刊的诗歌专栏。在新世纪，新创的官刊有《大众文艺》和《敦煌》等。新办的民刊有《诗歌与人》《下半身》《新诗界》《诗前沿》《朋友们》《书》《诗文本》《羿》《21世纪诗刊》《寄生虫诗刊》《九行以内诗刊》《外省》《爆炸》《审视》《唐》《阵地》《存在》《终点》《漆》《扬子鳄》

大众媒介与审美嬗变——传媒语境中新世纪文学的转型研究

《第三说》《丑石》《中间》《大开发诗刊》《少数》《极光》《体现》《零号》《十三张》《大民间》《野外》《向度》《诗家园》《存在者》《一代人》《回归》《隐匿者》《新江西诗派》《体现》和《三清诗报》等,计有数十家之多。当然,民刊多以自留、交换、分发和寄赠的方式进行传播,也偶有公开出版发行的。在所有新办的民刊之中,最值得关注的是2000年5月17日由诗人沈浩波、李红旗、朵渔创办的《下半身》杂志,以之为主阵地和大本营,形成了新世纪反响很大的诗歌派别——"下半身写作"。

除传统的纸质媒体之外,给诗歌提供更广阔、更自由的展示平台的,是作为新媒体的网络。网络这个神奇的数字媒体给诗歌的发展打开了新的窗口,为诗歌的传播提供了新的平台,网络几乎成了新世纪一个新的诗歌王国。这样,"网络诗歌"构成了新世纪诗歌场中的一极和独立分场,诗的民间性因网络而彰显,诗的形式因网络而修正,曾经冷寂的诗园也可以因网络而成为网民围观与热议的文化事件——如赵丽华的"梨花体"与车延高的"羊羔体"。于是,一些颇有名气的诗歌网站相继推出,如"界限""诗生活""诗江湖""橡皮""终点"等。根据影响力最大的诗歌网站"诗生活"的链接统计,专业的诗歌网站及论坛已达120家之多,其他网站开设的诗歌专栏则无法统计。面对网络诗歌如此强盛的生命力,一些著名纸质诗刊也相继建立自己的网站,如《诗刊》《诗潮》《诗歌报》《星星诗刊》等,从而实现了网络化的"蝶变"与"变脸"。另外,出版界与书商也以"网络诗歌"为选题推出新书,其中较为典型的有重庆出版社的《诗歌的界限——网上现代诗选》(2002年),春风文艺出版社也有各年度的"网络诗歌"的选题。这样,栖居于网络的"网络诗歌"无疑成了新世纪诗歌发展引人注目的新动向与新风景。

其二,新世纪诗歌的群体意识。从整体上说,新世纪的诗坛虽不似20世纪80年代那样山头林立、流派众多、旗帜变幻,但是"拉帮结伙""自封自命"的怪象依然层出不穷,有着极端的断裂姿态和追求片面的深刻性等行为特征。"所谓极端的断裂姿态,是指与别的诗歌派别尤其是与前此有影响的诗歌派别的断裂,以标榜自己的创新性与独特性。所谓追求片面的深刻,是指其理论主张,往往有意突出和强调诗学理论的某一个片面,将之推向极端,以追求其绝对的深刻性。"① 在新世纪,先后出现的诗歌流派主要有"70后"

---

① 王先霈主编:《新世纪以来文学创作若干情况的调查报告》,春风文艺出版社2006年版,第17页。

"下半身"和"中间代"等。如"下半身"群体,刻意强调"身体写作"的本体论意义,竭力否定一切既有的诗歌观念,力图表现形而下的生命体验。还如"70后"与"中间代"群体,基于一种代际影响的焦虑,力求挣脱前代诗人的影响,独立创造自己的历史,有着浓得化不开的"弑父情结"。这些诗歌群体的出现,集合了新的创作队伍,为新世纪诗坛贡献了一批新人新作,但是终究因为缺少一种文学流派产生的历史根基和诗学根基,基于"断奶"而生的"断代"之作,其实绩和艺术水准并不高,加之许多诗作越过了道德或艺术的底线,赤裸裸地表现肉体的欲望,缺少应有的艺术审美价值而为读者所诟病嘲讽。这样,新世纪诗歌陷入了一个"剃头挑子一头热"和"孤芳自赏"及"顾影自怜"的尴尬处境。

新世纪诗歌的群体意识还体现在群体活动的大规模举办。最有影响的莫过于"甲申风暴·21世纪中国诗歌大展"。这是一次现代诗的最大规模的群体展示,由《星星诗刊》《南方都市报》和新浪网联合举办。于2003年8月开始征稿,2004年3月正式推出。这次大展的宗旨是:大规模展示当代汉语诗人的优秀创作,真实反映中国诗坛现状,呈现国内各诗歌网站、社会和个人的最佳诗歌创作成果,强档推出当代实力诗人,为积蓄已久的中国诗歌风暴搭建舞台,摇旗呐喊,同时也让小众的诗歌和大众的读者发生联系。这次大展集中展示了近300位诗人的近千首诗歌。参展的诗人既有"朦胧诗"及此前的"知青诗人",也有"朦胧诗后"诸派以及其后的"70后""下半身""中间代"诗人,几乎囊括了当下诗坛的各种力量和各派作品,是当下诗坛的一次实力展示和力量整合。大展因为吸收了民间社团、民间刊物和网络诗群参加,因而也沟通了不同诗群间的交流,并使诗歌与读者的接触有了一个立体交叉的通道与渠道。

其三,新世纪诗歌的创作倾向。从整体上说,新世纪诗歌有两个基本的创作倾向:一种是"知识分子写作";另一种是"民间写作"。王家新、臧棣、西渡、孙文波、张曙光、姜涛、周瓒、桑克、杨小滨、胡续冬等是"知识分子写作"的代表;于坚、韩东、伊沙、徐江、杨克、侯马、沈浩波、朵渔等是"民间写作"的代表。对此,有人概括地说:"持'知识分子写作'立场的诗人与诗评家强调书面语言之于诗歌写作的艺术合理性,强调技艺的重要性,追求诗歌内容的超越性和文化含量;持'民间写作'立场的诗人和诗评家则强调口语之于诗歌写作的艺术长处,强调诗歌的活力原则和原创性,注重题材、内容的日常性与当代性。"① 客观地说，"知识分子写作"与"民间写作"各有维度，也各有长处，并不是绝对不可调和的，但由于"盘峰论争"的流弊播撒，诗人意气的张扬以及"山头主义"的作祟，从而使新世纪诗坛呈现了"知识分子写作"与"民间写作"双峰对峙的局面。

近年来，在双峰对峙的整体语境下，新世纪诗歌也出现了可喜的"多向分流"的趋势。这主要表现为三种取向：一是对现实问题的关注；二是对生存体验的关注；三是对本土经验的关注。这三种关注，表明了新世纪诗歌超越纯粹的语言主义、形式主义、精英主义、浪漫主义而向现实问题、生存生命、本土经验的回归，这是一种弥足珍贵的转型。还有，网络诗歌的涌起，也在逐渐地消解诗歌的精英性而大力彰显平民性。

其四，新世纪诗歌的诗歌形象。所谓诗歌形象，并不是指诗歌中塑造的形象，而是诗歌在公共空间与公众心目中被各种意识形态和社会阶层所"塑造"和"想象"出来的形象。于是，在新世纪诗歌形象背后，也就是我们这个时代对待汉语诗歌体裁的意识形态策略，或者说我们这个时代将汉语诗歌摆在什么位置以及如何评估汉语诗歌的价值与意义。简言之，诗歌形象不是诗歌中的形象，而是诗歌本身在某个时代、某个社会、某个文化空间的形象。法国批评家让·马克·莫哈曾经指出："文学形象学，所研究的一切形象，都是三重意义上的某个形象：它是异国的形象，是出自一个民族（社会、文化）的形象，是由一个作家特殊感受所创作的形象。"② 新世纪诗歌形象，既是针对异国诗歌"他者"的形象，是民族文化的形象，也是诗人主体对这个时代的感受所创造出来的形象，更是接受主体在这个时代所感受与想象出来的形象。从整体上说，新世纪诗歌的诗歌形象就是"沦丧"，这也是新世纪诗歌困境的集中表现。概括地说，新世纪诗歌形象的沦丧，在很大程度上来自新世纪悖论化的社会中的消费机制、大众传媒、主流意识形态和文学圈的"想象性共谋"。

造成诗歌形象沦丧的原因，首先不是诗歌本身，而是这个消费化、碎片化、传媒化的社会。正是这个消费化、碎片化、传媒化的社会给我们生产和

---

① 谭五昌：《新世纪之交的中国新诗状况：1999—2002 年》，《诗探索》2003 年第 3—4 辑。
② [法] 让·马克·莫哈：《试论文学形象学的研究史及其方法论》，转引自孟华主编：《比较文学形象学》，北京大学出版社 2001 年版，第 25 页。

第一章 生态与生机：新世纪文学的整体观

构造了一个"沦丧"的诗歌形象。在这一点上，大众传媒是急先锋，如所谓的"梨花体""口水诗""下半身写作""羊羔体"等就是典型的媒介文学事件，既调戏、调侃诗歌又矮化、丑化诗歌，既紧紧地遮蔽诗歌的正能量又无限地放大诗歌的负能量。如法国学者保罗·利科所说的："意识形态参与自塑自我形象，进行戏剧意义上的自我表演。这种主动参与游戏和表演同社会群体的需求相连。"① 换言之，"沦丧"的诗歌形象，从本质上说在传媒话语与行动中的想象，是在传媒审美机制下被诱奸、被误读的形象。学者房伟指出："由于政治的屏蔽和消费意识的凌辱，我们优秀的诗歌作品很难真正被经典化，而那些残渣余孽，却总以种种令人作呕的方式，浮现于公众空间。"② 于是，"地震诗歌"成了歌颂新时代的盛世赛诗会，而"梨花体"诗歌也以侮辱公众智商的方式，基因突变为一条精迹斑斑的"花内裤"，呈现在各种心怀鬼胎的媒体上，以暴露弱智和低俗赢得点击率与回帖数。更不要说那些装模作样的裸身、装神弄鬼的诗会、装腔作势的卖诗等所谓诗歌行为艺术。他们剥夺了可怜的诗歌形象的最后一条遮羞布，还沾沾自喜于自己的卑鄙伎俩。这些打着诗歌幌子的作秀行为，它们对诗歌所造成的伤害，远远高于政治对诗歌的挤压式伤害，毕竟在新世纪政治的高压在改革开放的语境下得到了极大的稀释。正是那些被媒体追捧的伪诗人与伪诗歌，以自己拙劣的表演，将诗歌活动变成了"超女选秀"——他们破坏了诗歌在大众心目中的形象。

造成诗歌形象沦丧的原因，还有一点就是消费化、媒体化的文化语境。在新世纪的文化语境之中，诗歌的象征资本快速缩水，既不如强调故事消费的小说，更不如强调视像消费的影视、网络与智能手机，从而在文学场域内部和社会场域中出现了双重衰落的危机。这种危机，并非只针对中国，而是世界性的。诗歌的象征资本不仅承受过现代性的冲击，还全方位地承受着后现代性的"解构妖刀"。而中国问题的复杂性在于，当主流意识形态与消费主义结盟之后，对诗歌的压迫，就不仅仅来自文学内部的话语嬗变和体裁更迭，也不仅仅是来自社会的物质主义和消费主义，而是一种"过量压抑"。其一，诗歌的表述，依然被意识形态认为有突破禁忌的可能，从而严加防范与严密控制，从而人为地折断了诗歌张力的翅膀。其二，主流意识形态又有意地放

---

① [法] 保罗·利科：《在话语和行动中的想象》，转引自孟华主编：《比较文学形象学》，北京大学出版社 2001 年版，第 41 页。
② 房伟：《中国新世纪文学的反思与建构》，中国社会科学出版社 2012 年版，第 32 页。

逐诗歌,放任诗歌被消费主义欲望化,以此在盈利的同时,削弱文学形象的反抗性,切断它们与现实的联系,进而将之丑化和矮化,从而将诗歌"置于边缘"和"打入冷宫"。其三,脆弱的中国诗歌,被太多的伪诗人与伪诗歌肆意地践踏着、糟蹋着,如所谓的"废话""口水""下半身""断行""梨花体""羊羔体"等,它们与媒体共谋,不惜榨取奄奄一息的诗歌身上最后一点剩余价值——它的符号想象资本,以谋求自己肮脏的利润。其四,没落的中国诗歌,总是一次又一次地被媒体"玩弄"与"消遣",媒体放大了诗歌的丑陋,遮蔽了诗歌的美好,进而为诗歌生产、出版、传播、交流等领域,创造出一个又一个具有无害价值增值性的消费符号与娱乐事件。这样,新世纪的中国诗歌,承担了大量文学消费的负面与暗光,不可避免地成为时代祭坛上的第一道祭品,"走下神坛、摆上祭坛"成为诗歌无法逃避的宿命。于是乎,诗歌被利用、被嘲讽、被凌辱、被抛弃,沦为餐桌前的"开胃菜",成为茶余饭后的"开心果",成为高官附庸风雅的道具,成为媒体制造轰动效应的"下饭菜",也就理所当然了。所有这些,恰好印证了学者房伟所说的一句话:"也许,这正是一个拒绝意义,又极度渴望意义的时代,一个非常需要诗歌,却又处处毁灭诗歌的疯狂时代。"①

其五,新世纪诗歌的代表作品。尽管新世纪诗歌在沦丧,但是不可否认的是诗歌依然在弦歌不断,特别是在民间刊物流传、自费诗集的出版、民间诗社的聚集以及自媒体引导下的生活诗派的流行,诗歌又以一种貌似"喧哗"与"管涌"的姿态呈现在新世纪文学的地平线上。对于诗歌好坏优劣的品评,自然是"仁者见仁、智者见智"。但如果仅从文化象征资本的角度来考察的话,我们同样可以拿鲁迅文学奖作为一个可以烛见的透镜,因为鲁迅文学奖设有优秀诗歌奖。从第三届鲁迅文学奖获奖作品(2001—2003)看,优秀诗歌作品有:老乡的《野诗全集》、郁葱的《郁葱的抒情诗》、马新朝的《幻河》、成幼殊的《幸存的一粟》、娜夜的《娜夜诗选》。从第四届鲁迅文学奖获奖作品(2004—2006)看,优秀诗歌作品有:田禾的《喊故乡》、荣荣的《看见》、黄亚洲的《行吟长征路》、林雪的《大地葵花》、于坚的《只有大海苍茫如幕》。从第五届鲁迅文学奖获奖作品(2007—2009)看,优秀诗歌作品有:刘立云的《烤蓝》、车延高的《向往温暖》、李琦的《李琦近作选》、傅天琳的《柠檬叶子》、雷平阳的《云南记》。从第六届鲁迅文学奖获奖作品(2010—

---

① 房伟:《中国新世纪文学的反思与建构》,中国社会科学出版社2012年版,第35页。

2012)看，优秀诗歌作品有：阎安的《整理石头》、大解的《个人史》、海男的《忧伤的海麋鹿》、周啸天的《将进茶——周啸天诗词选》、李元胜的《无限事》。在所有这些获奖作品中，车延高的《向往温暖》曾经引来一片争议，其作品《徐帆》和《刘亦菲》被网友调侃为"羊羔体"；还有周啸天的《将进茶——周啸天诗词选》尽管得到了文坛前辈如王蒙、杨绛等的力捧，但还是受到了文坛大佬如方方的质疑，甚至被网友讥讽为"打油诗"。可见，"诗无达诂"，新世纪诗歌的"精品化"与"经典化"还有很长的路要长。

四、"兴旺"：新世纪散文的景观

从整体上说，新世纪散文因其内在的"杂""散""休闲""生活性"切合了消费社会的语境，因而相对来说占有不小的市场份额。国内专门发表散文的刊物有8家，它们分别是天津的《散文》和《散文》（海外版）、郑州的《散文选刊》、广州的《随笔》、北京的《中华散文》、福州的《散文天地》、邯郸的《散文百家》、西安的《美文》等。以不定期丛刊形式发表散文的有《散文和人》《老百姓》《中外散文选萃》等。许多大型的文学期刊和文化报刊也越来越重视散文的刊载，如《十月》《收获》《人民文学》《青年文学》《上海文学》《天涯》《钟山》《书城》《万象》《读者》《书屋》《中华读书报》等。除此之外，散文的发表园地还向生活类、消费类杂志延伸，向周报、日报、晚报的副刊及生活类报刊延伸，如《三联生活周刊》《女友》《知音》《特别关注》等杂志和《南方周末》《北京青年报》《新民晚报》《华西都市报》等报纸。据估算，全国各地报刊每天能发表散文作品20余万字，一年总共1000多万字。依此推算，则新世纪十五年散文作品高达15000多万字，这是一个庞大的数字，充分说明了新世纪散文作品在数量的大幅增长。

在新世纪，散文创作的队伍在不断扩大，表现为作者数量的增多和作者身份的驳杂。从年龄上说，已经形成代际较为清晰、代沟较为明显的作家群，出现了"四世同堂"的兴旺景象：第一代有季羡林、施蛰存、杨绛等；第二代有李国文、宗璞、邵燕祥、林斤澜、张中行等；第三代有张承志、韩少功、史铁生、余秋雨等；第四代有胡晓梦、鲍吉尔·原野、素素等。从职业上说，散文创作的队伍打破了专业作家一统天下的格局：一是学者，如季羡林、张中行、黄裳、周国平、朱学勤、刘小枫等；二是文化人，如刘心武、余秋雨、陈村、韩美林、江堤、李元洛、王开林等；三是传媒人，这主要表现在记者、编辑、白领丽人、名人明星们等其他职业的作者的加盟，使散文创作突破章法、更具活力，如赵忠祥、倪萍、杨澜、敬一丹、白岩松、水均益、崔永元、赵玖、李咏等。

纵观新世纪散文，不可避免地带有转型期的浮躁症，像"小女人散文"和"大文化散文"多少有点市场炒作的嫌疑。但是，新世纪散文还是有许多摒弃浮躁、剔除造作、潜心思考之作。它们或追问历史与文化，或寻思社会与人生，或探讨人类生存处境，或追求人生价值与意义，充满理性色彩也不乏个人性情，书写文化转型期的人文感怀。所以，从这个角度来说，新世纪散文有三种类型是值得关注的。一是"文化与人类型"，如余秋雨的《千年一叹》、李存葆的《东方之神》、张承志的《高贵的精神》、袁鹰的《沈园柳老不飞绵》、朱增泉的《居延海》与《喊叫水》等。二是"历史与现实型"，如梁衡的《把栏杆拍遍》《乱世中的美神》和《最后一位戴罪功臣》、唐浩明的《晚清政坛上的一对杰出师生》、薛尔康的《百年荣公馆》、何向阳的《长河行》、卜毓芳的《钱山孤行》与《出于幽谷生于乔木》等。三是"记忆与印象型"，如史铁生的《有关庙的回忆》与《记忆与印象》、张隆溪的《怀念钱钟书先生》、黄永玉的《平常的沈从文》、阎纲的《我吻女儿的前额》、竹林的《怀念江流》、铁凝的《怀念孙犁先生》、从维熙的《荷香深处祭文魂》等。除此之外，刘亮程的《一个人的村庄》与杨绛的《我们仨》是新世纪散文的最大亮点与热点。刘亮程以"乡村哲学"被誉为"20世纪90年代最后一位散文家"和"21世纪最初一位散文家"。而杨绛的《我们仨》自2003年7月出版以来一直居畅销书排行榜，无数读者为书中所表达的深邃厚重的人情和正直清朗的操守所感动，在新浪网2003年评选的"好书奖"中名列第一。

从这些概述中，我们可以看出，新世纪十五年的散文创作是有着新发展的。所谓"文章合为时而著，歌诗合为事而作"，新世纪十五年为散文创作提供了丰富的素材与多维的思考。新世纪十五年是多事的十五年，史上百年不遇的盛事、难事，在这十五年中接二连三地集中爆发。如举办奥运会、神舟飞船发射成功、"非典"、南方冰灾、汶川地震、纪念建国60周年、新文学60年、纪念抗日战争胜利70周年等，大喜大悲的事件交替切换，深深影响着人们的心理和创作，极大激发了作家的社会使命感和责任感。散文、纪实文学作为人们心灵的直达车，许多的社会盛事、难事在散文中得到了大张旗鼓的反映。尤其是"纪实文类"在受到热烈的追捧。直击社会问题、抨击丑恶现象的纪实性报告文学在市场上长线飘红。众多的主流文学期刊如《北京文学》《中国作家》《人民文学》《报告文学》《民族文学》等，均将纪实文学作为生

第一章 生态与生机：新世纪文学的整体观

死改版的首选内容，扣住当下大众热门话题建构新型的阅读关系。新世纪散文、纪实文学充分发挥信息接受中的文学功能，不仅及时传达社会真实感情和生活信息，还为读者制造阅读快感，这使得它的市场表现与文学表现获得了统一。

如果我们从文学获奖的角度来审视新世纪散文的话，那么与茅盾文学奖、老舍文学奖、曹禺戏剧文学奖并称"中国四大文学奖"的鲁迅文学奖是一个最好的标尺。鲁迅文学奖设有优秀报告文学奖与优秀散文奖。这两者均属于大散文范畴。从第三届鲁迅文学奖获奖作品（2001－2003）看，优秀报告文学作品有：王光明与姜良纲的《中国有座鲁西监狱》、李春雷的《宝山》、杨黎光的《瘟疫，人类的影子——"非典"溯源》、加央西热的《西藏最后的驮队》、赵瑜与胡世全的《革命百里洲》；优秀散文作品有：贾平凹的《贾平凹长篇散文精选》、李存葆的《大河遗梦》、史铁生的《病隙碎笔》、素素的《独语东北》、鄢烈山的《一个人的经典》。从第四届鲁迅文学奖获奖作品（2004－2006）来看，优秀报告文学作品有：朱晓军的《天使在作战》、何建明的《部长与国家》、党益民的《用胸膛行走西藏》、王宏甲的《中国新教育风景》、王树增的《长征》、田禾的《喊故乡》；优秀散文作品有：韩少功的《山南水北》、南帆的《辛亥年的枪声》、刘家科的《乡村记忆》、裘山山的《遥远的天堂》。从第五届鲁迅文学奖获奖作品（2007－2009）来看，优秀报告文学作品有：李鸣生的《震中在人心》、张雅文的《生命的呐喊》、关仁山的《感天动地——从唐山到汶川》、彭荆风的《解放大西南》、李洁非的《胡风案中人与事》；优秀散文作品有：王宗仁的《藏地兵书》、熊育群的《路上的祖先》、郑彦英的《风行水上》、王干的《王干随笔录》、陆春祥的《病了的字母》。从第六届鲁迅文学奖获奖作品（2010－2012）来看，优秀报告文学作品有：黄传会的《中国新生代农民工》、任林举的《粮道》、肖亦农的《毛乌素绿色传奇》、铁流与徐锦庚的《中国民办教育调查》、徐怀中《底色》；优秀散文作品有：刘亮程的《在新疆》、贺捷生的《父亲的雪山 母亲的草地》、穆涛的《先前的风气》、周晓枫的《巨鲸歌唱》、侯健飞的《回鹿山》。

当然，新世纪十五年的散文也为我们留下了许多值得思考的问题。一是媒体对散文创作的影响力的日益增加。散文的繁荣与媒体推动有着直接关系，但"水能载舟，亦能覆舟"，媒体对散文创作的控制力也正在加强。目前散文作品的出版多以系列图书的形式出现，而随着出版生产力的扩大，将出现出版界策划、组织作者创作的局面，这会为散文的发展带来浮躁之风，纯商业操作会危及散文创作的质量，即便是有一定品位的学者散文也不可避免。二是散文创作大多存在"靠色"和"追风"的问题。某个作家因为某种散文而获得成功，必然会有一大批包括有才华、有积累的作家跟随仿效，生产出大量类似的散文，这使得原本是创新的东西因为后来者的多次复制而变得乏味枯燥。① 从细的方面说，政治散文的说教性、文化散文的论文性、游记散文的过程性、生活散文的平庸性等都是值得注意的模式化倾向。还如"文化散文"的泛滥，"小女人散文"与"小资散文"的蜂起，"行走散文"的集体推出等，都表征着新世纪十五年散文的类型化、雷同化、生产化、复制化的流弊。

五、"畅销"：新世纪青春文学的景观

在新世纪，不管是体制内文坛还是体制外文坛，文学中的新秀风起云涌，以"青春化"或曰"年轻化"的姿态共同撑起了青春文学的天空。青春文学是新世纪文学创作的亮点，也新世纪文学发展的一股新势力

长期以来中国文学史上只有成人文学和儿童文学两大板块。2000年伊始，一种最初称为"80后"的青春文学，在个别地往外冒了几年以后，海啸般腾空而起，冲击了当代文学的群山。2004年北京开卷图书市场调查显示，世纪初以中学生为主的青少年自己创写的青春文学出版总和与中国现当代作家作品的出版总和各占图书市场的10%。青春文学从新世纪初的"全国新概念作文大赛"青涩出炉，到2009年在《人民文学》以文坛新锐身份整体亮相已经十年。中国社会科学院《中国文情报告》统计，截止2009年，在中国开卷文学图书销售排行、新浪读书小说图书点击排行等当代权威的图书排行中，郭敬明、韩寒、明晓溪等青春文学当红作家的作品销量一直名列前茅，当代青春文学整体上保持着图书市场销售的骄人成绩。数字不代表文学，但数字却是经济时代文学发展的硬道理。在2000年至2015年的十五年间，韩寒由反叛而"作家"，郭敬明因文学而"新贵"，青春文学主力作家一拨一拨地成长为市场和文坛的双栖明星。青春文学不仅以对图书市场的占有份额证明了自己的社会爆发力，而且将"独一代"的精神结构压缩到文学创作中，以其全新的写作改变了主流文学几乎所有安身立命的传统要素，向我们显示了转型期当代文学生产机制的变化。

---

① 参阅王先霈主编：《新世纪以来文学创作若干情况的调查报告》，春风文艺出版社2006年版，第27页。

第一章 生态与生机：新世纪文学的整体观

以"80后"为主力、辅之以"90后"的青春文学，用写作追求与阅读兴趣的整体互动介入了新世纪的文学活动。他们把他们的喜好与个性，用写作与阅读的方式一并显现出来，并对整体的文学添加了新异的成分。这些新异包括：一是这个写作群体的"年轻化"与"明星化"；二是这个群体作品的"个性化"与"主体化"；三是强调文学功能的"宣泄为主、宣教为次"；四是这个群体读者的"粉丝化"与"感性性"。白烨认为："他们在出道之初，普遍为初中、高中在校学生，或相同学历的同龄人，这种新异中更为重要的，是他们在写作中的以'我'为主，张扬个性，追求真实，在注重宣教的文学功能之外，又彰显了以宣泄为主的文学功用。因为他们以校园为背景，以成长为主题，并在写作中追求与同龄读者的密切互动，使得青春文学如雨后春笋般在文坛疯长，一直牢牢占据文学图书市场的销售前列，于今已成为当代文学类型中最为大量的重要构成。"① 对于"80后"和"90后"的萌生与涌现，成长与成熟，我们不能单看郭敬明、韩寒等几个影响大的偶像型明星作者，而要看到他们既有一个个性鲜明又整体丰繁的写作群体，还有一个注重质感与热衷阅读的读者群体。这样一个庞大的文学群体的介入，以及市场的助推，新世纪文坛诚然给人以一种"年轻无极限"与"青春不会老"的冲击震感。

青春文学动摇了当代文坛赖以生存的基础出版机制，也一定程度动摇了主流文坛的意识形态话语机制。如今主流文坛对这个巨大的青春文学市场已不再视而不见，而是从诸多的方面给予关注和扶持：一是通过国刊、高层文学论坛等渠道推介新人；二是与媒体市场联手举办各种文学赛事推动青春文学的发展；三是通过批评研讨展开青春文学理论建设；四是通过作家高级研讨班有计划地培训文学新人，吸收青春文学新秀加盟作协。值得一提的是，2007年以"80后"为主的青春文学再度引起了人们的广泛关注，成为文坛内外各种媒体的新热点。这种关注分为两种情形：一是来自主流文坛的走近与研讨又有新的动向。最典型的是2007年第4期的《南方文坛》的"'80后'写作评论专辑"，对张悦然、春树、李傻傻、笛安、郑小琼等"80后"代表作家进行了具体的文本评析。二是因为其中一些"80后"作者申请加入中国作协，敏感的媒体进行了跟踪性的报道，引起了各方面的关注与反响。加入作协的"80后"作家有郭敬明、张悦然、蒋峰、李傻傻等。对于加入作协，张

---

① 白烨主编：《中国文情报告（2009—2010）》，社会科学文献出版社2010年版，第9页。

悦然说:"写作是很孤独的事情,如果作协能提供一个周围有做同样事情的朋友的环境,真的很重要的","重要的不是找到组织,而是通过组织找到更多想找的人。如果'80后'除了我之外没有一个人入作协,我会很恐慌的。我感觉加入作协是大势所趋"。李傻傻认为:"我觉得,加入作协就跟加入一个QQ群差不多。有的人潜水,有的变成管理员,有的还可以在上面做生意。"他还说:"在无所不在的体制之中,我们总说体制的不是,却也不得不寄生其中。这种时候批评'80后'加入作协,是对体制问题的避重就轻,是批评中国文学不怎么样是找错了对象;也含着一种看客心理,自己东临碣石,以观沧海,捡个软柿子让这群年轻人去打先锋。"对于加入作协,韩寒却是"不屑加入",他在自己的博客上说:"关于作协一直是可笑的存在。""为什么我们中国一直没有特别好的文学作品出现,我一直认为作协是罪魁祸首。他们号称主流文坛,号称纯文学,其实干的事从来都是背道而驰。""我会不会加入中国作协?如果我去了就能当主席,我就去,我下一秒就把作协给解散了,把这些国字号马甲都扒了,这是中国文学的出路之一。"①

新世纪崛起的青春文学,填补了中国文学史上半成年人文学的空白,表明当代青春文学以独立姿态登上了文学历史舞台。诚如中国作协主席团成员、著名作家陆天明所说:"我非常赞成作协吸收'80后'作家,他们绝对是中国文学未来不可忽视的力量。他们一定会长大,会成熟,会挑起重担。中国文坛肯定有一天是属于'80后'的。"②著名作家陈村也说:"'80后'与所谓文坛并不存在那么大的矛盾冲突。文坛本来就是老的退下去,新的站起来,每一代都是这样,不存在他们出来了我们就一定不存在的说法。"③

六、"崛起":新世纪影视小说的景观

在新世纪,由于影视传媒及影视剧的高度繁荣,影视小说作为一种新生力量也得到了迅速的发展,成为新世纪文坛一种不可忽视的文学形态。所谓"影视小说",是依托电影、电视而发展起来的一种杂体文学或曰跨体文学,

---

① 参阅白烨主编:《中国文情报告(2007—2008)》,社会科学文献出版社2008年版,第142—145页。

② 转引自白烨主编:《中国文情报告(2007—2008)》,社会科学文献出版社2008年版,第146页。

③ 转引自白烨主编:《中国文情报告(2007—2008)》,社会科学文献出版社2008年版,第147页。

第一章 生态与生机：新世纪文学的整体观

它与传统小说的区别在于：传统小说是独立于影视剧而存在的居于主导地位的文学形态，影像生产是由小说到影视剧的改编过程；而影视小说是从影视剧到小说，是依附于影视剧而存在的新的文学形态。新世纪影视小说的兴起，不仅切合了影视当家、影视狂欢的媒介语境，而且也附和了影视这种最广泛、最时沿、最强劲、最市场的大众传播形式。事实上，影视小说在服务影视及影视剧的进程中，也为新世纪小说增添了一道新的风景。

准确地说，影视小说是影视剧特征向小说文体渗透的结果。时下，在许多大型的书店都设有"影视小说"专柜，表明它是文学畅销书的一种新类型。这些作品中，既有由影视剧改写的小说，也有影视文学脚本，还有搭影视车的原创小说。由于搭影视车的原创小说不具有文体学上的"新意"，而纯粹的影视文学脚本目前大多出版社认为不便于读者阅读，出版数量很少。从这个角度来看，所谓"影视小说"主要是指由电视剧和故事片改编而来的小说，它们通常又被称为"电视小说"和"电影小说"，或者"影视同期书"。

作为一种有自觉意识的小说类型，影视小说进入读者市场可以上溯至1999年。1999年初，当电视剧《还珠格格》第一部一炮走红时，琼瑶迅速推出了同名小说；在电视剧《还珠格格》创下了年度收视率纪录新高的同时，小说《还珠格格》也迅速窜入畅销书的行列。这一年接踵跟进的还有王海鸰的《牵手》、莫言的《红树林》、谢丽虹的《姐妹》、胡闽江的《老房有喜》等，由此共同演绎出据影视剧改写为影视小说的第一波潮流。随后，全国各大出版社纷纷趟水，都或多或少地推出了自己的影视小说。尤其是现代出版社推出的"梦剧场"系列影视小说，包括《庭院里的女人》《刮痧》《大腕》《一见钟情》《皇宫宝贝》《白领公寓》《梧桐雨》《真情告别》《吕布与貂蝉》《海洋馆的约会》《情有千千劫》《背叛》《经典爱情》《绝对情感》等等，竟达百余部之多。

纵观新世纪的影视小说，主要有两种类型：一类是以影视剧本为本体而衍生的影视小说，或曰"剧本小说"。它在文体上介于影视剧本与小说之间，并主要依附于相应的影视剧的播放而存在。如郭宝昌的《大宅门》、赵琪的《最后的骑兵》、万方的《空房子》、钱林森与廉声的《大宋提刑官》等属于这一类的典型代表作，这一类影视小说中剧本的痕迹十分明显。另一类是以影视剧本为支体而进行小说化还原的影视小说，或曰"剧本小说化"。它在文体上介于影视剧本与小说之间，强调以小说为本位，剧本的痕迹比较淡化。它既打影视与图书互动这张牌，又不放弃追求不依附于影视播映而存在的独立的小说价值。王海鸰《牵手》与《中国式离婚》，张欣的《生活秀》，李冯的《英雄》与《十面埋伏》，刘震云的《手机》，都梁的《血色浪漫》，都是这一类影视小说的代表。比如王海鸰的《中国式离婚》作为一部电影剧本改编的小说，曾被评为"2004年《当代》杂志文学拉力赛"第四站的最佳小说。王海鸰说她由剧本改编小说的原则是"戏剧的思想、人物、故事不推翻，但文本全面进行格式转换。把小说不需要的戏剧因素大量地删除、小说所需要的心理轨迹大力丰满"①。正是如此，著名评论家雷达是这样评价的："我对影视和文学的互换我始终心存疑虑……但是《中国式离婚》我看了以后，改变了原来认为不可能先有电视剧后有长篇小说的观点。在现代艺术发展中，小说家能兼容一些其他艺术的成分，才能使自己的小说写得更好。"② 还有如刘震云的小说《手机》，无论在主题上，还是在叙事时空上，其发挥小说文体之长对电影叙事进行的再拓展，甚至引来了一边倒的"小说比电影好看"的评价。刘震云曾经说过："《手机》不是把剧本变成小说体。小说《手机》的结构极其后现代，三个部分是三个不同时期'说话'的故事，而电影《手机》只是小说的第三部分——主持人严守一在话语喧嚣的都市的故事。我把电影当作一个台阶，小说创作是顺着台阶往上走。电影在短短的一个半小时之内可能只能激发观众的第一反应，但小说要的是读者的第二反应、第三反应。如果一开始就写小说，有可能出来的就是第一反应，但现在电影已经激发出第一反应了，小说就可能走得更深入。"③ 在这里，小说充当的不是影视作品的"底本"，而是反其道而行之，影视作品成为小说的铺垫，小说在更高层次上成为影视作品的深入与拓展。

新世纪影视小说的崛起，充分说明了我们确实已经进入了一个"影视带领文学走"的时代。诚如刘震云所说的："当下文坛排名前10位的作家，哪一个是没有与影视发生关系的？哪一个不是靠着影视声名远播？"④ 作家衣向东也说："我每年都会写两三部中篇小说，而且反响很好，也得了很多奖，甚

---

① 术术：《王海鸰：我承认搭了影视的车》，《南方都市报》2004年9月20日。
② 参见 http://cul.sina.com.cn/2005/01/11，《文艺沙龙：白烨陈晓明名家谈2004年几部小说》。
③ 鲍晓倩：《作家纷纷触电影视，创作心态各不相仿》，《中华读书报》2003年11月26日。
④ 董彦：《刘震云 莫言 王朔 苏童 北村：让电影给我打工》，见 http://www.southcn.com/ENT/yulefirst/200404200127.htm。

第一章 生态与生机：新世纪文学的整体观

至有人称我是'得奖专业户',这……也许与我有比较多的小说被改编成电视剧有关。"① 这些都是"影视带领文学走"的例证。无论是"求同性"的影视小说，还是"存异性"的影视小说，或者无论是"剧本化"的影视小说，还是"小说化"的影视小说，或者无论是"拟影视体"影视小说，还是"超影视体"影视小说，都印证了影视与小说的互动关系由从前的"小说驮着影视走"向"影视牵着小说走"的转型。这种转型，既扩大了影视剧的产业链，也丰富了小说的生存域。换一个角度说，影视化生存是新世纪小说的一种存在方式，工业化生产是新世纪小说的一种创作方式，"共读"是新世纪小说的一种接受方式，影视元素是新世纪小说的一种艺术基质。承认这一点，我们有理由相信：影视时代的降临为小说开创了一个前所未有的新阶段。

七、"兴盛"：新世纪网络文学的景观

新世纪十五年，是网络文学风生水起的十五年，也是网络文学繁荣昌盛的十五年。事实上，网络文学已成兴盛之势。否认这一点，无异于自欺欺人、一叶障目。金元浦认为："今天，电子媒质引起的传播革命，又一次引起了文学自身的变化。文学面临着又一次越界、扩容与转向。大批新型的文学样式，如网络文学、电影文学、电视文学、甚至广告文学、手机文学，一大批边缘文体，如大众流行文学、通俗歌曲（歌词）艺术、各种休闲文化艺术方式，都已进入文学创作和研究的视野，由文学而及文化，更多的新兴的文化艺术样式被创造出来，成为今日文学——文化学关注和研究的对象。"② 按照欧阳友权的观点，"所谓网络文学是指由网民在电脑上创作，通过互联网发表，供网络用户欣赏或参与的新型文学样式，它是伴随着现代计算机特别是数字化网络技术发展而来的一种新的文学形态"③。与传统文学相比，网络文学最明显的区别是：媒介载体不同，文本形态不同，主体身份不同，创作模式不同，传播方式不同，功能价值不同。换言之，就是作家身份的网民化，创作方式的交互化，文本载体的数字化，流通方式的网络化，欣赏方式的机读化。与传统文学相比，网络文学有着属于它自己的特征，如"新民间文学"精神、虚拟世界的自由性与后现代文化逻辑等。事实上，网络文学已成为与传统文

---

① 衣向东：《"触电"可以改善生活》，《羊城晚报》2005年7月21日。
② 转引自雷达：《新世纪十年中国文学的走势》，《文艺争鸣》2010年第2期，第7页。
③ 欧阳友权主编：《网络文学概论》，北京大学出版社2008年版，第4页。

学相提并论的一种文学形态。

从1998年蔡智恒的《第一次亲密接触》开始，到2012年网络文学对传统文学的冲击在量上是越来越多、在质上是越来越好，站稳了自己的阵地，形成了自己的气候，并最终于2010年有1部作品入围第五届鲁迅文学奖、2011年有7部作品入围第八届茅盾文学奖，这都充分说明了网络文学的成熟与成就。值得一提的是，2009年6月25日，在中国作家协会的指导下，中国作家出版集团、长篇小说选刊杂志社和中文在线共同举办的"网络文学十年盘点"揭晓，共有21部网络文学作品胜出。它们分别为：《此间的少年》（作者：江南）；《成都，今夜请将我遗忘》（作者：慕容雪村）；《新宋》（作者：阿越）；《窃明》（作者：大爆炸）；《韦帅望的江湖》（作者：晴川）；《尘缘》（作者：烟雨江南）；《家园》（作者：酒徒）；《紫川》（作者：老猪）；《无家》（作者：雪夜冰河）；《脸谱》（作者：叶听雨）；《狼群》（作者：刺血）；《天行健》（作者：燕垒生）；《琴倾天下》（作者：宁芯）；《都市妖奇谈》（作者：可蕊）；《原始动力》（作者：出水小葱水上飘）；《电子生涯》（作者：范含）；《回到明朝当王爷》（作者：月关）；《官商》（作者：更俗）；《曲线救国》（作者：无语中）；《真髓传》（作者：魔力的真髓）；《凤凰面具》（作者：蘑菇）。① 这次盘点以主流文学价值观和传统审美标准审视网络文学，在网络文学批评领域树立了公正、公开、公信的形象，在读者和作家中引起强烈反响，同时也是新世纪网络文学的优质展览与合法确认。

经过新世纪十五年的培育，网络文学已从"垃圾文学"变为"市场传奇"。从当年的痞子蔡、安妮宝贝、宁财神、李寻欢等少数人独领风骚各几年，到现在的写手云集星光灿烂；从当年《告别薇安》《旧同居时代》《智圣东方朔》等几部作品的红火，到今天大量作品的热闹；从当年主流文学同网络文学的分道扬镳，到今天的转角相遇与认同接纳。网络从写手娱乐交流之地，成为文学出版市场巨大的掘金场。这些畅销的网络文学主要有：《诛仙》（作者：萧鼎）；《鬼吹灯》（作者：天下霸唱）；《盗墓日记》（作者：南派三叔）；《明朝那些事儿（1—6）》（作者：当年明月）；《小兵传奇》（作者：玄雨）；《职场战争》（或名《俺见过的极品女人》）（作者：月黑砖飞高）；《家园》（作者：酒徒）。畅销总是与消费接轨，总是与市场接通，意味着市场广、消费大，从而有高额利润的赚取。所以，网络文学看起来就像是一部高产出

---

① 参阅蘑菇：《网络文学十年盘点：21部作品胜出》，http://book.sina.com.cn。

第一章 生态与生机：新世纪文学的整体观

的掘金机，为摇摇欲坠的中国出版业不断注入保命的强心针。新的网络写手们，开始带有明显的网络特征，游戏性、反讽性、互动性、娱乐性等这种在传统媒体无法认可、无法承载的风格，在网上得以茁壮成长；类型文学开始冲击文学出版市场，当年明月、天下霸唱的作品，都成为年度最畅销的书籍；新的文本，也催生了网上付费阅读这种新的赢利模式。我们有理由期待网络文学能给中国文学带来新鲜与创造，诞生属于这个时代的经典———毕竟，过去十多年，传统文学也并没有产生让人无法不提的经典之作。网络作家月黑砖飞高自信地说："网络文学一定会产生它的经典！说不定还是出自我手。"慕容雪村客观地说："我一直期待可以在网络上看到中国文学的复兴，期待重见唐诗宋词的光辉。但现在还差得多。十年来网络创作进步巨大，有人写旧诗词，有人写先锋作品，作品类型和数量都越来越多，但还没有一部真正优秀的作品（真正的大师之作应该好得'令人发指'）。"[①] 可见，为网商与版商掘取金子的畅销网络文学，必然存在着一个让自己成为金子的火炼与涅槃。事实上，从新世纪十五年的后期，许多畅销的网络小说被大幅度地改编为热播的影视剧，也充分地证明了畅销网络小说的市场号召力、读者欢迎度与质量的攀升。

新世纪的网络文学类型化十分显著。网络文学几乎囊括了校园青春、玄幻科幻、历史穿越、官场职场、军事武侠、神鬼灵异等当下文学题材的全部种类。郭敬明、韩寒、当年明月、笛安等人为代表的市场雅文学从网络到纸质，与萧鼎、凤歌、沧月、步非烟、明晓溪、金子等人的网络类型化小说交相辉映。研究者发现，每三部网络文学就有一部为玄幻文本。以青年人执笔的网络玄幻文学一开始就抛开了港台"现存经验"，借鉴西方科幻魔怪手法，将本土神话、传说、武侠等作天马横空的想象发挥。

新世纪网络文学既不乏现实性也不乏草根性。网络文学诞生于虚拟世界，但它与现实生活的关系却十分密切。南方冰灾、汶川大地震、2008年奥运会等重大自然和社会事件均在网络民间写作中得到抢眼的表现。例如，汶川大地震前后网络上发表的诗歌逾10万首，有十多种诗集、诗选相继问世，被称之为"汶川大地震引发网络诗歌风潮"，成为最珍贵的援助方式之一。白烨认为："草根作者用诗歌表达自己的震撼和悲伤、深思和困惑，表达对遇难的孩

[①] 参阅蒲荔子、王丰收、李建春：《中国网络文学十年盘点：从垃圾文学到市场传奇》，《南方日报》2009年1月5日。

子们的痛惜之情，表达对老师们舍身救助学生们的颂赞，表达对母亲们临难时护佑儿女的敬仰，表达对丈夫背妻子遗体回家的感动，表达对营救者的感激和对全民爱心的喜悦，等等，这些语言朴实、情愿真挚的作品，在网上迅速传播，激起全体民众的强烈共鸣，从而进一步引发了网络诗歌风潮。"① 在这些备受关注的网络诗歌中，有一首《孩子，快抓住妈妈的手》，通过手机传播创造了单位时间阅读量的吉尼斯纪录之后，又被近百家报刊刊登。网络草根写作在国家突发事件面前爆发的惊人能量，使日见寂寞的专业写作也得到了不同程度的激活。

值得一提的是，新世纪的网络文学凭自己的实力占领了业界与市场，凭自己的实力赢得了读者，也凭自己的实力赢得了新锐评论家、高校研究人员与政府作协部门的高度关注。2015 年 9 月 24 日，在中央政治局会议审议通过的《关于繁荣发展社会主义文艺的意见》及大力发展网络文艺的背景之下，由中国作协、上海市作协、浙江省作协、江苏省作协、广东省作协共同举办的"首届中国网络文学论坛"在上海举行。来自全国各地的网络作家、文学评论家、网络文学编辑、省市网络作协代表一百余人齐聚一堂，交流网络文学业界信息，深化网络文学问题意识，研讨网络文学作品。中国作协副主席、书记处书记陈崎嵘到会并致辞。他提出了网络文学的"时代责任"、"社会责任"、"文学责任"、"工作责任"四个问题，并预测"中国网络文学一定大有可为，前景美好"。此次会议重点研讨了五部网络文学作品，分别是：骷髅精灵的《机动风暴》、丛林狼的《最美特种兵》、蒋胜男的《芈月传》、跳舞的《恶魔法则》、唐欣恬的《裸生》。2015 年 10 月 11 日，由浙江省作家协会与浙江传媒学院主办、浙江省网络作家协会与浙江传媒学院文学院及浙江省网络文学创作与研究中心承办的"2015 年网络文学高峰论坛"在"世界互联网大会永久会址"桐乡乌镇举行，来自全国各地的专家、学者、网络作家如高建平、徐岱、欧阳友权、季水河、马季、夏烈、陈定家、胡友锋、单晓曦、张邦卫、杨向荣、赵思运、蔺春华、庄庸、葛娟、蒋胜男、烽火戏诸侯、天蚕土豆燕垒生等五十余人济济一堂，对新世纪网络文学的现状与未来趋势进行了深入的探讨。还有，也许是国家层面对大力发展网络文艺的倡导，各地高校纷纷成立"网络文学创作与研究中心"，这除有中南大学文学院、暨南大学

---

① 白烨主编：《中国文情报告（2008—2009）》，社会科学文献出版社 2009 年版，第 111 页。

第一章 生态与生机：新世纪文学的整体观

文学院、厦门大学文学院、上海大学文学院之外，2015年下半年又有山东大学文学院、山东师范大学文学院、温州大学文学院、浙江传媒学院文学院、西南科大学文学与艺术学院、三江学院文学院等。截至2015年，国内已出现了两种以书代刊的专门关注网络文学的评论性刊物：一是由广东省作协主办的《网络文学评论》；二是由浙江省作协主办的《华语网络文学研究》。所有这些，无不充分说明社会各界对新世纪网络文学的高度关注与重视，也充分印证了新世纪网络文学"去边缘化"的趋势与渐次走向"经典化"的努力。

第四节　面相与本相：新世纪文学的时代特征

相对于20世纪90年代而言，在新世纪，由于市场经济的环境已逐渐为人们所适应，与文学相关的管理体制、市场运作经过不断的调整、改革，也日趋健全、日渐规范，作家的创作心态因而也渐趋平稳。虽然这期间仍不断有某些"文学炒作"现象，但那大多属于文化市场运作过程中必不可免的表现，与20世纪90年代初盲目追逐市场化潮流所导致的商品化的创作倾向，应有一定的区别。新世纪文学因而也就不像20世纪90年代初期那样主要甚至完全由市场操纵，因而也没有20世纪90年代那样的起落沉浮、躁动喧哗。由于作家大都有一个比较平稳的创作心态，所以虽然在"写什么"和"怎么写"的问题上，仍不免要受读者市场乃至大众传媒的影响，但较之20世纪90年代初的一窝蜂地涌地市场，却少了许多盲目性，而增加了许多自觉和自主的意识。在题材的选择、主题的确立和艺术表达方式乃至文体和风格的追求方面，作家的自我定位一般都比较明确，大都是本着自主的选择而不是追逐市场的潮流，因而像20世纪90年代出现的那种一浪接着一浪的创作"热潮"现象，不复再现，这充分表明作家的创作主观能动性已大为增强。正是如此，新世纪文学诞生了许多新的生力军，并迅速成为新世纪文学的新势力，如青春文学、影视小说、网络文学、博客文学、短信文学等，在完成属于它们的市场传奇之后，也在建构属于自己的标杆与标牌。

植根于新世纪多元文化语境的新世纪文学，不可避免地有着属于新世纪十五年的时代特征。当然，对新世纪文学的时代特征的概括与归纳，不同的人从不同的角度来审视必然会有着不同的结论，即"横看成岭侧成峰"之谓也。虽然任何时代的文学都是众声喧哗的话语组合，但我们依然可以透过历史的迷障与文化的迷雾捕抓到那个时代的最强音，如中国古代文学史"魏晋风骨""盛唐气象"便是对魏晋文学、盛唐文学的最为精辟的概括。以20世纪中国文学为例,"五四时期"的文学主题是"启蒙",1930年代的文学主题是"革命",1940年代的文学主题是"民族","十七年文学"的主题是"政治",1980年代新时期文学的主题是"反思·寻根·改革",1990年代的文学主题是"市场·商业"。那么,经过十五年发展与积淀的新世纪文学又有哪些新质素与新特征呢?

一、"写作化":新世纪文学的第一幅面相

新世纪文学就其自身而言,文学的变动频繁,也促使文学的观念发生了改变,从而使一种新的文学观——即"写作的文学观"得以出场。新世纪的文学,由于市场经济的转型,外来文化的影响,传播技术的翻新,文化体制的调整等,都直接或间接地影响到文学创作,影响到当下的文学观念。例如,原有的、占主导地位的文学,其地位受到挑战,甚至于被削弱(如与主旋律、重大题材密切相关的报告文学不仅渐显式微,而且其文学身份也受到质疑);处于边缘的文学反而成为热点,甚至于"楔入中心"(如满足大众趣味和市场需求的隐私报告和身体写作挤兑甚至淹没了曾经红极一时的先锋文学);新的文学形态已然萌生,甚至于大量增长(如借助于现代技术手段而出现的网络文学、影视小说、图文化文学、博客文学、手机文学等);在这中间还有更多的书写方式和文字成品,我们甚至说不清楚它们是不是属于"文学",但又明明有"文学"的影子。这样,泛化的文学与不断增容的文学域及不断越界的文学场,打破了文学的意识形态性、审美性、娱乐性和商品性的界限与平衡。随着审美性的弱化与娱乐性、商品性的强化,文学创作的精英性已不复强势存在,写作成为大众都可以参与的文化生产方式之一。在这里,有两点是值得关注的:一是文学已经仅仅由塑造"公民"的责任使命感的要求,转向了在"公民"和"消费者"之间的平衡;二是文学已经由一种社会询唤和生活反思的中心,转变为一种具体的文化类型。它不再以文化的中心位置向社会发言,而是文化的一个独特的、不可替代的部分。于是,林林总总的写作命名如商业写作、底层写作、草根写作、青春写作、身体写作、下半身写作、网络写作、新媒体写作等成为对当下写作状态的明智的认知与概括。

在新世纪,最典型的莫过于网络写作。随着网络进入寻常百姓家以及电脑的日益普及,以及教育水平与文化水平的提高,文学创作已经不是作家的专利。只要网民愿意,网民们随时可以随心所欲地敲击一些文字在网络上传

播,不管它们叫作网络小说、网络诗歌、网络散文还是叫作网络日志,它们都是一种似是而非的写作状态,也是一种似非而是的作品存在。还有网民们随时可以上网阅读,然后"灌水""拍砖""跟帖""围观热议",做读者还是做批评者也就随心依文而择了。从更深层的角度来审视,这只是一种写作,而绝非创作,写作与创作是不可相提并论的。

与创作相比,写作更彰显大众性、生产性、商业性、娱乐性、消费性、类型性,而唯独缺少创作的精英性、非功利性、审美性、精美性、独特性。所以,"写作性"的文学而不是"创作性"的文学成为我们划分什么是"文学"的底线伦理,"精英性"的文学及其创作只是大文学观念视野下的文学的一部分。同时,"写作"的意义也将彰显在一个电子传媒时代语言文字的文学书写的独特性及其价值意义。最终,作为"写文化"形式之一的文学"写作"的社会、文化和人类学的意义,扩展了文学的领域,也宣告了新的文学生态和形态。更有甚者,"写作"在商业出版机制的掌控下成为"码字",在网络付费阅读的诱惑下成为"分工合作的流水作业"。所以,我们不得不承认:新世纪是一个写作泛滥的时代。

"写"就相当于中国古代富于智慧的"文",写而为"文",这是新世纪的生活文明,也是新世纪的文学文明。讨论写作的产品"它是不是文学"或者"文学应不应该是这样"已毫无意义,因为写作的泛滥是缘于文学的泛化,也缘于审美的泛化与审美的日常生活化。学者於可训认为:"迄今为止,新世纪文学的新质还没有真正充分地发育完善,还处在一种类似于葡萄发酵而后成酒的过程之中,因此,难免会有许多生涩之味、腥臊之气。例如为人们普遍诟病的某些作家精神立场的丧失,文学批评的庸俗化、商业化和价值失衡,流行文化和网络写作对文学审美特性的侵蚀,以及某些体制上的缺陷和不尽如人意之处等等。这些虽然都有碍于新世纪文学新质的发育和成长,但也许正是在克服这些缺陷和不足的过程中,新世纪文学才能显示出它自身所特有的 种积极健康的力量。也只有在这个过程中,新世纪文学最终才能为自己赢得一个有别于以往的更加光明美好的发展前景。"①

二、"生活化":新世纪文学的第二幅面相

社会生活是文学的唯一源泉,这是为全部文学发展的历史所证明了一个

---

① 於可训:《从新时期文学到新世纪文学》,《文艺争鸣》2007年第2期。

客观真理。正如毛泽东所说的:"一切种类的文学艺术的源泉究竟是从何而来的呢?作为观念形态的文艺作品,都是一定的社会生活在人类头脑中的反映的产物。……人民生活中本来存在着文学艺术原料的矿藏,这是自然形态的东西,是粗糙的东西,但也是最生动、最丰富、最基本的东西;在这点上说,它们使一切文学艺术相形见绌,它们是一切文学艺术取之不尽、用之不竭的唯一源泉。"① 尽管如此,文学对社会生活的反映绝不是对社会生活的翻版、复制与克隆,文学中的生活也不等同于生活本身,因为文学的生活是内蕴的、假定的、主观的与诗艺的生活。但是,在新世纪十五年里,随着审美的日常生活化与日常生活的审美化,文学中的生活更多指向生活本身,回归生活本身。它不再是对生活的写意绘画,而是对生活的照相摄录。日常性、俗世性与生活化得到了前所未有的彰显。

新世纪文学表现为一种生活化的文学的新生态和新形态。由于在新现代性文化语境下日常生活中的世俗精神拥有重要价值,因此大量日常生活细节流淌在作品中成为重要表征。同时,建立在各自的偌大人群特有生活基础上的"打工者文学""80后"文学、青春文学、身体写作、新都市文学、新农村文学以及网络生活中的网络文学,也以其特有的"身份政治",打破了自上世纪后20年所形成的专业化的作家文坛的自以为是,扩展了中国文学的新的生活领域,文学和日常生活的界限趋于模糊,这也许是新世纪文学所带来的一个最大的变化。自此以后,我们将在生活的意义引领下来理解文学,也许哪里有生活,哪里就有文学。所谓文坛,所谓文学,都将由特定生活中的人群和社会来定义和构建,谁也无权垄断。我们在向"纯文学"的价值和创作表达应有的敬意的同时,还应提醒人们,他们也是这个偌大的中国文学生活的一部分,诸如人文精神、精神高端、灵魂等词语,都要在中国生活和经验中经过"分析哲学"式的检验才好,我们对文学的理解,应该来自中国的现实生活,如果作历史溯源的话,我们更愿意让它接通千年中国文脉中的经验与教诲,而不是来自18世纪或20世纪的欧洲,尽管我们会从欧洲的美学观念中受益匪浅。在新现代性生活的意义上,我们的人生和文学所要处理的,不是纯粹的道德律令和抽象精神,而是当下的生活及其人的处境本身,人的身体与性情本身,人的欲望与消费活动,或诚如马克思所说的,人的物质生活

---

① 毛泽东:《在延安文艺座谈会上的讲话》,《毛泽东选集》第3卷,人民出版社1964年版,第862页。

第一章 生态与生机：新世纪文学的整体观

与精神生活这两个基本维度。

比如新世纪的小说、散文与报告文学就特别强调对日常生活的表达，如个人化写作、小资散文、新都市小说、"三农"文学等，都娴熟地书写出了日常生活中的人与人性。孟繁华认为："应该说，对极端化或绝对化的生活状态的表达还相对容易些，因为那里隐含着不易察觉的、先在的道德或立场的优越。……但是，对日常生活，对每个人都熟悉的生活状态，对不因时代、环境和制度而改变的、也就是'超稳定文化结构'中的人与人性的表达，就要困难得多。这就是越是熟悉的生活，越是司空见惯的状态，越难以表达。文学是处理人类精神和心灵事务的领域，表达日常生活中的人与人性，是文学的宿命，如果不放弃或牺牲文学，不改变文学的书写对象或范畴，那么，对人和人性的表达就永远是文学的困惑和焦虑。"① 例如，毕飞宇的《青衣》《玉米》《玉秀》《玉秧》等，以男性视角对女性，特别是对农村女性生存状态和心理状态的状写与描摹，几乎达到了登峰造极的地步。还有须一瓜的《地瓜一样的大海》，迟子建的《第三地晚餐》，叶舟的《目击》等，都提供了独特而新鲜的生活经验。所以，从这个角度来说，新世纪文学试图通过生活的表象并洞穿表象揭示出隐含于表象背后的人性或世道人心。表象不仅仅是一种只可感知的和可见的存在，同时它也是一种精神事件和现象。这样，新世纪文学不仅有了属于它的生活逻辑，也有了属于它的文化逻辑。

三、"商业化"：新世纪文学的第三幅面相

在新世纪，随着商业语境的深化与加重，置身于商业文化的新世纪文学不可避免地具有了浓郁的商业特征。写作成为一种生产，出版与刊载也成为一种生产，作品成为一种商品，文学活动成为一种地道的商业活动，商业性贯彻于文学的各个环节与全部过程之中。而且这种商业化的趋势不仅年年潮涌，甚至还有着澎湃的走向。以2009年为例，步入商业化快车道的新世纪文学仅在出版业的产值就超过1350亿元，其中数字出版业的产值超过750亿元，传统图书出版业的产值超过600亿元。在2009年，"微博"的产值超过4000万元。

商业化的表面形式是文学出版的商业运作，文学传播的媒体炒作，这已是新世纪文坛一个无法改变的既定事实与基本常规。文学生产中的出版环节，

---

① 孟繁华：《坚韧的叙事——新世纪文学真相》，福建教育出版社2008年版，第70页。

因为要面向市场，争取受众，并使自身得以生存和发展，需要遵循市场规律、运用经济杠杆和追求经济效益，这是事情发展的必然。新世纪的十五年中，市场意识与市场方式在文化、文学领域里，得到前所未有的开掘与发展。比如由图书发行起家的民营书业（也即"二渠道"），普遍与一些出版社进行深度合作，相互联手谋求出版的最大效益，使得文学出版全面商业化、产业化。再如上海盛大网络发展有限公司建立"盛大文学有限公司"，这种"公司"给"文学"命名的方式，本身就是典型的商业行为。而盛大文学在先后收购起点中文网、红袖添香、晋江原创网、榕树下、小说阅读网之后，既以高回报的点击稿酬培养自己旗下的网络写手（据知，年收入百万元的写手有10多位，年收入10万元的写手有100多位），又以高额奖金的方式征集与征购社会上好的和比较好的文学作品（如以3000万元的资金投入开办"全球写作大赛"，奖励各类题材的优秀之作），使其中一系列的文学行动与活动，充满着浓重的"商业"气息，跃动着"资本"的重重身影。还如新世纪各式各样的"文学畅销书"，准确来说，就是为了畅销而文学，畅销趋利是终极目的和最大动因，而文学只是华丽的幌子与可用的媒介。可见，文学畅销书从头至尾就是一种商业行为。诚如霍克海默和阿多诺的《启蒙的辩证法》中所说的，文化艺术已同商业密切融合在一起，文化产品的生产和接受为价值规律所统摄，纳入了市场交换的轨道，具有了共同的商品形式和特征，从而反对"用它们服从自身法则的事实，去否认商品社会的纯艺术作品曾一直是商品"的说法。哈贝马斯也曾经认为，"艺术退化成宣传的大众文艺或商业性的大众文艺"。还如新世纪林林总总的"文学排行榜"，准确地说，这不是文学品质的排行榜，而是销售量与码洋的排行榜。可见，在新世纪"商风"所至，不为"商风"所动的"文学树"、不为"商风"所浸的"文学活"，已是少之又少，不知几稀矣。

在市场经济语境下，商业化促使新世纪文学发生了一些新的变化，如文学的生产方式与运作模式发生改变，文学的书写对象从"乡村"向"都市"发生转换，文学的功能从"经世致用"向"娱乐消遣"发生变移，文学的再生产与再消费从"刊载与出版"向"影视改编"发生变迁。可见，在新世纪，文学既是事业又是产业，诚如张颐武所说的："文学也是文化产业和文化市场的一个部分，无论纯文学、青春文学、网络文学，都在市场的运作之中发挥作用和影响。……文学作为事业和作为产业的不同功能在不断的争议和调整中已经被公众和社会所认知。"① 对此，张颐武进一步说："从总体上看，中国文学在一个新的全球化和市场化的环境下的'常态化'的运行，是今天和未来中国文学的基本形态。文学不再是一切社会活动的中心，而是其中的一个不可或缺的部分。"②

当然，商业化也不可避免地给新世纪文学带来负面的影响。伴随着商业化的强势推进，更大的问题是其对文学从业者心态的巨大影响，这使得文学之外的利益动机，成为众多文学写作者心照不宣的意图与希冀，包括一些著名的文学人、小说家在内。如作家何顿曾经说过："我没有工资可拿，我的每一分钱都是面对电脑干出来的，哪里稿费高，我就往哪里跑，没有别的意思，因为稿费就可以多抽几包好烟。……如果写小说养活不了自己，我只怕又得去干别的了。"③ 作家苏童坦言他的"触电"仅仅是简单的"商业交换"过程，不过是"一手交本子，一手交钱，别无其他"。④ 作家池莉也表示："我的小说与电影的关系到目前为止仅仅是金钱关系，他们买拍摄版权，我收钱而已。"⑤ 这样看来，在新世纪，文学的功利性极大地遮蔽了文学的非功利性，文坛成为一个披着华丽外衣的生意场与功利场。

四、"民间化"：新世纪文学的第四幅面相

民间在古代是与庙堂、朝廷相对，在现代是与官方、政府相对，而在新世纪可能更多是与系统、体制、主流相对。从这个角度说，民间化也即非体制化、非主流化，这在写作群体、写作姿态、写作话语、写作目的、写作质量方面都有明显的表现。在 20 世纪中后期，文学创作者，大都隶属于作协、文联系统，或环绕于有中国特色的文艺体制周围。这样的一种相互关系，便得体制与作家之间，有着一种有形与无形的勾连。一方面，作家的自我意识之中，内含了一种组织认同感、集体归属感；另一方面，作协、文联通过发展会员、服务会员，也保持了对于文学创作力量的基本掌控。正是这种或紧

---

① 张颐武：《重新想象中国：新世纪文学的新空间》，《文艺争鸣》2011 年第 2 期，第 9 页。
② 张颐武：《重新想象中国：新世纪文学的新空间》，《文艺争鸣》2011 年第 2 期，第 11 页。
③ 何顿：《写作状态》，《上海文学》1996 年第 2 期。
④ 苏童：《我是先锋的叛徒》，载千秋文学网。
⑤ 池莉：《信笔游走》，《当代电影》1997 年第 4 期。

或松的掌控与庇护,作家的作品总是有着或浓或淡的"为体制写作"的烙印,对主旋律的张扬和对主流价值的宣扬,从而共构了我们所谓的主流文学。但是,在新世纪的十五年间,传统的体制内写作群体被打破,传统的体制内写作战线被突破。先是一些自由撰稿人、自由写作者的出现,并借助于市场化的出版与娱乐化的媒体,获得了自己的生存空间,这使体制外写作人才不断涌现,体制外写作甚至可以同体制内写作分庭抗礼。之后,依托门户网站和文学网站的网络写作如过江之鲫、蜂拥而至,在体制外形成了新的文学群体。这些体制外的文学写手的作品,由于远离体制与疏远意识形态,加之自由写作与低门槛发表等原因,在自发性与芜杂性中,天然地有着一种与生俱来的民间性和草根性。

以网络文学为例,不管是写作队伍的构成还是作品构成都有着浓得化不开也抹不掉的民间性。从写作队伍来看,据统计,在体制外仅盛大文学旗中的起点中文网、红袖添香、晋江原创网、榕树下四家网站,就有注册写手70多万人。全国的文学网站有5000多家,如果每家网站按照1000人计算,网络写手也有500多万;如果每家网站按照10000人计算,网络写手就有5000多万。事实上,在新世纪的体制内作家不超过5万人,其中中国作协会员大概有8000人,地方作协会员与行业作协会员3万多人,乐观估计体制内作家不会超过5万人。5万对5000万,这种数字的巨大差距,透出了新世纪民间写作群的庞大,他们无疑是新世纪文学活动的重要力量与巨大后盾。从网络文学整体来看,它具有无可争辩的民间性,诚如网络作家李寻欢所说:"网络文学之于文学的真正意义,就是使文学重回民间。"① 学者欧阳友权将网络文学的民间性称之为"新民间文学精神",主要包括"我手写我心:网络写作的语言向度""民间本位:大众化的文学空间""感觉撒播:'粗口秀'的叙事方式""抵制崇高:网络写作的精神姿态"。② 所以,网络文学既是消费者的,也是生产者的。因为网络是大众化的公共空间,网络文学也具有全民性、公共性和大众性。网络的全民性,使得文学写作的体制发生了重大改变——写作再也不是一种垄断性的少数人行为,也不是一种书斋性的知识技艺,而是一种大众文化行为,乃至一种日常的生活状态。正如作家陈村所说:"网络文学

---

① 李寻欢:《我的网络文学观》,http://all.163.com/culture/city/huigu4/wangluo03.htm。
② 参阅欧阳友权:《网络文学概论》,北京大学出版社2008年版,第104—113页。

第一章 生态与生机：新世纪文学的整体观

创作其实与卡拉 OK 差不多，能给人以牛刀小试的机会。"学者黄鸣奋也说过："网络时代的许诺就是：人人可以成为艺术家"。正是如此，欧阳友权认为："网络文学借助电子信息技术的航船，抵达的却是'返祖'的文化港湾——文学话语权回归民间。"①

五、"媒介化"：新世纪文学的第五幅面相

从理论上说，文学自身必须依赖特定的表达媒介与传播媒介才能静态存在与动态存在，而且文学本身也是他者如社会现实、思想意义、文化价值等的媒介。对此，王一川认为："没有媒介就不存在文学。"② 在新世纪，无论是文学的表达媒介还是文学的传播媒介都发生了变迁与更新，除了传统的报纸、期刊、杂志、电影、电视之外，新的媒介如计算机网络、移动通讯、手机通信等在全方位地主导着新世纪文学存在的基本物化形态、文本形式及与此相关联的文学活动和文学观念，文学从此进入了马克·波斯特所谓的"第二媒介时代"。这些新媒介对新世纪文学的革命性影响十分显著。麦克卢汉认为："一切传播媒介都在彻底地改造我们，它们对私人生活、政治、经济、美学、心理、道德、伦理和社会各方面影响是如此普遍深入，以至我们的一切都与之接触，受其影响，为其改变。媒介即信息。"他还认为："媒介即讯息只不过是说：任何媒介（即人的任何延伸）对个人和社会产生的影响，都是由新尺度引起的，这种新尺度是被我们的每一次延伸或每一种新技术引导进我们的事务中的。"③ 新媒介的产生不仅仅意味着一种新工具、一种新技术，而是一种群体社会的新尺度。这种新尺度必然形塑与规范着文学活动、文学机制、文学形态、文学文本、文学话语以及相关的文学观念，文学的社会意识、经济意识、文化意识、受众意识、品牌意识、经营意识、策划意识等也必然会发生深刻的嬗变。

随着社会语境的整体转型，新世纪是一个由媒介启蒙与操纵的社会，媒介的影响无处不在。换言之，不是我们走向媒介，而是媒介大踏步地走向我们，甚至我们就生活在媒介之中而浑然不觉。对此，克楼克与库克对电视的

---

① 欧阳友权：《论网络文学的'粗口秀'叙事》，《曲靖师范学院学报》2004 年第 4 期。
② 王一川：《文学理论》，四川人民出版社 2003 年版，第 111 页。
③ [加] 马歇尔·麦克卢汉：《理解媒介——论人的延伸》，何道宽译，商务印书馆 2000 年版，第 33 页。

描述能给我们最好的启示:"凡是没有进入电视的真实世界、没有成为电视所指涉的认同原则、凡是没有经由处理的现象与人事,在当代文化的主流趋势里都成了边缘,电视是'绝对卓越'的权力关系的科技器物。在后现代的文化里,电视并不是社会的反映,恰恰相反,'社会是电视的反映'。"① 尼克·史蒂文森也反复提示着"麦克卢汉的问题":"传播媒介的发展在当代社会里已怎样重塑了对时间和空间的感知?"② 迈克·费瑟斯通更是断言:"在关于后现代感受问题的种种讨论中,媒体逐渐成为讨论的焦点(这使我们想起鲍德里亚关于仿真世界的例子,'电视就是世界')。"③ 斯诺也指出:"在当代社会,公众往往接受媒体所呈现的社会现实,因此,当代文化实际上就成了'媒体文化'。"④ 因此,切特罗姆认为:"文化与传播的范畴不可避免地会重合。现代传播已成为文化,特别是大众文化的观念和现实这一整体的组成部分。"⑤

新世纪十五年是媒介文化狂欢的十五年。周宪、许钧认为,"媒介文化"是一种全新的文化,"它构造了我们的日常生活和意识形态,塑造了我们关于自己和他者的观念;它制约着我们的价值观、情感和对世界的理解;它不断利用高新技术,诉求于市场原则和普遍的非个人化的受众……"并进一步明确指出:"媒介文化把传播和文化凝聚成一个动力学过程,将每一个人裹挟其中。于是,媒介文化变成我们当代日常生活的仪式和景观。"⑥ 诚如此,植根与置身媒介文化潮涌的新世纪文学,不仅无法逃避媒介文化的规训与指令,而且在很大程度上也就成为了媒介文化的有机构成。

王一川曾强调大众媒介对审美现代性生成的作用,他说:"大众媒介不只是审美现代性的外在物质传输渠道,而就是它本身的重要构成维度之一;它不仅具体地实现审美现代性信息的物质传输,而且给予审美现代性的意义及

---

① [英]汤林森:《文化帝国主义》,冯建三译,上海人民出版社1999年版,第116页。
② [英]尼克·史蒂文森:《认识媒介文化》,王文斌译,商务印书馆2001年版,第127页。
③ [英]迈克·费瑟斯通:《消费文化与后现代主义》,上海译文出版社2000年版,第7页。
④ [美]戴安娜·克兰:《文化生产:媒体与都市艺术》,赵国新译,译林出版社2001年版,第4页。
⑤ [美]切特罗姆:《传播媒介与美国人的思想》,中国广播电视出版社1991年版,第2页。
⑥ 参阅周宪、许钧:《文化与传播译丛·总序》,[美]马克·波斯特:《信息方式——后结构主义与社会语境》,范静晔译,商务印书馆2000年版,第2—3页。

第一章 生态与生机：新世纪文学的整体观

其修辞效果以微妙而又重要的影响。"① 南帆也认为，现代传播媒介的横空崛起，"一系列电子产品的意义突破了技术范畴而进入了政治、经济、文化的运作"，从而使"现代传播媒介除了具有强大的启蒙意义外，又形成了一个隐蔽的文化权力中心"。② 无论是文学的生产方式与再生产方式，还是文学的出版方式与文学的传播方式，甚至是文学的消费方式与再消费方式，无不因为媒介的楔入而有着厚重的媒介阴影，文学的媒介化在不断地推衍。从本质上说，新世纪文学的媒介化是一个动态过程，它从最初的文学与媒介的联姻向媒介的文学化变迁再向文学的媒介化迁移，表征的是从"内容为王"向"媒介为尊"与"传媒为王"的后现代转型。

在新世纪，媒介与生活的关系越来越密切，生活既是媒介的内容，媒介也是生活的内容。这样就产生了一种新的现实，即媒介现实。这也许就是现代传播媒介高速发展与迅速变迁之后最大的后果，即媒介的后果之一。这并不是说我们的现实就只是媒介现实，而是说我们的现实更多地表现为媒介现实。"现实不是一堆无言的物质，它对我们说话，也就是说惟其出现于我们眼前、我们的意识中时，它才是对于我们而言的现实。常常不是现实沉默不语，而是我们自己的聋哑状态，听而不闻，视而不见。"③ 媒介现实正向我们锐步逼来，如德国的存在主义大师海德格尔曾将其概括为"图像的世界"，法国境遇主义者居伊·德博尔将其描述为"景观社会"，约翰·伯杰名之为"影像社会"，让·波德里亚名之为"超现实"或"拟像"，马克·波斯特称之为"第二媒介时代"，杰姆逊称之为"后文字时代"，道格拉斯·凯尔纳称之为"媒介景观"，约西·德·穆尔（Jos de Mul）称之为"后历史与后地理的赛博空间"等等，都十分精确地概括了媒介现实的存在。

马克思认为："物质生活的生产方式制约着整个社会生活、政治生活与精神生活的过程。不是人们的意识决定人们的存在，相反，是人们的社会存在决定人们的意识。"④ 列宁也认为："我们的感觉、我们的意识，只是外部世界的映象；不言而喻，没有被反映者，就不能有反映，被反映者是不依赖于

---

① 王一川：《大众媒介与审美现代性的生成》，《学术论坛》2004 年第 2 期，第 125 页。
② 南帆：《启蒙与操纵》，《文学评论》2001 年第 1 期，第 61 页。
③ 金惠敏：《媒介的后果——文学终结点上的批判理论》，人民出版社 2005 年版，第 3 页。
④ ［德］马克思：《〈政治经济学批判〉序言》，《马克思恩格斯选集》第 2 卷，人民出版社 1972 年版，第 82 页。

反映而存在的。"① 毫无疑问，也毋庸否认，新世纪的社会现实从某种意义上说已成为一种事实化的媒介现实。所谓媒介现实，既可以表征大众媒介无处不在、无所不能的现实性与实存性，也可以表征大众所认知、所接受的社会现实实际上是由大众媒介所提供与建构的"拟现实"。诚如加拿大社会学家克楼克与库克的论断所说的——"社会是电视的反映"。换言之，在新世纪大众所知道的"社会"其实是由"电视"所呈现给我们的"社会"。比如海湾战争、科索沃战争、伊拉克战争、中东局势、利比亚冲突、叙利亚局势、次贷危机、钓鱼岛争端、南海局势、朝核危机以及北京奥运会、底层苦难、疆独与藏独、汶川大地震、西部开发、中部崛起、大部制改革、南海危机等，无一不是大众媒介的表达与过滤的"仿真现实"。事实上，克楼克与库克的"社会是电视的反映"论断与鲍德里亚的"电视就是世界"的论断有着惊人的相似，都不约而同地道出了媒介社会的本相。

媒介现实的生成与定型，从某种角度来说是一种渐变的动态过程，而在新世纪由于旧媒介的维新与新媒介的创新，如商业出版、大众读物、广告标牌、影视传媒、网络媒介、移动手机等，大众媒介的工具理性得以恣意地彰显，从而华丽转身为对物质生活、精神生活与审美文化等掌控性与制导性极强的功能主体，媒介现实的霸权也就实至名归了。媒介现实的霸权必然导致对植根于媒介社会、媒介现实的新世纪文学的制导。所以，从这个角度来说，新世纪文学从根本上说是媒介制导的文学，这一点与"五四文学"的启蒙制导、"1930年代文学"的民族制导、"1940年代文学"的革命制导、"十七年文学"的政治制导、"新时期文学"的改革制导有着截然不同的禀性。

媒介制导下的新世纪文学，必然会情难自禁地步入"媒介化"的发展路径，这既是一种屈从，也是一种依附，还是一各合流，更是一种攀附。进入新世纪，大众媒介对文学的劝服早已转变为一种情难反抗、势难抵抗的征服。考察一下新世纪的文学现象，我们就不难发现：文学与传媒的联姻早已转换为传媒对文学的统治，文学只有依循传媒的商业法则、消费原则与文化指令才能拥有苟延残喘、生聚延续的曲径。对此，德国社会学家马克斯·韦伯有深刻的论述，他说："我们这个时代，因为它所独有的理性化与理智化，最主要的因为世界已被祛魅，它的命运便是，那些终结的、最高贵的价值，已从公共生活中销声匿迹，它们或者遁入神秘生活的超验领域，或者进入了个

---

① 《列宁选集》第2卷，人民出版社1972年版，第65页。

第一章 生态与生机：新世纪文学的整体观

人之间直接的私人交往的友爱之中。"① 被祛魅了的世界已经走向世俗化与消费化，被祛魅了的文学也已经走向媒介化。

在新世纪文学走向媒介化的动力过程中，新媒介如影视、网络、手机等担当了幕后推手的角色，有着"顺我者昌，逆我者亡"的定位权。以网络为例，由于电脑与网络越来越成为当代人生活中不可或缺的一部分，网络成为人们驰骋遐想、表达自我的天地，当代人在网络上便捷地查阅资料、发送电子邮件、发表作品、表达见解、QQ对话、视频聊天等等，已形成了一种与人们新的生活方式相关的网络文化，以往报刊杂志发表文章的审查制度在网络上基本没有了制约力，反对权威性、追求自由表达成为网络文化的基本特征，随意性、粗鄙化也成为网络文化的某种倾向。值得一提的是，随着网络与移动手机的无缝对接，当代人曾经炫耀过的"你上电视了吗""你上网了吗"渐次为"你博客了吗""你微博了吗""你微信了吗"所刷新。这样，新世纪文学在媒介的翻新中便有了一次又一次的涅槃新生。

对新世纪文学而言，媒介的最大后果就是新世纪文学的媒介化，它既存在于文学的终结点上，也存在于文学的起始点上，新世纪的文学花园不过是媒介文化的一隅。这样，新媒介如影视、网络、手机等对我们的文学和文学研究产生了新的意味、新的形式。新媒介已经进入了我们的日常生活，也进入了我们的审美生活，并引起了其从外到内的量变与质变。例如与商业出版相关的"青春文学"，与影视相关的"影视文学"和"影视小说"，与网络相关的"网络文学"和"博客文学"，与手机相关的"手机文学"等，无不都是新媒介的直接后果。这样，新世纪的审美创造也因媒介的"外爆"而出现了文学的"内爆"。可见，媒介绝非物性与技术性，它内蕴着诗性的基因，有着审美创造的功能质素。

新媒介是一个发展的概念，也是一个相对的概念。20世纪加拿大著名学者马歇尔·麦克卢汉在《理解媒介——论人的延伸》一书中提出"媒介即是讯息"与"地球村"和"信息时代"等论断的时候，电视是新媒介。法国著名学者皮埃尔·布尔迪厄在《关于电视》一书中"利用电视来为电视解魅"而备受瞩目是因为他所关注的也是当时所谓的新媒介——电视。而在新世纪，电视已经很难说是新媒介了，更多地我们把互联网络、通讯手机等看作新媒介。但是，随着电影、电视内部特质与外部形态的因时演变，如电影有无声

---

① ［德］马克斯·韦伯：《学术与政治》，三联书店1998年版，第193页。

电影、有声电影、黑白电影、彩色电影、数字电影、数字高清电影、3D电影等的更替，如电视有黑白电视、彩色电视、有线电视、卫星电视、网络电视等的更新，我们所讨论的新媒介却不能将电影和电视排除在外。还有期刊与出版，由于与时俱进、变革维新，也可以视作广义的新媒介。麦克卢汉曾经有一个经典的论断："我们自身变成我们观察的东西……我们塑造了工具，此后工具又塑造了我们。"依此论断，我们可以这样认为，我们塑造了新媒介，新媒介也塑造了我们，甚至塑造了我们的审美方式与审美生活。所以，新媒介与新世纪文学有着极强的互动与极深的关联，从而促使新世纪文学的新现象、新景观、新潮流与新变化层出迭换。

第二章 施控与施救：
新世纪文学的媒介问题

"一代有一代之文学"，文学是对社会生活的形象反映，也是对历史时代的审美观照，文学根植于特定的社会生活之中，作家与作品不能不深受时代气息的感染与时代潮流的淘洗。新世纪文学身处新世纪特定的历史文化语境中，有着浓郁而厚重的媒介文化、市场文化、消费文化、全球同质文化等的烙印，而在这中间又以大众媒介生产、推介与引领的媒介文化最为显著。具体地说，新世纪文学受以影视为主的影像文化、以网络为主的网络文化、以手机为主的拇指文化的施控与施救。"在媒介自身地位由依附走向操纵、受控向施控转换的基础之上，文学的媒介诸如报刊、出版、影视、因特网等摆脱了作为工具和载体的附属地位，转而以文化资本的形式成为文学的'恩主'与'掌门'，媒介的文化指令成为媒介文学的主要法则。媒介的推衍，极大地拉动了文学的进步；媒介的革命，深深地引发了文学的革命。"[①] 所以，新世纪文学是新世纪大众媒介的后果之一，媒介制导不仅是新世纪文学的生存境遇与生态语境，也是新世纪文学抹之不去的基调与基色。

第一节 文学期刊与新世纪文学的变奏

假如从历时性考察期刊与文学的关系的话，我们似乎能听到一种若即若离又若离若即的变奏，看到一种合合分分又分分合合的表演。期刊的思路与主张似乎也在很大程度上影响了新世纪文学的走向，如"雅"与"俗""精英化"与"平民化""小众化"与"大众化"的碰撞，这就是期刊的效应。事实上，期刊与作者、读者关系的"蜜月化"，不仅有利于期刊"断奶"与"改

---

① 张邦卫：《媒介诗学——传媒视野下的文学与文学理论》，社会科学文献出版社2006年版，第126页。

制"后的阵地坚守,也有利于新世纪文学的繁荣。

一、文学期刊的"小众化"危机

在传统文学机制中,文学期刊占据中心地位,它既是刊发阵地,也是指挥基地,还是培育平台。20世纪50年代以来,中国当代文学机制的基本结构都是以文联、作协为核心,以各级文联、作协主办的文学期刊为基地,这是一个与国家行政级别和计划经济体制严格配套的网状结构。各级文学期刊的职能有三:一是意识形态传播"主渠道"的宣传职能;二是促进文学繁荣、提高全民文学素质的发展与教育职能;三是培养本地作家、建设地方文化的建设职能。作为文学生产与传播的中枢环节,文学期刊连接着生产者和接受者两大环节,是作者与读者的中介,也是文学可持续发展的关键。然而进入20世纪90年代以来,文学期刊本身不仅出现了诸如老龄化、圈子化、边缘化的病变,而且文学期刊与作者群、读者群的关系也出现了严重问题。

(一)从亲密到疏远:文学期刊与读者的关系危机

文学期刊与读者亲密关系的解体肇始于20世纪80年代中期,而在20世纪90年代特别突出。当然这种亲密关系的解体既有外因也有内因。外因主要包括市场经济语境的普适、通俗文化与大众文化的流行以及影视文化的崛起等。内因主要包括文学期刊自身的"精英化"、办刊机制的滞后、办刊策略的守旧、发行渠道的不畅等。

首先,文学期刊的"精英化"。20世纪80年代中期开始,文学开始"向内转","回到文学自身",从而掀起了以西方现代派文学为主要学习对象的形式变革。这场先锋变革的发生自有其动因和意义,但问题是,在当时中国社会整体"向西看"的潮流下,文坛一窝蜂地求新求异,割裂了有最深土壤的现实主义文学传统。在"写什么"方面,与大众关心的社会内容脱节;在"怎么写"方面,与大众熟悉的现实主义笔法脱勾。从而致使大众看不懂文学,也觉得文学没什么可看的,以至于少看甚至是不看文学。进入20世纪90年代以后,文学又在专业化的社会潮流下,向"纯文学"方向发展,进一步与大众脱离。假如说20世纪80年代的"伤痕文学""反思文学""改革文学""寻根文学"虽有着或多或少的艺术缺陷,但因它们对大众所普遍关注的社会问题的抒写,依然能够激起大众读者的广泛兴趣与普遍热议,而到20世纪90年代的"先锋小说""朦胧诗派""实验诗派""东方意识流小说"等,在形式上确实新颖新奇,但也成为了文学的自说自话,甚至是文学人的"独角戏"

第二章　施控与施救：新世纪文学的媒介问题

与"语言游戏"。大众对看不懂的、没有可读性的文学掉头不顾，从而出现了王蒙所谓的"文学失去轰动效应之后"的冷清场面。这样，文学进入象牙塔，疏离了读者。这种局面的形成无不与文学期刊的"精英化"办刊思路与办刊策略直接相关。

其次，文学期刊的"守旧化"。这种守旧，主要是指文学期刊的办刊机制、办刊模式与办刊策略的滞后，落后于时代发展与文化变迁。20世纪90年代，在整个社会机制发生"市场化"转型之后，文学期刊一直延续社会主义计划经济体制的办刊模式，以自我为中心，以作家为中心，而对读者却是不管不问、弃置一旁。此时的读者，既不是商业社会中被服务的顾客上帝，又不是社会主义体制中被引导的人民群众，他们被文学冷落的结果是文学迅速地被大众冷落。

在整个社会机制发生"市场化"转型之后，文学期刊的处境日益恶劣，主要表现在发行量的急速下滑。在巨大的生存压力下，从1999年开始，文学期刊曾发生一次规模庞大、范围广泛的"改版潮"。但由于入场晚、经验缺乏、体制限制等原因，这次改版并没有取得多少成效，相反，"不改等死，一改准死"一时成为不少改版期刊的生动写照。事实上，这些年来，文学期刊并没有死掉多少，并不是它们造血功能增强了，而是国家一直没有"断奶"，并且还不断"加奶"。这得益于"文化软实力"的国家策略与各级财政部门行政拨款的增加。这对文学期刊是侥幸，但未必是幸事。它使明显机能坏死的办刊模式得以延续下去，说得难听点，就是苟延残喘。

据《人民文学》1998年第10期和《当代》1999年第1期公布的读者调查结果显示，传统文学期刊的读者大部分为收入较低的工薪阶层，职业以机关、企事业公职人员、教师为主，工人、学生、军人、农民也占一定比例。这些读者都十分关注国计民生，但具体到阅读文学期刊的理由仍以"艺术欣赏"为首，"了解人生社会"次之。细析之，这些读者多是20世纪80年代"文学产生轰动效应"的那几年庞大的读者群的遗留。随着时间的推移，这个遗留的读者群也在流失，但却少有年轻的新读者加盟，文学期刊的读者群越来越老龄化。更为严峻的是，即使存在着这样一批忠诚读者，他们也未必是核心读者。因为，经过这些年的变化，文学期刊的宗旨和样貌早已改变，和他们的趣味追求相去甚远。他们的痴心不改很可能只是一种惯性坚持与文化习惯。事实上，没有核心读者的文学期刊是孤寂的，也是悲剧的，毕竟核心读者群的存在是一个期刊生存发展的基础，核心读者不仅是衣食父母，更是对话者、交流者与传播者,对期刊形成呼应、刺激和制约。对此,邵燕君认为:"文学期刊缺乏这样一个核心读者群体,就会沦为自说自话:作家写给编辑看,编辑办给批评家看,批评家说给研讨会听,背后支撑的是作协期刊体制和学院体制。这就不可避免地走向圈子化——这里的圈子,不是志趣相投者的同仁团体,而是权力分享者的利益共同体。"①

(二)从无间到有间:文学期刊与作者的关系危机

文学期刊与作者的互动关系的解体肇始于 20 世纪 80 年代中期,而在 20 世纪 90 年代特别突出,并且延续到新世纪十五年。主要表现为两点:一是"专业—业余"作家体制的解体;二是"业余作家"的急速衰落,基本处于自生自灭的状态。

在中国当代文学体制中,与"作协—期刊"相配套的是"专业—业余"作家体制。文学史经常提到"专业作家"制度,却常常忽略"专业作家"是同一个庞大的"业余作者群体"相关联的。换言之,"专业作家"是建立在"业余作者群体"的基座之上的,这是一个金字塔的结构,构成的是高台与基座的关系,构成的是师傅与徒弟的关系。当然,"业余作者"只有经过"专业作家"的培育与帮扶,才能成长与成熟,才能更好地夯实"专业—业余"作家体制的基础,也才能壮大"专业作家"的队伍。事实上,在中国当代文学体制中,几乎每一位"专业作家"都经历了"从文学爱好者走向业余作者再走向专业作家"路径。正是如此,在粉碎"四人帮"后,茅盾作为作协主席身份讲话时就特别提到作协工作的一项重要内容是辅导业余作者,他说:"我们的专业文学工作者数目不大,大概几千,业余的却大得多啰!我想大概上百万吧。无论工厂、农村、机关,都有业余的文学工作者,他们要求提高写作水平。"②

在 20 世纪 80 年代,作协的权威性在减弱,文学期刊占据了更中心的位置。这样,作协与专业作家、业余作者的关系被更多地替换为文学期刊与专业作家、业余作者的关系。文学期刊与编辑的作用得到了彰显与提升,这主要体现在用稿权与改稿权上。文学期刊的编辑与文学工作者形成了"伯乐与千里马"的互动关系,其实也是一种"师徒关系"。在这个时期,编辑不仅仅是党的文艺政策的贯彻者和创作艺术的指导者,同时更是新文学思潮的引领

---

① 邵燕君:《新世纪文学脉象》,安徽教育出版社 2011 年版,第 14 页。
② 《中国作家协会主席茅盾同志的讲话》,《人民文学》1978 年第 1 期。

第二章 施控与施救：新世纪文学的媒介问题

者与掌旗者。从"伤痕文学"到"先锋文学"，每一种文学潮流的兴起，都有着权威期刊与著名编辑的"太极推手"。特别有趣的是"先锋文学"，在这个以"回归文学自身"为宗旨的"纯文学"运动中，至今令人印象深刻的是像李陀那样的名编辑树起大旗，像余华、刘恒、苏童那样的文学青年冲锋陷阵，加之其他各方的遥相呼应，终使"先锋文学"实至名归。

然而，进入20世纪90年代之后，随着社会语境的整体转型与文学自身的转型，文学期刊与作者（含专业作家、业余作者）的良好互动关系出现了裂痕甚至出现了解体。随着文学的边缘化、期刊的老龄化、编辑力量的弱化，除了"专业作家"有着体制的保障外，业余作者这个先被预期为文学创作的真正主体、后被视为文学创作的强大后备军的庞大群体，这些年来急速衰落，不仅处于体制的关照之外，也处于期刊的关怀之外，更处于编辑的关心之外，基本处于自生自灭的状态。而随着"纯文学"门槛的提高，业余作者的优秀者通往"专业作家"的路基本被阻隔切断。在文学期刊将业余作者的"文学梦"踢破之后，文学期刊自身不仅抽空了"文学园"的底座，也抽干了"文学源"的泉水。在业余作者衰落的同时，"专业作家"越来越走向自我封闭。

进入新世纪之后，不仅业余作者的队伍在大幅缩小，"专业作家"的队伍也因分化而大量减员。如宣布退出作协者有之，下海经商者有之，改行做编剧者有之、做教授者有之、做行政者有之。比如像刘恒、海岩做了编剧，王安忆、阎真做了教授，铁凝、余秋雨做了行政，等等。这样，作者队伍的"小众化"很难换来文学真正意义的"大繁荣"。

二、文学期刊的"大众化"策略

在新世纪，长期处于"小众化"与"精英化"危机的文学期刊，也被推上了"穷则变，变则通，通则久"的改革之路。在计划经济时代，体制内的文学期刊市场意识淡薄，过分追求深度价值和精神品位，这时候的文学期刊仅仅起到一种单纯的媒介作用，准确来说，是一种政治意识形态的工具与舆论工具。在市场经济时代，置身于市场语境中的文学期刊不得不面对生存的压力，将注意力放在如何迎合读者口味而大量刊载通俗文学乃至亚文学，成为办刊者与编辑者的有意识的行为。在新世纪这个大众传媒时代，文学期刊被当作一种产业进行经营，步入了市场化、产业化的新干线。为吸引读者，文学期刊在现代印刷技术的支持下，版式更加活泼新颖，装帧臻于精美，由此构成的现代印刷媒体的视觉魅力，正可以用来装点轻松、闲适的大众文学。

不仅如此，通过与其他大众传媒的联手炒作，制造时尚化的阅读热点，也成为文学期刊迈入新世纪的新策略。

在世纪之交，传统文学期刊如《作家》《萌芽》《天涯》《大家》《山花》等的纷纷"改刊改版"。随后，《人民文学》《诗刊》等权威期刊也跟着效仿，对期刊与资本方的关系作了较大的改制和调整。这是新世纪文学第一次令人耳目一新的骚动。这种骚动打破了传统文学的生产关系、传播关系、写读关系、行政关系以及文化格局。实际上，文学期刊的"改刊改版"，是对传统文学的计划经济体制身份的"脱胎换骨"，是一次对办刊方针、历史位置和文化价值的全面改造，以便使文学期刊以崭新的面貌适应新世纪的文化语境。例如，1999年《萌芽》杂志社开始创办"新概念作文大赛"，至今已连续举办了六届，大量获奖的优秀写手借此脱颖而出，韩寒、郭敬明、张悦然等就是因为在此大赛中获奖而开辟了自己的文学道路。再如，《作家》曾尝试以"俗刊"养"正刊"的方法但不成功，为在市场中赢得一席之地，《作家》继而推出"70年代出生女作家专号"以吸引读者，引起了强烈反响，并初次尝到了与媒体共享市场的滋味。还如，《天涯》大幅度改刊之后，变成了一个以历史掌故为特色的综合期刊。小说、诗歌、评论栏目只占四分之一不到，其余皆为"红卫兵日记""知青日记""某某档案""披露与纪实"等内容所占据。据说《天涯》一时间订户大增，不仅成为书商、报摊的"抢手货"，而且在各种严肃的书店中也"大行其道"，大有人手一册、不能不读的味道。① 于是，一批真正市场化、大众化的文学期刊出现了。它们以充分满足读者需要为旨归，从"作家的作品中心"转向"读者的作品中心"。换言之，就是读者中心化，唯读者是崇，读者喜欢什么就发表什么。它们在文学与市场之间，紧贴市场，紧跟大众，一切为了读者甚至不惜迎合读者，成功地在商业浪潮中拓展了自己的空间。

文学期刊的"改刊改版"，不仅仅是期刊外在形式的变化和内容的简单替换，更重要的是传统文学功能和文学理念的维新。在"改刊改版"之前，文学期刊扮演着文化启蒙和思想传播的作用，主要承担着对政治意识形态的宣传功能与对人民的启蒙功能、教育功能。这样，文学期刊就不可避免地陷入了"精英化""小众化"和"反懂化"的泥沼。在"改刊改版"之后，文学期

---

① 参阅孟繁华、程光炜：《中国当代文学发展史》，人民文学出版社2004年版，第239页。

第二章 施控与施救：新世纪文学的媒介问题

刊不再直接听命于"行政指令"与"行政力"，而是顺从于"市场律令"与"市场力"，主要承担着对文化市场的服务功能与对大众的娱乐功能、消遣功能。从这个角度说，文学期刊的"改刊改版"，从本质上说是对政治文化、精英文化的疏远摈弃和对市场文化、大众文化的屈就攀附。

文学期刊的大众化的"改刊改版"，与其说是文学事件，还不如说是大众传媒制造的媒介事件。事实上，所谓的"60后""70后""80后""90后""美女作家""美男作家""身体写作""下半身写作""小资散文""文化散文""三农文学""底层写作""红色经典热"等新名称、新群体的涌现无不与"改刊改版"风潮有关。例如，《作家》策动的"70年代出生女作家专号"催生了一批"美女作家"，"美女作家"的称谓成为各种媒体使用频率很高的媒介术语。再如，《萌芽》连续举办的"新概念作文大赛"使韩寒、郭敬明、张悦然等"80后作家"一夜成名，"80后作家"群体成为媒体竞相包装的对象，同时，"80后作家"也已经成为时尚与酷男的代表，并催生了新世纪文坛的文学偶像与文学粉丝。可以说，没有集体化、潮流化的"改刊改版"，就不可能有《萌芽》杂志的"新概念作文大赛"，也不可能有大批青少年写手汇聚到市场化的生产流水线中。"改刊改版"点燃了大众传媒这根导火线，一个又一个"文学新星"被大众传媒这座无形的大机器生产出来。不可否认，文学期刊的大众化之路确实促成了新世纪文学的某种"繁荣"与另类"勃兴"，然而也使它的"产品"在出炉时就包含了许多非文学的杂质。正因为这样，新世纪文学的形式往往大于内容，大众传媒引导大众关注的是快餐式、感官式、娱乐式的形式，而不是经典式、细读式的内容。大众关注的是文学之外的事件，而不是文学之内的本真；大众消费文学只是消费文学这个符号，而不是消费文学的内涵。

第二节 商业出版与新世纪文学的变迁

在新世纪的市场经济语境中，商业出版对新世文学的影响越来越大，甚至成为制造文学热点、文学新星的巨大机器。无法否认，新世纪的形态各异的类型文学，如青春文学、奇幻小说、恐怖小说、历史小说、商业小说、谍战小说等，其实与商业出版的助推、策划甚至炒作是密切相关的。传统意义的文学出版考虑更多的是精神文明的维度，而进入新世纪的文学出版却转型蜕变为名副其实的商业出版，考虑更多的是市场利润的维度。准确地说，这是一种断裂,它断裂的不仅是文学族群的代际,而是文学的生产流通方式。

一、出版权:商业出版的文化权力

在文学的生产流通的诸多环节之中,出版社的出版是一个关键的环节。这是因为出版是介于书稿与书本、文本与作品、私人空间与公共空间的阀门,只有通过出版或发表,作家私人的书稿才能成为公众共同的阅读作品。换言之,潜在的文学变成显在的文学、可能的文学变成现实的文学,没有出版社(商)的参与只能是痴人说梦,特别是在现代的物质社会这个"写诗的比读诗的多"的语境更是如此。要使现实的文学变成真正的文学,还需要书商的销售与读者的阅读消化。当然,电子网络出版只是改变了出版的物质载体,其出版的本质并没有改变。因此,在文学生产领域中,出版社(商)的地位和作用是不可低估的,它的作用源是它的出版权。

罗贝尔·埃斯卡皮曾把出版商比作"助产医生",这是十分有道理的见解。诚然,并不是出版商赋予作品以生命,也不是出版商把自己的一部分血肉赋予作品并养育它,但是"如果没有出版商,被构想出来并且已临近创作临界点的作品就不会脱颖而出"。而且,出版商"也是产前的顾问,新生儿(甚至包括非法堕胎者)生死的审判官,保健医生,教师,裁缝,指导者……或许还是个奴隶贩子"。[①]作为文学生产与传播过程中的"第二把关人",出版社(商)从一定角度说具有生杀予夺的大权,它既可以"放生",也可以"杀生",这种"杀生"就是让作家的书稿"非典型性流产",根本就没有呱呱坠地的机会。也正是因为如此,有学者这样认为:"伟大的出版商就是一位文化部长,这个地位是没有政治家素质者所无法企及的。"[②]把出版商喻为"文化部长"或"政治家"似乎不很恰当,但借以强调出版商独特的社会地位和作用、破除传统的偏见,却是很有说服力的。

二、策划文学:商业出版的市场谋略

在文学出版的视域下,出版首先是一种商业生产行为,然后才是一种社

[①] [法]罗贝尔·埃斯卡皮:《文学社会学》,于沛选编,浙江人民出版社1987年版,第37页。

[②] [英]斯坦利·安文:《出版概论·序言》,王纪卿译,书海出版社1988年版,第17—18页。

第二章 施控与施救：新世纪文学的媒介问题

会文学行为。作为商家，文学出版只是出版社（商）所有出版行为中的一种生存与赢利方式。这一点，英国学者特里·伊格尔顿（Terry Eagleton）在《马克思主义与文学批评》中有着精彩论述："文学可以是一件人工制品，一种社会意识的产品，一种世界幻象（A world vision）；但同时也是一种工业（Industry）。书籍不仅是有意义的结构，而且是出版商为了赚钱在市场上出卖的商品。戏剧不仅是文学文本的集成，而且是一种资本主义商业；雇用一些人（作家、导演、演员、舞台管理员）生产为观众所消费的、能赚钱的商品。批评家不仅是分析文本，而且（常常）是国家雇用的大学教师，从意识形态方面培养能在资本主义社会尽职的学生。作家不仅是超个人思想结构的换位者，而且是出版社雇佣的工人，去生产能出售的商品。"① 阿诺德·豪泽尔（Arnold Hauser）也说："艺术作品自古以来就是作为商品而创造的，因为它们主要是为了出卖，而不是为艺术家自己所使用。"② 当然，艺术作品不能说是"自古以来"就是商品，但是在工业社会与后工业社会，艺术作品的商业性愈来愈明显却是不争的事实。丹尼·贝尔说得更为清楚："资本主义是一种经济——文化关系：经济上它是围绕着财产制度和商品生产组织起来的；文化上它是以交换关系和买卖活动为基础的。这一特点几乎渗透到整个社会。"③ 正是如此，文学出版是一种经济实践，一种商品的生产，这足以道出文学出版的商业性与市场性。

由于出版社（商）是以赚钱与迎合市场需要为终极目的，为了达到最大程度的赢利，策划与炒作便成了出版社（商）必不可少的行动路线与市场谋略。在媒介时代，文学出版的文学影响力除了"出版权"之外，就是所谓的"策划权"了。在这种策划权的保驾护航之下，出版社（商）成为"制造文学"与"开发文学"的主力军，而作家却从中心向边缘位移，体制内的优越与尊贵被市场经济冲击得七零八落，甚至成为出版社（商）的雇佣写作者。一般而言，出版社（商）的策划注重品牌竞争和宣传包装，归根结底就是注重市场运作。这样，出版机构选题、命题，甚至对写作的时限、特色与集群效应都有特殊的要求，出版机构以主动的、迅速的姿态"制造"和"开发"市场，消费文学成为出版的主导性话语。因此，"传统文学出版的'作家主

---

① Terry Eagleton, "Marxism and Literary Criticism", London, 1977. p. 59—60.
② Arnold Hauser, "The Sociology of Art", London, 1982. p. 598.
③ Dniel Bell, "The Cultural Contradiction of Capitalism", New York, 1976. p. 14.

导'转型为'出版主导',出版者全程策划了选择作家人选、高稿酬标准、配置作品中的畅销因素、包装行为、发行时机等等"①。当然,这样制造出来的作品难免有类型化的特征。

依托于强大的出版权以及娴熟的市场谋略,商业出版不仅"制造作品",还"制造作家"和"改造读者"。如"制造作家",出版社(商)对作家的影响体现在二个方面:一是"创造";二是"改造"。罗贝尔·埃斯卡皮认为,出版商的挑选"创造"了文学。②与其说"出版商的挑选'创造'了文学",倒不如说出版社(商)的挑选"创造"了作家,因为作家是文学最终的生产者。这种"创造"可以细分为四种方法:一是"发现";二是"帮助";三是"维护";四是"广告宣传"。③出版社(商)除了"创造"作家之外,还要"改造"作家,具体表现为使自由思想、自由写作的作家成为不自由的雇佣写作者。如被称为"美女组合"之一的严虹曾坦言:"书名和配照片我当时是不同意的,我个人认为作家还是应该神秘一些。可是出版商非常聪明,他们将我们的照片精挑细选之后登了出来,并且还给我们每个人定了位,我的书把原来的名字《听说爱情回来过》改成了《说吧,我是你的情人》。我认为是成功的,有人说我们是'粉色炸弹',是'四大俗'。"④由此可见,雇佣写作注定是身不由己的,商业定位成了创作自由的紧身衣,它对写作者的束缚几乎是无处不在,小到书名与出版形式,大到书写对象与表达内容,雇佣写作者是身不由己的。再如"改造读者",就是使读者成为"感性阅读""猎奇阅读""觅名阅读"的扈从,在极力打造文学偶像的同时也大力构筑文学偶像的"粉丝",并使之潮流化,像韩寒、郭敬明、安妮宝贝等都有自己宠大的"粉丝群体"。这样,读者已经不是传统意义上的读者,而是支持者。"粉丝们"支持自己的偶像最实际的行动就是买书,每买一本书就是捐助一次版税,也是一次纪念和自我投射的满足。

---

① 黄发有:《准个体时代的写作——20世纪90年代中国小说研究》,上海三联书店2002年版,第215页。
② [法]罗贝尔·埃斯卡皮:《文学社会学》,于沛选编,浙江人民出版社1987年版,第55页。
③ 参阅张来民:《作为商品的艺术》,中国社会科学出版社2002年版,第60—68页。
④ 孟菁苇:《商业包装催生"美女作家"?》(访谈录),《齐鲁晚报》2000年5月11日。

三、造星与造富：商业出版的文化运动

在新世纪，商业出版对文学最引人注目的杰作就是综合运用娱乐文化、影视文化、消费文化的手段与策略为新世纪文坛造就了一批文学新星、文学偶像与文学富豪。简言之，就是"造星"与"造富"。从这个角度说，传统的文学体制内的"创大作"与"成大家"被商业出版的市场化流程中的"造星"与"造富"所替代。这样，新世纪文学不可避免地走向了明星化、偶像化、资本化与拜金化的快车道，文学在吸引大众与媒体关注的同时似乎也迎来了表面的喧哗与骚动。

（一）商业出版的"造星运动"

在"造星"的运作上体现最显著的莫过于以"80后"为主体的"青春写作"。当然，"青春写作"也只是商业出版的一种类型策划与炒作而已。我们以"青春写作"为案例，不过是想以此为视窗来透视商业出版的"造星运动"。我们知道，"80后"作家虽然大都出身于《萌芽》杂志主办的"新概念"作文大赛，但之后的走红基本是靠商业出版的策划与市场力量的打造。邵燕君认为："如果说'60后'作家的'断裂'事件还只是文学审美原则的挑战，'70后'作家向'美女作家'的转变还只是商业力量的侵袭，'80后'作家的崛起已经基本是另起炉灶。'青春写作'的作家与读者之间逐渐形成独立于传统写作和主流文坛之外的循环，这里断裂的不仅是代际，更是以新媒体为依托的一整套文学生产、流通方式。"[①] 这样，"青春写作"不仅造就了一个新的文学潮、新的文学类型，也造就了像韩寒、郭敬明、安妮宝贝式的文学明星与偶像。

韩寒、郭敬明最初成名是靠作品，而其后的发展更多的是靠偶像魅力。他们都非常注意打造自身的魅力形象，或酷或美，或另类或主流，或叛逆或归顺，但都是年轻一代成功人士的典范。在写作之外，他们不断制造媒体关注的事件、热点与卖点，同时也各自掌握着文化资源与传媒资源。韩寒的博客，一直位于点击率的人气榜，围观度十分高，是自我展示的巨大平台。郭敬明有自己的工作室，2006年又加盟目前国内重要的畅销书出版基地长江文艺出版社，主编青春文学杂志《最小说》，这是对商业出版的一种归附，也是与商业出版的合谋、互用与共赢。除了媒体宣传之外，他们作品的流通与传

[①] 邵燕君：《新世纪文学脉象》，安徽教育出版社2011年版，第17页。

播、接受与消费更依赖他们庞大的"粉丝群体"。这样，新世纪文学在读者市场也有了别具一格的"文学粉丝"。当然，"文学粉丝"不是传统意义的文学读者，他们只是文学明星的铁杆的支持者与狂热的崇拜者。按照约翰·费斯克（John Fiske）的"粉丝文化"理论，"粉丝"作为大众读者中"过度的读者"（excessive reader），是以"为我所用"的实用主义态度对待文本的。他们不但能从阅读中创造出与自身社会情境相关的意义及快感，更能主动参与相关文化符号的生产，创造出一种属于自己的生产及流通体系的"粉丝文化"。① 粉丝对偶像的崇拜中更多的不是敬，而是爱，是喜爱、宠爱和疼爱。粉丝不再把偶像奉若神明，而是寄托自我投射。粉丝把偶像的优点无限放大，而将偶像的缺点视为个性，对偶像的过错进行无原则的包容与"护短"，如容忍郭敬明的"剽窃"就是如此。对于韩寒、郭敬明的粉丝们来说，购买正版书是对偶像的直接坚持，阅读之后的收藏既是一种纪念也是一种炫耀，还有参加签名销书那更是趋之若鹜、梦寐以求。这样，韩寒、郭敬明这样的青春写作的明星，其文学生产和传播方式，已经非常接近于周星驰、周杰伦、李宇春这样的演艺明星了。

安妮宝贝也是商业出版"造星运动"的杰作。安妮宝贝的发展是依托新媒体的兴起，她是更纯粹的"网络出身"作家，她的写作历程基本与中国网络文学同步。不过值得一提的是，安妮宝贝的网络作品几乎都经商业出版之手打造成了畅销书，安妮宝贝也就成了商业出版的掘金符号。对此，有人将安妮宝贝这种跨"网络媒介"与商业出版的"畅销书"现象，称之为"彼岸成长，此岸盛放"，这种概括是十分精辟的。藉由网络上的高人气以及畅销书的长销不衰，安妮宝贝也成了一个新世纪市场经济语境中的"文学明星"与"文学偶像"，凭借自己一部又一部厚实的畅销书，在青年读者中积聚了极高而长久的人气，有着属于自己的庞大"粉丝群体"——即所谓"安迷"。这个自称为"安迷"的粉丝群体自安妮宝贝 1999 年在"榕树下"以《告别薇安》和《八月未央》脱颖而出开始聚集，十多年来不断有新人加入，而这中间五年以上的"资深安迷"占大多数。多年来，"安迷"们与安妮宝贝相互安慰，共同成长，即便安妮宝贝在 2007 年达到事业和生活的高峰，在生活状态（从不羁少女到幸福母亲）、作家身份（从网络异数到主流认可）、写作风格

---

① ［美］约翰·费斯克：《粉都的文化经济》，见陶东风主编：《粉丝文化读本》，北京大学出版社 2009 年版，第 17 页。

第二章 施控与施救：新世纪文学的媒介问题

（从阴郁颓废到淡定禅意）和发表载体（从网络到纸媒）等几个方面完成一系列的"华丽转身"，也受到"安迷"们的高度认可。因为在"安迷"们看来，安妮宝贝的变化是蜕变而不是叛变，在安妮宝贝的成长过程中，"安迷"们自身也在成长——这种共同成长的感觉使安妮宝贝和她的粉丝之间产生了一种血缘般的亲密关系，一种不离不弃的信任与忠诚。这样，安妮宝贝拉开了与一般流行偶像的距离，她不是"红极一时"后的迅速凋落，而是以"别样风华"一直高悬于新世纪文学星空的"织女星"，成为具有长久生命力和吸引力的流行符号。

（二）商业出版的"造富运动"

除了"造星"，商业出版的另一个文化运动就是"造富"。所谓"造富"，就是打造文学阶层中的富豪。换言之，就是商业出版利用手中的商业资本为傲立于文商书海的"文学大腕"和"文学明星"甚至"文学偶像"打造最大化的版税与依托于象征资本的其他高额收入，从而在"文学畅销书排行榜"的毗邻近新建了"中国作家富豪榜"的高塔，给众多的文学写作者以"写作也是一个赚钱的行当"和"写作可以名利双收"的世纪幻象。可以说，商业出版的"造富"，直接推动了新世纪文学的功利化写作与市场化程度。

以《中国作家富豪榜》为例，这是持续追踪记录中国作家财富变化，反映中国全民阅读潮流走向的文化品牌榜单，制作人是吴怀尧。自2006年起，发布全中国版税收入最高的25位作家财富排行榜单，推出中国图书调研报告；每年发布都激起强烈的社会反响，迅速扩大作家群体的社会影响力。在《2010年度中国作家富豪榜》中，杨红樱、郭敬明、郑渊洁分别以2500万元、2300万元、1950万元的年版收入成为2010年度作家富豪榜的前三甲。值得一提的是，这三人均已连续三年位居中国作家富豪榜前三甲之列，并且轮流占据这三年作家富豪榜的榜首位置。从《2010年度中国作家富豪榜》来看，有三点是明显的：一是"纯文学大规模撤退"。传统文学作家仅有麦家、周国平、王蒙、贾平凹四人，但是他们四人总版税还不到1000万元，总版税还敌不过一个"当年明月"，更遑论与杨红樱、郭敬明、郑渊洁相提并论。二是"越来越功利的阅读"。曾仕强、朗咸平、尹建莉等并非严格意义上的作家，他们像先前的于丹、易中天、王立群、马未都等一样，入选富豪榜，说明了大众阅读的取向。在新世纪，大众的阅读越来越现实，越来越功利，这个时代的特征是阅读和实用主义相联系。功利的阅读，已经背离了阅读本身的含义。三是"少得可怜的版权输出"。排名前25位的中国作家富豪中，能向国外进行版权输出的人少得可怜,排名第一的杨红樱应该是向外输出版权最成功的中国作家,她的"马小跳"系列目前已经在欧美地区推出了英、法、德、意等不同语种的版本。可见,中国作家富豪们所赚的钱几乎都是国人的,几乎没有赚外国读者的钱。这一点与英国作家 J.k. 罗琳的《哈利·波特》在中国拿到 9550 万元的版税有着天壤之别。四是"数字出版打白条"。作家富豪的收入都是纸质书的版税,他们的名气在数字出版时代却很难换回财富上的肯定。如易中天没有在数字出版上拿到过版税,何马的《藏地密码》这本书的数字版税至今为零。

新世纪的商业出版,既是文学之路,也是奇迹之路,还是财富之路。像杨红樱的作品,时至今日,她的作品平均每天的销售量高达 1 万多册。像郭敬明、饶雪漫,既是《中国作家富豪榜》的常客,他们的成功模式不仅在改变出版界本身,同时也改变着无数写作者的写作动机,诚如郭敬明所说的,"无论别人怎么说,我想努力赚钱"。其实,写作的动机就是写作者致力于写作的最大动力。商业出版以"造富运动"向所有曾经或者正在怀揣作家梦的"追梦人"暗示:"当作家、当畅销书作家、当成功的畅销书作家,其实,你也可以!"

第三节　影视传媒与新世纪文学的变换

在新世纪的影视文化语境中,影视传媒(包括电影、电视、网络视频等)对新世纪文学的影响越来越深。影视传媒不仅在引领文学,而且还在制造文学;影视传媒不仅诱使文学影像化,并迫使文学成为影视的剧本、脚本,创造新的文学文本形态——如"影视小说"与"影视同期书"。更有甚者,影视传媒还凭借其文化霸权让影像化的文学文本登堂入室、赋予象征资本成为新世纪文学的召唤性标牌。

一、影视带着文学走

新世纪十五年,是影视传媒与文学互动最为密切的十五年。就影视传媒与文学的关系而言,曾经的"文学驮着电影走"(张艺谋语)已变换为"影视带着文学走"(王先霈语)。这种改变主要来自中国电影、电视和影视剧的突飞猛进的发展。据央视——索福瑞媒介研究的相关数据显示,中国已成为全球的电视机大国,其生产量和拥有量居全球之首,中国城市家庭的电视机拥

第二章 施控与施救：新世纪文学的媒介问题

有率已达 98.3%，农村地区也达 97.5%。在新世纪，影像媒介比之于纸质媒介，在受众市场已经占据了绝对的霸权地位。另外，在电视生产的所有节目当中，如电视剧、新闻、专题、体育、电影、综艺娱乐等，收视份额最高的是电视剧。这表明，每天 3 小时守在电视机旁的观众，电视剧是其节目的首选，电视剧的影响力远远超过了电影、小说、戏剧等其他叙事形式。诚如尹鸿所说的，在中国，电视剧远远不只是肥皂剧、情景喜剧，而是人们生活中最基本、最主要的"叙述故事"与"消费故事"的渠道。电视剧在中国所具有的这种地位与影响同国人的家庭生活方式、文化消费方式及社会公共服务条件密切相关。①

正是如此，曾经"以文学为尊"与"内容为王"的影视传媒在独立之后建立了属于自己的庞大的影像王国，且在大众文化的推动下取代了文学成为主流的文化样式。当影视诱使越来越多的人疏远文学书籍，以"看的方式"取代"读的方式"，大批地造就出无法远离影视的观众甚至是"粉丝"时，文学对读者和社会需求、文化消费的引领事实上便历史性地移权给了影视。也就是说，影视成了担负新世纪的文化消费的"领头羊"与"掌门人"，影视也成为引领、指导文学的终极因。这样，从文学的生产、流通、传播、消费、改编等各个环节，"影视法则"取代了传统的"文学法则"成为文学活动的最有权威的法则。在这样的文化语境中，文学可以独立，却无法改变边缘化的尴尬处境；更好的选择与出路就是文学介入影视、融入影视，向影视归附，为影视喝彩，替影视抬轿，从而进入了"影视带着文学走"的时代。单就文学改编而言，从前的文学作品，多是因为其优秀而被改编，致使影视分享了文学的荣耀，这是"文学驭着影视走"；现在的文学作品，多是因为被改编才驰名、才畅销，既流播于"观看型读者"也流播于"阅读型读者"，这是"影视带着文学走"。

二、影视剧领着文学改

对新世纪文学而言，受影视传媒影响最深刻的莫过于依托于影视传媒的影视文化与影视剧。新世纪文学受影视剧这种大众文化的影响和制约已经是有目共睹的事实。我们现在的文化运作方式与文化生活形态主要是通过大众

---

① 参阅尹鸿：《意义、生产与消费——当代中国电视剧的政治经济学分析》，《现代传播》2005 年第 1 期。

传媒的呈示与观看来实现的。而大众传媒，其实就是现代科技催生下的电影、电视、网络等电子媒介，它们包围着我们，并构成了当今的后现代文化主潮。大众传媒尤其是影视剧的发展对传统文学的霸主地位进行了颠覆，文学艺术的神圣光环和等级秩序正在被消解，文学的认识和理解方式已经发生改变。进入新世纪以后，每年生产电影达几百部，超过半数以上的电影改编自文学作品。而电视文化的发展更为迅猛，全国年产电视机数千万台，电视台逾三千家，年拍摄电视剧逾1400多集。可以说，影视剧文化几乎覆盖了全国城乡的各个角落。

影视剧的猛增以及影视剧文化的无差别化播撒，空前地吸引了大批作家进入影视编剧的行列，也为文学作品的影视转化提供了前所未有的契机。如著名作家刘恒、苏童等主动改行做编剧，而海岩、虹影等则在编剧行列中乐此不疲。再如中国作家出版集团组建的"巨帆影视公司"，旨在把集团报刊和出版社发表、出版的文学作品，"在第一时间转换成影视作品"。还如"海润公司"专门成立作家影视工作室，诸如"海岩影视工作室""虹影影视工作室"等等，以取得这些当红作家作品的影视改拍权。对作家而言，作品的影视转化，不仅意味着可观的经济收益，也极大地扩展了作品的传播范围。作家周梅森以他的同名小说改编的电视剧《绝对权力》为例做过一个计算："它的收视率从5%往上走，四川创造的最高收视率达到32%，湖南达到25%。如果说全国的平均收视率为10%，那就意味着有一亿三千万人看我的戏。"[1] 凭着成功的电视剧播出的巨大效应，大大地拉动了小说的销售，如周梅森的小说《绝地权力》在2002年8月同名电视剧播出后不到半年，发行就达20万册。从这个角度上说，影视剧对作家作品而言，它一方面在瓦解作家作品的读者队伍，另一方面又在聚拢作家作品的读者队伍。

影视剧的迅速发展，使文学文本的接受群在数量上大大扩展，作为一种直接作用于人的视听知觉的传播媒体，将最大多数的民众纳入了它的传播视野中，即使文盲或半文盲也往往能观看并在一定程度上理解影像文本的文学意义。影视媒体对传统印刷技术的冲击，实质上是"在强调视觉影像对文字、自我的初级过程对次级过程（或者说，投入式鉴赏对距离鉴赏）的重要性的

---

[1] 李彦：《我要树立自己的品牌——周梅森访谈》，《大众电影》2004年第4期。

第二章　施控与施救：新世纪文学的媒介问题

时候，明显地存在着一种由话语文化形式向形象文化形式的转变"①。正是在这种转变中，文学在大众文化中发展了一种感官审美，即利奥塔所说的对初级过程（欲望）直接沉浸的"形象性感知"代替了反思性的作为次级过程（自我）之基础的"话语性认知"，而这正是詹姆逊所说的"后现代无深度文化"产生的一个重要原因。文学艺术的现代主义形式已经枯竭了，那些叛逆的先锋派本身业已走到了尽头。

无疑，现代影视剧拥有比传统文学优越得多的技术性综合媒介，它使单一的语言艺术相形见绌。在影视传媒的笼罩下，文学地位从中心向边缘转移，文学家和批评家不得不重新思考文学的意义，对文学的价值给予重新定位。因此，新世纪文学必然要走出经典文学的叙事模式，重新开辟文学的生存空间。在日趋成熟的当代影视艺术中，影像的再现已臻于完善，新世纪文学与影视剧的联姻，既是互惠互利的表现，又是文学审美价值的重新发现。面对此种现状，孙盛涛乐观地认为："文学作为历史悠久的艺术形式有着其他艺术形式不可替代的审美价值和深厚的群众基础，以往经典的文学作品改编为影视剧常是提升艺术品位的标志，而当代由迅速窜红的影视剧'改写'为文学作品，则明显的是文学家借助拓展的审美空间、扩大文化市场的考虑；而文学家'走进'荧屏，与读者、观众直接对话，或宣讲自己的审美理念与创作情感，更是一种延伸文学影响的极佳策略。"② 正因为如此，一部文学作品可以被影视媒体多次改编、多次传播，以从未有过的受众面和被关注的程度得到最大程度的流传，其目的是为了实现"文学信息"传播的最大化，这是传统的印刷媒体所无法比拟的。

三、影视小说牵着文学变

在新世纪，"影视带着文学走"不仅表现在对文学的改编和传播上，还表现在将文学纳入到市场经济的庞大"产业链"之中，成为文化产业链的一个中间环节。对于将创作延伸到电视剧改编最后搬上荧屏的做法，作家周梅森认为："这个过程，好比我种了麦子，然后再把麦子磨成面粉，后来再做成面

---

① ［英］迈克·费瑟斯通：《消费文化与后现代主义》，刘精明译，译林出版社 2000 年版，第 143 页。
② 孙盛涛：《数字化语境中的文学策略》，《东方论坛》2003 年第 2 期。

包,这是一个产业链。"① 事实上,周梅森的私人经验其实也是影像文化时代作家"触电"跨界入商海的一种通用经验,它形象地揭示了影视霸权下新世纪小说的一种重要走向。当然,在影像文化时代,影视剧不仅促使叙事性文本——小说发生变化,其渗透的极端形式就是催生了一种新的文学形态——"影视小说"。所谓"影视小说",主要是指由电视剧和故事片改编而来的小说,它也是一种改编。假如说我们将从小说到影视剧的改编称之为"顺改编"的话,那么从影视剧到小说的改编称之为"逆改编"。所以,影视小说是一种"逆改编",也是一种"影视剧"的文学化策略。

与传统意义的小说相比,诞生于影视文化强大产业机制的影视小说有着属于它的时代新质。影视小说与传统小说的最大区别在于:传统小说是独立于影视剧而存在的居于主导地位的文学形态,而影视小说是从影视剧到小说,是依附于影视剧而存在的新的文学形态。自20世纪90年代以来,中国的主流文化逐渐开始了大众化的转型,影视剧凭借现代文化工业的传播技术和手段优势,成为最广泛、最时尚、最强劲的大众传播形式,并带来可观的市场效应。影视小说是对这一效应的进一步扩展,并给新世纪文学增添了一道新的风景。这道风景在新世纪之初就开始靓丽起来,如浙江电视剧制作中心出品的电视剧《天下粮仓》,由作家出版社出版了文学故事本,作家出版社同时还出版了《大宅门》《康熙帝国》《真心真情》等一系列影视小说。电视剧《誓言无声》播放的片尾就打上了"该书已由山东文艺出版社出版发行"的字幕。张艺谋的《英雄》还未公映,小说版《英雄》已经抢摊市场。冯小刚的电影《手机》也如法炮制,电影未上映,编剧刘震云的同名小说已经上市。市场上的影视小说琳琅满目,如作家出版社出版的海岩小说书系,现代出版社出版的"梦剧场"系列丛书,江苏文艺出版社出版的"影视同期声·小说系列"等,都是影视小说的各种表现形态。

从整体上看,影视小说大致有两种类型:一是以影视剧本为本位,是作为影视剧的衍生产品来做的。它在文体上介于影视剧本与小说之间,并主要依附于相应的影视剧的播放而存在。二是以影视剧本为参照,在影视剧本与小说之间,强调以小说为本位。它既打影视与图书互动这张牌,又不放弃小说的独立与还原。当然,不管是那种类型的影视小说,都必须要保持影视剧的原汁原味,只能是影视剧的衍生与补充,或者说是扩编与还原,是为了满

---

① 丁杨:《作家"触电"跨界入商海已成寻常事》,《中华读书报》2005年9月20日。

第二章　施控与施救：新世纪文学的媒介问题

足影迷、电视剧迷的扩充式阅读需要与回味式阅读需要。这属于影视小说的面向影视剧的"求同性"生存。

　　从传播效果来说，影视小说是大众传媒制造出来的大众文化，带有明显的商业行为与产业色彩，其重要特征是先有影视剧后有小说，它是影视剧的副产品，具有明显的广告效应。山东文艺出版社的"新世纪长篇小说"《大法官》和江苏文艺出版社的"影视同期声·小说系列"之《不要和陌生人说话》，都是根据同名电视剧改编而成。这些影视小说大都配有主要演员的精彩剧照，甚至还有对剧组各类人物的采访记事。事实上，新世纪文学中出现的大量影视小说与作家进军影视圈有直接的关系。进入新世纪后，刘震云、池莉、李冯、苏童等作家"触电"影视剧，他们纷纷担任一些影视剧的编剧，一方面提高影视剧的文化品位，另一方面又把自己的剧本改写成影视小说，与影视剧的上映和播出同步进行。影视剧市场有票房和收视率要求，图书市场同样有销售量的需求，两个市场互相推动，共同得利，这是新世纪文学在大众文化推动下发展的必然结果，也是新世纪文学憧憬的文学品位与商业利润的共融互惠图景。

第四节　网络媒介与新世纪文学的变革

　　网络媒介是继报刊、广播、电视之后出现的"第四媒介"。其主要特征是：以电脑作为储存收发工具，以电信设施作为传输渠道，形成的是覆盖全球的传播网络，此即人们习惯上所说的互联网（Internet）。网络媒介是一种全新的无中心化的数字媒介，集中了当代最前沿的科学技术成果，融合了多种媒介，是当之无愧的超级媒介。罗沛霖院士曾经指出："信息高速公路建设所导致的信息革命，实质就是文化领域的产业革命；文化领域的以电子技术为立足点的新产业革命将形成一个先进的文化信息技术系统，并且产生许多崭新的文化形式。"① 这充分揭示了网络媒介在社会文化领域中的巨大作用，它的出现必将打破已有文化格局，从而创造新的文化格局。可见，"技术不仅

---

① 转引自刘吉：《千年警醒：信息化与知识经济》，社会科学文献出版社1998年版，第262页。

仅是手段，技术是一种展现的方式"①，也就是说，对手段的使用总是参与到对自然和世界的独特构造之中，它参与了对事物存在的规定，从而是从某一角度对事物的展示。

一、网络媒介与文学变命

新世纪十五年，是网络媒介"核爆式"发展的十五年，也是网络媒介普及化、大众化、移动化的十五年。据统计，截止2012年6月，中国的互联网用户数达5.38亿，移动互联网用户数超过6亿。这样，网络媒介及依附于网络媒介的网络文化、网络文学，成为新世纪十五年不可迂绕的文化盛宴。诚如著名学者麦克卢汉所说："重要是随着技术而变化的框架，而不仅仅是框架里面的图像。"② 这样，在网络媒介"框架"影响下的新世纪文学必然会呈现出许多与传统文学异质的内容。对此，杨守森等在《数字化时代与文学艺术》一书中，将网络媒介与文学的互动关系归纳为六点：一是"网络媒介的多媒性与文学表现方式的多元化"；二是"网络媒介的数字性与文学书写的键盘化"；三是"网络媒介的开放性与文学文本的开放化"；四是"网络媒介的多维性与文学思维方式的立体化"；五是"网络媒介的互动性与文学阅读方式的主动化"；六是"网络媒介的网络性与文学传播模式的平等化"。③ 这种归纳既是全面的，也是精到的。随着表现方式、书写方式、文本形式、思维方式、阅读方式与传播模式的转变，网络媒介所催生的文学变革也就全方位展开了。

网络传播媒介一经出现，便迅速成为影响文化发展的重要力量。这种力量正在公开或隐蔽地改变着当代文化发展的形式和内容，改变着既有的文化格局，重绘文化地图。因此，作为信息与文化传播的网络媒介必然孕育着文学传播的内涵，网络媒介的横空出世与迅猛发展，从而使附丽于网络媒介之上的文学传播具备了新的特点。对此，王一川在《文学理论》一书中有着精辟的论述：第一，由于数字化技术和国际互联网的完善，网络媒介与其他任何媒介相比都显示出传输与复制快捷、储存和提取简易的优势，因此可以大大促进文学的传播、储存和复制速度。第二，与报纸、书籍、杂志、广播、

---

① ［德］冈特·绍伊博尔德：《海德格尔分析新时代的科技》，宋祖良译，中国社会科学出版社1993年版，第24页。

② ［加］埃里克·麦克卢汉、弗兰克·秦格龙：《麦克卢汉精粹》，何道宽译，南京大学出版社2000年版，第409页。

③ 参阅杨守森等著：《数字化时代与文学艺术》，齐鲁书社2010年版，第12—38页。

第二章 施控与施救：新世纪文学的媒介问题

电影、电视等大众媒介属于媒介对受众的单向传播不同，网络媒介具有传播者与受众之间的双向传播性质，这使得网上文学形成人与人之间真正的及时沟通。第三，正由于网络媒介具有双向传播性质，作者与读者之间在网上可以享受平等对话的权利。第四，人们在网上的文学对话有可能更具有个人化和个性化特征。第五，单就网上文学写作而言，由于网络传播要求快速、简便、新颖，因此文学表达有可能更趋简短、新奇。第六，运用多媒体技术的网络文学作品具有文字、图像、声音等相结合的特点，可以为文学阅读带来新的体验。① 在这里，王一川已指出了文学变异与转型的客观存在，以及网络文学的属性。

虽然网络保留和包容了文学作为一种文字阅读活动的基本特征，但是网络借助自己的种种新技术成果把文学进行了一番彻底的改头换面，甚至可以说，这种改变无处不在，极尽耀人眼目之能事。比如，网络文学的作品形式不具有物质成品的特点。所有的一切都是数字幻象，数字颗粒使万物化元归于比特与代码，也使复制技术达到了一个前所未有的程度，也就彻底消除了本雅明所谓的"韵味"——艺术在时间和空间上独一无二的存在根据。这样，"原作"一词在网络文学中是没有意义的，文本处于一种极端的"非个人化"状态，也处于一种永远修订的待定状态，这必然使得电子版权的问题成为网络文学中聚讼纷争的焦点，也使得传统文学的版本研究悬空与搁置。再如，网络文学的写作与阅读是非线性的。超文本的链接技术使写作者与阅读者的思维在层层文本的"界面"之间穿梭纵横，而多媒体表现手段的运用使写作有了更多技术性的意义，音影文三位一体的网络文本使文本跳出了文字的单向度与单面孔，使阅读成为"诗画结合"的审美，也使感性化、影像化、刺激化成为网络时代的审美模式。还有，网络文学的写作准确来说是一种"共名写作"。写作不再是个人的，而是集体的，虽是私人的，却是公共的，"集体作者"成为网络文学写作者的文化命名。特别是"接龙小说"与"互动小说"的盛行，从而使"娱乐性文本"消解了创作的神秘与作家的神圣。"人人都可以成为艺术家"，"作者已死"，都昭示了文学归于平民化与文学活动的神

---

① 王一川：《文学理论》，四川人民出版社，2003年版，第126页。王一川所说的"网上文学"与"网络文学"应是可以替换的同义概念，而当今学界比较通行的说法是"网络文学"，比如欧阳友权《网络文学论纲》，本着术语一致的原则，本文亦将采用"网络文学"一说。事实上，"网络文学"是一个广义的概念，它有两种成分：一是传统文学的网络化；二是网络的原创文学。后文如有涉及，请参照此注。

性品格的又一次无可奈何的消减。另外，网络文学的写作缺乏使命意识与深层意义。网络作家鲜有批判性表现一个时代的欲望和预言一种社会发展潮流的念想。反本质主义、反形而上的冲动成为文学的时尚，因为几乎没有人在自己的作品中追寻历史的深层根据、深层联系与深层意义，而是纷纷采取了一种"非历史化的表象叙事"。这样，自恋式写作、调侃式写作、隐私写作、躯体写作成为网络写作的风向标，并烙有后现代文化的红印："破除中心、没有权威、多元化、非线性、注重感官、轻于思考、追求当下、不再尊重历史和瞩目将来，'向内转'的创作向度转变在网络文学中得到了最为彻底的、变了味的实现。"① 此外，自由是网络的天然宣称。消除创作限制与"去意识形态化"，使网络文学成为一种真正意义的自由写作。写作是匿名的，发表是无把关的，发行则是大规模的甚至是全球性的播撒，创作的成本也降到了最低。网络使世界变成"地球村"的同时，网络文学又使信息社会的大众"重新部落化"，成为现代的游牧民而纵情狂欢。

事实上，网络媒介在改变人类的生活方式、生存方式和认知方式的同时，也在改变着人类的文学审美方式和艺术思维模式：非线性替代了线性、跳跃性替代了序列性、自由阅读替代了强迫阅读、游戏替代意义、音影文的三位一体互动替代了单一文字的固守。依托网络技术和被网络技术改造的文学，更加知识化、趣味化、游戏化、平民化、通俗化。换言之，文学"泛文学化"。就文学而言，超文本的形态意义与解构主义是相关的，诚如马洛雷所说的："解构主义者认为，文本扩展到包括解释，并且解释的过程是从来不会结束的。超文本看来确认这种批评的观念，这种观念是关于文本与作者的能够置疑的权威性之间的难以捉摸的边界。"② 黄鸣奋认为，超文本不仅是一种技术发明，而且还代表了一种理念，这种理念的基本精神就是交互性、交叉性和动态性，他说："作为理念的超文本的未来是与文学的发展前景密切相关的。"③ 南帆说得十分深刻："鼠标开启了一个又一个信息门厅，让用户永无止境地游历网络无数节点。这不仅摧毁了故事之中的人物等级，废弃了种种人为的结构，而且彻底地导致了线性逻辑的解体。于是，中心、主题、主角、

---

① 于洋、汤爱丽、李俊：《文学网景——网络文学中的自由境界》，中央编译出版社 2004 年版，第 24 页。

② Deborah Wills, "The nature of hypertext : background and implications for librarians", in Journal of Academic Librarianship, 1999, Vol 25, Issue 2.

③ 黄鸣奋：《超文本诗学》，厦门大学出版社 2002 年版，第 136 页。

第二章 施控与施救:新世纪文学的媒介问题

线索、视角、开端与结尾、文本的边界,这些概念统统失效。"① 欧阳友权认为,因特网之于文学的革命性意义至少有两点是显而易见的:一是在本体论意义上,计算机网络的媒介模式带来了文学存在方式的根本变革;二是在价值论的意义上,兼容而无垠的网络空间切合了文学的自由本性。② 正是如此,由于网络媒介的潮涌,使得文学在这个以信息技术为龙头的高科技和全球化时代,得以用"比特"来建造自己的艺术"通天塔"。正是网络文学的出场与控场,文学的变异已不容否认,也许这种异态的文学恰恰预示着文学的未来走向也未尝可知。

二、网络文学的新质素

网络文学是依附于网络媒介所产生的一种文学新形态,它既寄生于网络,又勃兴于网络,还受制于网络,网络是网络文学的生存空间,包括写作空间、阅读空间、批评空间以及全流程的传播空间。所谓网络文学,按照欧阳友权在《网络文学概论》一书的定义,是指由网民在电脑上创作,通过互联网发表,供网络用户欣赏或参与的新型文学样式,它是伴随着计算机特别是数字化网络技术发展而来的一种新的文学形态。这一定义包含三层意思:第一,网络文学是借助计算机网络形成的一种新的文学形态,它可以写网络生活、体现人与赛博空间(cyberspace)的虚拟审美关系,也可以写网络生活,但无论写什么,都必须是借助电脑完成的原创之作;第二,网络文学应该是在互联网上首次发表,"印刷文学电子化"不能算是网络文学;第三,网络文学应该是为网络受众即广大网民创作的,读者需要在网上浏览或欣赏,并可能形成网民之间的互动,网络就是这种文学生动鲜活的生存空间。③ 可见,网络文学是网络与文学联姻的结果,是文学存在方式网络化的文学新形态。

欧阳友权认为:"以史学眼光看,人类的文学史可以说是媒介变迁、载体延伸的传播史,文学存在方式的每一次变迁都与特定的媒介载体和传播技术的进步相关联。在互联网出现之前,人类的文学经历了'口头文学'和'书写文学'两个阶段,计算机网络的出现,使文学走进了数字媒介语境下的'网络文学'阶段,从而形成了媒介传播技术下的文学'三部曲':口头文学

---

① 南帆:《双重视域——当代电子文化分析》,江苏人民出版社2001年版,第263页。
② 参阅欧阳友权:《网络文学论纲》,人民文学出版社2003年版,第4—6页。
③ 参阅欧阳友权:《网络文学概论》,北京大学出版社2008年版,第4页。

——书写文学——网络文学。"① 与口头文学、书写文学相比，网络文学的异质性主要表现为六点：一是媒介载体不同，网络文学的媒介是数字化"比特"，传播载体是基于数字传输技术的互联网。二是文本形态不同，网络文学的文本形态主包括网络原创文学、网载传统文学、超文本文学、多媒体文学、创作软件生成的文学以及网络 BBS、QQ 聊天、个人博客、网络短信以及网络论坛和社区中出现的一些文学作品或者带有一定文学性的文本。三是主体身份不同，网络文学的主体主要是指钟情于网上冲浪的"三无"（无身份、无性别、无年龄）网民，一般称之为"写手"。四是创作模式不同，网络文学的创作模式主要是指构思方式的多群体性、叙述方式上的非线性的多媒体叙述。五是传播方式不同，网络文学的传播方式主要是指"拉传播"、多向交互式传播与迅捷性传播。六是功能价值不同，网络文学的功能价值主要是指娱乐功能、虚拟的真实性。

从整体上说，网络文学有别于传统文学的主要标志在于：它是一种文学回归大众的"新民间文学"，充分体现了网络虚拟世界的自由性，并且蕴含了后现代主义的文化逻辑。这也是新世纪网络文学的基本特征。具体剖析如下：

一是"新民间文学"精神。网络作家李寻欢曾经说过："网络文学之于文学的真正意义，就是使文学重回民间。"② 网络文学的"新民间性"主要表现为语言向度的民间性、文学空间的民间性、"粗口秀"式的叙事方式的民间性、"大众狂欢"式的阅读方式的民间性、趋零距离与削平深度的价值难度的民间性、抵制崇高的精神姿态的民间性等。可见，网络文学是一种民间写作，是一种网络时代的民间文学新形态，它的第一个民间根基就在于它是民间大众的民俗性活动的反映。

二是虚拟世界的自由性。欧阳友权认为："网络文学最核心的人文本性就在于它的自由性，网络的自由性为人类艺术审美的自由精神提供了精神家园。"③ 网络文学的自由性首先源自网络的自由性；其次表现在网络写手的自由表达与发言，甚至是"我是网虫我怕谁"的去权威与去精英意识，以及在文本中酣畅淋漓的言说与率性而为的评论；再次就是表现在网络文学运行的

---

① 欧阳友权：《网络文学概论》，北京大学出版社 2008 年版，第 4 页。
② 李寻欢：《我的网络文学观》，http://all.163.com/culture/city/huigu4/wangluo03.html。
③ 欧阳友权：《网络文学自由本性的学理表征》，《理论与创作》2003 年第 5 期。

第二章　施控与施救：新世纪文学的媒介问题

自由机制上，如审查制度的放宽、写作机制的开放、评论机制的互动、传播机制的多元等。欧阳友权在《网络文学的本体追问与意义体认》一文中分析了网络文学表征自由精神的四种方式：网络写作的非功利性形成了创作动机的自由；网络写作的匿名性特点提供了虚拟身份的自由；网络传播技术为网民提供了发布作品的自由；网络的交互性特征还为文学网民创造了交往的自由。① 所以，李衍柱认为："网络文学是通自由、民主的理想境界的艺术形式。自由是审美活动的本质，也是文学的本质。网络文学与人类社会已出现的各种文学形式相比，它最自由、最民主的文学。"②

三是后现代文化特征。后现代主义力图打破传统形而上学的中心性、整体性观念，其显著标志是：反乌托邦、反历史决定论、反体系性、反本质主义和基础主义、反意义确定性，倡导多元主义、世俗化、历史偶然性、去中心、非同一性、解"元话语"、解"宏大叙事"、打倒权威、抛弃规则与限制等等。后现代主义的代表思想家有德里达、利奥塔、伊哈布·哈桑、鲍德里亚、福柯、鲍曼、杰姆逊、伊格尔顿、哈贝马斯等。在后现代主义思潮的影响下，后现代主义文化与艺术大都打上了后现代的深深烙印。正如王岳川所说："后现代文化氛围下的文艺与美学，无一不打上了后现代的时代烙印。艺术感知模式的支离破碎，艺术感性魅力的丧失，先锋的革命性和艺术家风格的消失，使艺术一步步成为非艺术和反艺术，审美成为'审丑'。艺术不再具有'超越性'，艺术已成为适应性和沉沦性的代名词。艺术等同于生活，生活成为了后现代人的艺术棋盘。"③ 那么，存在于后现代文化语境中的网络文学又有那些后现代文化特征呢？按欧阳友权的观点，我们可以将之概括以下五点：历史理性的颠覆；深度模式的削平；反对威权主义，拒斥中心话语；主体的零散化；距离感的消失。④ 可见，网络文学有着解不开的后现代情结，有着化不开的后现代话语，有着抹不去的后现代精神，有着拆不去的后现代逻辑。

---

① 参阅欧阳友权：《网络文学的本体追问与意义体认》，《文艺理论研究》2007年第1期。
② 李衍柱：《网络文学：通向自由理想境界的艺术形式》，《求是学刊》2005年第1期。
③ 王岳川：《后现代主义文化研究》，北京大学出版社1992年版，第244页。
④ 参阅欧阳友权：《网络文学概论》，北京大学出版社2008年版，第119—124页。

大众媒介与审美嬗变——传媒语境中新世纪文学的转型研究

第五节 手机媒介与新世纪文学的变更

手机媒介是继报纸、广播、电视、网络之后的"第五媒介"。它具有最强的普及力和超强的渗透力,它全方位地融入了我们的日常生活,让"沟通无处不在",也让"移动改变生活",令人不可抗拒地改变了我们的生存方式与生活状态。据全球电信巨头爱立信公司的调查显示,截止2010年7月,全球手机注册用户已超过50亿万,普及率为74.4%,而且用户数正以每天新增200万的速度增长,年短信发送量达到2万多亿条。① 另据统计,截止2010年7月,中国手机注册用户数则已突破8亿,普及率为61.5%,年短信发送量达到近8000亿条。② 当然,随着智能手机的升级换代以及"3G手机时代"和"4G手机时代"的到来,作为通讯工具的手机的媒介功能与传播功能愈来愈彰显。尤其值得指出的是,手机媒介催生了一种新的文学形态——"短信文学"。时下,短信文学风起云涌,新世纪文学呈现出新的景观。

一、手机媒介与文学变更

鉴于手机短信这种新载体平台的客观性存在,手机短信与文学的联姻便也成为一种事实性存在了。况且手机切合了现代生活中人们的审美诉求,随着信息社会的进一步发展与手机的更新换代,短信上的文学活动也将风生水起、风光无限。网络作家千夫长曾一针见血地指出:"凭借人们对短信已经形成的习惯和依赖,手机已经成了和人体不可分割的一个电子器官,这个器官每天在创作、述说我们内心的情愫。"③ 于是,短信文学不仅风起云涌,而且文学百花园新添一簇簇别致风景,成为文坛内外不可迂绕的文学话语与文学事实。

2000年1月,日本一位业余作家通过手机连载方式发表小说《深爱》,一年内预订该短信小说的读者就突破2000万人之众,这部石破天惊的小说被日本评论家认为是"本世纪最为争议的作品"。同年,英国Lassalle娱乐公司也专门成立过一个以短信形式发送诗歌的网站并很受欢迎。2003年3月,老牌

---

① http://www.chinanews.com.cn/it/2010/07-14/2402668.html。
② http://henan.people.com.cn/news/2010/07/23/495391.html。
③ http://media.people.com.cn/GB/40606/3124629.html。

第二章 施控与施救：新世纪文学的媒介问题

文学刊物《诗刊》杂志在全国 30 多个城市发起"春天送你一首诗"活动，发出了"反对短信息污染，提倡 e 时代文明"的宣言，号召群众用诗一样的语言为传统节假日和目前流行的节日撰写文明、高尚和具有优秀文学修养的短信息。同一时间，江苏电视台也在全国发起"中国原创短信文学大赛第一季短信诗歌征集"活动。2003 年，中国第一部短信小说《短信情缘》赢得众多年轻读者，该书敏锐地捕捉了空气中那不易为人察觉的躁动，衍生出具有时代气息与趣味的爱情故事。2004 年 6 月，千夫长创作完成的手机短信连载小说《城外》，它的文本独具创意，每一篇只有 70 个字（包括标点括号），是专为手机短信定制而成，但其内容却是按照长篇小说的情节向下发展，被称为国内"首部手机短信连载小说"。它的出现不仅拓宽了拇指文化的领地，也强化了短信文学的影响力。2004 年 6 月底，国内著名人文杂志《天涯》、著名网站海南在线"天涯社区"与海南移动公司联合举办全国性的首届"短信文学"征文大赛，邀请铁凝、韩少功、苏童、格非等文学权威担当评委。大赛主办方宣称本次"短信文学"大赛"期望发掘具有广泛流传价值的短信文学经典作品，同时欲开拓继网络文学之后的文学新品种——短信文学，掀起'拇指文学'新高潮"。大赛征文的首要条件是从作品形式来讲的。征文分小说、散文、诗歌三类，小说、散文字数不超过 210 字（以三条短信字数计），但以 70 字为佳；诗歌不超过 16 行，但以 8 行为佳。对这样的字数要求，《天涯》杂志主编李少君说："在有限的字数中容纳可能多的内涵，正是使短信文学区别于其他文学形式的特点，也是信息时代的特殊产物。就像古代的五言七律一样。"2004 年 8 月 2 日，千夫长的短信小说《城外》（仅有 4200 字）的版权，被某通讯公司以 18 万元人民币独家买断，稿酬之高，令人咋舌，从另一角度透出了短信文学的影响力。因此，"随着手机功能的日益完备，短信已成为文学新阵地。它的出现在一定程度上会改变人们对文学的认知，甚至短信文法还可能影响文学创作，比如短句方式，数字文学等。短信文学也必将带来一个新的文学研究领域"①。

对手机短信文学的乍现，各方聚讼不一。网络作家慕容雪村表示："我对称短信文学的态度是宽容的，但'文学新品种'的说法肯定是有问题的。"女作家蒋子丹公开表示，手机短信只是一种载体，并不是文学，所谓短信文学也不过是文学的载体发生了变化，对文学的实质毫无意义。但《天涯》杂志

---

① 李存：《试论"短信文学"》，《文艺评论》2005 年第 1 期，第 27 页。

及主编李少君却坚持认为,短信文学是信息时代的特殊产物,是文学的新形式、新品种。也有人认为,"短信文学的出现绝对是革命性的,它抛出了针对传统文学短处的七种武器,就足以'革'了这位老大哥的'命'",并说"短信文学"的七大长处分别是:短小精悍性;民间世俗性;流通便捷性;密集覆盖性;传播迅捷性;创作互动性;廉价普及性。还宣称说:"短信文学,它当然不是纯文学,它是文学＋商业、痛快口水＋民间狂欢的混合产物。它迎来的是新的技术经济背景下春光灿烂的幸福生活,哪怕这在纯文学卫道士眼里来得有些暴发户似的不太正经。"①

二、短信文学的新质素

对短信文学的体认,学界仁者见仁、智者见智。"中国第一短信写手"戴鹏飞认为:"运用多种文体,多种文学形式,具有短（70字以内）、'不信'（区别于传统服务类信息）、幽默或言情三个特点,揭示社会现象或内心活动的一种新文学形式。"作家王小山认为:"短信体应该是人们有目的创作的文学作品,……短信这种文体有这几种特点:短、不信、幽默、批判现实。"②当代"双栖学人"葛红兵认为,短信文学是"以手机发送为传播形式,以格言体为基础的短小精悍,时效性、文学性并具的文学新样式"③。因此,短信作为一种新的文本形式,一种新的交流方式,它既接续网络文学平民化、通俗化的一面,同时也显示其独有的特点和价值。这样,对短信文学似乎可作如下概括:"它是借助手机为传播媒介,以表达情感、交流思想为目的,以短小精悍为文本样式,以情意绵绵、幽默诙谐和哲理意蕴为文本风格,体裁多样,具有真正文学品质和文学欣赏性的一种新型文学。"④

作为一种新的文学样式,短信文学既是短信的,也是文学的,而且其文学性的获得更多源于手机短信的功能转换与价值因缘。作为手机上特有的文学现象,短信文学是继网络文学之后的另一种基于通讯网络的电子文学形态。这种文学,有灵动的情思与幽默的睿智,有段子化的凝练表达,有无障碍的生产与传播,同时代与社会默契,满足了后工业社会大众对情感、娱乐与

---

① 参阅子聪:《短信文学的幸福生活》,《潇湘晨报》2004年8月6日。
② 参阅《短信写手从幕后走向前台》,《北京日报·文艺周刊》2003年8月24日。
③ 葛红兵:《拇指文化·短信文学》,《文学报》2003年7月10日。
④ 李存:《试论"短信文学"》,《文艺评论》2005年第1期,第27页。

第二章 施控与施救:新世纪文学的媒介问题

"轻文学"的渴求。就其短小精悍、民间世俗而言,它是一种文学的复古与还原;就其无障碍的生产与传播、创作互动、廉价普及而言,它是现代与后现代的孪生结晶,所以,短信文学引领了文学的"后复古化"。

由于手机媒介这个新的大众媒介的出现,从而使文学审美的物质媒介又寻找到了新的依附者与依托者。虽然手机短信与短信文学并没有从根本上改变文学审美的形式,也没有从根本上颠覆文学审美的精神价值与意蕴,但是有几点却是值得关注的。一是由于消费时代"快餐文化"的流行,以及手机短信的短小精悍性,从而使文学作品或文本朝短小型、精致型发展。这既是一种趋势,也是一种回归,毕竟在传统文学里的领域里,短小篇幅也一直占据着一席之地,如中国古典文学的绝句、律诗,现当代文学中有精致短小的散文诗、一分钟小说、小小说、微型小说等等,在方寸之间的篇幅里,表达出文学的丰富性和深意。二是由于手机短信流传的广泛性和民间性,从而使依附手机短信的文学作品的普及达到一种比书籍和电脑更进一步的"随身"状态,这样,更加便捷的文学阅读从而改变了传统的文学阅读方式。三是手机短信有着平民化、市民化、通俗化、谐趣化的特点,并且手机短信的即时性、互动性和篇幅局限性,便得短信写手在创作时自然摈弃宏大叙事和深刻立意,而更注重作品形式上的巧妙和观念上的谐趣,这样就会促使文学进一步彰显其"民间世俗性"的维度,用最通俗易懂的语句包装民间化的谐趣或感动,讲述老百姓自己的故事,为老百姓所喜闻乐见。四是手机短信是一种商业行为,它是以赢利为目的的,这样文学将会在媒介经济、媒介产业的趋动与诱导下更加市场化、经济化,为市场写作将会成为绝大多数作家的创作理念,市场指数与人气将会成为衡量作品的最终杠杆。五是手机短信的廉价普及性,使文学消费不再是"有闲有钱"阶层的专利,而成为全社会平民甚至是低收入阶层都能承受得起的精神快餐与文化享受。六是短信文学在依旧平民化、大众化的同时,却更加休闲化和生命化,某种意义上它使文学的自由本性和人的本真得到了更深层的解放。

事实上,短信文学对现存整个文学谱系与文学生态再次进行了解构与建构。通观文学的发展史,任何一种新文学的出现都会使原有的文学形态、表现手段、阅读方式、审美趣味面临剧烈的冲击并发生根本性的变革。同样,短信文学"在消解文学惯例的同时,也在建构新的文学体制"[①]。基于新的网

---

① 欧阳友权:《网络文学本体论》,中国文联出版社 2004 年版,第 181 页。

络信息技术,短信文学使既定的文学形态发生了裂变,作为新生者似有与纸质文学、电子文学、网络文学在进行此消彼长的"逐鹿"。由于这种新的创作模式与阅读模式有极大的社会需求,在将文学从纸质媒介、电子媒介、有线网络媒介置换成基于无线网络的手机短信媒介时,其"拇指飞扬"与"短信发送"的格式化表述就不仅限于产生了一种新品种,更对"文学是什么""文学写什么""文学如何写""文学何为"等一系列文学元命题提出了新一轮的挑战。正是如此,谢有顺在评价《城外》时认为:"《城外》之后,我们有可能将面临一种新的文学生态。《城外》的真正意义在于,它重新建构了一种文学与读者之间的关系:对于大多数文学读者而言,消费与审美有着同等重要的价值。"① 张颐武也指出,"人们会发现文学的形态完全改变了——变成网络和手机互动的文学。而这个文学与纸质文学就冲突了,这种形式完全是后现代的"②,"它追求的是点击率,这使得文学的整个形态发生了根本改变"③。

这样看来,短信文学不仅完成了对文学惯例的破茧,也完成了对文学传统的破壳。在实现了对纸质文学、电子文学、网络文学的突围之后,短信文学也实现了自己的身份确认与价值体认,正以"轻舞飞扬"的姿态张罗着"移动文学"的新神话。随着"移动梦网""互动视界"和手机3G门户网站等硬件的改进,人类的文学空间还将得到更大的延伸与拓展,短信文学也定然成为后工业时代文学的一个新的坐标点与风向标。

---

① http://media.people.com.cn/GB/40758/3171595.html.
② http://news.xinhuanet.com/newmedia/2003—08/25/content_1043165.html.
③ http://news.xinhuanet.com/newmedia/2003—08/25/content_1043165.html.

第三章 突变与突围：
新世纪文学的机制问题

作为文学社会学的一个重要范畴，文学机制（Literature Mechanism）是近年来文学研究使用频繁的一个概念。所谓"文学机制"，准确来说，就是文学生成机制，是文学活动各个环节相互协调而构成的有机运作机制，是文学活动全过程的内在工作机制，是文学场中各种要素相互作用的协调共谋机制。具体而言，文学机制包括文学生产机制、文学出版发行机制、文学传播机制、文学评价机制、文学消费机制、文学教育机制等各个环节在内的整个文学生成的全过程。在所有二级机制中，最值得关注的是文学生产机制、文学消费机制与文学传播机制。马克思曾经认为："生产直接是消费，消费直接是生产，每一方直接是对方。可是同时在两者之间有一种中介运动，生产中介着消费，它创造出消费的材料，没有生产，消费就没有对象。但是消费也中介着生产，因为正是消费替产品创造了主体，产品对这个主体才是产品。产品在消费中才得到最后完成。"①加拿大著名传播学者麦克卢汉曾经认为："一切传播媒介都在彻底地改造我们，它们对私人生活、政治、经济、美学、心理、道德、伦理和社会各方面的影响是如此普遍深入，以至我们的一切都与之接触，受其影响，为其改变。媒介即讯息。"②马克思与麦克卢汉的经典论断充分阐释了文学生产、文学消费与文学传播在文学生成过程与运行机制中的重要地位。

与20世纪中国文学机制（主要是1950年代之后）相比，新世纪文学机制在"改革开放"与"文化强国"的语境中出现了许多新变化、新亮点，甚

---

① ［德］马克思：《〈政治经济学批判〉导言》，《马克思恩格斯选集》第2卷，人民出版社1995年版，第8—9页。
② ［加］麦克卢汉：《理解媒介——论人的延伸》，何道宽译，商务印书馆2000年版，第33页。

至是机制维新。从整体上说,新世纪文学机制是一种有中国特色的市场机制与商业机制,而非曾经一体化的国家机制与一统化的事业机制。从具体上说,新世纪文学机制的重点越来越偏向于文学作品的出版与传播过程,而不是创作过程;文学批评的商业化;应用化、实用化、经院化的文学教育;对"宏大叙事"的质疑,对"个人化写作"的宣扬;消费意识与娱乐观念等。不断"爆新"也持续"刷新"的新世纪文学机制是文学场中看不见的"推手",它以其无形的力量对文学生成过程中各个环节进行协调,对各种要素进行有机组合和配置,随时对文学场施加着强大的影响与掌控,是整个文学生成过程得以运行的潜在动力与不竭引擎。正如王晓明所说的:"这个新的正在继续变化的文化生产机制(包括作为它的一部分的文学生产机制),就充当了社会生活与文学之间的一个关键中介环节,社会的几乎所有的重要变化,都首先通过它而影响文学;社会生活的反作用,也有很大一部分是通过它来实现的。"①

第一节 媒介化与新世纪文学生产方式的转制

法国学者祈雅理在《二十世纪法国思潮——从柏格森到莱维·施特劳施》一书的《导言》中指出:"观念是一些力量在思想上的投射,这些力量奠定着人们从思想上了解宇宙的基础,并决定着历史现实的进程。观念的模式像在历史中发生作用的各种力量的模式一样,总是经常地变化着。"②从古至今,文学观念的模式发生了一次又一次的变化与创造。在当下的媒介社会,文学观念的模式将一如既往地依循生气勃勃的媒介力量再一次进行创造性的重构,这一点是无可否认的。从文学发展的角度来看,"一代有一代之文学"早已成为我们共同恪守的文学法则。在媒介时代我们所知道的"世界景象"都是由媒介所呈现的。换言之,"世界"不再仅仅是媒介反映与呈现的对象,而更多是媒介反映与呈现的结果。那么,在文学研究领域,"文学与媒介"必然会成为无法迂绕的对象化存在或者说是问题重镇。陶东风认为:"其实,文艺学的学科边界也好,其研究对象与方法也好,乃至于'文学''艺术'的概念本身,都不是一成不变的,而是移动变化的,它不是一种'客观'存在于那里

---

① 王晓明:《面对新的文学生产机制》,《文艺理论研究》2003 年第 2 期。
② [法]约瑟夫·祈雅理:《二十世纪法国思潮——从柏格森到莱维·施特劳施》,武永泉译,商务印书馆 1987 年版,第 3 页。

第三章 突变与突围：新世纪文学的机制问题

等待人们去发现的永恒实体，而是各种复杂的社会文化力量的建构物，不是被发现的而是被建构的。社会文化语境的变化必然要改写'文学'的定义以及文艺学的学科边界。"① 所以，在新世纪文学的"被建构"的序列与进程中，"文学与媒介"以及"文学与媒介"的两个具体表征——"媒介文学化""文学媒介化"就显得尤其惹眼了。

一、文学媒介化：文学与媒介关系的现代表征

假如我们将文学视为一个自足性存在的话，那么文学必然会无可避免地与林林总总的对象化他者构成或这或那的互动关系。文学与世界（社会）关系域也必然会为许多具体化的关系项所填充，诸如文学与时代、文学与政治、文学与宗教、文学与经济、文学与语言、文学与作者、文学与读者、文学与媒介、文学与传播、文学与文化等都是这个关系域的应有之义。从文学的传播视域来看，文学与媒介关系的现代表征随着媒介从载附工具向功能主体、工具理性向价值理性、功能媒介向权力媒介的变迁而呈现为一种"文学的媒介化"。

所谓"文学的媒介化"，主要是与"媒介的文学化"相对而言的，二者都是对"文学与媒介关系"的异质性表述。拙著《媒介诗学：传媒视野下的文学与文学理论》指出："考察现代与后现代的文学事实，'媒介性'与'媒介化'是绕不过去的问题。媒介性本是文学的应有之义，因为文学总是凭附于一定的物质媒介，但媒介并非工具，也不只是信息，还更是意识形态。作为社会生活的缩影，媒介不仅建构了文学的审美现代性，还几乎影响和参与了现代与后现代所有的文学场景与文学活动，迫使文学烙下或浓或淡的媒介意识。媒介化有两种构成：一是'媒介的文学化'，这是媒介盗用文学的'象征资本'以包装自己的'商业资本'的策略；二是'文学的媒介化'，这是文学在媒介场、媒介文化的强权下拓展生存空间的策略。媒介时代的文学具有文字、声音、图像的同构性，而且具有在技术支撑下的多媒介性。在媒介时代，文学并非文学的专利，而成为所有媒介制品的公器。文学在被解魅与边缘化

---

① 陶东风:《移动的边界与文学理论的开放性》,《文学评论》2004年第6期，第61—62页。

的同时,媒介/媒介文化则不断中心化与强权化。"① 从"媒介的文学化"到"文学的媒介化",深刻地折射出文学与媒介互动关系场域中权力话语的迁移。"文学的媒介化"表征的是文学对媒介的依附与献宠,透露的是文学文本不过是穿着审美外衣的媒介文本,彰显的是媒介的文化霸权及媒介的文学生产力。

关于"文学的媒介化",赵勇在《文学生产与消费活动的转型之旅——新世纪文学十年抽样分析》一文中认为:"在印刷媒介独领风骚的时代,并无所谓的'文学媒介化'一说。在这里特意强调的文学媒介化,主要是指由于新媒介(主要是网络与手机)的使用,文学的写作方式、发表方式、阅读方式等等均已发生了显著变化。从这个意义上说,新世纪文学很大程度上已经媒介化了。"② 诚然,从新世纪文学十五年的文学实践来看,"新世纪文学很大程度上已经媒介化"不失为精辟之论。但如果认为"文学的媒介化"仅仅是在新媒介(即网络媒介与手机通讯媒介)流行之后才出现的文学新态的话,则似有不妥。事实上,在第四媒介(互联网)和第五媒介(手机)出现之前,文学的表现媒介不仅有着文字与图像的杂糅,也有影视文化背景下图像增殖与语言式微的格局的存在。至于文学的传媒媒介依次呈现着口语媒介、手工传送的文字媒介或具有简单复制功能的手工印刷媒介、机械印刷媒介、电子媒介等的递嬗与共存。特别是由机械印刷媒介和电子媒介所构成的大众媒介,体现了以往任何一种媒介都无法比拟的强大威力和优势,对工业社会造成了全方位的影响,文学也不例外。

本雅明在 1935 年论述了以平版印刷、摄影和电影为代表的"现代机械复制技术"对现代艺术的巨大而深远的影响。他认为,机械复制不仅能够复制所有流传下来的艺术作品,从而导致它们对公众的冲击力的最深刻的变化,并且还在艺术的制作过程中为自己占据了一个位置。而这种新的复制技术所导致的一个重要变化在于,通过成批的机械复制而把传统艺术作品所具有的那种独一无二的原创性的审美特质——"灵韵"(Aura,或译为"光环""光晕""韵味"等)"排挤"掉了。"在机械复制时代凋谢的东西正是艺术作品的灵韵。这是一个具有征候意义的进程,它的深远影响超出了艺术的范围。我

---

① 张邦卫:《媒介诗学:传媒视野下的文学与文学理论》,社会科学文献出版社 2006 年版,第 2 页。
② 赵勇:《文学生产与消费活动的转型之旅——新世纪文学十年抽样分析》,《贵州社会科学》2010 年第 1 期,第 64 页。

第三章 突变与突围：新世纪文学的机制问题

们可以总结道：复制技术使复制品脱离了传统的领域。通过制造出许许多多的复制品，它以一种摹本的众多性取代了一个独一无二的存在。复制品能在持有者或听众的特殊环境中供人欣赏，在此，它复活了被复制出来的对象。这两种进程导致了一场传统的分崩离析，而正与当代的危机和人类的更新相对应。这两种进程都与当前的种种大众运动密切相关。"① 这样，机械印刷媒介的文学意义得到了空前的提升，在文学传播的数量、距离、范围、速度和力度等方面具有无与伦比的优势，文学得以迅速地走向工业化生产的规模；还有，机械印刷媒介为文学提供了强有力的大众传播方式，从而使文学传播从手工传播演变成为大众传播，也使文学从精英主义走向平民主义、从数量有限的手工业生产变成了数量巨大的工业生产，文学也就成了本雅明所谓的机械复制时代的艺术作品。

陈平原认为："在文学创作中，报章等大众传媒不仅仅是工具，而是已深深嵌入写作者的思维与表达。"② 事实上，大众媒介的影响是全方位的，它不仅制造文学的生产意识、广告意识、消费意识，也制造文学的现代、后现代与后现代之后。尼克·布朗认为："电影和电视作为再现社会的主要传播媒介，对创造和确立各种社会成规与性别成规来说，是十分重要的。"③ 正是如此，作为社会成规与文化惯例之一的文学同影视等电子媒介有着密切的依存与寄居关系。以中国文学为例，电视的巨大影响是从20世纪90年代初起，从电视连续剧《渴望》（1989－1990）、《编辑部的故事》（1990－1991）、《围城》（1991）开始，电视上升为"第一媒介"，并对文学开始产生重大影响。所以，我们不得不承认：在当代社会中，现代传播媒介正日益成为一个"超级文化问题"。正如南帆在《启蒙与操纵》一文中所说的，现代传播媒介的横空崛起，"一系列电子产品的意义突破了技术范畴而进入了政治、经济、文化的运作"，从而使"现代传播媒介除了具有强大的启蒙意义外，又形成了一个隐蔽的文化权力中心"。④ 作为一个整体，现代传播媒介所拥有的绝非普通的

---

① ［德］本雅明：《机械复制时代的艺术作品》，张旭东译，中国电影出版社1990年版，第60—63页。
② 陈平原：《文学史家的报刊研究——以北大诸君的学术思路为中心》，陈平原、山口守编：《大众传媒与现代文学》，新世界出版社2003年版，第562页。
③ ［美］尼克·布朗：《电影理论史评》，徐建生译，中国电影出版社1994年版，第149页。
④ 南帆：《启蒙与操纵》，《文学评论》2001年第1期，第61页。

文化权力，而在电子传播阶段甚至呈现为一种文化霸权或帝国主义性。电影、电视作为再现社会的主要传播媒介，对创造和确立各种社会成规来说是十分重要的。就文学而言，正是这种施控性极强的文化霸权，现代传播媒介在挤压与之不同的异质文化的同时，又大力改造异质文化并使之在同质化、类型化的轨道上滑行，一种趋同的媒介文化（主要是影视文化）便得以生成。

由是观之，"文学的媒介化"本是文学与媒介关系的应有之义，在口语媒介与手工印刷媒介语境下早已潜滋暗长，在机械印刷媒介与大众媒介语境下早已初步呈现，只是在网络媒介与手机通讯媒介的语境下大力彰显而已。那么，文学媒介化之后，文学究竟发生了怎样的变化呢？有人认为，文学媒介化特别是网络文学的兴起已消解了艾布拉姆斯关于"文学四要素"（世界、作者、作品、读者）的经典内涵：现实"世界"的真实被网络虚拟化，"作者"从专业人士的唯一走向普通大众的群体性，"作品"从自足封闭走向多元开放，"读者"从被动接受走向了主动参与。① 还有人认为，文学媒介化之后，整个媒介时代的文学场是以媒介为中心的辐射影响场，文学场域内的各参与主体也出现了身份的蜕变，文本就是文化商品、读者就是文化消费者、作者就是文化生产者、社会就是市场。② 这些变化都是显在的，新世纪文学尤其值得正视。

二、文学媒介化与新世纪网络文学的生产变革

截止 2010 年，新世纪网络文学走过了第一个十年。如果对新世纪网络文学进行盘点的话，我们就会发现新世纪网络文学的生产以"扩大化"的态势诞生了许多让文坛颇不宁静的"大事"。2000 年：网络文学掀起了一个出版高潮，在《悟空传》（今何在）的带动下，《这个杀手不太冷》（王小山）、《我不是沙子》（沙子）等网络作品相继出版。与此同时，《告别薇安》（安妮宝贝）与《旧同居年代》（多人合集）也火爆上市。而陈村主编的"网络之星丛书"（为首届网络原创文学获奖作品，包括小说卷《性感时代的小饭馆》、小说卷《我爱上那个坐怀不乱中的女子》、散文卷《蚊子的遗书》）也适时出版。2001 年：宁肯的长篇小说《蒙面之城》投稿多家期刊而未果，最终不得不把它放

---

① 白烨：《中国文情报告（2007—2008）》，社会科学文献出版社 2008 年版，第 109 页。
② 张邦卫：《媒介诗学：传媒视野下的文学与文学理论》，社会科学文献出版社 2006 年版，第 344—345 页。

第三章 突变与突围：新世纪文学的机制问题

在网上，因其影响较大，后被《当代》相中而予以发表。2002年：慕容雪村即写即贴的长篇小说《成都，今夜请将我遗忘》火爆"天涯"网站。宁肯的长篇小说《蒙面之城》获"第二届老舍文学奖"。2003年：木子美因在博客上发表其性爱日记《遗情书》而迅速窜红，并成为当年点击率最高的私人网页之一。正是因为"木子美现象"，网民开始关注博客，甚至有了所谓的"博客文学"之说。2004年："起点中文网"崛起。2005年：《诛仙》等网络小说出版，该年被称之为"奇幻小说年"。一批传统作家与批评家开通了自己的博客。2006年：博客上爆发了"韩白之争"，引发了一个月左右的混战。以《鬼吹灯》为首，"恐怖灵异"类网络小说开始走俏。2007年："穿越小说"在各大网站纷纷推出，形成继玄幻、历史、盗墓等三波网上写作热点后的新热点，该年所选出的四大穿越奇书是《鸾：我的前半生我的后半生》《木槿花西月锦绣》《迷途》和《末世朱颜》。此外，像《许你来生》《勿忘》《望天三部曲》《女儿国记事》《清空万里》《弄儿的后宫》《小楼传奇》等以"主流产品"推向市场。2008年：汶川大地震引发网络诗歌风潮。盛大文学公司成立。由"起点中文网"主办的"全国30省作协主席小说联展"正式启动。"纵横中文网"开站。《瓦砾上的诗》、历史玄幻小说《巫颂》与《尘缘》、历史架空小说《家园》与《窃明》被称为"年度最具影响力网络作品"。2009年：《明朝那些事儿》推出"大结局"。至此，当年明月于2006年在网上连载，即写即贴达三年左右的七部作品全部出版。而《明朝那些事儿》系列也成为近年来少有的行销500万册的畅销书。此外，玄幻类小说《盘龙》（我吃西红柿）、玄幻类小说《斗罗大陆》（唐家三少）、科幻励志类小说《狩魔手记》（烟雨江南）、职场小说《争锋——世界顶级企业沉浮录》（凌语嫣）、黑道小说《东北往事：黑道风云20年》（孔二狗）、幻想小说《卡徒》（方想）被称为"年度最具影响力网络作品"。值得一提的是，2009年6月25日，由中国作协《长篇小说选刊》与中文在线17K文学网主办的"网络文学十年盘点"在中国作协会议室举行了闭幕式和揭榜仪式。《此间的少年》（江南）、《成都，今夜请将我遗忘》（慕容雪村）、《新宋》（阿越）、《窃明》（灰熊猫）、《韦帅望的江湖》（晴川）、《尘缘》（烟雨江南）、《家园》（酒徒）、《紫川》（老猪）、《无家》（雪夜冰河）、《脸谱》（叶听雨）荣获优秀作品十佳；《尘缘》（烟雨江南）、《紫川》（老猪）、《韦帅望的江湖》（晴川）、《亵渎》（烟雨江南）、《都市妖奇谈》（可蕊）、《回到明朝当王爷》（月关）、《家园》（酒徒）、《巫颂》（血红）、《悟空传》（今何在）、《高手寂寞》（兰帝魅晨）荣获人气作品十佳。

新世纪网络文学十年，成绩斐然，充分说明了新世纪网络文学的生产扩大化的合理性，究其根底，这主要是缘于新世纪网络文学完全改变了以往的文学生产模式。一般来说，网络写手往往会选择文学网站或某个门户网站人气较旺的栏目"发表"自己的文学作品，而这种"发表"通常并非一次成型，而是即写即贴，及时更新。一旦写手的帖子引起网民关注，点击率就会在短时间内飙升，跟帖也会急剧增多。与此同时，点击率高的热帖也会吸引书商、出版商的目光。他们像娱乐圈、体育界的"星探"一样，游走于各个网站之间，反复权衡某个写手是否具有市场价值，某部作品变成印刷读物后能否给他们带来巨大利润。而一旦写手被他们相中，即意味着一颗写作新星的升起。近年来，像《诛仙》《鬼吹灯》《明朝那些事儿》等作品之所以能够成为畅销书，形成"网上开花网下香"的局面，可以说是按照同一生产模式打造的结果。而在这种文学生产中，编辑、文学评论家、专业读者大多处于"失语"状态，起作用的恰恰是原来被遮蔽的普通读者的声音。他们以网民身份，以跟帖形式开口说话，又以制造出来的点击率形成了某种轰动效应。正是网民、跟帖、点击率与书商一道，共同促进并加速了网络文学的生产。所以，我们认为新世纪网络文学生产的参与元素有写手、网民、跟帖、点击率与书商，从而形成了写手缀文、网民读文、跟帖与点击率推文、书商出文的文学产业链，链链相扣，缺一不可。

事实上，传统的文学生产的参与要素主要是作家、编辑、评论家与书商，他们之间虽然有内在的关联，但并非缺一不可，有时甚至只有作家即可完成生产，比如许多作家的"手稿本"与"遗著"、那些宣称"束之于高阁，留之于后世"的作品，实际上所谓的编辑、评论家与书商都是缺席的。在传统的文学生产中，作家的诞生、作品的出现主要是通过专业人士推动的。而每一次作品的发表、出版、研讨与评论，其实就是他们动用专业眼光，在自己的评价体系中进行比较的结果。所以，这种文学生产其实就是"在符号纵聚合轴上的批评性操作"。相对于传统的文学生产的专业比较方式，新世纪网络文学的生产却主要是通过群选方式。网民的点击、看帖、传帖、跟帖越多，即意味着某作品的人气指数越高。这种由点击率所呈现的人气指数又在很大程度上左右着书商的出版决心。因此，广大网民就有这样一句网语——"点击率说明一切！"此语虽有偏至，但却深刻地道出了新世纪网络文学生产的助推器便是网民的点击率。所以，从这个意义上，新世纪网络文学的生产其实就是"在符号横组合轴上的粘连操作"。当然，这种生产方式必然决定了新世纪

第三章　突变与突围：新世纪文学的机制问题

网络文学更少纯文学的气质而更多泛文学的性质、更少精英文化的气质而更多大众文化的性质。正如赵勇所说的："网络文学的生产方式、生产规模与生产效益对主流文坛造成了极大的冲击，而它的价值观念、操作方案、产业化模式等等也开始向整个文学界蔓延。"①

三、文学媒介化与新世纪短信文学的生产变更

　　截止2010年，新世纪短信文学也走过了它的第一个十年。如果对新世纪短信文学进行盘点的话，我们就会发现新世纪短信文学的生产以"规模化"的态势风生水起，令人咋舌。它因手机的兴起而起，因手机的流行而流行，因手机的普及而普及。与网络文学一样，短信文学同样也是文学媒介化的"新果"与"新宠"。正如尼尔·波兹曼在《娱乐至死》一书中所说："虽然文化是语言的产物，但是每一种媒介都会对它进行再创造——从绘画到象形符号，从字母到电视。和语言一样，每一种媒介都以思考、表达思想和抒发情感的方式提供了新的定位，从而创造出独特的话语符号。"② 作为通讯革命的产物，手机短信以新媒介的姿态对文化进行了再创造，从而直接促进了短信文学的生成。网络作家千夫长曾一针见血地指出："凭借人们对短信已经形成的习惯和依赖，手机已经成了和人体不可分割的一个电子器官，这个器官每天在创作、述说我们内心的情愫。"③

　　由于通讯技术的高度发达和手机的普及，日本的短信文学不仅起步早而且发展迅速。2000年1月，日本一位业余作家通过手机连载方式发表小说《深爱》，一年内预订该短信小说的读者就突破2000万人之众，这部石破天惊的小说被日本评论家认为是"本世纪最为争议的作品"。其后，日本的短信文学进入高速发展的新时代，而且稳步持续成为文化产业家族中的"大产业"。据《参考消息》2007年11月28日《日本手机小说已成'大产业'》一文报道：2007年，日本的手机小说正在成为带动电影、音乐、出版等多媒体联动的一大产业。在网络投票中排名第一的小说《片翼之瞳》全三卷的首次印刷

---

① 赵勇：《文学生产与消费活动的转型之旅——新世纪文学十年抽样分析》，《贵州社会科学》2010年第1期，第66页。
② [美]尼尔·波兹曼：《娱乐至死》，章艳译，广西师范大学出版社2004年版，第12页。
③ 桂杰：《短信小说〈城外〉"一鱼八吃"》，http：//media．people．com．cn/GB/40758/3171595．html．

数量就达到罕见的45万册。另一部名为《屋顶上的天使》的原创作品，以最高票数当选为网友们最想改编为电影的小说。文章认为，手机小说正在改变出版发行业界的旧有模式。发表手机小说的门槛很低，许多年轻作者唤起了与他们年龄相仿的女性读者们的共鸣，因此在年轻人远离文字的时代，却不断涌现源自手机小说的畅销书；此外，由于影视和音乐等衍生产品的开发，一个巨大的潜在消费市场正在形成。文章还指出，在2007年上半年的10部最畅销手机小说中，已经有5部发行了单行本。2006年的图书市场规模为9325亿日元，比高峰时的1996年下降了15%。而据说从2006年开始渐成气候的手机小说市场，仅仅依靠出版单行本就达到了几十亿日元的规模。另外，手机小说对其他产业也起到了巨大的带动效应，如改编成电影的手机小说《恋空》，其单行本的发行量达到了195万本，电影《恋空》的票房收入已经超过了20亿日元，主题歌也成为流行单曲。

在新世纪中国，短信文学的发展地是手笔不断、可圈可点。2003年伊始，《诗刊》和江苏电视台首推"短信诗歌"概念，其后中国第一部短信小说《短信情缘》引起热转热发。2004年6月，千夫长创作完成"首部手机短信连载小说"《城外》，其后《城外》获得18万元的高额稿酬，其影响和产业值诱发更多的写手进入短信写作领域。2004年6月底，《天涯》杂志、"天涯社区"与海南移动公司联合举办全国性的"首届短信文学征文大赛"，邀请铁凝、韩少功、苏童、格非等大家担当评委。此次大赛的意义重大，不仅使一直只是在民间流传的短信文学浮出水面，也第一次在全国正式提出"短信文学是一种新的文学品种"。李存认为："随着手机功能的日益完备，短信已成为文学新阵地。它的出现在一定程度上会改变人们对文学的认知，甚至短信文法还可能影响文学创作，比如短句方式、数字文学等。短信文学也必将带来一个新的文学研究领域。"[①]

由是观之，新世纪短信文学的规模化与初步产业化不可避免地与短信文学的生产方式的变更有关。正如王富仁所说："在当代社会，媒体的主动性加强了，媒体的选择在有形与无形中影响着文学的生产。"[②] 与传统的文学生产相比，短信文学的生产元素主要有写手、用户、转发率与书商，其中写手的更加平民性与"随身写作"和网络文学相比有过之而无不及，转发率不仅成

---

① 李存：《试论"短信文学"》，《文艺评论》2005年第1期，第27页。
② 王富仁：《传播学与中国现代文学研究》，《读书》2004年第5期，第87页。

第三章 突变与突围：新世纪文学的机制问题

为衡量短信文学作品的标准，也成为书商出版印刷本与单行本的尺子。转发率与流行度，是短信文学生产的核心要素。与新世纪网络文学的生产方式类似，短信文学的生产也是一种"在符号横组合轴上的粘连操作"，包括写手缀文、通讯公司发文、手机用户读文与转文、书商出文等流程。虽然短信文学的生产缺乏像网络文学的生产那样的评点式的跟帖，但是手机用户对某部作品的转发与群发恰恰又是一种没有言语表达的评价与认同。从某种角度上看，短信文学的生产是一种全流程的生产，诚如马克思所说的："生产直接是消费，消费直接是生产，每一方直接是对方。可是同时在两者之间存在着一种中介运动。生产中介着消费，它创造出消费的材料，没有生产，消费就没有对象。但是消费也中介着生产，因为正是消费替产品创造了主体，产品对这个主体才是产品。产品在消费中才得到最后完成。"① 马克思在这里讲的虽然是一般生产与消费之间的互动关系，但也同样适合于短信文学的生产与消费，特别是短信文学的生产还是由通讯公司的经济资本所决定的资本生产，从而使短信文学的生产与消费变得更加全程化与对方化。此外，短信文学的生产还存在着诸如生产短小精悍、转发短平快、回复迅速简洁等特点。所以，我们认为新世纪短信文学正以自己独特的文学生产方式建构新的文学惯例与文学机制，诚如谢有顺在评手机小说《城外》时说的："《城外》之后，我们有可能将面临一种新的文学生态。《城外》的真正意义在于，它重新建构了一种文学与读者之间的关系：对于大多数文学读者而言，消费与审美有着同等重要的价值。这样一来，文学的边界扩展了，但文学的精神也可能变异了，这究竟是文学的幸还是不幸？"②

总而言之，文学之为文学与文学的生产工具及生产方式有着千丝万缕的联系，考察新世纪十五年文学，文学媒介化不能不说是新世纪文学最鲜明的现代表征与文化症候。网络文学与短信文学均是文学媒介化的当下硕果，而它们也确确实实地修改着传统的文学生产方式，新的文学生产方式的形成必然会成为未来的文学生产所遵循，同时也会影响阅读方式、传播方式、接受方式、消费方式与再生产方式的转型，甚至是整个文学审美的重构。

---

① ［德］马克思：《〈政治经济学批判〉导言》，《马克思恩格斯选集》（第2卷），人民出版社1995年版，第8—9页。
② 桂杰：《短信小说〈城外〉"一鱼八吃"》，http：//media.people.com.cn/GB/40758/3171595.html。

第二节 媒介化与新世纪文学消费方式的转制

赵勇曾经指出:"新世纪文学的基本走向是媒介化、市场化、商品化和产业化,它们联手推动着文学生产与消费的转型。在大力发展市场经济的年代里,文学出现如此变化是不足为奇的。"① 文学媒介化不仅推动着新世纪文学生产方式的转型,也推动着新世纪文学消费方式的转型。新世纪十五年,是"媒介神话"与"消费神话"共同建构、共同圣化的黄金时期。文学媒介化,实质上就是文学消费化。新世纪的文学消费方式的转型,虽源于市场经济、商业利益的驱动,却直接受制于大众媒介的施控,毕竟大众媒介是消费社会与消费主义的推行者、建构者与同谋者。新世纪文学消费方式的转型,既表现在消费对象的内容呈现方式、形式表达方式,也表现在消费主体的行为方式、选择方式、接受方式,还表现在消费环节、消费过程、消费模式等。概括地说,新世纪文学消费方式的转型有四种形态:一是从"直接消费"向"间接消费"的变更;二是从"阅读消费"向"观看消费"的变易;二是从"个性消费"向"类型消费"的变换;四是从"作品消费"向"符号消费"的变调。

一、从"直接消费"向"间接消费"的变更

"如果说市场经济改变了文学和文化消费的目的和性质,大众传播和现代科技则改变了文学和文化消费的载体和手段。……传统的纯文学神话和文学符号神话被摧毁了,作家中心说也受到了根本的颠覆。这样,大众传媒在文化消费中的地位和作用的提高,就不能不成为必然。"② 走向媒介化的新世纪文学,其消费症候有三:一是基于商品意识的作家角色及其作品的扩张性消费症结;二是基于传媒意识(主要是图像意识)的观看性消费症结;三是基于生活意识的审美性消费症结。蔡毅认为:"阅读分为功能性消费、艺术性消费和消遣性消费三种情况……如果说功能性消费和艺术性消费皆是有目的的

---

① 赵勇:《文学生产与消费活动的转型之旅——新世纪文学十年抽样分析》,《贵州社会科学》2010 年第 1 期,第 73 页。
② 吴秀明、田至华:《大众文学的畸形消费现象批判》,《河南师范大学学报》2000 年第 6 期,第 45—47 页。

第三章　突变与突围：新世纪文学的机制问题

阅读、实用性阅读，为的是文学作品的某种使用价值的话，消遣性消费则是无目的的阅读，它把阅读当作手段，为的是快一时之耳目，豁一时之情怀。"① 新世纪的文学消费强调商业性与时尚性，宣扬及时性和快餐化，缩小了审美生活与日常生活的差距，既抹平了文学鉴赏与文学消费的深沟，也打破了文学与非文学的界限。

纵观新世纪的文学消费，诚然有着"直接消费"与"间接消费"的并存，但趋势上从"直接消费"走向"间接消费"的变更。所谓"直接消费"，就是指针对作为商品的文学作品本身的直接的消费行为，包括作品购买、作品阅读、作品评论、作品改编、作品翻译、作品输出与输入等。换言之，这是针对文学作品本身、围绕文学作品本身、以文学作品为中心的消费行为的总称。所谓"间接消费"，就是指针对作为商品的文学作品的衍生品、附生品、寄生品的消费行为。这种消费行为虽然对衍生品、附生品、寄生品来说是直接的消费行为，但对文学作品而言却是间接的消费行为，包括观看源自于文学作品的戏剧、戏曲、电影、电视剧、网络游戏等等。如对改编自莫言小说《红高粱》的电影《红高粱》的观看，再如对创意于罗贯中的长篇历史小说《三国演义》的网络游戏《三国杀》的耽玩等。

在新世纪，"购买消费"是一种最常态的"直接消费"。当然，文学书籍的购买并不意味着都是文学阅读与文学接受，毕竟有的文学消费者购买文学书籍，并不打算或并未进入阅读，而只是为了收藏、摆设或炫耀。埃斯卡皮认为，绝不能把文学书籍的购买与阅读混为一谈："我们可以举出那种'炫耀性的'、作为财富、文化修养或风雅情趣的标志而'应当备有'某本书的现象（此为法国各书籍俱乐部最常见的购买动机之一）。还有多种购书的情况：投资购买是一种罕见的版本，习惯性地购买某一套丛书的各个分册，对于某一项事业或某一位深孚众望的人物的忠诚而购买有关书籍，还有出于对美好东西的嗜好而购买，这是一种'书籍兼艺术品'。因为书籍可以从装帧、印刷或插图方面视作艺术品。这种不阅读的文学消费包括在文学书籍生产和消费的经济周期内。"② 不阅读的文学消费，是一种纯粹的购买行为，豪泽尔把它称之为"显示式消费"或"夸示式消费"，其目的纯粹是为了炫耀自己的社会地

---

① 蔡毅：《论文学的消费性和消费性文学》，《社会科学评论》2008年第1期。
② [法] 罗·埃斯卡皮：《文学社会学》，王美华、于沛译，安徽文艺出版社1987年版，第144页。

位。尽管他们没有对艺术的内在审美需要，尽管他们从未打算去阅读那些文艺作品，甚至对所收藏的艺术经典名著一无所知或知之甚少，但为了装点门面，附庸风雅，显示自己既富且贵，因而喜欢购买和引人注目地摆设一些豪华精美的文学经典名著，以营造一种有教养的文化环境。① 在新世纪，这种纯粹为购买而购买的文学消费行为是十分普遍的，特别是诸多新兴的"暴发户"与"富豪家庭"在进行家装的时候，他们对精装的文学名著的青睐成为对书房装修的必需摆设。其实他们对文学名著的购买，只是看中了文学名著的"展示价值"与"炫雅性"。近年来，市场上各种价格不菲的文学名著（特别是线装古籍）依然有一定的市场，如《四书五经》《二十四史》《资治能鉴》"四大名著"《鲁迅全集》等，这与"市场新贵""经济上层"的装饰性购买和趋雅性购买有关。

在新世纪，"阅读消费"是一种最典型的"直接消费"。"阅读消费"的对象当然是文学作品本身了，它可以来自于购买，也可以来自于借阅，还可能来自于受赠等。准确来说，"阅读消费"是实施了具体的阅读行为，对作为商品的文学作品实施了诸如精读、泛读、略读、跳读等阅读活动。阅读消费者是真正意义上的文学读者，正是因为有这些无数读者的存在，在新世纪，文学虽然走向了边缘却没有终结、没有死掉，依然是许多读者的"心灵鸡汤"与"诗意王国"。据2012年4月23日公布的"第九次全国国民阅读调查"报告显示，与2010年相比2011年全国综合阅读率保持上升趋势。具体地说：2011年我国18—70周岁国民包括书报刊和数字出版物在内的各种媒介的综合阅读率为77.6%，比2010年的77.1%增加了0.5个百分点。其中，图书阅读率为53.9%，比2010年的52.3%增加了1.6个百分点；报纸阅读率为63.1%，比2010年的66.8%下降了3.7个百分点；期刊阅读率为41.3%，比2010年的46.9%下降了5.6个百分点。② 在这种阅读语境中，有多少文学阅读呢？据《当代大学古代文学经典阅读情况调查》显示：当代大学古代文学经典阅读数量偏少，阅读范围偏窄；凭个人兴趣阅读，没有系统的阅读体验与知识积淀；不读原著，青睐译本。大学生的文学阅读尚且如此，其他普通

---

① ［匈牙利］豪泽尔：《艺术社会学》，居延安编译，学林出版社1987年版，第211—212页。

② 参阅http://www.wenming.cn/wmzg_qmydhd/zhitihuodong/201204/t20120423_624946.shtml。

读者的阅读消费也就可想而知了。

在新世纪,"观看消费"是一种最主流的"间接消费"。在媒介时代与景观社会,文学消费的范式出现了从"读的方式"向"观看方式"的转变。所谓"观看消费",是指以观看替代阅读,其消费对象不是文学作品本身而是那些改编自文学作品的戏剧戏曲、电影电视、动画游戏等。大众不阅读作品,只是观看戏剧戏曲、电影电视、动画游戏等视觉艺术,从而从这些视觉艺术中间接地感知与推知文学作品的魅力与价值,很少回到经典与捧读原著。这样,"读屏"替代了"读书",成为文学消费的主流。据2012年4月23日公布的"第九次全国国民阅读调查"报告显示,2011年成年国民人均阅读纸质图书4.35本,电子图书1.42本;人均每天看电视时长为95.41分钟;人均每天听广播的时长为11.24分钟;互联网的接触时长最长,我国18—70周岁国民人均每天上网时长为47.53分钟;人均每天手机阅读时长为13.53分钟;人均每天电子阅读器阅读时长为3.11分钟。从新兴媒介的增长幅度来看,手机阅读和电子阅读器的接触时长增幅相对较大,分别为31.1%和77.7%。[①]另外,据《当代大学生的文学名著的阅读状况调查》的报告显示,许多"80后"和"90后"的大学生对"四大名著"的了解,有80%是通过观看同名电视剧而熟悉的,很少有真正意义、扎扎实实全部读完"四大名著"全部作品的。这是一个令人揪心的文学消费现实,却表征了"观看消费"的大行其道。所以,视媒的高度发达,直接促成了新世纪文学消费从"直接消费"向"间接消费"的变更。

二、从"阅读消费"向"观看消费"的变易

图像技术的高度发达与图像艺术的极度普适,直接促成了新世纪的文学消费从"阅读消费"向"观看消费"的变迁。所谓"阅读消费",主要是指对文字的消费;所谓"观看消费",主要是指对图像的消费。在新世纪,文字的疲软与图像的狂欢已成为时代的文化症候。图像对文字的排挤与压制,不仅让文字边缘化,也让图像中心化。以往读文学,需要透过文字经过眼脑转换,才能把捉到作品的形象和思想,现在文学图像化了,图像具有文字不可比拟的直观性和形象性,不需要过多的眼脑转换,令人感觉一目了然,耳目一新,

---

[①] 参阅 http://www.wenming.cn/wmzg_qmydhd/zhutihuodong/201204/t20120423_624946.shtml。

雅俗共赏，可以说从很大程度上迎合了当代人的审美趣味。于是乎，对图像的观看成为新世纪文学消费活动中最主要的方式。"阅读消费"是一种"直接消费"与"深消费"，而"观看消费"则是一种"间接消费"与"浅消费"，有着"快餐化"的后现代文化逻辑。

新世纪是一个图像无处不在的图像时代与景观社会。在这样的文化语境中，大量的文学作品被拍摄成影视剧，文学由静的语言载体向活的图像载体转变。据调查，影像媒介比之于纸质媒介，在新世纪的受众市场已经占据了绝对的霸权地位。在影视媒介中，最普及、最大众、最广泛的是电视。在电视的节目形态中，电视剧是独占鳌头，它的影响力远远地超过了电影、小说、戏剧等其他叙事形式。阿培尔·冈斯曾说过："莎士比亚、伦勃朗、贝多芬将拍成电影……所有的传说、所有的神话和志怪故事、所有创立宗教的人和各种宗教本身……都期待着在水银灯下的复活，而主人公们则在墓门前你推我搡。"① 比如，四大名著《红楼梦》《三国演义》《水浒传》《西游记》都先后多次被拍成了电视连续剧，现代文学经典如《围城》《日出》《四世同堂》《倾城之恋》等也先后被拍成影视剧。这些文学经典通过影视图像的阐释，借助图像平台的传播，以通俗的方式被"观看消费"。再如，就新世纪的网络小说而言，一般观众不是直接阅读网络小说，而是通过观看改编自网络小说的电视剧来感知的，像《佳期如梦》《S女出没，注意》（电视剧为《一一向前冲》）《何以笙箫默》《碧甃沉》（电视剧为《来不及说我爱你》）《步步惊心》《未央·沉浮》（电视剧为《美人心计》）《泡沫之夏》《倾世皇妃》《后宫·甄嬛传》《千山暮雪》等。概言之，新世纪的"观看消费"有两种选择：一种是止于观看，为观看而观看；另一种是止于阅读，因观看而阅读。前者无可厚非，后者弥足珍贵。蒋述卓认为："到了今天，我们完全可以说，读者在面对文字作品时已经自觉不自觉地用视觉的东西来要求、期盼它，这种视觉消费、视觉思维已经成为年轻一代主流的思维方式。据调查显示，人们对一些文学经典的了解大多借助的是影视的形式，看电影、电视的时间远比看书的时间要多得多，图像的中心地位、图像在社会中处于支配地位的现象，已经越来越

---

① 转引自〔英〕特里·伊格尔顿：《二十世纪西方文学理论》，伍晓丽译，陕西师范大学出版社1986年版，第260页。

第三章 突变与突围：新世纪文学的机制问题

明显。"①

从"阅读消费"向"观看消费"的变迁，表征的是新世纪文学消费对象的影像化、消费内容的浅表化、消费过程的快捷化、消费路径的间接化。"这不仅仅是因为人们爱看直观感性的图像，而且是因为当代社会有一个日益庞大的形象产业，有一个日益更新的形象生产传播的技术革命，有一个日益膨胀的视觉'盛宴'的欲望需求。"② 在"观看消费"的语境下，新世纪文学不得不承受三种窘况：一是文学原著因冷落而搁置；二是纯文学（主要是先锋小说）因影像预设而异置；三是文学深度因影像改编而悬置；四是文学消费因镜像扩张而误置。在"观看消费"的语语境中，作品失去了印刷时代的魅力成为影像的附丽，读者对作品的接受与消费开始向直观和幻化的视觉领域挺进。正如麦克卢汉所说的："图像革命使我们的文化从个体理想转向整体形象，实际上就是说，照片和电视秀使我们脱离文字和个人的观点，使我们进入了群体图像的无所不包的世界。"③

新世纪文学的"观看消费"是一种地地道道的"快餐化消费"。"快餐化消费"是后现代社会的一种时尚与潮流，它满足的是滚滚红尘中人们对文化信息的"知道需求"，有着轻松、休闲、去思考的特征。换言之，即知道即可、了解就可、"知其然而不知其所以然"。有学者认为，"快餐化消费"是"以一种无目的的随意性的浏览，放弃思维的辅助，成为了填充大脑中暂时的空白状态的消遣。或以新颖荒诞的视角，或以大量具有视觉冲击的图版，诸如卡通、诸如科学幻想、生活幽默等等，来博得人们轻松一笑。作为承受着巨大生存压力的现代人来说，紧绷得神经太过脆弱，需要放松自己，消减存在的压力。在有限的闲暇中，捧读一本装帧精美令人赏心悦目的杂志，追逐着吸引人的标题，了解一些新奇的言论，或者满足猎奇心理，以打发无聊的时间"④。据 2004 年 11 月 18 日《北京娱乐信报》报道，经调查，随着生活节奏的加快和电子媒介的发展，由于工作和生存压力，以及受娱乐文化和视觉文化的冲击，近半数网民的传统的读书习惯在逐渐消失。有 31.88% 的网民每

---

① 蒋述卓、李凤亮主编：《传媒时代的文学存在方式》，广西师范大学出版社 2010 年版，第 16 页。
② 周宪：《符号政治经济学视野中的"视觉转向"》，《文艺研究》2001 年第 3 期。
③ ［加］马歇尔·麦克卢汉：《人的延伸——媒介通论》，四川人民出版社 1992 年版，第 267 页。
④ 武少民：《从快餐式阅读中突围》，《中国教育报》2004 年 7 月 17 日。

天读书时间少于 1 小时，还有 9.57% 的网民每天几乎不读书，虽然文学类图书仍是人们关注的重点，但在众多图书品种中，只占相对优势，而不是绝对优势。调查表明，有 18.41% 的网民关注文学图书，而"快餐化阅读"却占主流。曾打动几代人的文学名著在今天似乎被人渐渐淡忘，83.58% 的网民近几年一直没读名著，而 8.58% 的网民近十年都没读过名著。由此可见，"快餐化阅读"已经成为新世纪文学消费的主流现象与主要方式之一。

新世纪文学的"观看消费"是一种实实在在的"休闲化消费"。"休闲化消费"可以细分为"浅消费"与"轻消费""文学事件消费"与"文学名人消费""内文本焦点消费"与"外文本轶事消费"等。在新世纪，"观看消费"的消费对象是文学图像化的影视作品，主要是指由商业出版、电影电视给我们呈现的"绘本"文学、摄影文学、电影文学、电视文学、影视文学、影视剧、网络视频、手机视频等，其中以影视剧最具代表性。与语言艺术相比，图像艺术是直观的、感性的甚至是肤浅的，"它与中国当前的小康社会和消费文化的总体性密切相关，反映出眼睛从抽象的理性探索，转向直接的感性快感的深刻变换。在这个变化过程中，图像恰好优于语言成为合适的媒介。读图显然比读文字更加惬意直观，更具'审美的'属性和意趣，它与当代社会中世俗化和消费主义意识形态是一致的"①。于是乎，作为"休闲化消费"的"观看消费"可能最终以部分或全部丧失"文学性"自身作为"文学出场"的代价。文学的深度可能要被图像平面化、浅直化，读者虽然可以在图像中获得短暂而虚拟的快感，但失去的或许是对文学的深刻内涵的体验和美妙的想象。正如高小康所说："在电影或电视连续剧改编的名著中，一帧接一帧连续出现的视觉情景吸引着观众的注意，同时也剥夺了观众的文学想象力，……总而言之，当人们通过观念和图像越来越熟悉经典艺术的时候，真正的经典艺术却可能越来越远离了当代人。"②

三、从"个性消费"向"类型消费"的变换

所谓"个性消费"也即指"个体消费"，在基于市场经济条件下的消费文化语境中，每个人对消费对象的选择及消费对象的维度的选择是不一样的，

---

① 周宪：《读图·老照片·身体》，《文化研究》2002 年第 3 期。
② 高小康：《狂欢世纪——娱乐文化与现代生活方式》，河南人民出版社 1998 年版，第 109 页。

第三章 突变与突围：新世纪文学的机制问题

比如在文学体裁的选择上就可以区分为诗歌、小说、散文、戏剧、报告文学等，在文学类型的选择上就可以区分为传统文学、影视文学、网络文学等，在同一本文学作品的关注上就可以区分为重收藏、重展示、重阅读、重评论等。就文学消费而言，由于文学消费者的个性化的客观存在，"个性消费"应该说是一种正常形态。在新世纪，由于媒介文化对消费文化的合谋互动，甚至是诱导施控，而媒介文化从整体上说是一种典型的同质文化。换言之，大众传播媒介将文化同质化后呈现出一种同质形态的文化。这样，新世纪媒介文化的同质性必然会在新世纪的文学消费活动上得到极力的彰显，于是就有了后现代文化特征的"类型消费"。

所谓"类型消费"也即指单个消费者的消费对象在类型上的固定性与执着化消费，也就是这样文学消费者只对某种类型的文学作品感兴趣和有消费需求，如20世纪中国文学史上先后出现的"鸳鸯蝴蝶迷"（如迷恋张恨水）、"武侠迷"（如迷恋金庸、梁羽生、古龙）、"财经小说迷"（如迷恋梁凤仪）、都市小资迷（如迷恋张爱玲），这是消费者个体消费的在兴趣偏爱、口味偏重、审美偏至之后的类型化。当然，"类型消费"也可以指许多文学消费者对同一部作品、同一个作家、同一种文学趣味、同一种文学样式等的消费活动，从而形成集群效应与轰动效应，并进而形成文坛的"热点"与"焦点"。对于"类型消费"的形成与勃兴，同大众传媒的造势、宣传、诱导、凝聚密切相关，也与大众传媒的策划炒作、呼风唤雨及推波助澜直接相关。

新世纪文学的"类型消费"与"类型写作"直接相关。在市场经济条件下的消费文化语境中，由于"买方市场"在整个消费过程中的主宰性地位，"类型消费"与"类型写作"是互为中介又互为结果，从某种程度上说，是"类型消费"促进了"类型写作"的大发展，"类型写作"的大发展又反证着"类型消费"的大市场。白烨在《中国文情报告（2009－2010）》一书中，曾对2009年文坛的焦点之一概括为"类型在崛起"，并对新世纪十年的文学要点之一概括为"分群化"。事实上，"类型在崛起"着眼的是新世纪文学生产的类型化，"分群化"着眼的是新世纪文学消费的类型化。

以新世纪的类型小说为例，类型小说是新世纪从网络到市场逐渐流行起来，于今已成为网络写作与图书市场的主要品类。白烨认为："类型小说其实就是通俗文学（或大众文学）写作的别一种说法，是把通俗文学作品再在文化背景、题材类别上进行细分，使之具有一定的模式化的风格与风貌，以满足不同爱好与兴趣的读者。"① 白烨将新世纪的类型小说分为十类：架空/穿越（历史）、武侠/仙侠、玄幻/科幻、神秘/灵异、惊悚悬疑、游戏竞技、军事/谍战、官场/职场、都市爱情、青春成长。还有人将新世纪文学的类型小说分为十二类：言情小说、穿越小说、奇幻小说、科幻小说、武侠小说、恐怖小说、推理小说、职场小说、官场小说、历史小说、军事小说、网游小说。② 类型小说引导的"类型风"不仅流行于网络，还延伸到传统文学的许多领域，甚至还延伸到影视剧领域，如"谍战剧""清宫剧""职场剧""抗战剧"等。

与类型小说崛起相伴生的是文学消费的"分群化"。从本质上说，"分群化"就是一种"类型化"，是新世纪"类型消费"的一种表征。白烨认为："由于文学共识的破裂，也因为文学个性的显现，文学人在新世纪的十年中，不断地分裂、分化，又不断地结集、重组，从而使相对整一性的文坛，变成格外多元的文学群落，这已是一个不争的事实。"③ 事实上，新世纪类型小说的发达与繁荣，与不同的生产追求与消费取向的各成系统的分离与分立是互为因果的。新世纪文学的消费者不仅在分群，而且其消费口味与审美趣味也在分群。在新世纪的十年中，消费者以顽强地显示消费取向的方式，在反馈和反映着他们的意愿与意向，也以他们忠实于某些类型写作的执着选择，在成全着、支撑着诸如言情小说、职场小说、穿越小说等。这样一种新的文学消费倾向，是作者与读者、生产者与消费者、偶像与粉丝共同营构的产物。因此，新世纪文学消费的"分群化"，是观念的分解与趣味的分离，也是在大众消费语境之下"小众消费"与"分群消费"，是定位生产与偏好消费的合谋。

新世纪文学的"类型消费"催生了新世纪的"文学粉丝"。文学粉丝，是文学消费中的"过度消费者"或"偏执狂式的消费者"。他们不仅钟情于某种类型文学，甚至钟情于某一位明星化、偶像化的作家。作为消费者的读者的粉丝化，事实上是与作为生产者的作家的偶像化同步建构的。一方面，读者一旦变为粉丝，非理性认同与过度消费就成为粉丝文化的基本特征。这一点，在"80后"的青春写作中最为显著。如"80后"的领军人物郭敬明、韩寒、安妮宝贝等都有自己的铁杆粉丝，其中郭敬明的粉丝自称为"四迷"，韩寒的粉丝自称为"韩粉"，安妮宝贝的粉丝自称为"安迷"。粉丝们的非理性认同

---

① 白烨主编：《中国文情报告（2009—2010）》，社会科学文献出版社2010年版，第3页。
② 参阅《当下类型文学主要分类及代表作》，《羊城晚报》2011年7月24日。
③ 白烨主编：《中国文情报告（2009—2010）》，社会科学文献出版社2010年版，第9页。

第三章　突变与突围：新世纪文学的机制问题

甚至可以突破道德的底线，如"四迷"对郭敬明抄袭庄羽事件的包容、袒护与护短，就是最典型的案例。另一方面，粉丝既是"过度的消费者"也是"完美的消费者"。作为前者，他们会在文化产品中投入更多的时间、精力与情感，并在文化产品中制造出更高强度的意义。作为后者，他们经常实践着一种"馆藏式消费"，即购买、收藏他们所喜爱对象的所有相关物品。而他们的这种消费最终又形成了所谓的"偶像经济"或"粉丝经济"。以郭敬明为例，2007年《悲伤逆流成河》首印量高达866666套，经过一个"五一黄金周"后，该书即销售到100万册；而定价44元的精装版因采用了"流水套装编码"的出版形式与设计理念，更是引起了粉丝们的抢购风潮。[①] 还有，郭敬明主编的《最小说》杂志面世后，销路一直很好。2009年初，改版为上半月刊《最小说》、下半月刊《最映刻》之后，其每期销量分别是70万册与50万册。如果根据书商路金波提供的算法（郭敬明从每本杂志中收入1.5元）来核算的话，那么，郭敬明从《最小说》获得的年收入高达2100万元。郭敬明的高额收入，很明显有"四迷们"的大力配合、争先恐后的购买与心甘情愿的订阅分不开的。

四、从"作品消费"到"符号消费"的变调

在新世纪的文学消费活动中，值得关注的现象还有从"作品消费"到"符号消费"的变调。所谓"作品消费"，是指对具体的文学作品购买、阅读、研讨、评论、改编等直接性的消费活动，比如对刘震云的小说《贫嘴张大民的幸福生活》和同名电视剧《贫嘴张大民的幸福生活》的阅读与观看都是一种"作品消费"。再如对2012年10月获得"诺贝尔文学奖"的莫言的作品像《红高粱》《檀香刑》《酒国》《生死疲劳》《蛙》等的抢购等。所谓"符号消费"，指消费者在选择消费商品的过程中，所追求的并非商品的物理意义上的使用价值，而是商品所包含的附加性的、能够为消费者提供声望和表现其个性、特征、社会地位以及权利等带有一定象征性的概念和意义。换言之，新世纪文学的"符号消费"，就是对文学符号化、作家明星化、作品事件化之后对文学这种内含神圣性、儒雅性的文化符号的一种有意味的消费活动。"符号消费"大多不关涉文学作品本身，它聚焦的是文学作品之外的"意义"和

---

① 参见《郭敬明新长篇〈悲伤逆流成河〉十天销售破百万》，http：//ent. sina. com. cn/s/m/2007－05－10/14191548303. html。

"内涵"与"认同"等。

波德里亚认为:"消费是个神话。也就是说它是当代社会关于自身的一种言说,是我们进行自我表达的方式。"① 在新世纪的消费社会里,人们不仅消费物质产品,更消费精神意义与文化符号,如消费品牌、消费偶像、消费美丽、消费革命、消费历史、消费经典乃至消费语言与符号等。符号消费是后消费时代的核心,它的最大特征是表征性与象征性,即通过对符号的消费来表现个性、品位、生活风格、社会地位、社会认同、族群意识(主要是贵族意识、上流意识与精英意识)。如果说消费的符号是指的是通过消费来表达某种意义或信息的话,那么,符号消费是将消费品作为符号表达的内涵和意义本身作为消费的对象。可见,符号消费指向的是有着能指与所指意义的符号,它不再是纯粹的经济行为,而是一种文化行为。符号消费不断嵌入现代社会并发挥着越来越重要的作用,彰显了消费社会的符号性特质。对此,许多理论家都有深刻的论述,如凡勃伦的"炫耀性消费",齐美尔的"时尚的哲学",鲍德里亚的"符号消费",布迪厄的"文化消费"等。对于新世纪的"符号消费",最热门的莫过于当下的"苹果热"。苹果粉丝们所说的"哥买的不是苹果手机,是文化"似乎是最有意味的阐释。

那么,新世纪文学的"符号消费"是如何实现的呢?概言之,大众传媒生产或制造出一系列超越作品、关涉作家的"消费符号",然后利用手中的文化权力对文学实施话题化、事件化、偶像化,从而诱导文学消费者践行"符号消费"。一是制造文学话题。新世纪的文学话题,从某种角度来说,是大众传媒与文学出版机构共同策划的消费符号。著名的大型文学期刊《收获》的一位资深编辑曾说过:"90年代以来的小说写作的繁荣是一种极其虚假的现象。主要是话题的繁荣,而非小说写作的繁荣。我了解文学杂志的'行规',杂志需要制造一些话题来扩大自己的影响。话题的影响力往往大于小说作品本身的影响。同样,作家的名气有时会被人们看得比作品本身的名气更重要。"② 在新世纪,诸如"70后""80后""90后""美女作家""身体写作""青春写作""底层写作""红色经典""新现实主义""新都市主义""小资写

---

① [法]让·波德里亚:《消费社会》,刘成富、全志钢译,南京大学出版社2001年版,第227—228页。
② 秦勇:《作为商业文化现象的中国当下躯体写作》,载文化研究网:http://www.cul-studies.com。

第三章 突变与突围：新世纪文学的机制问题

作""文化散文"等，都是大众传媒所制造出来的文学符号，用于引导新世纪文学的"符号消费"的。二是打造文学事件。对新世纪的许多文学现象进行事件化处理，从而转化为大众趋附与消费的"文学符号"，这就是所谓的"媒介文学事件"。对于"媒介文学事件"，钟琛认为："媒介文学事件是在文学领域非自然发生的不平常的大事，它由组织者策划并构建出一个'模式'，媒介文学事件由媒体'叙述'，以作家为主角，事件的意义产自'模式'并与消费文化相联系的，同时有大批的由读者转化成的消费者群体。"① 纵观新世纪十五年，主要的媒介文学事件有"女性'个人化'写作事件""美女作家群"和"70后事件""80后事件"等。三是构造文学偶像。文学偶像的构造，是大众传媒与商业出版的策划方略，目的是为了引导"符号消费"追求最大的商业利益。在构造文学偶像上，"80后"的青春写作是最积极，也是最成功的。邵燕君认为："韩寒、郭敬明最初成名是靠作品，而其后的发展更多是靠偶像魅力。他们都非常注重打造自己的魅力形象，或酷或美，或另类或主流，但都是年轻一代成功人士的典范。在写作之外，他们不断制造各种媒体事件，法庭内外、文坛上下，间或有焦点事件发生。"② 在新世纪，文学偶像的"魅力"，首先来自于作家们自己的"建魅"，另外来自于媒体的全方位的"附魅"。有学者认为："一些青春作家，比如韩寒、郭敬明等人总是在书的封面上、或者宣传活动上，打出一幅酷似明星的'作家肖像'——很酷很帅很摩登。不要小看作家的肖像，它已经成为作家占据市场的商标、符号，类似于普通衣服上的'NIKE''ADIDAS'等字眼，俨然成了商品价值的标识。"③ 随着作家的偶像化、青少年读者的粉丝化，新世纪文学的"符号消费"也就聚流成河了。

随着"符号消费"的推进与潮涌，新世纪的许多文学符号如"身体"与"青春"等都被"神话化"了。这样，"文学"成为了一种载体，承载的是可消费、可循环的符号，文学的现实被取消了，作品的内容成可有可无的摆设。例如，当"青春"成为一种被大众传媒构造的"神话"，成为了由各符号所呈现的可消费的赝像，青春的意义也被归入了消费文化的逻辑，"青春"的真实

---

① 钟琛：《当代文学与媒介神话——消费文化语境中的"媒介文学事件"研究》，华夏出版社2008年版，第46页。
② 邵燕君：《新世纪文学脉象》，安徽教育出版社2011年版，第17页。
③ 孟隋：《通向"时尚权力"的青春作家》，《文学报》2008年4月10日。

大众媒介与审美嬗变——传媒语境中新世纪文学的转型研究

必也就在它成为可消费、可循环（可回收）的一种"消费品"时而被消费了、取消了。这样，被抽空、被风干后的"文学"成为大众媒介可以任意使用的符号，进而成为大众媒介的集结号与摇钱树。"符号消费"的高涨，代表的并不是文学的真正繁荣，而是文学符号的不断扩张与肆意泛滥。

第三节　媒介化与新世纪文学传播方式的转制

在媒介化与产业化的新世纪，联通文学生产（再生产）与文学消费（再消费）的文学传播也出现了许多与其历史形态不同的世纪嬗变。从理论上说，文学传播的方式在历时上有着口头传播、书面传播、影像传播与数字传播的渐次递嬗，在共时的上有着口头传播、书面传播、影像传播与数字传播的互搭共生。在新世纪，基于计算机网络技术而横空出世的新媒体，正在以前所未有的态势，迅速地渗透到人们的日常生活与审美生活之中，深刻地影响着文学生产、文学消费与文学传播。新媒体的崛起，以及媒介化、产业化的"雄起"，不仅使得文学生产方式在变迁、文学消费方式在变革，而且使得文学传播方式也在变通。诚如阿布拉姆斯在总结文学史规律时所说的那样："文学史显示了一个反复重复的过程，在该过程中，具有创新精神的作家，如多恩、华兹华斯、乔伊斯或者贝克特，同他们时代占统治地位的成规决裂，创作出具有独创性的作品，而让其他作家模仿他们的创新，由此把新颖的文学形式变成新的一套文学成规。"[①] 事实上，文学传播的传统成规在新世纪的传媒化语境中出现了裂变与变通，一系列新的传播方式正日益成为基于新媒体的传播共识。于是，电子媒介、网络媒介、通讯媒介引起的传播革命，不仅一次又一次引起了文学传播的变革，而且还意味着一场文学革命的肇始，最大限度地促成了人的解放与文学的解放。

一、从"作品传播"走向"事件传播"

在新世纪，随着信息主义、"知道主义"与"标题主义"的潮涌，文学传播的重心出现了偏移甚至是变异。假如说我们曾经尖锐批判的过度阐释尚且还与原作原文有着或多或少、或深或浅、或直接或间接的关联的话，那么，

---

① 转引自［美］阿布拉姆斯：《简明外国文学辞典》，曾忠禄等译，湖南人民出版社1987年版，第69页。

第三章 突变与突围:新世纪文学的机制问题

在传媒语境中的新世纪文学的传播似乎不太依赖于或不仅依赖于作品本身,而是依附于作品的"热点卖点"、依托于作家的"绯闻轶事"。文学事件的传播力远远大于文学作品的传播力。于是,新世纪的文学传播便出现了从"作品传播"走向"事件传播"的嬗变。

从理论上说,不管是"作品传播"还是"事件传播",它们所关涉的依然是传播的内容,也就是传播什么与什么在传播的问题,按著名传播学先驱拉斯韦尔的"5W模式"就是其中所谓的"说什么"(Says what)。所谓"作品传播",就是关于作品本身的传播,作品传播是传统文学的经典形式,在传播的动态过程中"唯作品是瞻""作品至上"与"作品中心",经典作品的流传不是靠"诗外的功夫"而是靠"诗"本身,例如王勃的《滕王阁序》及其名句"落霞与孤鹜齐飞,秋水共长天一色"便是如此。在作品传播的过程中,不是作家成就了作品,相反是作品成就了作家,被反复阅读、品鉴的作品在广为传播的文学时空中积聚了大量的象征资本从而附魅了作家的文化身份,例如在唐诗的浩浩长河中,所谓"孤篇横绝"的《春江花月夜》就让后人永远铭记住了诗人张若虚的名字。

所谓"事件传播",就是关于文学事件的传播,这些事件可能与作品有关,也可能与作品无关,但总是与作家直接相关,它们既可能关涉作家的公共性与神圣性,也可能关涉作家的隐私性与世俗性。由于这些事件大多源于媒介的策划与炒作、聚焦与放大,故称之为"媒介文学事件"。从新闻主义的角度看,媒介化语境中的文学事件,必然有着调动读者兴趣、吊起读者口味、吸引读者眼球的轰动性、奇闻性、异趣性以及悖常性。因而新世纪的文学传播的一个显在表征就是"事件化",当然"事件化"只是文学媒介化的后果之一。假如说"作品传播"是一种"内文本传播"的话,那么,"事件传播"更多是一种"外文本传播",这也恰恰吻合了后现代文化语境中的"向外转"的逻辑。假如说"作品传播"定格的是作品本身的话,那么,"事件传播"聚焦的则是作品之外。换言之,前者传播的是"内文本",后者传播的是"外文本",准确地说是以作品为由头、以作家为信源的文学策划与文化炒作。例如新世纪文坛中所谓"70后""80后""新新人类""美女作家""美男作家"等的命名,直接针对的是作者的身份,而不是作品的内涵与形式、风格或倾向。在"事件传播"中,在媒体上进行"表演"的主角不是文学作品,甚至不是文学,而是作家或者其他非文学的因素,如作家的性别、年龄、经历、外貌,作家的生活习惯、生活方式,作家的奇闻轶事、绯闻官司等。如"二王之争"

大众媒介与审美嬗变——传媒语境中新世纪文学的转型研究

"二余之争""二张之争""《马桥词典》事件"等,聚焦的是作家们的官司绯闻;朱文的"都市小资"、王安忆的"上海女人"、铁凝的"女作协主席"、木子美的"性爱游戏"、张贤亮的"影视大佬潜规则女演员传闻"等,聚焦的是作家们的轶事传闻;韩寒的"进军车坛"、郭敬明的"抄袭案"与"做官"、棉棉与卫慧的"争吵对掐"等,聚焦的是作家们的生活作秀与青春做派。

丹尼尔·戴扬和伊莱休·卡茨在《媒介事件》一书中,将电视直播的重大事件命名为"媒介事件",并认为"媒介事件"是经过组织者事先策划、由媒体呈现并在受众中产生影响的文化事件,"媒介事件"的意义不仅仅是事件本身而更多在事件之外。① 这些都与文学事件具有同样的特征,如组织策划、议题设置、媒体呈现、受众追捧、意义多元等。新世纪的文学事件,从某种角度说都是商业策划与大众传媒合谋制造的结果,如"身体写作""下半身写作""葛红兵的'二十世纪中国文学悼词说'""顾彬的'中国当代文学垃圾论'"等都是媒体生产、媒体扩大与媒体推广的。对此,许多传媒人曾坦承了他们策划文学事件、引导文学潮流的真实意图。如《山花》主编说:"策划的导向作用贯穿于组稿、选稿、发稿的全过程。可以认为,对刊物创新的成功策划是编辑创造性精神活动的重要成果。"《青年文学》主编说:"我们根据读者的要求,主动找作者并引导他们创作。杂志体现的是办刊人的想法、理念和品味。"《收获》编辑说:"90年代以来的小说写作的繁荣是一种极其虚假的现象。主要是话题的繁荣,而非小说写作的繁荣。我了解文学杂志的'行规',杂志需要制造一些话题来扩大自己的影响。话题的影响力往往大于小说作品本身的影响。同样,作家的名气有时会被人们看得比作品本身的名气更重要。"②

基于话题设置、事件制造的"事件传播",对新世纪文学的传播是一把双刃剑。一方面,对文学事件的高度关注可以带动文学作品的销售与阅读,可以带动文学市场的繁荣,从而重新打造文学"去边缘化"与"再中心化"格局,这也就是所谓"由事件及作家再及作品"的模式。换言之,"事件传播"是一种诱导性传播,也是一种诱导性阅读,是一种由此及彼的关联式传播。

---

① 参阅[美]丹尼尔·戴扬、伊来休·卡茨:《媒介事件》,麻争旗译,北京广播学院出版社2000年版。
② 转引自秦勇:《作为商业文化现象的中国当下躯体写作》,载文化研究网:http://www.culstudies.com。

第三章 突变与突围：新世纪文学的机制问题

当然，有创意的、成功的"事件传播"，能够让人透过事件回归作品。例如，陈染的《私人生活》、卫慧的《上海宝贝》、韩寒的《三重门》、郭敬明的《梦里花落知多少》、张悦然的《樱桃之远》以及莫言的《生死疲劳》《酒国》《檀香刑》等的畅销，都与特定的媒介文学事件有关。有学者认为："今天我们在探讨文化与文学关系的时候，已经不可能像古典文学时代那样视文化为某种独特审美文学文本的生态环境，从而仅仅把文化作为文学文本的外在环境来加以考虑。今天的文学不在文化之外。"① "文学不在文化之外"，同理，新世纪文学也不在事件之外。例如，在 2004 年由于受 "80 后" 文学事件的推波助澜，这一年的文学图书市场被媒体称为"青春文学年"。在这一年，"80 后"的作品在市场上的表现从整体上达到一个高峰，具体表现为：全年各月的文学类畅销书排行榜的榜首书基本由青春文学把持；年度文学榜榜首书也是青春文学，前 5 名中有 4 个席位是青春文学，前 15 名中也有 9 部青春文学作品；青春文学的畅销书已经不局限于特别突出的个别作者如郭敬明与韩寒，而是一大批表现突出的作者，如何员外、孙睿、董晓磊、张悦然等人。另一方面，对文学事件的高度关注可能会阻隔对文学作品的阅读，甚至会遮蔽文学，从而患上以非文学为文学、以偏概全、以点代面的世纪病症而不自知，甚至是难以自拔。受众在"事件传播"中，本着"知道主义"的心理"唯知道是尚"，知其然而不知其所以然，有时止于事件本身甚至是细枝末节，有时止于事件的当事人甚至是绯闻配角而很少推进到作品阅读层次，即使有所阅读也是"书名志记"与"标题浏览"的"浅阅读"。从这个角度说，"事件传播"传播的只是事件而非文学，它是一把消解文学真义的"江湖妖刀"。

二、从"书本传播"走向"影像传播"

进入新世纪，文学传播实现了从印刷文化阶段向电子文化阶段的递嬗与跨越。周宪、许钧认为："本世纪电子媒介的出现，是人类文化传播历史上的一次空前的革命，它极大改变了文化传播的方式，遂改变了文化自身的形态，甚至改变了生存于其中的人类生活。毫无疑问，古往今来，没有一种传播媒

---

① 曹顺庆、蒋荣昌：《从"文学研究"到"文化研究"：世界性文学审美特征之变革》，《河北学刊》2003 年第 5 期。

介像电子媒介那样深刻地影响到整个社会。"① 电子媒介不仅深刻地影响了整个社会,如"地球村"的应运而生,"零散化""碎片化""程序化"的泛滥,基于视像权力的"同质化"与"类型化",基于消费主义的"市场化"与"商业化"等。由于电影、电视与网络视频的勃兴,不管是人们的日常生活还是文化生活(包括审美生活)都出现了无法阻逆的视觉转向,从而导致了新世纪的文学传播出现了从"书本传播"走向"影像传播"的文化症状。

传统意义的文学传播主要是靠作品的写作、出版、印刷、发行、阅读、评论等来实现的,而处于新世纪视觉文化语境中的文学传播更多是靠作品的改编、拍摄、播映、观看、影评(剧评)等来实现的。所以,从"书本传播"到"影像传播",表征的不仅是文学的视觉转向,也表征的是文学的大众化、通俗化与生活化的选择。毕竟"书本传播"主要依赖的是读书,而读书在传统社会是贵族的特权、精英的专利,而在新世纪的"为名忙、为利忙"的功利社会,尽管我们的文盲率已大大降低,据统计截至新世纪初中国只有6.85%,但读书依然不过是少数"有钱有闲人士"的奢侈享受,绝大部分的公众青睐与狂恋的是"读屏",这既包括读电影电视之屏,也包括读网络视频之屏,还包括读移动手机之屏。有资料显示,在2012年中国国民阅读现状的调查中,中国国民的平均阅读数还不到5本,而中国的每年的电影观影人次从2006年的0.89亿人次大幅增加到2012年的4.67亿人次,年均复合增长率为36.5%;全国城市电影票房从2003年的9.3亿元增长到2012年的171亿元。这些数据至少可以表明:在新世纪,读书是一种奢侈,而读屏却是一种常识。从"阅读"至"观看",从"读书"至"读屏",新世纪的文学传播方式与路径发生了颠覆性的转变。

在新世纪这个视觉文化狂欢的时代,文学传播从"书本传播"走向"影像传播"的变迁,不仅显示了影像在日常审美中对书本的挤压甚至置换,也彰显了影像文本高于文字文本的受众缘与接受度,同时还表征着"影像传播"的绩效远远大于"书本传播"的现实。有人曾选取一百部中外知名的、优秀的文学作品进行了一次"现代受众了解文学作品的途径调查"。这一百部作品均先后被改编成影视剧,调查对象是40岁以下的大学生、中学生及文化程度高中以上的成年人。调查结果显示,有60.5%的被调查者是先从影视或其他

---

① 周宪、许钧:《文化与传播译丛·总序》,见[美]马克·波斯特:《信息方式——后结构主义与社会语境》,范静晔译,商务印书馆2000年版,第2页。

第三章 突变与突围：新世纪文学的机制问题

非文字传播媒介中了解这些作品的，其中，有18.5%的被调查者是影视等媒体上看了以后再去看原著，而其余被调查者则是看了影视剧后就不再看原著了。其实，早在20世纪中期，美国的好莱坞与苏联都出现过文学名著改编的热潮，像《乱世佳人》《蝴蝶梦》《茶花女》《呼啸山庄》《简爱》《怒火之花》《青山翠谷》《童年》《战争与和平》《在人间》《我的大学》等一大批小说都以影视方式呈现在观众面前，相当一部分是通过影视来了解、认识和掌握这些名著的。在新世纪的中国，普通大众对莫言、余华、刘恒、麦家、池莉、唐浩明、凌力等作家作品的了解与认知也多是借助于那些热播的影视剧的观看与围观。比如，刘恒的《贫嘴张大民的幸福生活》、都梁的《亮剑》等，都是因电视剧的改编而成名，并得以更广泛的传播和大量出版。

以新世纪的小说改编来看，尽管许多人是通过影像方式来了解小说内容的，但是，影视对小说的传播和影响却是有益无害的。不仅如此，影视对小说的介入，既能提高小说作者的知名度，又可以刺激小说的流通与消费。美国学者乔治·布鲁斯东曾在《从小说到电影》一书中，引用了两份资料说明电影对小说出版的影响。一是玛加丽·法伦德·索普所说的，《大卫·科波菲尔》在克利夫兰德影院公映时，借阅小说的人数大增，当地公共图书馆不得不添加132册；《大地》的首映使小说销量突然提高到每周3000册；《呼啸山庄》拍成电影后小说销量超过了它出版后92年内的销售总数。二是杰里·华德用更精确的数字证实了这种情况的存在，他指出《呼啸山庄》公映后，小说的普及本出了70万册；各种版本的《傲慢与偏见》达到33万册；《桃色艳迹》出售了140万册。①另据"吉尼斯世界纪录大全"的排行榜，美国作家玛格丽特·米切尔的《飘》名列文学书籍的销量之最，超过了3000万册。究其原因，一方面在于小说本身的价值；另一方面则在于《乱世佳人》一再公演。对此，有学者认为："影像阐释可以使举世公认的名著更有'名'，也可以拂去蒙在名著上的尘埃，展示其本来面目。换句话说，影像阐释对小说名著具有催化剂的作用。"②

从传播学的角度来讲，文学作品的个人化书写更多属于纸质媒介的平面

---

① [美] 乔治·布鲁斯东：《从小说到电影》，高骏千译，中国电影出版社1982年版，第4—5页。
② 李红秀：《新时期的影像阐释与小说传播》，四川大学出版社2007年版，第347—348页。

传播和小众化传播的范畴，而文学的影像改编则集中于大众传播领域，因此，作家的个人化书写被投放于大众传播的渠道之后，文学文本的大众化需求就成为作家创作文学作品考虑的首要问题。进入20世纪90年代以后，影像改编为文学作品提供了比书籍更为迅速、更为大众化的传播形式，文学作品的生存空间更为广阔。比如，周梅森虽然于1983年就登上了文坛，但一直默默无闻，不受重视，直到90年代后期，他的《人间正道》《绝对权力》《中国制造》《国家诉讼》等小说改编成电视剧后，他的知名度也很快升高，小说销量直线上扬。周梅森自己也承认："过去我对小说改编成影视作品不太重视，有人要拍我的小说，我只是把版权卖出去就不管了，现在我感到虽然小说和影视是两回事，但是它们还是可以互动的。影视作品的影响面是很广泛的，对图书销售的作用也相当大。上世纪90年代中期以前，我的15部作品总共发行了不到10万册。而《绝对权力》至今已经发行了近20万册，《中国制造》的发行量累计达到了30万册，《国家诉讼》更是第一版就达到12万册。"① 陈源斌的《万家诉讼》被改编成电影《秋菊打官司》，小说在市场上走红，此后，陈源斌创作了"秋菊"系列小说，比如《秋菊开会》《秋菊打假》《秋菊杀人》《秋菊传奇》等。池莉的《来来往往》被改编为同名电视剧后畅销不衰，到2003年3月已是第21次印刷，累计印数达30多万册，这与根据该书改编，由濮存昕、许晴、吕丽萍主演的同名电视剧的播出有密切关系。这些事例充分显示，影像改编对于提高作者的知名度和扩大小说的传播范围有着功不可没的作用。小说的影像改编好比让小说文本插上了巨大的翅膀，能够"飞"得更高、更快、更远，从而形成小说与影视剧共同繁荣的局面。

三、从"单向传播"走向"双向传播"

在新世纪的文学生态环境中，基于网络的网络文学以及基于手机的短信文学的崛起是不争的事实，也演绎着"乱花渐欲迷人眼，浅草绝能没马蹄"的文学风景。新世纪文学在承受"文学的网络之变"的阵痛之后，又不得不接受"网络的文学之变"的压迫。著名评论家雷达认为，网络文学从多方面颠覆着传统文学的规则和范式：约束不再，体现个性，取消意义，削平深度，以平面、时尚、随意、游戏、狂欢为特征；从传播方式而言，网络写作打破

---

① 郭珊、贺敏洁：《周梅森：不会为迎合影视而创作小说》，《南方日报》2003年3月24日。

第三章 突变与突围：新世纪文学的机制问题

传统文学的编辑审稿出版机制，以点击率决定价值，私人话语在文化公共空间得以最大限度的释放；从接受方式来看，新一代读者以读屏的方式成为文学的读者。网络消解着传统文学文本信息意向传播以及单线型叙述的局限，从而呈现出出双向交流，非线型叙述以及多媒体化的新特征，而且出现了跨文体、超文体写作，开创着文学新的可能性和生长点。① 可见，从传播方式的角度审视，网络及网络文学、手机及手机文学改变了文学的传播惯例与传播传统，即从"单向传播"走向"双向传播"、从"延宕传播"走向"即时传播"。一句话，新世纪的文学传播因网络、手机的介入而呈现一种即时互动的传播形态。

所谓"单向传播"（one-sided communication）也称为线性传播，它是以传播者为起点，经过媒介，以受传者为终点的直线性传播过程。著名的传播学大师拉斯韦尔在《传播在社会中的结构与功能》（1948）一书中所标举的"5W模式"就是单向传播最早的理论资源。单向传播将传播者与受众看作是两个缺乏互动的分离部分，突出了传播过程中从传到受的单向的"传"的过程，强调了传播者对接受者的有意影响，没有更准确地反映传播过程中的另一个重要方面，即受众反馈的缺席。事实上，传统的文学传播，从作家的创作到作品的出版、流通，然后指向作家意向化的读者，其实都是建构在一个理想化的单向的线性流程之中，即理所当然地认为作品一定会被读者所阅读、所品鉴、所接受。读者（主要是特殊读者即评论家）的反馈、市场的反应、象征资本域的反响等，其实都没法介入到作品的建构之中。而这些也只能在延后的作家写作中才有可能得到吸纳与修正。换言之，不管是"束之于高阁"的作品，还是"传之于后世"的作品，单向传播的作品还是作家主体化的那个作品，而不是他者化、受众化的复合作品。当然，在单向传播中，作家的主体性、个人性是十分显著的，从中也透出了单向传播的傲慢与偏见。

所谓"双向传播"（two-sided communication）也可称之为互动传播（interactive communication），指存在着反馈和互动机制的传播活动。在双向传播过程中，传受双方相互交流和共享信息，保持着相互影响和相互作用的关系。一般来说，人类的传播活动均具有双向性，但这种双向性有强弱之分。对话、打电话或计算机通信、网络聊天、微博微信等属于双向性较强的传播活动，而报刊、广播、电视等大众传播活动的双向性较弱，弱到我们似乎可

---

① 参阅雷达、任东华：《新世纪文学初论》，《文艺争鸣》2005年第3期，第6—16页。

以视之为一种建构在自说自话与文化霸权之上的单向传播。新世纪的文学传播，由于网络与手机等新媒体的介入，网络文学与手机文学的传播更多地体现一种即时反馈与双向互动的态势。换言之，在网络文学与手机文学的传播过程中，传播者与受传者构成一种分享信息、不断产生信息交流的关系，传播双方对信息进行解释、传递的过程中一直相互影响，角色不断互换。在信息反馈过程中，传播者（作者）成为受传者（读者），受传者（读者）成为传播者（作者）。可见，在新世纪文学的双向传播中，写作与阅读经常转换，作者与读者时常变换，它既是一种双向沟通、一种双向反馈，也是一种双向写作、双向阅读。写是为了读，读是为了写；一半是写作，一半是阅读；它们或者共同建构着一种文本的最终成形，或者共同推动着一个文本的开放性播撒与无限期延宕。

2006年10月25日，诗人兼出版商叶匡政在他的博客中发表了一篇颇有意味的文章——《文学死了！一个互动的文本时代来了！》。叶匡政在文章中说："印刷品时代正在终结，但文学已提前咽下了最后一口气。"① 文学是否真的死了，这是一个值得商榷的命题，但肯定不是伪命题。在新世纪的文化语境中，作为审美文化的文学受到了传媒引领下的大众文化的肆意围攻与恣意挤压，传统的文学确实是死了。这包括传统的文学样式、传统的文学生产方式、传统的文学传播方式、传统的文学接受方式以及影响方式。换言之，就是旧的文学体制、文学机制、文学体系的颠覆和灭亡。当然，"方死方生"，旧文学之死其实就是新文学之生，这就是叶匡政所谓的"一个互动的文本时代来了"。具体到新世纪的文学传播来说，单向的线性传播逐渐边缘化，而双向的互动传播逐渐中心化。

由新媒体引领的新世纪，从某种角度来说是马克·波斯特所说的"第二媒介时代"。按照马克·波斯特的观点，在"第二媒介时代"，由于互联网成为基本载体，"第一媒介"那种所谓的"为数不多的制作者将信息传送给为数甚众的消费者"的播放型传播模式可能被"集制作者/销售者/消费者于一体的系统生产"的传播模式所取代。② 这种变化主要表现在三个方面：第一，前

---

① 叶匡政：《文学死了！一个互动的文本时代来了！》，载新浪网：http：//blog.sina.com.cn/1253000981。
② ［美］马克·波斯特：《第二媒介时代》，范静晔译，南京大学出版社2001年版，第3页。

第三章 突变与突围：新世纪文学的机制问题

一种传播方式被称为"大众传播"，后一种传播方式的恰当称谓应该是"小众窄播"。第二，接受者与信息源之间的反馈速度极快，同时受众在信息传递过程中扮演着更为积极的角色，他们的选择性和参与度进一步加强，"他们用自己的文化滤镜来过滤信息，并夹杂进群体和个人经验等特征"。① 第三，信息的制作者和授受者之间实现了真正意义上的内容交互，即接受者迅速将信息反馈到信源处，制作者根据反馈的实际情况不断实时地修改信息，再把修改后的信息发送出来，如此循环往复。在这三点之中，最能吻合新世纪的文学传播变迁的莫过于第三点，即"传受的交至与轮换"，这从本质上说，体现的就是一种"双向传播"。在"双向传播"中，不管是传信主体还是受信主体，都存在着马克·波斯特所谓的"面临着主体普遍性的去稳定化（destabilization）"。马克·波斯特认为："信息方式中的主体已再居于绝对时/空的某一点，不再享有物质世界中某个固定的制高点，再不能从这制高点对诸多可能选择进行理性的推算。"②

不可否认，"双向传播"在网络文学与手机短信文学的传播上表现最为典型。欧阳友权认为："互联网对物理和精神世界的迅速覆盖和无限延伸，一夜之间拆卸了文学传播的所有壁垒，以电子化传播的全新方式改变了传统的文学传播体制，使创作与欣赏成为实时交互的轻松游戏。"③ 在新世纪文学的"双向传播"中，有几点是值得关注的：一是传播主体"泛化"；二是传播速度"迅捷化"；三是传播机制"非线性化"；四是传播过程"互动化"；五是传播意义的"非中心化"；六是传播目标的"多元化"。④ 所以，新世纪文学的"双向传播"，从某种角度其实也是一种"双向创作"与"双向阅读"，传者与受者互为对象化。

四、从"一维传播"走向"多维传播"

假如说传统的文学传播是以作品为主的"一维传播"的话，那么随着诗话、词话、曲话、小说评点等评点式文本和本事、纪事、轶事、趣事等纪事性文本及文选、诗选、词选、曲选、剧选、小说选等选择性文本的出现，传

---

① ［美］约瑟夫·斯特劳巴哈、罗伯特·拉罗斯：《今日媒介：信息时代的传播媒介》，熊澄宇译，清华大学出版社 2002 年版，第 4 页。
② ［美］马克·波斯特：《信息方式》，范静哗译，商务印书馆 2001 年版，第 25 页。
③ 欧阳友权主编：《网络文学概论》，北京大学出版社 2008 年版，第 165 页。
④ 参阅欧阳友权主编：《网络文学概论》，北京大学出版社 2008 年版，第 165—171 页。

大众媒介与审美嬗变——传媒语境中新世纪文学的转型研究

统的文学传播开始呈现出以作品为中心、上涉作者下及读者的"二维传播"。进入新世纪,随着文学场要素的增容与扩容,以及传播媒介的层出翻新,特别是由于纯化的文学传播为泛化的文化传播所大范围取代,这样,新世纪的文学传播在整体上有着非线性化、散点化与多维化的世纪症状,从而呈现出一种事实上早已存在的"三维传播"甚至是"多维传播"的趋势。

从传播学的角度来看,传播手段是按一定规则进行编码的符号系统,传播内容则是传受交往过程中所要传送反馈的信息。从编码的角度看,传播手段可以分为一维、二维、三维以至多维等类型。一维编码是线性的,采用一维编码进行传播的信息通常形成某种"流";二维编码是平面的,采用二维编码进行传播的信息通常形成某种"图";三维编码是立体的,采用三维编码进行传播的信息通常形成某种"体";多维编码是发散的,采用多维编码进行传播的信息通常形成某种"场"。一部文学作品的传播型构,既可能是"流式"的"一维传播",也可能是"图式"的"二维传播",也可能是"体式"的"三维传播",还可能是"场式"的"多维传播"。在多样媒介与多元文化并存的新世纪,传播的内容除了关注作品之外,还必须关注与作品相关的作者、读者、世界、媒介等,处于传播进程的文本不仅仅是原文本,还有形形色色的外文本、林林总总的次生文本以及花样繁多的再次生文本。正是由于有着这样的多维建构,新世纪的文学传播不可避免地步入了"多维传播"的进程之中。

所谓"一维传播",就是指围绕着作品出版、流通、阅读、接受、评论等的径直型传播。所谓"多维传播",就是指文学传播的途径多种、文学传播的路径多样、文学传播的主题多元、文学传播的效果多态的交互式、发散式的动态传播。多维传播与人们所了解的立体传播很接近,只不过多维传播比立体传播多了一种"人"的因素在里面。立体传播与多维传播的结果都是体现在展示方面,但多维传播更具灵魂、带有与读者的沟通性,且具有持久性和粘度。在新世纪,文学传播的多维性是十分值得重视的一个现象与问题,如果缺乏对"多维传播"的关注,便难以把握新世纪文学传播的全景与真相。

其一,从传播的信源来看,新世纪的文学传播有着与生俱来的多维性。新世纪的文学传播可以是以作品为中心辐射作者、读者、世界的网状型构传播,也可以是以作者为中心的辐射作品、读者、世界的网状型构传播,也可以是以读者为中心的辐射作品、作者、世界的网状型构传播,还可以是以世界为中心的辐射作者、作品、读者的网状型构传播。其实,这种多维性在美

第三章 突变与突围：新世纪文学的机制问题

国学者 M. H. 艾布拉姆斯的《镜与灯：浪漫主义文论及其传统》一书中关于"文学四要素说"的论述中就早有涉猎。童庆炳也认为："文学作为活动，它是多种要素共同构成的有机整体（或系统）。而世界、作者、作品和读者不过是这个整体中的四个基本要素（或环节）。"① 随着新世纪文学场的不断扩容与增容，媒介不仅成为文学场的第五个场素，并且还将市场、产业、文化、种族、性别、地理等纳入文学场内。以 2012 年获诺贝尔文学奖的莫言为例，不仅莫言及其原创作品得到广泛传播，而且根据莫言原创作品改编的影视作品也得到了广泛的传播，甚至莫言的故乡、母校、军旅生涯、领奖的说辞以及莫言女儿的《红高粱》电视剧剧本也得到了广泛的传播，还有莫言与杨振宁的座谈《科技与人文的对话》也散发着强劲的传播力甚至于 2013 年成为北京市高考作文的素材。传播信源的多维性，从不同角度共同积聚着作家作品的影响度，并进而将始于"知道主义"的作家传播力、作品传播力最大化。当然，"知道主义"远不如"精读主义"深入人心，但基于标题浏览、作家八卦的"知道主义"依然有着无可替代的传播优势，那就是在新世纪，文学传播不仅传于精英文学圈，也播于大众文化圈。

其二，从传播的文本来看，新世纪的文学传播有着挥之不去的多维性。新世纪文学的传播文本，不仅有着文本、作品、产品、商品、消费品等多维身份，也有着内文本与外文本的多维身份，还有着原文本、次生文本、再次生文本的多维身份。单就某一个具体的文本来说，至少可以区别出现实型文本、理想型文本、象征型文本的多维类型，也可以区别出诗歌、小说、剧本、散文、报告文学的多维体裁，也可以区别出文学话语、文学形象、文学意象的多维层次，还可以区别出简约与繁丰、刚健与柔婉、平淡与绚烂、谨严与疏散等多维风格。例如，刘勰的《文心雕龙》标举了文体的多维性，司空图的《二十四品》、钟嵘的《诗品》标举了风格的多维性。再如，新世纪的类型文学的崛起，至少包括诸如架空/穿越（历史）、武侠/仙侠、玄幻/科幻、神秘/灵异、惊悚/悬疑、游戏/竞技、军事/谍战、官场/职场、都市爱情、青春成长等十大类型，如果要再细分，还会有更多。② 当然，新世纪类型文学的多类型，表征的不仅是文本的多维，还表征的是阅读的多维、趣味的多维、出

---

① 童庆炳主编：《文学理论教程》（修订版），高等教育出版社 1998 年版，第 33 页。
② 参阅白烨主编：《中国文情报告（2009—2010）》，社会科学文献出版社 2010 年版，第 3 页。

版的多维、畅销的多维。所以，传播文本的多维性，必然催生与召唤新世纪文学传播的多维性，从而建构一种与新世纪文学传播语境相匹配的新型传播机制——"多维传播"。

其三，从传播的媒介来看，新世纪的文学传播有着与时俱进的多维性。新世纪的文学传播可以是物质化的书本，也可以是音声化的话本、唱本、评书、演唱、朗诵、歌颂、广播等，也可以图像化的电影、电视、多媒体视频、户外LED、移动视媒等，也可以是数字化的网络、移动终端、手机等。传播媒介，连接着新世纪的生产与消费、创作与接受，它既是文学传播的载体，也是文学传播的渠道。新世纪传播媒介的多态化与多样化，必然导致文学传播的多维性，毕竟新媒介的产生并不是以旧媒介的消失作为代价，而是新旧并峙、众态纷呈。文学可以在"读"中传播，可以在"唱""讲""吟"与"听"中传播，可以在"演"与"看"中传播，还可以在"观"与"游"中传播，甚至可以在"开发"与"用"中传播。以影视媒介为例，波兹曼认为：人们不去阅读电视，也不大可能去听电视，重要的是"看"。而这个"看"是不需要任何启蒙教育也不需要任何早期训练的。"看电视不仅不需要任何技能，而且也不开发任何技能。如戴姆拉尔所说的：'无论孩子还是成人，电视看得再多也不能使他们看得更好。看电视需要的技能很基本，所以不曾听说过有关看电视的残疾。'"[1]梅罗维茨认为："电子图像和声音却是将自己注入到人们的环境中，接受讯息几乎不费什么力气。从某种意义上讲，人们必须主动寻找印刷讯息，而电子讯息却会主动出来接触人们。人们不想在书中阅读的某些信息，可能会通过电子媒介展示在人们面前。"[2]同样是昆德拉的作品，一个大学生也许读不懂小说《不能承受的生命之轻》，但是却看得懂根据小说改编的电影《布拉格之恋》。同样是刘恒的作品，普通受众也许读不懂小说《贫嘴张大民的幸福生活》的话语游戏、话语技巧与话语政治，但看得懂根据小说改编的电视剧《贫嘴张大民的幸福生活》。同样是《尘埃落定》，一个精通文墨的人可能读不懂阿来的小说《尘埃落定》，却看得懂根据阿来的小说改编的同名电视剧。由此可见，正是因为影视媒介的集体出场与闪亮登场，

---

[1] [美]尼尔·波兹曼：《童年的消逝》，吴燕莛译，广西师范大学出版社2004年版，第113—114页。

[2] [美]约书亚·梅罗维茨：《消失的地域：电子媒介对社会行为的影响》，肖志军译，清华大学出版社2002年版，第78页。

第三章 突变与突围：新世纪文学的机制问题

新世纪的文学传播不仅挣脱了高难度阅读的阻隔与束缚，而且还让文字传播、声音传播、图像传播、视像传播等共同融构形成一种多维传播，并且还促使传统的小众传播为大众传播所替代。当然值得一提的是，一个仅靠影视直观画面而获得形象的人，可能会丧失面对文学作品获取形象的能力。因为文字中固然有形象，但它依然需要读者想象的激活与填充，按罗兰·巴特的话说，就是将"可读文本"转变为"可写文本"，或曰将"死文本"转变为"活文本"。但是，影视却"要求观众去感觉而不是去想象"，它需要"观众必然在瞬间内理解画面的意义，而不是延后分析解码"。[①] 当观众的感知结构被重新塑造之后，他们很难再变成文学阅读的真正读者，顶多不过是文学传播过程的"知道者"。所以，从这个角度来说，在新世纪文学的多维传播中，除作品传播本身之外，图像传播、视像传播等既是文学传播的助推者，其实也是文学传播的消解者，甚至在很大程度上说，影视媒介已成为文学阅读的扼杀者，毕竟影视媒介从根本上说就是在培养人们厌恶文字、拒斥文本、远离作品、拒绝想象的习惯与能力。

其四，从传播的层级来看，新世纪的文学传播有着日维日新的多维性。假如我们将新世纪的文学传播视之为一种"泛传播"的话，那么这种"泛传播"必然有着层级的多维构造。传统的传播层级可以区分为两级流动传播、多级或N级流动传播。而在新世纪，基于"泛文本"与"泛传播"的传播层级由于新世纪文学场的新增场素的介入以及各场素的普遍联系与网状交互，从而使传播层级呈现出"环态模型"的重构。假如我们将基于"作品为中心"的作品传播视之为第一层级的话，那么与作品相关联的作者传播、读者传播、世界传播（含社会传播、文化传播、政治传播、经济传播、伦理传播等）便是第二层级，与作者相关联的"泛作者传播"、与读者相关联的"泛读者传播"、与世界相关联的"泛世界传播"便是第三层级，当然在第三层级还可以区分出第四层级以至第N层级。事实上，每一层级中还有N级的衍生层级。以网络小说《杜拉拉升职记》为例，这部小说曾先后被改编拍成电影、电视剧。电影《杜拉拉升职记》与电视剧《杜拉拉升职记》便可视为第一层级的衍生层级；关于小说作者李可的学习经历、职场生活、八卦绯闻、爱情事业、生平轶事、创作事迹等便可视为第二层级；关于电影导演徐静蕾、主演徐静

---

① [美]尼尔·波兹曼：《童年的消逝》，吴燕莛译，广西师范大学出版社2004年版，第113页。

蕾、莫文蔚、黄立行、吴佩慈、李艾等的相关言说则是第二层级的衍生层级；关涉小说作者李可的朋友、徐静蕾的丈夫的叙述则是第三层级。当然，新世纪的文学传播在不同的传播层级其传播效果是不同的，但它们所散播的或大或小、或强或弱的传播力却合力推动着文学走向读者、走向高校、走向舞台、走向荧屏、走向观众、走向大众、走向社会、走向奖台甚至是走向经典的圣殿。

第四章 相克与相生：
新世纪文学的图像问题

自从2001年美国批评家希利斯·米勒在《文学评论》上发表《全球化时代文学研究还会继续存在吗》一文以来，文学在电子媒介时代能否继续存在下去就成了中国文论界所关心和争论的一个新话题，"文学终结"似乎成了对电子媒介时代文学现状的归纳与未来走向的预测。然而，进入新世纪以来，文学并没有听命于文学研究的权威话语和裁判指令，依然在"文学终结论"的巨大阴影中走过了第一个十五年，新世纪文学以自己多态化的存在大大地讽刺了"文学终结论"的臆测与妄断。十五年生聚，十五年教训，透过新世纪文学第一个十五年的繁华景象与喧嚣气象，我们不难发现：文学依然还是我们诗意的栖居所之一，文学还是文学，但文学又已经不是记忆中的文学与理想中的文学，文学正以裂变、畸变的姿态建构"泛化"的文学行动、文学阵营、文学存在、文学空间与文学场域。正是如此，希利斯·米勒也不得不于2003年9月在《论文学》一文中申明他的辩证答案："文学的终结就在眼前。文学的时代几近尾声。该是时候了。这就是说，该是不同媒介的不同纪元了。文学尽管在趋近它的终点，但它绵延不绝且无处不在。它将于历史和技术的巨变中幸存下来。文学是任何时间、地点之任何人类文化的标志。今日所有关于'文学'的严肃的思考都必须以此相互矛盾的两个假设为基点。"[①]在希利斯·米勒看来，不同媒介的文学应该有不同的纪元，他所讨论的"终结的文学"应该是基于文字这种表达媒介和基于书籍、报刊、杂志等机械印刷媒介这种传播媒介的传统文学，而不是那些基于图像为主、文字为辅这种表达媒介和基于电影、电视、网络、手机等电子媒介这种传播媒介的新世纪文学，他甚至认为新世纪文学将会在新媒介的修正、支撑与庇护下"绵延不绝且无处不在"。

---

① J. Hillis Miller，"On Literature"，London and New York：Routledge，2002，p1。

第一节　新世纪文学的图像问题

在 20 世纪西方美学史上,"语言学转向"的影响是十分深远的,落实在审美文化上主要表征着从"外部研究"向"内部研究"迁移,指的是将基点由认识论转向语言学,不仅关注文学作为语言艺术的特点,而且借用语言学的观点与方法。从本质上说,"语言学转向"承合了西方美学史上一直赓续的"语言中心主义"或"逻各斯中心主义",并且先后涌现了诸如俄罗斯形式主义、布拉格语言学派、结构主义、解构主义、英美新批评等,以其巨大的理论张力彰显了语言文字或话语的魅力。但是,在 20 世纪末,在美学和诗学领域,文化论转向、生态学转向、传播学转向、机械人转向、图像转向等蜂起。诚如学者黄鸣奋所说的:"生态学转向、传播学转向和机械人转向,体现了当代西方美学在基本理论方面所发生的变化。除了基本理论拓宽之外,当代西方美学的重点也处于转移之中。"① 事实上,在新世纪,由于图像技术的迅猛推进,图像的生产能力与增殖能力十分强劲,图像的狂欢印证了语言文字的式微,"图像化生存"已成为新世纪中国人不得不面对和适应的生活方式。从"语言学转向"到"图像转向",对于新世纪文学而言,这不仅是媒介转向的问题,更是图像思维与图像社会的问题。恰如法国思想家居伊·德波所说的:"在现代生产条件无所不在的社会,生活本身展现为景观(spectacles)的庞大堆聚。直接存在的一切全都转化为一个表象。"并进一步说:"景观不是影像的聚积,而是以影像为中介的人们之间的社会关系。"②

一、技术进步中的图像转向

新世纪十五年是图像技术高速发展的十五年,人们称之为"读图时代"或"图像社会"。如果说照相术的问世还只是现代文化图像化、视觉化的肇始的话,那么虚拟技术的出现则为图像文化成为时代艺术的主流提供了无论是理论上还是现实中的可能性。事实上,在新世纪十五年,除了传统的图绘技术、照相技术、摄影技术、摄像技术之外,新的数码影像技术、高清数字影像技术、电子网络技术、多媒体技术等高速维新,并且迅速普及从而促使图

---

① 黄鸣奋:《超文本诗学》,厦门大学出版社 2002 年版,第 449 页。
② [法]居伊·德波:《景观社会》,王昭凤译,南京大学出版社 2006 年版,第 3 页。

第四章 相克与相生：新世纪文学的图像问题

像的生产、流通、消费甚至是再生产、再流通、再消费变得触手可及和轻而易举。诚如雷吉斯·德布雷所说的："图像技术带来的首先是直接性占统治地位，换句话说就是拒绝抽象和中介；重要是具体，是图像，而在这个充斥着图像的世界上消失的是想象。图像技术是直接的技术，然而只有在时间的差距中才会的文化的存在。另外文化通常所具有的区域性同图像技术的全球性也形成了对比。从区域性即特定的象征体系相关联的某种经验出发，人们创作出了意欲征服全世界的艺术品。然而可以说实现了世界大同的图像技术彻底改变了这一切，我发现文化（无论其确切含义是什么）想要在图像技术统治的世界中找出自己的位置真是越来越困难。"① 于是，"世界成为图像"，成为当下社会现实的一种显在表征；"图像化生存"，也成为当下大众的一种生活与生存方式。正是如此，雷吉斯·德布雷说得好："我们以前是站在图像前面，现在进到了图像里面，就好像走进生活一样。以前有距离所以才有希腊戏剧、现代戏剧、电影、读物存在的可能性。可是如果我们不再从图像里走出来，就不再有可能将生活搬上舞台：不是舞台把生活变成了殖民地，相反，是生活把舞台变成了殖民地，有趣的是，技术的胜利伴随着生活的胜利，生活战胜了一切，特别是文化。"② 这样，海德格尔当年预言的"世界图像时代"已然生成，并且还在进一步强化。

伴随着图像技术的推陈出新，古已有之的图像文化在新世纪华丽转身为包括图像、影像、视像与拟像的综合文化形态。美者学者约翰·伯杰认为："历史上也没有任何一种形态的社会，曾经出现过这么集中的影像、这么密集的视觉信息。"③ 在图像社会，无处不在、无时不在的图像深刻地改变了我们的文化生存方式与文化生活方式。世界不再是世界，甚至人也不再是人——它们都以图像的方式（真实影像的方式）成为人类掌握世界、认识自身、交流信息、表达思想、显示世界观、进行意识形态竞争与交锋的一种符号编码或话语言说，成为人类感情生活、政治生活、文化生活甚至日常生活、人际交往等等的方式与习惯。在新世纪十五年，由于电影电视、动画漫画、网络视像与视频、智能手机与3G手机的视像嵌入，图像文化主要是影视图像、图

---

① ［法］R.舍普等著：《技术帝国》，刘莉译，生活·读书·新知三联书店1999年版，第196页。
② ［法］R.舍普等著：《技术帝国》，刘莉译，生活·读书·新知三联书店1999年版，第205页。
③ ［美］约翰·伯杰：《视觉艺术鉴赏》，戴行钺译，商务印书馆1999年版，第153页。

络影像、手机影像在大众生活中所占的比例相当大。人类文化的传统格局、轻重比例、主次关系、空间分布、互动状态因此发生了根本性的改变。这几乎是一种不可逆转的文化潮流，也日益现实化、主流化。对此，阿莱斯·艾尔雅维茨在《图像时代》一书中将之概括为"图像转向"，他认为图像正在成为后现代社会最日常的文化现实，学术史上的所谓的"语言学转向"迅速地被"图像转向"所取代，后现代社会的最大特征就是"图像统治"。W. J. T. 米歇尔也主张"图像转向"，他说："无论图像转向是什么，我们都应该明白，它不是向幼稚的摹仿论、表征的复制或对应理论的回归，也不是一种关于'图像'的玄学的死灰复燃；它更应该是对图像的一种后语言学的、后符号学的再发现，把图像当作视觉性（visuality）、机器（apparatus）、体制、话语、身体和喻形性（figurality）之间的一种复杂的相互作用。我的认识是，观看行为（观看、注视、浏览，以及观察、监视与视觉快感的实践）可能与阅读的诸种形式（解密、解码、阐释等）是同等深奥的问题，而基于文本性的模式恐怕难以充分阐释视觉经验或'视觉识读能力'。"①

二、复制技术中的图像增殖

所谓图像增殖，是指当今社会上图像的过剩、泛滥，它是图像社会的一种文化表征与表述，它是我们必须考虑的文化事实，是在数量上表述图像有着无穷尽的生产能力与恣意流播的态势。图像增殖是我们在新世纪不得不面对的媒介现实与文化事实。现实不是一堆无言的物质，它对我们说话，也就是说唯其出现于我们眼前、我们的意识中时，它才是对于我们而言的现实。常常不是现实沉默不语，而是我们自己的聋哑状态，听而不闻、视而不见。以图像为表征的媒介现实正向我们锐步逼来，甚至成为我们生存、生活与寄寓的现实的主流化构成。对此，有人认为最直接的证据可以说是我们生活中各种挥之不去的图像，认为当代社会是一个图像社会，也是一个景观化的社会。事实上，法国境遇主义者居伊·德博尔将其描述为"景观社会"，让·波德里亚名之曰"超现实"或"拟像"，马克·波斯特称之为"第二媒介时代"，还有杰姆逊的"后文学时代"、道格拉斯·凯尔纳的"媒介景观"、约西·德·穆尔（Jos de Mul）的"后历史与后地理的赛博空间"等，无一不是睿智的

---

① ［美］W. J. T. 米歇尔：《图像转向》，见《文化研究》第3辑，天津社会科学出版社 2002年版，第17页。

第四章 相克与相生：新世纪文学的图像问题

概述。

丹尼尔·贝尔在《资本主义的文化矛盾》一书中指出："当代文化正在变成一种视觉文化"，"而不是一种印刷文化，这是千真万确的事实。这一变革的根源与其说是作为大众传媒的电影和电视，不如说是人们在十九世纪中叶开始经历的那种地理和社会的流动以及应运而生的一种新美学"。[①] 贝尔的这一论断，是基于两个基本的文化史事实：其一，尽管图像本是一个与人类文明的历史相始终的文化现象，但是现代图像文化是伴随着现代民主社会的出现而兴起繁盛的。其二，现代图像文化是随着摄影技术、电影技术、电视技术、数码影像技术、电子网络技术的出现而日益兴盛的"世界成为图像"的影像文化现象。从此我们可以推知，图像文化准确来说是指基于民主性、大众性、技术性与产业性的影像文化，有着现代性与后现代性的文化症状。进入新世纪以来，由于科学技术的高度发达，人工生产图像的模式被技术生产图像的模式所取代，图像以普适的生产方式、少障碍的传播方式及无障碍的接受方式进行着几何级式的繁殖、增殖，图像包围了我们。在此之前，我们虽然还可以说，虽不能够充耳不闻，却可以扭头不顾。但是在当下的新世纪，即使我们扭过头去，仍然还会看到图像，会受到图像的影响。从这个角度来讲，图像可以说是无处不在、无孔不入的。海德格尔说过："现代的基本进程乃是对作为图像的世界的征服过程。"[②] 然而，在基于电影、电视、户外广告牌、LED电子显示屏、网络、手机等共同建构的图像时代，我们深陷图像的世界而难以自拔，如电视与手机依赖症、上网成瘾症、视频网站连续播放与不限播放而导致的"久观猛看症"以及网络上视频聊天的风靡，还如国家广电总局"村村通工程"的实施几乎让没有接触过电视视像的人只能是特殊人群与个别案例。我们有理由相信：不是我们征服了作为图像的世界，而是作为图像的世界征服了我们。

其实，图像社会的建构实际上是人类本身的一种图像化生产能力的产物。人类的图像化生产能力与建构能力依靠现代科学技术的高度发展得到了迅速发展与提升，图像社会成为现代科技社会的必然结果与当然表征，比如绘画、

---

① [美] 丹尼尔·贝尔：《资本主义的文化矛盾》，赵一凡、蒲隆、任晓晋译，生活·读书·新知三联书店1989年版，第156页。
② [德] 海德格尔：《世界图像的时代》，《海德格尔选集》（下卷），孙周兴选编，上海三联书店1996年版，第904页。

摄影、摄像以及多媒体技术。随着科技的发展,人类对图像的生产能力也将越来越发达;科技的高度发达,使人类生产图像变得轻而易举。从这个角度上来看,由于我们人人都可以生产图像,图像必然会泛滥。图像生产能力的普适性或者说容易性,必然会导致它在大众文化的场域里挤压作为语言艺术的文学。在新世纪,以图像符号挤压文学场域的占领者主要有摄影、电影、电视、电脑和互联网、手机等。例如摄影照片,"摄影的发展导致了图像技术的巨大变化。照片再也不能像其他绘画一样被看作是指示某些抽象的和不可见的东西的符号了"①。事实上,世界自身呈现为照片文化和视觉语言,理查德·豪厄尔斯认为:"照片远比它的题材更能说明事件本身。"② 再如电影,理查德·豪厄尔斯认为:"通过电影,我们将进入第四维度:时间维度。"③ 而通过电视和互联网,我们则进入了一个几乎不再为四维时空所限的虚拟世界。据统计,截止 2010 年底,中国网民数量已达 2.62 亿人,占全世界互联网用户数的 25%;至 2012 年底,中国网民总人数已达 5.64 亿,互联网普及率为 42.1%。还有数据显示,在"第九次全国国民阅读调查"中,2011 年全国国民阅读中数字化阅读率呈快速增长势头,达 38.6%,而这中间图像阅读以及融合图像的阅读所占的比例相当高。这样,图像及图像所建构的虚拟世界,深刻地改变了我们的文化存在方式和文化生活方式。世界不再是世界,甚至人也不再是人——它们都以图像的方式成为人类掌握世界、认识自身、交流信息、表达思想、呈示世界观、进行意识形态竞争与交锋的一种符号编码或话语言说,成为人类感情生活、政治生活、文化生活甚至日常生活、人际交往的一种主流方式。约翰·伯杰认为:"历史上也没有任何一种形态的社会,曾经出现过这么集中的影像、这么密集的视觉信息。"④ 这也许是对图像增殖态势下新世纪文化境遇的精确概括。

---

① [德] 洛伦兹·恩格尔:《不可见之见——从观念时代到全球时代的德国视觉哲学》,《图像时代:视觉文化传播的理论诠释》,复旦大学出版社 2005 年版,第 3 页。
② [英] 理查德·豪格尔斯:《视觉文化》,葛红兵译,广西师范大学出版社 2007 年版,第 145 页。
③ [英] 理查德·豪格尔斯:《视觉文化》,葛红兵译,广西师范大学出版社 2007 年版,第 156 页。
④ [美] 约翰·伯杰:《视觉艺术鉴赏》,戴行钺译,商务印书馆 1999 年版,第 153 页。

三、视觉优先中的图像文化

技术进步中的图像转向,表征的是图文关系在当下社会的一种颠覆性建构。毕竟图像文化始于人类文化之始,"图符号"是人类文化的起源,先图后文是人类文化的共相,并且图像文化一直就存在于人类的文化长河之中。从"先图后文"到"图文并茂",从"重文轻图"到"重图轻文",契合的是人类固有的"视觉优先"的习性与习惯,而且也迎合了人类固有的最易实现的视觉享受。进入现代社会及后现代社会之后,图像迅速扩张与加速发展,并因此衍生了具有霸权性的图像文化。丹尼尔·贝尔曾经指出:"目前居'统治'地位的观念是视觉观念。声音和图像,尤其是后者,组织了美学,统率了观众。在一个大众社会里,这几乎是不可避免的。群众娱乐(马戏、奇观、戏剧)一直是视觉的。然而当代生活中有两个突出的方面必然强调视觉成分。其一,现代世界是一个城市世界。大城市生活和限定刺激与社会能力的方式,为人们看见和想看见(不是读到和听见)事物提供了大量优越的机会。其二,就是当代倾向的性质,它包括渴望行动(与照相相反)、追求新奇、贪图轰动。而最能满足这一些迫切欲望的莫过于艺术中的视觉成分的了。"① 这样,"看的方式"挤压了"读的方式",新世纪的图像文化有着属于它自己的特质。

其一,新世纪的图像文化是没有阻隔、没有隔膜、没有障碍的超越语言、超越民族、超越国家的通行的大众文化。具体地说,图像的方式是视觉形象的方式,也就是"看的方式"。从横的方向看,不同民族语言的阻隔被打破;从纵的方向看,同一个国家和社会中,文字的垄断被打破,社会进入一个"音影文三位一体"大众文化时代。这样,全球一体化的经济和没有语言文字隔膜的图像文化,促进文化传播进入无障碍的共享化时代,从而更加紧密和有效地把人类联为一体,文化等级的高低与文化地位的贵贱由于的图像的植入而淡化、削平。这正如赫尔马斯·根舍姆在1962年所说的:"摄影是世界各地都能够理解的唯一'语言',它在所有民族和文化之间架起桥梁,维系着人类大家庭。它超越于政治影响——在人们享有自由的地方——真实地反映生活的事件,使得我们分享别人的希冀和期望,阐明政治和社会环境,成为

---

① [美]丹尼尔·贝尔:《资本主义文化矛盾》,赵一凡等译,生活·读书·新知三联书店1989年版,第154页。

人类的人道和非人道的见证。"① 这样，图像打破了印刷文化时代的文化等级的界限，甚至打破了国界。作为视觉文化的图像是一种淡化了文化等级、淡化了国家区域的全民的甚至世界的共同语言。

其二，新世纪的图像文化是一种借助于图像的直接性、观看性的消费文化。具体地说，文化活动的属性发生了很多变化，由传统文学艺术借助文本对人世的间接性和想象性体会和感悟，转变为借助图像对现实的记录、展示和消费，"直接观看"成为流通形式。图像不仅走遍四方，而且还促进不同文化领域的交流与共享，甚至改变了文化活动的样式。传统的文化活动主要借助于歌、舞、乐、文的形式来进行，也有图文并茂的形式来进行，但传统艺术的图是依附于文的，或者说图不过是文的陪衬，不仅应用范围小，而且图文之间、图图之间缺少水乳交融的关联。现在不同了，图像应用表现在社会生活和生产的各个领域、各个层面上。日常生活离不开图像，世界成为图像中的世界，大众跟着图像狂欢。在图像生产者看来，绘图、摄影、摄像是一种方式，任何东西都可以确切地通过这种方式说出来，任何目的都可以通过这种方式达到，现实中的孤立现象可以由图像结合起来。在图像消费者看来，图像是获取知识、了解社会、掌握世情等的迅捷方式。传统文化活动中听评书、读小说、诵诗歌以及表演，都必须借助一个语音或文字的链条构成的文本，通过想象，来间接性地认识外界社会，读者得到的是体验和领悟；而图像时代，文化活动借助于现实的形象印迹直接呈现在视觉中，在读者和观众那里引起新奇（陌生化）的感觉，利用从众心理引导消费。可见，在新世纪，我们以机械复制与电子拷贝的方式大量生产图像，以直接观看与浏览扫描的方式大量消费图像，图像意识与图像霸权已然畅行。德国学者洛伦兹·恩格尔认为："视觉哲学的主要发现是，思想并不独立于视觉。……口头语言并不是思想交流的唯一工具，在口头语言的框架内发展出的各种概念的逻辑思维也并不是我们唯一的思维方式。""图像不仅仅影响到思考的过程，它们就是思维本身。"②

其三，新世纪的图像文化是一种大众传媒造就的图像符号文化。在新世

---

① 转引自李树峰：《图像文化的时代特征》，http://art.people.com.cn/GB/41123/41124/3835808.html。

② ［德］洛伦兹·恩格尔：《不可见之见——从观念时代到全球时代的德国视觉哲学》，见《图像时代：视觉文化传播的理论诠释》，复旦大学出版社 2005 年版，第 4 页。

第四章　相克与相生：新世纪文学的图像问题

纪，图像符号取代文字符号成为一种主流符号。与文字符号相比，图像符号的传播与消费要便捷轻松许多。这样，诚如费瑟斯通所说的："真实的实在转化为各种影像；时间碎片化为一系列永恒的当下片断。"① 于是，大众传媒造就的图像文化便有了诸如詹明信所说的"后现代文化特征"，从而导致了平面化、薄写化、浅尝化，"宣告了元叙述的终结"，甚至由于影视文化与消费文化的加盟产生了一个"仿真的世界"和"拟像的世界"。这个世界实际上成了一个飘浮的、游移的能指所构成的世界。"高强度、高饱和的能指符号，公然对抗着系统化及其叙事性"，挣脱了理性束缚的感官刺激、欲望放纵，不仅成为消费文化的基本表征，而且消解了语言文化及其历史叙事的逻各斯中心，显示了"一种由话语文化形式向形象文化形式的转变"。丹尼尔·贝尔在《资本主义的文化矛盾》一书中认为："当代文化正在变成一种视觉文化而不是一种印刷文化，这是千真万确的事实。"② 他还说："现代美学如此突出地变成一种视觉美学……甚至连水坝、桥梁、地下仓库和道路格式——建筑与环境的生态学关系——都成了与美学有关的问题。"③ 阿莱斯·艾尔雅维茨认为："无论我们喜欢与否，我们自身在当今都已处于视觉成为社会现实主导形式的社会。"④ 经由"视觉转向"所形成的视觉社会，其本质就是通过语言把握世界转向通过图像把握世界，换言之，就是从语言范式转向图像范式。当然，需要说明的是，图像范式的普适得益于电影电视、网络视频等大众传媒的普及与助推。随着大众传媒对社会生活的渗透与掌控，图像符号借助大众传媒对人们的生活方式、审美趣味、情感状态、道德观念产生广泛而深刻的影响。

其四，新世纪的图像文化是一种兼具生活性与审美性的虚拟文化。在新世纪，世界成为图像，或被把握为图像。日常生活既被图像化，也被审美化，审美化的图像成为日常生活的主体。图像无处不在，无时不在，人们置身于图像的世界中而不自知甚至还乐此不疲、津津乐道，图像成为世界的表征，

---

① ［英］迈克·费瑟斯通：《消费文化与后现代主义》，刘精明译，译林出版社2000年版，第7页。
② ［美］丹尼尔·贝尔：《资本主义文化矛盾》，赵一凡等译，生活·读书·新知三联书店1989年版，第156页。
③ ［美］丹尼尔·贝尔：《资本主义文化矛盾》，赵一凡等译，生活·读书·新知三联书店1989年版，第155—156页。
④ ［斯］阿莱斯·艾尔雅维茨：《图像时代》，胡菊云、张云鹏译，吉林人民出版社2003年版，第25页。

图像生活成为人们的第二生活，图像现实成为人们的第二现实。这样，"虚拟空间"介入现实空间，图像成为对现实的阐发、复制、仿真或变形，人们虽然也生活在现实空间中，却更多地沉浸于虚拟空间里，并在两种空间中调整转换中演绎着拒斥真实、拥抱虚拟的后现代焦虑。大众传播媒介是图像生产的魔法器，置身于海量图像的人们必须要用最大的心思与精力来挣脱图像世界的魔咒与诱惑。在第一现实中，人们总是憧憬第二现实的慰藉；在第二现实，人们又会渴望第一现实的清醒。这种在第一现实与第二现实的挣扎与纠葛，这本身就是图像社会的生活写真。事实上，我们所认识的社会是电视、网络给我们呈现的社会。网络使图像以无差别的方式存贮、共享和无穷尽地生产，网络本身的虚拟性更加助推与深化了图像的虚拟性，也使图像的虚拟性呈几何级增长与增容。苏珊·桑塔格认为："摄影业最为辉煌的成果便是赋予我们一种感觉，使我们觉得自己可以将世间万物尽收胸臆——犹如物象的汇编。"还有学者认为："形象或类象与真实之间的界限已经内爆，与此相伴，人们从前对'真实'的那种体验以及真实的基础也均告消失。"①

四、文化建构中的图像霸权

从理论上说，作为一种诗性审美的语言文化，文学肇始之初即口头传播时代就融合了其他表达媒介如声音、舞蹈、音乐等，从而形成了歌、舞、乐三位一体的古典形态。之后，在手工印刷与机械印刷的文字传播时代，文学虽主要以文字表达为主，但辅之以说唱、表演、绘画等，从而形成诸如诗配画、插图本、绣像本、绘图本、连环画等的经典形态。需要说明的是，不管是古典形态还是经典形态的文学，语言文字依然还是以符号化的形式建构一种审美想象之中的包括人物、景物、环境、场景和一切有形的物体等的审美形象，这准确来说就是一种前图像时代的图像叙事，只是这些图像只可想象与意会而不可直观而已。具体地说，由于借助文字这种语言媒介，文学存在着一个从物象（如"眼前之竹"）到心象（如"心中之竹"）再到物象（如"笔下之竹"）的移形换象。优秀的作品都刻画了美的形象，让人有无限的想象空间，如柳宗元的《江雪》："千山鸟飞绝，万径人踪灭；孤舟蓑笠翁，独钓寒江雪。"诗人描绘了一幅白雪盖地、人迹罕至、天寒地冻、鸟兽绝迹的肃

---

① ［美］道格拉斯·凯尔纳、斯蒂文·贝斯特：《后现代理论：批判性的质疑》，张志斌译，中央编译出版社 1999 年版，第 154 页。

第四章 相克与相生：新世纪文学的图像问题

杀冬景；在这样寂静的背景中，一个孤单的老渔翁独钓寒江。再如，鲁迅的《故乡》对主人公闰土的形象描绘是十分逼真的，几乎等同于一幅高水平的画像与高质量的照片，但是它又绝非是画像与照片所能比肩的，因为它有着更多的情景之合、象外之象与味外之旨。正是如此，高尔基认为："艺术的作品不是叙述，而是用形象、图画来描写现实。"① 别林斯基也认为："诗的本质就在于给不具形的思想以生动的、感性的、美丽的形象。"② 可见，在传统文学的视域中，图像并非阙如，它只是文字的补充式表达媒介。

随着电子传播时代的到来，图像，准确地说是影像或视像，成为电子文化的主流符号。于是，就出现了从"文字"到"影像"的转型。与文字相比，影像似乎是表现对象的完美复制。影像与对象合二为一，银幕上的杯子也就是现实中的那个杯子，分毫不差。另一方面，影像与观看者之间总是共处于一个时间平面之上，影像只能呈现于人们的现在意识。过去时或将来时仅仅是人们根据某些外在的标记而形成的指认。人们的意识中，影像的能指与所指间的距离仿佛消失了。人们仿佛觉得，这些影像就是现实本身，一切与这个现实同在。他们就是现场的一个目击者。南帆认为："从文字到形象的转换过程消失了，影像令人敬畏的真实感使人忽略了传播媒介与符号的存在。"③ 观众沉溺于影像的世界和影像的幻觉之中而难以自知，反而是跟着影像走，唯影像是崇。在影像主导的电子文化时代，"相对来说，人们阅读字、词、句的种种微妙感觉日益迟钝和退化，某些文字的修辞和表意策略丧失了往昔的魅力，一些文字表述固有的内涵将在多媒体技术中逐渐消逝"④。从"文字"到"影像"的媒介转换，从而催生了多元走向同质、表意走向表形、内涵走向形式的审美转换。

在电子影像与数字影像长驱直入的语境下，以文字呈现、以书籍承载的文学还将继续占有着文学的份额，但是文学传统的抒情、叙事功能可能在某种程度上为电子媒介制造的影像文化所取代。比如，人们不再经由小说满足听故事的需求，电影与电视的叙事远比纸面阅读更为生动有趣。许多时候，

---

① [苏] 高尔基：《同进入文学界的青年突击队员谈话》，《高尔基选集》，费明君译，上海杂志公司 1949 年版，第 133 页。
② [俄] 别林斯基：《〈杰尔查文的作品〉第一章》，《别林斯基论文学》，新文艺出版社 1958 年版，第 11 页。
③ 南帆主编：《文学理论（新读本）》，浙江文艺出版社 2002 年版，第 94 页。
④ 南帆主编：《文学理论（新读本）》，浙江文艺出版社 2002 年版，第 94 页。

文学甚至必须借助电影或者电视的改编来鸣锣开道。《围城》《红楼梦》《三国演义》《水浒传》《西游记》《封神演义》《七侠五义》《隋唐英雄传》《杨家将》《说岳全传》《薛仁贵征西》甚至是金庸的武侠小说等，这些文学著作都曾经因为改编为电影或者电视剧之后而热销、热读、热传。除文学改编之外，还有就是卷帙繁多的影视文学，其实，影视文学就是等着影视收编和改编，待价而沽，等机而嫁。还有所谓的"影视同期书"也是值得关注的。这种影视同期书是一种特殊的影视文学，它是在一部电影或者电视剧成功以后，编剧将脚本稍加修改，推向市场。譬如，电影《大话西游》、电视连续剧《还珠格格》受到市场欢迎之后，出版商随即将这些剧本收购改编，稍加推衍与演绎即成印刷文学。严格地说，这是影视作品派生出来的文学样式，就像成功的影视作品所催热的明星图片、服装造型、文化做派一样。这时，文学已经不再是影视的范本，而是影视的仿本。

进入新世纪以来，文学受以电影、电视、网络视频、智能手机为媒介的影像文化的冲击更甚，曾经纯粹的文学似乎举步维艰、步履蹒跚，图像叙事与图像化的文学大行其道。雷达认为，新世纪文学有一个无法回避的文化语境，在这中间有三个影响最大的焦点——"高科技、网络、图像"，它们作用于人，又通过人作用于文学。① 就图像而言，一个无法否定的文化事实就是，新世纪十五年是一个图像（包含影视）的时代。有人说，人类即将或已经从读书时代进入了读图时代，图像与文学的关系成为必须正视的一个问题。现在许多年轻人对经典文学的了解，不是通过看原著，而是通过看改编后的影视剧，换言之，就是"看的方式"取代了"读的方式"。有调查显示，在高校的文学教育实践中，许多中文的本科生、硕士生、博士生对文学名著的了解，都是通过"看片"而不是通过"阅读"完成的，而且这种现象十分普遍，比例也相当高。学中文的尚且如此，更遑论其他的人群。正是如此，才有无数有识之士疾呼"回到原典"。然而，"回到原典"又谈何容易？毕竟这是一个图像时代，图像与文学在争夺着消费群体，文学的消费群似在骤减，而图像的消费群却在激增。从这个角度来说，图像对文学形成了一个很大的挤压，而且这种挤压的态势进一步持续强化，甚至有可预期的压倒与压垮的可能。

在新世纪十五年，文学与影视的关系正在发生微妙逆转，文学自足性的存在与洁身自好的清高清纯正在逐渐消失。部分有识之士已不再苛求文学的

---

① 参阅雷达：《新世纪十年中国文学的走势》，《文艺争鸣》2010年第2期，第6—7页。

第四章　相克与相生：新世纪文学的图像问题

纯正与自成一统，而是依凭文学与影视的姻缘关系，期望二者的相克之后的相生与互制之后的互赢。作家刘震云就主张融合而不是对峙，他说："作家比较孤独，电影比较热闹，二者在本质上没什么区别，表达的都是对待生活的不同态度。文学是一个人的事，电影是许多人的事；文学是我的事，电影是我们的事。电影讲述的是表面的事物，小说讲述的是表面背后的事物。如果同时熟悉这两个事物一定都有好处。"他还说："文学参与电影可以让电影变得更强壮，电影参与文学可以让文学飞得更远、传播得更远。"① 学者黄发有认为："在文学与影视的交融与互渗中，文学媒介与视听媒介相互补充，文学与影视对共同面对的现实进行了相互呼应的文化阐释。但是文学对影视的趋同使小说与影视剧本的文体界限名存实亡，文学与影视的独立性同时面临着严峻考验。影视趣味对小说创作的影响，在这个文学市场化的年代里，正日益显现其威力。在某种意义上，影视剧本写作的规范正在摧毁传统的、经典的小说观念。"② 纵览新世纪文学，我们不难发现，不少的小说家运用语言手段，摹仿视觉化的场景，按照影视剧本的规范写作小说，这就是所谓的"挂小说的羊头，卖剧本的狗肉"。这样，作为"纯文学"的主力军的小说出现了不可思议的畸变，进入了所谓的"小说的脚本时代"。

作为文学创作主体的作家甘心为影视驱使而为"马前卒"，也是事出有因，毕竟作家的"触电"有着双重的收获：一是知名度暴涨，这正如刘恒所说的："作家辛辛苦苦写的小说可能只有 10 个人看，而导演清唱一声听众就能达到万人。"③ 二是经济效益高，这正如朱苏进所说的："影视是很大众化的艺术形式，影响力奇大，其他任何艺术形式都无法与它比拟。……再一个原因就是物质利益丰厚，这点我从不讳言。"④ 潘军更是直白地说："电视剧是个破东西，不过很赚钱。"⑤ 这样，作家必须要适应文化市场的需要，为文化资本与影像形式作陪，为导演和投资人作嫁，必然使自己成为工业化生产流程中的一个部件。文化资本和影像形式凌驾于文字之上，获得了一种潜在的权

---

① 转引自雷达：《新世纪十年中国文学的走势》，《文艺争鸣》2010 年第 2 期，第 8 页。
② 黄发有：《挂小说的羊头 卖剧本的狗肉——影视时代的小说危机（上）》，《文艺争鸣》2004 年第 1 期，第 67 页。
③ 刘江华：《刘恒讲述当导演的幸福生活》，《北京青年报》2002 年 11 月 27 日。
④ 朱自奋：《影视编剧，我只是客串——作家朱苏进访谈》，《文汇读书周报》2003 年 5 月 2 日。
⑤ 潘军：《答何锐先生问》，《山花》1999 年第 3 期。

力——即"图像霸权"。其实,早在20世纪90年代著名作家王朔就说过:"我觉得,用发展的眼光看,文字的作用恐怕会越来越小,一个时代有一个时代的最强音,影视就是目前时代的最强音。"①

进入新世纪以来,出现了一大批似乎专门为电视剧改编而创作的小说作品,如朱苏进的《康熙大帝》,二月河的《雍正王朝》《乾隆皇帝》,张成功的《黑冰》《黑洞》《黑雾》,周梅森的《忠诚》《至高利益》,海岩的《永不瞑目》《玉观音》,麦家的《风声》《风语》《风影》等,它们明显迎合了当前电视剧创作中风行一时的"清宫(皇帝)戏""公安(警匪、黑帮)戏""反腐戏""谍战片"等热潮,被迅速地搬上屏幕,并达到了同类电视剧创作的高峰。小说的"电视剧化",使纯文学负载者——小说成为传统的"他者"与"另类"。电视剧《雍正王朝》的编剧刘和平认为:"电视剧的叙事应该是动作与动作的联接,这个动作包括外部动作和心理动作,动作性不强,注定要丧失观众。因而小说叙事转化到电视剧中,首先考虑的就是增强它的动作性,这是基本的起码的要求。"② 在从语言向动作的转换中,意义被电视场景悬搁或终止了,小说叙事被简化为动作叙事与言语游戏,表面的宏大叙事遮蔽了文学终极价值缺席的现状。除此之外,小说的"电视剧化",使文学在策划意识的蛊惑下极力张扬着市场意识、商业定律与消费法则。文学与影视在市场意识、商业定律与消费法则的贯通下,二者的边界与独立性被大大削弱了。"文学成为影视的'脚本工厂',影视成为文学的包装与销售机构。"③

第二节 新世纪文学的图像化写作

任何媒介首先是一种工具,但它又不仅仅是一种工具,它内在的工具理性有着主体性的建构能力。尽管媒介有诸如表现媒介与传播媒介的类型之分,也有着诸如机械印刷媒介、电子媒介、网络媒介与通信媒介的形态之分,还有着诸如文化媒介、权力媒介、商品媒介与文本媒介的属性之分,但是"无论是何种媒介,并非仅仅是艺术的表现材料与传播工具,而往往是具备生成

---

① 白烨、王朔、吴滨、杨争光:《选择的自由与文化态势》,《上海文学》1994年第4期。
② 阎玉清:《〈雍正王朝〉编剧刘和平访谈录》,《中国电视》1999年第11期。
③ 黄发有:《挂小说的羊头 卖剧本的狗肉——影视时代的小说危机(上)》,《文艺争鸣》2004年第1期,第73页。

第四章 相克与相生：新世纪文学的图像问题

力、影响力、控制力的权力因素"①。所以，媒介的推衍、扩张与中心化、主流化，引领的不仅是媒介的革命，更是文化的革命与审美的变迁，这也许才是"媒介的后果"的真正所指。新媒介的勃兴，总会引起新文化的潮涌。不可否认，我们当下所处的新世纪，是一个由图像增殖、图像主导的视觉文化时代，或曰图像时代。在图像时代，文学是拒斥图像，还是融合图像，成了一个无法逃避的选择，也成了一个必须要正视的问题。

在视像传媒高度发达的新世纪，文学在渐次图像化的进程中终于无奈地选择了图像化写作作为融入图像社会、反映图像生活的写作策略。从文字的审美化写作走向图像的观看化写作，新世纪文学写作出现了属于视觉文化时代的华丽转型。王纯菲认为："生活图像化状况见于新世纪文学写作，一个直接结果便是文学写作对于生活图像化的随顺，并在随顺中形成比上世纪末更为突出的图像化写作的特点。"② 为顺应生活图像化与审美图像化的时尚，新世纪文学在被动图像化的磨炼之后走向了主动图像化的涅槃。从整体上说，新世纪文学的图像化写作包括图像化叙事、图像化结构、图像化人物与图像化转换等。这样，基于图像化写作的新世纪文学也越界成为生活图像的一份资源，文学不仅成为图像化的对象也成为图像化的结果，文学性寄寓于图像之中。

一、图像化叙事

丹尼尔·贝尔指出："目前居'统治'地位的视觉观念。声音和图像，尤其是后者，组织了美学，统率了观众。在一个大众社会里，这几乎是不可避免的。群众娱乐（马戏、奇观、戏剧）一直是视觉的。然而当代生活中有两个突出的方面必须强调视觉成分。其一，现代世界是一个城市世界。大城市生活和限定刺激与社交能力的方式，为人们看见和想看见（不是读到和听见）事物提供了大量优越的机会。其二，就是当代倾向的性质，它包括渴望行动（与观照相反）、追求新奇、贪图轰动。而最能满足这些迫切欲望的莫过于艺

---

① 张邦卫：《媒介诗学：传媒视野下的文学与文学理论》，社会科学文献出版社2006年版，第127页。
② 王纯菲：《新世纪文学的图像化写作与文学的越界》，《文学评论》2008年第1期，第82页。

术中的视觉成分的了。"① 可见，视觉文化是大众文化消费中最喜闻乐见的形式，同时也是最容易实现的享受。事实上，图像审美本来就有一种从深度审美向浅度审美、纯感性审美迁移的天然趋势，而在新世纪的大众文化语境下，这种趋势尤其变得不可阻挡，不断加速，日益极端化。电影与电视的所谓"奇观化"与"潮流化"，就是其显著的文化表征。阿莱斯·艾尔雅维茨说："一个类似的进程是总体上直观化和视觉文化的所有其他形式的扩充。这种进程的一部分也即是——现在仍然是——日常生活的审美化，包括从日常物品的修饰，到我们居住的整体环境的审美化。"② 所以，以图像为主的视觉文化实际上已经渗透到了大众日常生存和文化生活的每一个层面、每一个角落。

新世纪文学所植根、沉浸和游牧的生活，从某种角度上说就是图像生活。换言之，生活的图像形态成为新世纪文学中虚拟生活的常见形态。生活的图像形态或生活图像化集中体现在构成现实生活系统的几个代表性方面，如交际、行为、商品、环境等等。这种生活图像形态在文学写作中同样成为虚拟生活的常见形态。这种情况对于文学写作来说，就是带来了文学叙事的新世纪转换，即从传统的伦理叙事转为图像化叙事。王纯菲认为："新世纪文学的图像化叙事，在一定程度上改变着传统叙事在伦理取向中展示情节长度或人物行为过程的方法，而是更多地采用具体细腻的图像情景描写。"③ 所谓"图像化叙事"，指在作品中讲究画面感、图像感与镜像感而采用具体细腻的场景描写、细节描写、肖像描写、动作描写、情景描写与环境描写，而忽视心理描写、意识流叙述的一种叙事方法，这种方法重外在的再现与表演而轻内在的表现与沉思。就小说文本而言，图像化叙事至少涵括三个方面：一是场景的图像化；二是叙事的图像化；三是人物的图像化。在图像化叙事中，作品中的图像情景主要是空间性的，或者是将传统叙事的空间时间化在图像情景的描写与叙述中转换为时间空间化。事实上，空间化场景的泛审美呈现，恰恰正是影视艺术最核心的审美之维。总之，图像自身的平面化情形、图像的形式规定对于伦理取向的阻抗以及图像情景空间描写以于伦理过程性展示的

---

① ［美］丹尼尔·贝尔：《资本主义的文化矛盾》，赵一凡、蒲隆、任晓晋译，生活·读书·新知三联书店1989年版，第154页。
② ［斯］阿莱斯·艾尔雅维茨：《图像时代》，胡菊云、张云鹏译，吉林人民出版社2003年版，第17页。
③ 王纯菲：《新世纪文学的图像化写作与文学的越界》，《文学评论》2008年第1期，第83页。

第四章 相克与相生：新世纪文学的图像问题

消解，都导致传统伦理叙事在新世纪文学写作的图像化叙事中被不同程度地解构。这使得平面化写作在文学写作的叙事方法上有所落实，并不断强化。

以"80 后"代表作家张悦然的《樱桃之远》与《红鞋》为例。在《樱桃之远》中，因放煤气企图自杀而导致失聪和失忆的杜宛宛正是在看电影《薇若妮卡的双重生活》时，过去的往事才一幕幕涌上心头，杜宛宛和段小沐骨肉相连却相互仇视，经历了相互折磨甚至杀戮的惨痛历程，她们终于相知相爱，体验到友情、爱情的美好与力量。往事的一幕幕场景的堆积，与电影的一帧帧图景，是如此的相似，甚至有一种刻意的摹拟与有意的参照，小说的图像化向度十分明显。小说描述的一对少女艰难曲折的成长心路，与电影中薇若妮卡姐妹的命运是如此相似，让我们有理由相信张悦然在构思小说时显然受到了电影的启发和影响。正是如此，著名作家莫言在《樱桃之远》的序言《她的姿态，她的方式》一文中认为："在故事的框架上，我们可以看到西方艺术电影、港台言情小说、世界经典童话等的影响。在小说形象和场景上，我们可以看到西方动漫的清峻脱俗，简约纯粹。"① 在《红鞋》中，作品讲述的是职业杀手和一个变态的"穿红鞋的女孩"之间虐恋的故事。开篇就是一组杀人镜头的特写："他冲着女人开了一枪，血汨汨地从她额头涌出来。他停顿了几秒钟，确定了她的死亡。"② 接下来的叙述也一个接一个的在惊悚情境中展开，男人不断地杀人，女孩不断地以虐杀动物并拍照为乐，骇人的描写与镜头化的场景随处可见。整个叙述在一个封闭的结构中进行，除了一对变态的男女，小说里基本没有其他的人物。对于女孩变态心理的形成原因和过程，作者没有说明，似乎天生如此。对其令人发指的变态行为也没有价值评判，没有悲悯，没有剖析。这种冷漠叙述和残酷叙述似乎是为叙述而叙述、为呈现而呈现、为表演而表演。

再以"80 后"领军作家郭敬明的同名小说《无极》为例。小说《无极》是郭敬明应著名导演陈凯歌的邀请在电影《无极》的剧本的基础上所进行的二度创作，因而小说《无极》恣意播撒图像诚然是改写的遗传基因之所致。源于电影《无极》的小说《无极》，是一个影像化写作的直接实践，从中我们可以看出郭敬明在改写小说《无极》时向文学创作上的努力回归。比起电影

---

① 莫言：《她的姿态，她的方式》，见张悦然《樱桃之远》，春风文艺出版社 2004 年版，第 2 页。
② 张悦然：《红鞋》，世纪出版集团、上海译文出版社 2004 年版，第 3 页。

《无极》来说,小说的故事情节更加连贯和完整,人物刻画得也更为丰满和立体,但是,影像化叙事无疑是小说《无极》的主要叙事方法。还有小说《无极》的语言也更加客观化、场景化。传统小说语言的时间化手法被转换成场景的堆砌,如直接用"王城,沉月轩""拓丰石城年久失修"等简单字句实现场景的转换,小说向按照分镜头剧本的写法靠拢,频繁的时空转换使叙事缺少必要的铺垫与过渡;更主要的是人物的心理世界往往被戏剧性的动作化处理所湮没,诸如痛苦外化成哭的表情,快乐外化成笑的表情。将整体切割成部分的镜头语言使叙事呈现出零散碎片化的特征,景物场景的诗意的、心灵化的描述被戏剧性的、概括性的背景交代所取代,关于时间、地点、天气等等例行性的、三言两语的描述严重损害了景物场景的完整性和丰富性。

同样,范小青的长篇小说《赤脚医生万泉和》也是一部典型的"影像化书写"之作。小说无论是在故事场景的安排上,还是在叙事手段的运用上都体现了影像化的特点,而且人物形象的塑造也极具画面感。其一,场景的影像化。如小说故事的大场景有两个:万泉和在"文革"时期的生活场景与万泉和在改革开放时期的生活场景。而每一大场景中又包含有许多的小场景,如万泉和的"文革"时期的生活场景就包含了万泉和巧治万小三子、稀里糊涂走上学医路、万人寿与涂三江的互相诋毁、万人寿被批斗、吴宝被批斗等热闹的小场景。而每一小场景又大多为一些连续性的动作所构成,如万泉和巧治万小三子这一小场景的线性动作有:万泉和先是按了按小三子瘪塌塌的肚子,然后询问吃了什么,接着摸了摸万三小子的额头,又拿出万人寿的放大镜,揪住万小三子的耳朵往里照了照,并到灶屋拿了一把生了锈的镊猪毛的镊子过来,往猪毛镊子上倒点酒精,又划根火柴,绕着镊子烧了几下,伸进万小三子的耳朵,只"咔"的一声,就将一颗又胖又烂、半黑半青、已经发了芽的毛豆夹了出来。这个场景中,万泉和10个动作一气呵成,在乡民们的眼中颇有一点专业医生的架势,难怪后来误打误撞被村里送出去学医。小说中像这样富于"动作化的场景"描写,自然就呈现出一种"影像"的功效与美感。其二,叙事的影像化。所谓叙事,就是讲故事,它包括两个最核心的要素:一是故事本身,二是讲故事的人或者说是叙述者。在这一点上,小说与电影、电视是相同相通的。在小说《赤脚医生万泉和》中,采取的是第一人称"我"(万泉和)这个自传性的叙述者视角,而且叙述者散布/穿插在故事各大场景的描述中。这样小说的"说与听"与影视的"白(含对白与旁白)与听""演与观"形成了一种无障碍的转换基因。如"我的情况大致是这

第四章 相克与相生：新世纪文学的图像问题

样的：19 岁，短发，有精神。"①"我这个人，你们也许已经看出点眉目来了，我不聪明。"②"我这个人你们知道的，心肠软，不好意思回绝别人的好意。"③这些表述都属于自传性的叙事人口吻，十分类似于影视中"画外音"或"旁白"，也十分有助于改编为影视剧。还有，小说对"我家院子的平面图"叙述也是十分影像化的。在这个平面图上，有万泉和家、裘金才家、万同坤家以及后窑大队合作医疗站，它就像照相机或摄像机的取景框一样，既圈住了主要故事的发生地，也框住了主人公万泉和在村中的地位。其三，节奏的影像化。小说的节奏与电影的节奏极为相似，小说中的两支乐曲——《万泉河水清又清》《赤脚医生向阳花》，就像是电影中的主题音乐或是背景音乐，一再回荡在文本叙事中，渲染了时代氛围，烘托了人物性格，舒缓了叙事节奏，增强了小说的音乐性。这种听觉的播放与视觉的播撒，营构了与影视无甚差异的视听氛围与视听效果。

通过《樱桃之远》《红鞋》《无极》《赤脚医生万泉和》的剖析，我们不难发现许多像张悦然、郭敬明、范小青这样活跃于新世纪文坛的作家们似乎都在有意无意地从事着影像化叙事，这是新世纪文学的一个新动向、新趋势，也许是一个新转机、新生机。诚如范小青所说的："所有的这些变化，并不是我在很清醒的前提下实现的，恰恰相反，我只注重生活给我的感受，甚至可以说，生活要我变化，我不得不变。"④ 毕竟我们生活于纷繁芜杂的各种影像之中，拒绝影像的介入与融合，无异于拒绝生活的进步与文学的新生。

二、图像化结构

在新世纪文学特别是以小说、剧本为主力军的叙事类文学中，其结构不再像传统文学一样以主题的需要、人物的塑造、性格的刻画来安排，而是以故事的新颖、情节的突兀来架构。作家们往往是先设计好一个又一个的片断、一个又一个的场景、一个又一个的动作、一个又一个的细节，然后再依据故事的需要进行重新的拼贴组接，从而最终实现影视剧化的镜头结构。这虽然有点类似于戏剧的"幕"、戏曲的"折"与"出"、音乐的"章"，但事实上这

---

① 范小青：《赤脚医生万泉和》，人民文学出版社 2007 年版，第 1 页。
② 范小青：《赤脚医生万泉和》，人民文学出版社 2007 年版，第 122 页。
③ 范小青：《赤脚医生万泉和》，人民文学出版社 2007 年版，第 99 页。
④ 范小青：《变》，《山花》2006 年第 1 期。

种文学结构却是深受电影的"蒙太奇"的影响所致。所谓"蒙太奇",就是根据影片所要表达的内容和观众的心理顺序,将一部影片分别拍摄成许多镜头,然后再按照原定的构思组接起来,一言以蔽之:蒙太奇就是把分切的镜头组接起来的手段。由于受电影"蒙太奇"的启迪与影响,新世纪的小说与剧本写作总是首先设定一系列的具有故事性、视觉性的单元、片断和场景。如任何一部都市言情小说,似乎总是少不了以下图像化场景:如迷离的酒吧、高档的宾馆、高级的酒店、繁华的街道、幽静的公园、浪漫的海滩、温情的卧室、飞驰的小车、翱翔的飞机、激情的亲吻、朦胧的沐浴、惹火的肉搏、蔚蓝的天空、绚丽的晚霞……等等。这些场景,就是作家们用来叙事的一个个图像化单元,至于哪个单元何时进入文本是由故事来决定的。每一个场景就是一个"环",它们既是相互独立的又是相互联系的,受不同的链接法、不同的组合法与不同的排列法的决定而制作成不同的故事情节与不同的故事形态。由于对场景中图像化呈现的倚重,这种网络结构也就自然而然地有了图像化的特征了。其实,这一点,在新世纪文学写作中是十分常见的。王纯菲认为:"图像的单元性为新世纪文学写作所常见的网络结构提供根据。"①

新世纪文学的图像化结构,准确地说,是一种图像化单元结构,或者说是一种图像化镜头结构,这种结构模式首先来源于生活图像的单元化存在,其次也深受影视图像的镜头意识和镜头主义的影响。在现实生活中,生活图像以特定生活系统的单元形态发生,日常交际、行为、商业、环境、审美等生活大系统的代表性系统,提供着图像化的系统规定,而在这些系统中,图像化过程又是单元性地进行着。如交际系统又细分为不同的交际单元,包括洽谈单元、聚餐单元、馈赠单元、联络单元等,各种交际形式规定都以单元而设定并单元性地实现。新世纪文学写作虚拟现实生活,也便虚拟现实生活图像化的单元性,或者,是虚拟单元性的现实生活图像。也就是说,生活图像的单元性诱导了文学场景的单元性。在新世纪文学的图像化写作中,每一个图像单元都可以是展示人物个性的一个阶段或一个层次,单元系统性可以构成连续的单元展示的逻辑,不同系统的图像单元也可以跨系统地跳跃性连接。这样,图像单元、图像单元系统、跨系统单元连接,就形成网络式联系。当然,任何一个图像单元绝对不是固定不动的,而是可以根据写作者的意图、

---

① 王纯菲:《新世纪文学的图像化写作与文学的越界》,《文学评论》2008年第1期,第83页。

第四章 相克与相生：新世纪文学的图像问题

故事的需要拆移的，甚至是可以最高限度、最大程度地排列组合的，但每一种排列组合的意图、意义与意味是不同的。例如，以下这三个图像单元：A（一个人在笑）、B（一把手枪直指着）、C（同一个人脸上露出惊惧的样子），用不同的连接就会出现不同的内容与意义。如果用 A—B—C 次序连接，会使观众感到那个人是个懦夫、胆小鬼。如果用 C—B—A 的次序连接，则这个人的脸上露出了惊惧的样子，是因为有一把手枪指着他；可是，当他考虑了一下，觉得没有什么了不起，于是，他笑了——在死神面前笑了；因此，他给人的印象是一个勇敢的人。如果用 A—C—B 次序连接，则可表示这是一个正常的普通人。诚如此，改变一个场面中图像单元的次序，而不用改变每个图像单元本身，就完全改变了一个场面的意义，得出截然不同的观看效果。

在新世纪文学的大潮中，许多从影视艺术中汲取营养的新生代作家不仅钟情于图像化结构而且还重娴熟地运用图像化结构来建构文本，典型的如安妮宝贝的《彼岸花》就是如此。《彼岸花》以都市情感为题材，以现实情节和电影叙述两条线索，交错发展，时间跨度大，人物和城市涵盖丰富，保持了属于作者的独特的美感和苍凉，并且使整部小说一直保持着一种电影般光影交织的诡异幻觉。作品中的"我"，就是在构成时尚的各图像单元及由此构成的单元系统网络中活动着的一个时尚"网结"，"我"在不同的图像单元及系统中个性化地生活着，并因此成为网络中的个性化的"时尚"。"我"的谋生单元是一台电脑和数位杂志编辑的电子信箱；"我"的消费单元是用稿费换取脱脂牛奶、橙汁、燕麦、苹果、蔬菜、咖啡；"我的"享乐单元是抽掉了 30 包红双喜、逛了 80 次街、泡吧 50 次；"我"的交际单元则是约会过几个男人。"我"的这些图像化的系统行为，又都与生活的时尚网络相对应，小说便图像化地展示"我"的时尚网络生活。而这样的由图像化单元构成的整个网络结构的根据又不是传统伦理性的，而是人物的伦理个性化的，若干人物的伦理个性化纠葛，是图像化网络结构的整体性根据。或者说，写作的图像化网络结构因人物个性纠葛而形成，人物个性纠葛在网络化图像单元中展开。对此，安妮宝贝曾坦承自己写作的针对性，她说她的书是写给"深夜失眠的人看，下班之后坐在地铁里疲惫的人看，在寂寞旅途上对着阳光发呆的人看。这些人就是我的读者"。她不仅承认自己是畅销书作家，而且还强调要写好看的书："对我而言，写作始终是个人化的艺术，要纯粹，具备灵魂的美感。一个畅销书作家，就是要写好看的书，能留下回味，能放在枕边，可以进入读者的灵魂。我喜欢让我的读者看懂我写的书。"① 事实上，在新世纪影视文化勃兴的文化语境中，要求作品既"畅销"又"好看"，没有影像的依凭与图像化的技巧，恐怕是难以登顶的，而安妮宝贝恰恰是深谙其道的新锐。对新世纪文学通过图像化网络结构求得对于图像化生活的虚拟对应性，贺绍俊认为："文学意象的符号化遵循着消费主义的原则，其符号的象征意义始终受消费主义文化——意识形态的指挥控制而变动不居，因此它是与社会消费时尚的符号语码相吻合的。"② 贺绍俊所说的文学意象的符号化，就既包括图像化叙事，也包括图像单元的网络性结构，它们在图像化趋向中，以媚俗的姿态求得与社会消费时尚的符号语码系统的吻合。

三、图像化人物

在论述图像化叙事以及范小青的《赤脚医生万泉和》时，我们事实上已涉及了新世纪文学的图像化人物的问题。图像化人物，与图像化叙事、图像化结构以及图像化转换一样，都是新世纪图像化写作的应有之义，它不同于1950年代至1980年代初期人物塑造的脸谱化与类像化。新世纪的图像化人物有三层含义：一是人物的影像化；二是图像化人物构成现实生活的虚拟众生态；三是图像化人物直接是大众日常生活的构成与实存，并且是大众日常生活的消费对象与审美对象。

1. 人物的影像化

所谓"人物的影像化"，是指新世纪文学按照影像的逻辑与影视剧的方式来设置人物、描写人物、刻画人物与塑造形象，自觉接受电影与电视"结构、语言、情节影像性"的影响，主要包括画面感极强的人物细节、跌宕起伏的人物命运、动作性与戏剧性兼备的并有极强对话表演性的人物语言。仔细审视一下新世纪文学，不管是皈依影像的影视文学、网络文学还是远离影像的先锋文学、纯文学，在人物描写与形象刻画上都有着影像化的表征。

例如，范小青的小说《赤脚医生万泉和》就是人物影像化的代表作。《赤脚医生万泉和》的人物画面感浓烈，人物形象塑造有影像化特点。具体地说，主要表现在以下几点：其一，人物的影像化来源于作品中有许多画面感极强的人物细节。如小说结尾，后窑村人都不守在家里，"外出的外出，进城的进

---

① http://zhidao.baidu.com/question/16118175.html。
② 贺绍俊：《大众文化影响下的当代文学现象》，《文艺研究》2005年第3期。

第四章 相克与相生：新世纪文学的图像问题

城，开店的、开车的，反正干什么都有"的时候，万泉和却回来了，和他爹一起，"呆呆地守望着村前的这条路"，那是条"我们村通往外面世界的路"，是条"许多年来许多人来了又走走了又来的路"。这个细节极富内涵，如果我们用电影镜头将它拍摄下来，分割荧屏的大概就是那条曲折蜿蜒的小路，一直伸向远方。路的一头站着万泉和与他爹万人寿，他们眼光滞钝、默声无语，仿佛带着一种生命的大苦难，又带着一种生命的大智慧。其二，人物的影像化得益于跌宕起伏的人物命运。如在小说中，万泉和是一名脑膜炎后遗症患者，所以他丧失了一般世俗所谓的聪明或者精明的能力，但也正因为少用了脑子去钻营名利世界的各种诱惑，反而把他善良、真诚、宽容的本性完全呈现出来了。这样的人注定是一个另类。在小说中，他的所作所为皆蒙上了一层可笑而又无奈的霭气。万泉和本想做个木匠，以躲避在田间劳动的辛苦，却阴差阳错地做了后窑村医疗卫生站的赤脚医生，处在中医万人寿和西医涂医生的权力夹缝里。做了医生后，又屡出医疗事故，只好不断地接受各种处分、欺侮、惩罚，命运可谓一波三折。但作者并未就此罢手，又悉心安排了万泉和的婚姻生活：让他的第一个对象刘玉被别人勾走，在外面经历了三个男人后，又厚着脸皮拖着两个孩子来找万泉和；让他用嘴巴给病人吸出喉痰，结果却气走了刚刚介绍来的恋人；让白善花为窃取万人寿的家庭"秘方"，冒充柳二月与万泉和同居数月，不辞而别之后伙同丈夫开假药厂，再恬不知耻地请万泉和做项目经理，最后弄得万泉和差点被送入大牢……万泉和命运的多舛不断地推动着情节的发展与延宕，从而完善了小说中以万泉和为主角的人物群像的影像化进程。其三，人物的影像化是根植于动作性与戏剧性兼备的人物语言。如小说中的吴宝是一个典型的乡间花花公子，他肆无忌惮地与各种女性发生关系，虽然也被批斗，但那种形式化的场景不仅不严肃，反而更像是一出滑稽的言情喜剧："……刘玉和吴宝并排站着，刘玉还把自己的头靠在吴宝的肩上。吴宝嬉皮笑脸，和一个看热闹的新媳妇打情骂俏，他说．'你要是老盯着我看，你会怀上我的孩子。'害得人家新媳妇满脸通红。旁边的人呸他，说人家新媳妇肚子里已经有孩子了，吴宝就笑道：'那孩子生下来也会像我。'新媳妇说：'不可能的，怎么可能呢？'吴宝想要凑到新媳妇耳边说话，被裘二海喝住了，吴宝就站回原地，跟新媳妇挤眉弄眼地说：'你过来，我告诉你怎么可能。'新媳妇差一点真要过去了，后来她才发现是不能过去的，就站定不动了。吴宝'嘘'了一声，说：'现在人多不方便，晚上我们在竹林里见，我告诉你。'大家都笑，吴宝得意地摇晃着身子，刘玉拉他说：

'吴宝你站好，严肃点，这是开批斗会呀。'"① 这段文字中，刘玉、吴宝、新媳妇、裘二海以及周围的群众，虽然语言不多，但个个形神毕肖、生动逼真。

2. 图像化人物构成现实生活的虚拟态

关于图像化人物构成现实生活的虚拟众生态，王纯菲在《新世纪文学的图像化写作与文学的越界》一文中有比较深刻的论述。她认为，在新世纪文学写作中，写作者在网络式单元图像中获得了前所未有的人物展示自由，写作者在这样的写作中较少再受线性故事情节连缀人物的局限，较少再受传统伦理写作中人物设置的图文关系的束缚，也较少再受揭示生活规律性或必然性的人物性格冲突的贯穿性要求。每一个图像单元，就是一个虚拟生活场景，每一个场景有一个场景的不同参与者，他们在图像单元中聚来、活动、散去，而在下一个图像单元中，又有另一些人物聚来、活动、散去。单元间的很多人物可以彼此没有交往，互不相识，他们主要是依附于若干个性人物的整体性纠葛。你方唱罢我登场，在不同的图像单元中，现实生活的众生态在文学写作的虚拟生活中被多方面展示。例如，苏童的《蛇为什么会飞》，就是在欲望的网架上，在一个又一个图像单元中，展示着一群或相关或无关的时聚时散的欲望众生相。再如，卫慧的《上海宝贝》、棉棉的《糖》、木子美的《遗情书》以及其他各式各样的宝贝们的"身体写作"甚至是"下半身写作"，也都在欲望都市的大场景中，在一个又一个活色生香的图像单元中，展演着都市男女的欲望狂欢与醉生梦死。作品中虚拟的生活场景，不仅是新世纪都市生活的折射与写真，也是新世纪都市男女的向往与目标。诚如卫慧的小说《像卫慧那样的疯狂》的话语指向一样，像卫慧那样发出"蝴蝶的尖叫"，像卫慧那样做一个"水中的处女"，还要像木子美那样四处"遗情"、四时"做爱"、四方"乱交"，趁着年少充分享受性爱，趁着冲动充分享受身体，趁着健康充分享受物质，恰如一首诗所写的——"噢！像卫慧一样疯狂/像水中月对沉沦充满渴望/在食肉者和肉食者孪生的年代/不当落汤鸡你就别想喝到汤。"

3. 图像化人物构成日常生活的真实态

在影像泛滥的新世纪，由于观众对经典影像的眷顾以及自媒体引导下的"拍客热"的潮涌，图像化人物甚至是图像化卡通人物直接成为大众日常生活中的一部分、并且成为大众日常生活的消费对象与审美对象。在这种比较普

---

① 范小青：《赤脚医生万泉和》，人民文学出版社2007年版，第72页。

第四章 相克与相生：新世纪文学的图像问题

遍的现象中，虚拟的图像化人物竟然落地生根变成大众日常生活不可或缺的有机部分，虚拟的图像化人物在"真实化与化真实"的文化演变中转换为一种生活真实。

以美国著名的专栏作家坎蒂丝·布希奈儿（Candace Bushnell）的小说《欲望城市》（*Sex and the City*）为例，这部小说后来被改编为同名电视剧与同名电影《欲望都市》广泛播出。作品讲述的是专栏作家凯莉、公关经理萨曼莎、律师米兰达、理想主义者夏洛特这四个生活在纽约曼哈顿的四位单身时尚女性的故事。故事环绕着她们的感情及性生活推进，如凯莉是性爱专栏作者，萨曼莎宣称"活着就是为了干尽男人"，四女经常聚在一起谈性：三人床上游戏、双性恋、性病、忠贞 vs 偷吃、女人学男人的唯性论、男人的尺寸、像同志的异性恋男人、多少男人才算太多等。她们还主张"友谊是女人可以期待的最好依归，而男人只不过是蛋糕上面的糖衣"，但最重要的是要在光怪陆离的现代大都市中学会如何发现自己、爱自己，因而她们极力周旋在各式男人身边寻找情欲。大胆广泛的性爱话题，时髦漂亮的四个女主角身上浓郁的现代都市单身女性的气息，以及她们所面临的感情挫折和困扰，在越来越多的都市白领中引起了共鸣，并掀起了一股"欲望潮"而风靡全球。这其中的原因有二：一是讲述了都市女性的生活；二是运用绚丽多姿的时尚、服饰、饮食、艺术等元素展现曼哈顿丰富热闹的社会人文景观。当然，电视剧《欲望都市》最引人瞩目的元素是流行时尚。女主角穿的时髦衣服与鞋子（大部分是 Patricia Field、Jimmy Choo 和 Manolo Blahnik 这些名牌）让她成为了许多时尚杂志中的时尚偶像。剧情拍摄地选择在曼哈顿的各处时尚餐厅、酒吧、旅店、画廊等实地拍摄，有些旅行团还由此推出了"《欲望城市》旅行团"，让游客专门在曼哈顿参观中享受《欲望都市》剧中呈现的各种场景。

为文学作品中的虚构人物特别是经影视改编后的影视人物树碑立传乃至塑像甚至是主题公园，在世界各地也是屡见不鲜的。比如蝙蝠侠的酷造型出现影院门口，或如哈利·波特骑着扫帚飞行的状态成为儿童乐园的一景。还如丹麦将小红帽建成雕塑、美国将米老鼠搭成乐园。再如 2013 年上半年源于香港、起于深圳、经于广州北京上海等地而风靡的"大黄鸭"城市景观。这都已经涉及了影像化人物日常生活化的问题。值得一提的是，在 2012 年 7 月 28 日的伦敦奥运会开幕式上，文学人物与影视人物被消费与被狂欢再次成为焦点：一是"莎翁绝唱，《暴风雨》诵读"展现英伦灵魂；二是"《哈利·波特》中的伏地魔和英国童话故事主角玛丽波·平斯的对抗"展现英伦魔幻；

三是"憨豆先生和英国交响乐团合奏"展现英伦幽默;四是"詹姆斯·邦德(007特工)空降"展现英伦绅士。所以,我们认为2012年伦敦奥运会开幕式不仅是英伦文化的狂欢节,并在导演大塞文艺私货的思路之下也成了经典的文学人物与家喻户晓的影视人物的大聚会,影视元素大行其道。同样,在2012年8月,湖北襄阳传出将以金庸小说《神雕侠侣》中"襄阳大战"故事人物为原型建造总耗价100万元的郭靖、黄蓉"射雕情缘"像的新闻,一时成为网上热点。支持者有之,如认为是精神符号的传承、是为旅游打武侠牌;质疑者有之,如认为郭靖、黄蓉"射雕情缘"像模糊、没有史实根据;反对者有之,认为以武侠小说的虚构人物来打造历史文化名片是一种虚妄,是为虚构的武侠小说或者当代畅销书打造牌坊。随着各种热议的深入,郭靖、黄蓉"射雕情缘"像没有建成,但无论如何,从这个文化事件中,我们似乎触摸到了新世纪大众对图像化人物的生活化追求。当然,这种追求也会反过来诱导、推进新世纪文学的图像化转型与越界。

四、图像化转换

所谓图像化转换,也就是指新世纪文学的图像化写作的图像再现与影视改编,这是指图像化写作使所写作品成为更具有直接转换意义的图像再现文本,或者说图像化的新世纪文本本身就是量身打造、待价而沽的"剧本小说"或"脚本小说",按黄发有的观点就是"小说进入脚本时代"。图像再现,在这里专指文学中的图像描写与叙事,转换为影视作品的图像实体。图像时代的代表性艺术成果便是影视艺术的发展及其对于生活休闲时间的掌控。各方面的调查统计证明,越来越多的人把越来越多的休闲时间投放在影视观看中。其中尤以电视观看为甚。影视观看,尤其是电视观看,已成为生活图像化的一个重要内容。新世纪以来的电视剧制作多取自文学文本,这主要有两方面的原因:一是文学文本以其文学的精思细构提供了电视剧制作所期望的文学故事、文学人物及虚拟生活的文学场景,这是新世纪文学所奉献的文学结晶;二是这类文学文本提供了大量取于生活的虚拟图像,它们富于生活的当下性、生动性、个体性,易于电视艺术的图像转换。文学文本的这种优势,源于它对于虚拟生活图像的细致描写和图像化叙事。王纯菲指出:"文学图像的影视转换,在更为直接的观看意义上实现着文学图像化。这显然更合于时下大众对于更为生动的图像化的期待,因此也理所当然地为大众所欢迎。不少文学作品在影视转换后很快出现热销甚至抢购状况,证明着这种图像转换的大众

第四章 相克与相生：新世纪文学的图像问题

接受根据与顺应大众趣味的力度。可以说，文学图像的影视转换，成为新世纪文学的一个令人瞩目的特色。"①

事实上，新世纪文学作品的图像化转换，对于许多深谙市场经济规律与影视文化逻辑的作家来说，他们无不是刻意为之的，并且预置了影视改编的快捷元素与方便机制，如活跃于新世纪文坛中的二月河、唐浩明、麦家、海岩、王跃文、北村等便是代表。以北村为例，他的小说《武则天》《台湾海峡》《城市猎人》《周渔的火车》《冬日之光》《对影》《风雨满映》分别被张艺谋、张绍林、吴子牛、孙周等搬上了银幕和荧屏，小说《强暴》也曾授权姜文拍摄但最终未果。如此多篇数、大范围、高层次、广影响的影视改编，则肯定是与北村小说的内在的影像化手法与影视元素密切相关。对此，北村曾经说过："我重视心灵写作，重视精神层面的东西，从不针对市场写作。有一点，我非常喜欢电影，经常看碟片，所以我的小说中结构、语言、情节影像性的东西多一些，这可能也是导演觉得好改编的原因之一。"在这里，已经透露出北村小说影像化的缘由。而对于具体的影视改编，北村也有自己的见解，他认为："小说改编成电影可以从三个方面入手，一是故事情节，二是人物，三是深刻主题……我的小说注重人性，是心灵产物。它不会因性别、社会角色、职业等外在的东西改变而降低了作品本身的表达力。这一点我有自信……"② 如此看来，北村小说的影像化倾向是有着厚重的根基的。关于北村小说的影像化倾向，张小平、于京一在《论北村小说的"影像化"倾向》一文有比较深刻的论述。文章认为，北村与影视创作结缘后，其小说创作的"影像化"倾向日趋明显。小说的表现主题、审美姿态、叙述风格三方面给予其"影像化"倾向以强有力的支撑。爱情、爱国和苦难主题赋予文本以强烈的社会感和现实体悟，偏执、传奇性又赋予小说以不同凡响的美的意境，而叙述的简洁明快又为小说文本提供了通透明晰的结构。诸要素的叠加为其小说"影像化"倾向注入了无限的生机与活力。③

值得一提的是，那些没有图像预置的作品是没法进行图像化转换或影视改编的。安德烈·勒文孙认为："在电影里，人们从形象中获得思想；在文学

---

① 王纯菲：《新世纪文学的图像化写作与文学的越界》，《文学评论》2008年第1期，第84页。
② 北村：《我不会针对市场写作》，《深圳晚报》2003年3月10日。
③ 参阅张小平、于京一：《论北村小说的"影像化"倾向》，《电影评介》2009年第17期，第107—108页。

里，人们从思想中获得形象。"① 这既道出了文学重思想与电影重形象的差异，也道出了文学与电影有着相同的公约项——形象，或者是在形象以至影像化的形象上的勾连与沟通。不能否认，能被导演、编剧们相中并进行图像化转换与影视改编的作品，基本上都是已经内在图像化的文本或者说是准图像文本。换言之，只有图像再现的文学文本才有可能步入影视改编的产业流程，反之那些没有图像再现的文学文本就只能在影视的摄像机之外。美国学者爱德华·茂莱指出："由于小说家掌握的是一种语言的手段，他在开掘思想和感情、区分各种不同的感觉、表现过去和现在的复杂交错和处理大的抽象物等方面得天独厚。尽管晚近以来某些电影导演力图在表现复杂的主观关系方面与文学一争高低，但电影毕竟在这个领域里比小说略逊一筹，难相比美。把注意力全部放在人的内心世界上的电影导演，或者换句话说，当他们处理一些更适合于文学家的题材时，结果往往拍出静态的、混乱的和枯燥乏味的非电影。"② 像鲁迅的小说作品，除个别篇目外许多都不适合改编电影，虽然《祝福》和《伤逝》已改编成功，但《在酒楼上》《药》《离婚》《狂人日记》等都不适合。夏衍先生甚至认为《阿Q正传》也不具有改编成电影的可改性，他指出："要在舞台上或银幕上表现阿Q的真实性格而不流于庸俗和'滑稽'，是十分不容易的。"③ 再如，歌德的《少年维特的烦恼》属于书信体小说，作品中充满了少年人对生活的感受，但关于情节、场景的叙事则显单薄、次要，以表现视觉形象为重心的电影就很难把它搬上银幕。又如，一些意识流的文学作品更是根本就无法改编也拒绝改编，"把《尤利西斯》拍成电影的尝试是注定要失败的。虽然乔伊斯的小说里充满了和银幕上使用的技巧很相类似的技巧，这些技巧在书本里是用词句来完成的，或者是在语言的和理性的层次上运用，并非电影摄像机所能摄录。我们如果想了解乔伊斯笔下的人物，就必须进入——深深地进入人物的内心。电影的再现事物表象的能力是无与伦比的；然而，在需要深入人物的复杂心灵时，电影就远远不如意识流小说家

---

① 转引自［美］爱德华·茂莱：《电影化的想象——作家和电影》，邵牧君译，中国电影出版社1989年，第114页。
② ［美］爱德华·茂莱：《电影化的想象——作家和电影》，邵牧君译，中国电影出版社1989年，第140页。
③ 夏衍：《论改编的艺术》，《世界电影》1983年第1期。

第四章 相克与相生：新世纪文学的图像问题

施展自如了"①。在新世纪文学的阵营中，像残雪、李洱、刁斗、刘恪、朱文、韩东、七格、墨白等先锋作家的小说（可参阅何锐主编的"新世纪文学突围丛书"之《守望先锋》，江苏文艺出版社 2010 年版），由于注重对生存哲学、艺术文本、语言游戏、文化思想的超常规思考，缺乏在文本中进行图像再现的内在预置，因而也就难以进入影视改编的"快门"。

第三节 新世纪文学的影视改编

自银幕诞生至今，文学的银幕改编（adaptation）始终存在，随着影视技术的发展，改编也从单向发展到双向，即既有从文字到影像的改编也有从影像到文字的改编。法国学者莫尼克·卡尔科·马赛尔与让娜·玛丽·克莱尔曾经指出："摄像机在一种比话语所建立的叙述更快更直接的叙述中控制了人类。"② 诚然，文学作品具有延宕、持久的生命力，它自身就具有丰富的媒介潜力，能够靠读者不同的解读和感觉来不断增值，但是在影视文化的影响下，人们的文学阅读及批评模式已发生了深刻的变化，甚至从文本到银幕的过程本身也能看作一种阅读和批评行为。在视觉文化与影视霸权时代，文学既无法拒绝影视的改编，也无法抗拒影视的诱惑。那么，文学改编与影视改编，也未尝不是文学的强身之方与图强之径。这样，文学就必然从文本述说的时代转入述说文本的时代。事实上，新世纪文学不仅面临着图像增殖的生存境遇，而且因为外在语境的改变促使新世纪文学图像化写作的恣意播撒。假如说图像化写作还只是一种内在图像化、文字化图像的话，那么从文字到影像的影视改编表征的是一种外在图像化的过程与结果，或者说是图像本身。从文字到影像，表征的不仅是表达媒介与传播媒介的迁移，而且是对图像文本与视听文本的皈依，这是新世纪文学的外在图像化。新世纪文学的外在图像化，包括为什么要从文字到影像、怎样从文字到影像、从文字到影像的效果与效益如何、再生产的影像文本与原创的文字文本的异同、影视与文学既联姻又疏离的关系等问题。值得一提的是，由于影视剧对叙事性的依赖，我们

---

① ［美］爱德华·茂莱：《电影化的想象——作家和电影》，邵牧君译，中国电影出版社 1989 年，第 306 页。
② ［法］莫尼克·卡尔科·马赛尔、让娜·玛丽·克莱尔：《电影与文学改编》，刘芳译，文化艺术出版社 2005 年版，第 48 页。

将着重聚焦于新世纪小说与影视之间的文化空间。

一、影像预置：新世纪文学走向影视的基因

新世纪文学，特别是最能代表新世纪文学成就的新世纪小说，走向影视必须有一个先在的基因，那就是影像预置。所谓"影像预置"，就是指新世纪小说依循图像化写作的要求与规律，在用语言文字书写之际就已经内在的影像化了，从而建构了不同单元、不同场景、不同语境的文字型影像空间与影像世界。这种文字型的影像空间与影像世界，与镜头型的影像空间与影像世界虽有不同，但却是可以转换的。

（一）"通电"：从绝缘体走向半导体

在影像时代，小说写作应该如何适时发展，这是一个十分值得考虑的问题。徐巍认为，由于当下的传播媒介已发生变化，"小说在视觉文化时代所承担的社会功能日渐减少"，小说走向衰落已是既成事实。在这样一种文化语境中，小说与影视可能存在着三种关系："附属、互动与背离"。而新世纪作家也因之采取了三种策略："一部分作家认同乃至迎合视觉文化，主动地投身其中；一部分作家一方面利用视觉文化环境，另一方面坚守小说的艺术本性；还有一部分作家则以背离的方式继续小说艺术本身的探索，而复调小说则成为小说自救的一条可能途径。"[①] 对此，徐巍以新世纪小说剧本化、影像化的视角分析了小说对影视的附属与互动。他认为，当下小说因受影视等因素的影响，其叙述语言改变了传统小说以叙事描写为主的模式，取而代之以一种客观物象的、进而追求视觉刻画上的逼真感。这类小说最终呈现出一种剧本化的倾向：尽力使用视觉造型动作来展现人物，而不是采用一些主观的感受、内在的意识或抽象的评论来表现人物；追求语言描写的镜头感和画面感；强调人物语言的对白性；注重对小说色彩与声音的渲染。对照新世纪的文学大军，我们可以轻易地得出以下结论：许多知名作家如王朔、莫言、王安忆、余华、刘恒、刘震云、麦家、海岩、二月河、北村、陈源斌、周梅森、铁凝、池莉、方方、叶兆言、阎连科、尤凤伟、柳建伟、刘醒龙、张抗抗、周大新、朱文、述平、鬼子、东西、虹影、张平、邱华栋、杨争光、何申、凡一平、王海鸰、陆天明、万方等人的小说，早已接通了影视，而"通上了电（指电影与电视）"的小说以感官性诉求、欲望化叙事、图像化书写高速地奔跑在畅

---

① 徐巍：《媒介演变与小说的可能衰落》，《榆林学院学报》2008 年第 1 期。

第四章 相克与相生：新世纪文学的图像问题

销的新干线上。

据"海峡之声网"2012年8月18日报道，在2012年上海书展的"国际文学周论坛"上，来自英国、日本、大陆及台湾地区的5位知名作家围绕"影像时代的文学写作"这一话题进行了精彩睿智的对话。其中，大陆知名作家莫言认为，文学与影视的关系非常密切，文学是影视艺术的基础，其独特的审美价值不可被影像代替。谈到影像时代作家的小说创作，他说《红高粱往事》被张艺谋搬上荧幕获得巨大成功后，相约第二次合作，因为之前与张艺谋有过合作，这次进行创作时，脑子里不时会有具体的影像。结果创作完的小说却没有取得好效果。莫言由此指出，在影像时代，作家进行小说创作仍要按照小说的规律来写。还有，被誉为台湾地区"最会讲故事的编剧"、创作了70多部电影剧本的吴念真认为，文学和影像二者很难区分开来，二者就是隔壁邻居的关系。"文学是影像极大的养分"，文学作品改编成影视作品会使影视作品的内涵更丰富。他表示，小说在很多人的脑子里其实是影像化的，只是程度不同而已。在影像时代，小说家没有必要去刻意改变什么。文学是影像的营养和支撑。影像化则具备文学所不具备的通俗化优势。因此，文学的影像化不仅不会影响小说本身的成就，反而能扩展其影响。在吴念真看来，未来的影像时代在影像大量激增的情况下，肯定会花很多时间从文学作品中寻找营养和体裁，他还自信地指出："我现在写的任何东西也都可能在未来而影像化。"① 诚然，新世纪的小说创作必须按照小说的规律来写，但写作时没有具体的影像并且拒斥影像化恐怕也难以轰动，毕竟诚如吴念真所说的"小说在很多人脑子里其实是影像化的"，而且"影像化具备文学所不具备的通俗化优势"。同样，2006年获得诺贝尔文学奖的土耳其作家帕慕克在参加2012年首届"中国南方国际文学周"时强调要"用现代文化的方式讲述符合生活的故事"。他表示，应更多地关注日常生活和普通人，将这些东西纳入小说中，所有人都应该可以找到能够代表他们生活的作品。他还表示，"重返现实主义"并不是回归19世纪的现实主义风格，那已经过时了，而是重新开始关注现实的同时，努力发掘新的方法来表达现实，这应该是一种更具实验性的、个人化的表达方式。他说："小说来自现实，当作者思索、想象得越多，小说

---

① 参阅程娟娟：《中外作家沪上共话"影像时代的文学写作"》，http://www.vos.com.cn/news/2012-08/18/cms696649article.shtml。

才会产生意义,小说应该包含如记者写新闻一样的精确的事实记录。"① 按照帕慕克的观点,所谓"现代文化的方式"也许就是新世纪汹涌而来的影像文化。

(二)"影像预置":小说的"影视剧化"

就新世纪小说而言,"影像预置"催生了小说的"影视剧化"。20世纪最早"触电"成功的著名作家王朔曾经说过:"我觉得,用发展的眼光看,文字的作用恐怕会越来越小,一个时代有一个时代的最强音,影视就是目前时代的最强音。"② 为了借助影视强大的社会影响力和越来越高的人口覆盖率与受众面,也为了获得巨大的经济报酬和提高自己的社会知名度,小说家们开始越来越主动地为影视量身定做,写作以改编影视剧本为主旨的"小说"。这就是小说的"影视剧化"。事实上,新世纪小说的"影视剧化"有两种经营策略:一是先有电视剧的播映,然后再趁势而上出版所谓的"影视同期书";二是在写作时完全按照电视剧的要求、规律编写,按图索骥,度身定制,"待字闺中",渴望影视人的青睐与宠幸,这实质上就是所谓的"脚本小说"或"剧本小说"。如,近年来出现了一大批似乎专门为电视剧改编而创作的小说作品,如朱苏进的《康熙大帝》,二月河的《雍正王朝》《乾隆皇帝》,张成功的《黑冰》《黑洞》《黑雾》,周梅森的《忠诚》《至高利益》,海岩的《永不瞑目》《玉观音》等,它们明显迎合了当前电视剧创作中风行一时的"清宫(皇帝)戏""公安(警匪、黑帮)戏""反腐戏"等热潮,被迅速地搬上屏幕,并形成了电视剧热播之后小说热销的良性循环与晕光效应。

在这一点上,知名作家刘震云的小说最有代表性。刘震云是靠改编自他的同名小说的影视作品如《手机》《一地鸡毛》《我叫刘跃进》《温故1942》等,在影视市场上为观众所熟知的,同时也成为新世纪知名度颇高的作家。在2011年,他凭借《一句顶一万句》获得第八届茅盾文学奖,从而在新世纪文坛备受瞩目;2012年,他的新作《我不是潘金莲》面世后更是成为媒体关注的焦点。值得一提的是,刘震云还是《手机》《一地鸡毛》《我叫刘跃进》《温故1942》等影视作品的"金牌编剧"。刘震云认为,编剧是比作家还困难的职业,他说:"我没有做过职业编剧,只有把自己的小说变成电影剧本时才

---

① 参阅周豫:《帕慕克:用现代文化的方式讲述符合生活的故事》,《南方日报》2012年8月17日。
② 白烨、王朔、吴滨、杨争光:《选择的自由与文化态势》,《上海文学》1994年第4期。

第四章 相克与相生：新世纪文学的图像问题

做，就相当于把自己家的树做成了板凳，与专门做板凳的木匠还是不一样的。"他还说："作家写作一个人说了算，编剧很多人说了算，这样的创作不像写小说那么自由、自主；另外，电影受时间的限制，90分钟到2个小时，要完整表达故事，塑造人物形象、心路历程，比小说难，因为小说可长可短，不受篇幅的限制，可以说拉大车的话。"① 可见，身兼作家与编剧双重身份的刘震云，既是一个深谙视觉思维与编剧技法的编剧，也是一个懂得在小说中预置影像和构造文字型影像的作家。

在新世纪，凭借影像化小说三栖于文坛、影坛、艺坛的知名作家还有刘恒与苏童。他们成功的秘诀就是"影视剧化"，即抓到了小说与影视的最佳契合点——影像。以刘恒为例，他的小说被改编成影视作品，多次在内地或海外获奖。如《伏羲伏羲》被改编为电影《菊豆》（张艺谋导演），《黑的雪》被改编为电影《本命年》（谢飞导演），《贫嘴张大民的幸福生活》分别被改编为同名电视剧与电影《没事偷着乐》，《苍河白日梦》被改编为电视剧《中国往事》等。此外，还直接创作了《西楚霸王》《漂亮妈妈》《乡村女教师》等影片的剧本。刘恒曾将改编自己的小说比喻为"给自己的孩子喂奶"，而将改编别人的小说比作"给别人的孩子喂奶"。至于原创剧本与改编剧本的区别，刘恒则认为："电影改编是炒鸡蛋，原创则是直接下蛋，难一些，却更过瘾了。"事实上，刘恒早已完成了从小说创作向影视创作的转型。再以苏童为例，他的小说也多次被改编，而且反响很大。如《妻妾成群》被拍成《大红灯笼高高挂》（张艺谋导演），《红粉》被导演李少红拍成同名电影，《妇女生活》被改编为电影《茉莉花开》，《米》被改编成电影《大鸿米店》等。不管是刘恒的小说还是苏童的小说，这样大面积、高频率地被影视传媒相中而改编拍摄播映，无不是同他们小说的内在影像化与影像预置息息相关的。

影像预置与"影视剧化"，对新世纪小说而言，无异于一把双刃剑。虽然有利于赓续小说的生命与扩大小说的市场，但也在腐蚀小说的根基与催生小说的异化。其一，小说的"影视剧化"，使纯文学负载者——小说成为传统的"他者"与"另类"。诚如电视剧《雍正王朝》的编剧刘和平所说的："电视剧的叙事应该是动作与动作的联接，这个动作包括外部动作和心理动作，动作性不强，注定要丧失观众。因而小说叙事转化到电视剧中，首先考虑的就是

---

① 参阅崔哲：《刘震云：我不生产幽默，我只是生活的搬运工》，《燕赵都市报》2012年8月17日。另见http://www.chinanews.com/cul/2012/08-17/4115158.shtml。

增强它的动作性,这是基本的起码的要求。"① 在从语言向动作的转换中,意义被电视场景悬搁或终止了,小说叙事被简化为动作叙事与言语游戏,表面的宏大叙事遮蔽了文学终极价值缺席的现状。其二,小说的"影视剧化",使文学在策划意识的蛊惑下极力张扬着市场意识、商业定律与消费法则。文学与影视在市场意识、商业定律与消费法则的贯通下,二者的边界与独立性被大大削弱了。这诚如学者黄发有所说的:"文学成为影视的'脚本工厂',影视成为文学的包装与销售机构"。② 其三,在"影视剧化"的小说中,那种迂回曲折的精神挣扎、似断实连的心理逻辑、入木三分的性格刻画、峰回路转的情感历程、欲说还休的生命况味等淡化了甚至消失了,人们从中无法获得思想而只获得浮光掠影的斑驳影像,只看到浮华陆离的影像、喋喋不休的台词、走马灯式的动作、支离破碎的人物、矫揉做作的造型等。其四,在"影视剧化"的小说中,语言与画面、文字与影像的二维关系中出现了"剃头挑子一头热"的异相与怪状。

(三)"影像附文":影视剧的小说化

由于小说这种文学样式有着天然的、内在的"影像预置"的禀性与机能,它不仅满足了影视作品将文字影像置换成镜头影像的需求,也满足了小说作品将镜头影像置换成文字影像的需求。从文字影像走向镜头影视,其本质是一种大众化与通俗化的趋动;从镜头影像走向文字影像,其本质是一种精英化与高雅化的回归。将影视作品改编成小说发行,这一则有包括导演、编剧、制片人在内的剧组的营销考虑;二则有包括导演、编剧、制片人在内的剧组的提力宣传、提升品位、提高品味的"崇文心理"与"附文心态"。例如,著名导演姜文的电影《无极》播映之后,虽然取得了极高的票房业绩,但也遭到了来自各方面的质疑与"恶搞",最典型的莫过于胡戈的《一个馒头引发的血案》的网络"恶搞"。为了应对风生水起的"恶搞风",导演姜文于2006年初通过招选的方式邀请"80后"偶像作家郭敬明在电影《无极》剧本的基础上进行二度创作,并出版同名小说《无极》。相比电影《无极》,小说《无极》的故事情节更加连贯和完整,人物刻画也更为丰满和立体。从电影《无极》到小说《无极》,这是一种典型的"影像附文"现象,展示了影视剧的小说化

---

① 阎玉清:《〈雍正王朝〉编剧刘和平访谈录》,《中国电视》1999年第11期。
② 黄发有:《挂小说的羊头 卖剧本的狗肉——影视时代的小说危机(上)》,《文艺争鸣》2004年第1期,第73页。

第四章 相克与相生：新世纪文学的图像问题

策略与路径。小说《无极》，是新世纪最有代表性的"影视小说"。

"影视小说"是依托电影、电视而发展起来的一种杂体文学或曰跨体文学，起点虽不在新世纪，却在新世纪影视文化的勃兴的语境下开拓了前所未有的文化空间。影视小说与传统小说的最大区别在于：传统小说是独立于影视剧而存在的居于主导地位的文学形态，影像生产是由小说到影视剧的改编过程；而影视小说是从影视剧到小说，是依附于影视剧而存在的新的文学形态。新世纪影视小说的兴起，不仅切合了影视当家、影视狂欢的媒介语境，而且也附和了影视这种最广泛、最前沿、最强劲、最市场的大众传播形式。新世纪影视小说的勃兴与喧哗，一则彰显了影视剧在大众文化场域中的主流与强势；二则彰显了小说与影视互动互换的文化现实；三则透露了小说依附与皈依影视的媚俗心态；四则透露了影视渴望小说烘托身价的崇雅意识。影视小说通常可以细分为偏重于剧本的影视小说和偏重于文学性的影视小说这两种类型，但不管是前者还是后者，它们都脱不了影视剧本的底本，有着剧本的深深烙印和化不掉的痕迹。

其一，偏重于剧本的影视小说。这类小说想象和虚构的成分差，文学性不强。例如，郭宝昌的《大宅门》就是一部剧本，书前有剧照，有人物一览表，书的正文就完全是演员舞台说明和对白的剧本。由同名电视剧改编的小说《大栅栏》几乎通篇都是对话，似乎是电视剧的记录，这让人联想到中国古代文学史当中的宋元话本小说。再如，电视剧《江山》首播之际，人民文学出版社出版了同名小说《江山》。这部作品与其说是小说倒不如说是电视剧本，从生产方式到文体特征上都有明显的影视性。对此，小说《江山》的作者邓一光解释说："这（指小说《江山》）原是一部电视连续剧的剧本，作为影视工业生产中的一环，写作时采用了接近工作台本的简捷做法，没有人物状态描写，基本没有场景描写，离着文学本很远，几乎就是一个分镜头台词本。原本未打算出版，只是试图给导演和演员们讲述一个故事，以便他们在二度创作时有所凭借。后来出版社索要这个故事，为了方便读者阅读，作了些简单的体例变动和部分场次及内容删节，成了现在这个版本。"由此可见，偏重于剧本的影视小说作为影视剧生产的副产品在创作方式上具有程式化的特点。

其二，偏重于文学性的影视小说。有些作家对影视小说采取了比较严肃的创作态度，对原剧本进行了充分的二度创作，使小说的文学性增强。电影《手机》的编剧和小说《手机》的作者虽然都是刘震云，但二者却有不同。电影《手机》是冯小刚电影模式的又一次展览，是一个男人和三个女人的故事，具有很强的大众文化特点。但小说《手机》就不同了，尽管小说的主要部分来自于电影，但另外增加了两部分：一部分是严守一的少年时代（电影片头略有展现）；另一部分是严守一祖父辈的生活。这样，小说不仅描写了现代人的生活状态，也不仅讲述了世俗男女的情感故事，而且对人类文明步履进行了探寻和拷问。很明显，电视剧《手机》的丰满立体与复杂多变，与小说《手机》的故事线路、文学浸淫是分不开的。这样的影视小说就具有了丰富的文化内涵，有了小说内容的本来面貌，再加上刘震云敏锐细腻的观察和机智精细的语言功力，形成了小说特有的文学韵味。

纵观新世纪的影视小说，虽然各有个性但也有属于影视小说的共性。一是影视小说的市场性，这包括效益意识渗透下的群体化生产所体现的商业性，以大众传播为主的传播方式所体现的技术性、大众性与时效性，对消费大众的主动迎合和间接控制所体现的媚俗性、内潜主导性。二是影视小说的文本影像性，这包括空间化的叙事结构，造型性和动作性的语言，镜头化和多重化叙事情调。三是影视小说的娱乐性，这主要包括影视文化的二度生产性，华丽外衣下的影视观众的再次娱乐性。这三性一体的影视小说，对新世纪文学来说，有一定的积极效应，如丰富了文学样式与表现技巧、扩大了文学的潜在的读者队伍、冲击了知识精英的话语霸权、创建了寓教于乐的游戏情境等。孙盛涛认为："文学作为历史悠久的艺术形式有着其他艺术形式不可替代的审美价值和深厚的群众基础，以往经典的文学作品改编为影视剧常提升艺术品位的标志，而当代由迅速窜红的影视剧'改写'为文学作品，则明显的是文学家借助拓展审美空间、扩大文化市场的考虑；而文学家'走进'荧屏，与读者、观众直接对话，或宣讲自己的审美理念与创作情感，更是一种延伸文学影响的极佳策略。"

当然，对新世纪文学来说，影视小说也有一定的消极效应。毕竟影视小说属于大众文化的范畴，是影视与小说的"共生"与"附生"。在功能上，它是一种消费性的娱乐文化；在生产方式上，它是一种由文化工业生产的商品；在文本上，它是一种无多少深度的平面文化；在传播方式上，它是一种全民性的大众文化。所以，影视小说的消极效应，如历史厚重感的缺失、审美距离感的消失、对影视剧的过度趋从等，也是需要警惕的。

第四章　相克与相生：新世纪文学的图像问题

二、文学改编：新世纪文学的影像迁移

在新世纪，文学与影视的互动关系无外乎两种：一是从文学走向影视，文学是影视的"母本"；二是从影视走向文学，影像是文学的"蓝本"。前者可称之为文学改编，后者可称之为影视改编。在新世纪，由于影视的繁荣推动了文学改编的勃兴，由于影视的俗化推动了影视改编的复兴。所谓文学改编，就是将文学作品改编成影像作品，换言之，就是将文字型影像转换为镜头型影像。所谓影视改编，就是将影视作品改编成文学作品，换言之，就是将镜头型影像转换为文字型影像。无论是文学改编还是影视改编，都内含着影像的迁移与置换，或从文字到影像，或从影像到拟像，或从视像到意象，或从影像到文字。仅就文学改编而言，其影像迁移大致呈现着原本影像、剧本影像、脚本影像、拍摄影像、制作影像、播映影像的渐次递嬗。在影像迁移中，文字与影像呈现出此消彼长的态势，文字在渐次弱化与隐化，而影像却在渐次强化与显化。

（一）文本的图像层：文学改编之基因

经过"影像预置"的新世纪小说，之所以能够走向影像迁移的文化之旅，从文本结构的角度上看，就在于小说文本的结构层次与影视文本的结构层次有着相通性与相等性。应该说，小说文本与影视文本的关系是同中有异、异中有同。而正是小说文本与影视文本的"异中有同"，才有了文学改编的可能性与可行性；也正是小说文本与影视文本的"同中有异"，也有了从文学到影视的影像迁移的必要性与必需性。

在中外文论史上，有许多的理论家把文学文本的构成，看成是一个由表及里的多层次的审美结构。如三国时期的经学家王弼继承了《周易·系辞》中的"书不尽言，言不尽意"和"圣人立象以尽意"的思想，提出了文学文本包括"言、象、意"三个层次并详细地论述了三者的关系。他说："夫象者，出意者也。言者，明象者也。尽意莫若象，尽象莫若言。言生于象，故可寻言以观象；象生于意，故可寻象以观意。意以象尽，象以言著。"① 再如黑格尔认为，一件艺术作品，我们首先见到的是它直接呈现给我们的东西，然后再追究它的意蕴和内容。可见，黑格尔认为文学文本包括"外在形状"与"内在意蕴"两个层次，并解释说"意蕴"是一种内在的东西，"一种内在

---

① 王弼：《周易略例》，转引自童庆炳主编：《文学理论教程（修订二版）》，高等教育出版社2004年版，第206页。

的生气、情感、灵魂、风骨和精神"。①

当然,对文学文本的层次探讨得最为深刻的莫过于波兰现象学理论家英伽登(R. Ingarden)。他把文学文本由表及里地分成四个层面:第一个层面是字音及其高一级语音组合,这属于文学文本的最基本层面;第二个层面是意义单元,是由字音及其高一级语音组合所传达的意义组织,它是文学文本的核心层面;第三个层面是多重图式化面貌(schematized aspects),是由意义单元所呈现的事物的大略图形,包含着若干"未定点"(spots of indeterminacy)而有待于读者去具体化;第四个层面是再现客体(represented objects),即通过虚拟而生成的"世界"。② 张首映根据英伽登的描述,在《西方二十世纪文论史》一书中把文学文本的结构层次简化为对应的四个层次:第一个层次是"语词声音层",或称语音层次;第二个层次是"意义单元层次";第三个层次是"被表现的对象层次";第四个层次是"轮廓化图像层次"。③ 在这四个层次中,前两个层次属于作品本身,后两个层次则与读者发生关联,也就是与读者的"投射""具体化""填空"等阅读行为相关。

综合英伽登与张首映对文本层次的探讨,如果我们把新世纪小说文本作为对象进行考察的话,我们同样可以将小说文本分四个层次:"语词声音层次""意义单元层次""被表现的对象层次"与"轮廓化图像层次"。图示如下:

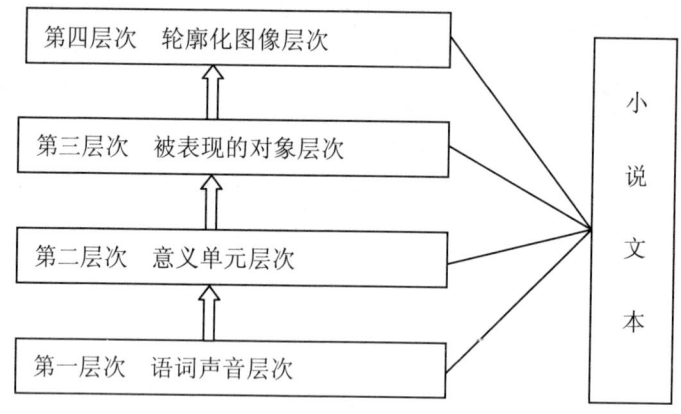

---

① 参阅〔德〕黑格尔:《美学》第一卷,朱光潜译,商务印书馆1979年版,第24—26页。
② 参阅〔波〕罗曼·英伽登:《对文学的艺术作品的认识》,陈燕谷、晓禾译,中国文联出版公司1988年版,第30页。
③ 参阅张首映:《西方二十世纪文论史》,北京大学出版社1999年版,第216—217页。

第四章　相克与相生：新世纪文学的图像问题

从这个图表中可以看出，小说文本是一个种有着层次建构的统一体，每一层在另一层的基础上呈上升式建构。第三层与第四层的关系密切，第三层与"直觉现象"有关，第四层则与概念含意相关。小说文本是被表现的客体而不是客体本身，是"投身的意向事态描绘的客体层次"。另外，从这个图表中我们还可以看出，从第一层次"语词声音层次"到第四层次"轮廓化图像层次"，事实上也表征了一种"从文字到图像"的小说文本的图像生成过程与图像实存。换言之，小说文本中既有章学诚所谓"天地自然之象"，也有章学诚所谓"人心营构之象"，而这些像都是读者借助文字通过想象和联想而在头脑中唤起的具体可感的动人的生活图景。这正是小说文本之所以能够改编为影视文本的基因与质素，换言之，小说改编为影视的可能性其实就存在于小说自身营构的"图像"。

与小说文本的结构不同，影视文本的结构一般可以分为两个层次：一个层次是现象，即我们的感官能够直接从影像艺术现象中感受到的东西，这个层次可称为影视文本的浅层结构；另一个层次是这些现象所构成和表达出来的艺术信息的意义，这个层次可称为影视文本的深层结构。具体地说，任何影视文本都有两个基本元素，即画面与音响。一般来说，画面包括表演、环境、光和色，所构成的是"视觉化的生活世界"；音响包括语言、环境音响、音乐，所构成的是"听觉化的艺术世界"。可见，影视文本是视觉片断与听觉片断的结合，或曰影视文本是视觉镜像与听觉拟像的合体。图示如下：

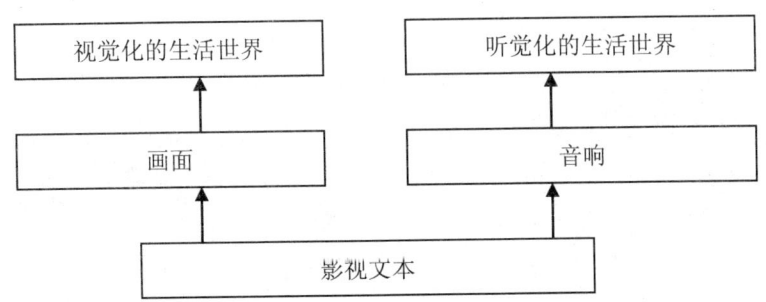

从小说文本与影视文本的结构图式中我们可以看出，小说文本的"轮廓化图像层次"与影视文本的"视觉化的生活世界"在作用上是相等的。小说和影视都是通过具体形象来进行叙事，如果二者之间的叙事单元（人物、事件、动机、结构、背景、视点、意象等）是对等展开的，故事就可能是相同的。基思·科亨在《电影与小说——互换的动力》一文中认为："小说和电影

· 177 ·

之间最稳固的中间环节是叙事性，它是书面和视觉语言中最普通的倾向。在小说和电影中，符号群，无论是文学符号还是视觉符号，都是通过时间被连续地理解的；这种连续性引起一个展开的结构，即外叙事整体（diegetic-whole）［外叙事（diegesis），又称虚构故事。它指的是叙事的外延质量，即叙事体中包含的时空关系流整体。叙事元素经过压缩、延长、省略、强化诸种建构过程，成为一个叙事体的。因此，叙事体中的叙事元素，不可能与它所包含的时空关系完全一致。例如，任何一部影片的叙事时间（narrative time）与它的外叙事时间（diegetic time）显然是不一致的］。它永远不会在任一符号群中充分呈现，但总是在每个这种符号群中得到暗示。"[1] 这样，叙事编码总是在暗指或内涵的层次上起作用，因而在小说和影像之间存在着潜在的可比性，二者也就存在着相互转化的可能性。当然，小说文本和影视文本的差异性也是非常明显的，这在二者的结构图式可以清楚地看出。一般来说，影视文本是从感知的视觉化世界到表意动作的过程，是从外部的画面和音响向内部的思想、意识、情感、情绪等审美运作的过程，是从世界的特定性质向从这个世界切割出来的故事的含义运作的过程。小说文本的运作过程却不同，它是从符号（音律、语词）开始，形成所指的意义陈述，再设法发展成为被表现对象的直观感知。小说文本是人类语言的产物，它自然要探讨人类的目的和准则，设法把它们投向外部世界，用故事精心编造出一个"轮廓化图像"世界。

在理清小说文本与影视文本的异同之后，我们不难发现：尽管小说文本的文学语言与影视文本的镜头语言是两种不同的符号系统，但是小说文本的"轮廓化图像世界"与影视文本的"视觉化的生活世界"具有相同性与相通性，二者有着等值的叙事单元，有着相似的图像叙事，有着同向的意义旨归。于是乎，小说文本的文字图像便可以转换为直观的镜头图像，小说改编的可能性因影像技术的高度发达而现实化。

（二）"恋母"与"弑父"：文学改编之模式

在新世纪，从小说文本走向影视文本的变脸与变形过程，事实上也是影视文本对小说文本的影像阐释过程。所谓"影像阐释"，是指影视文本对小说文本进行影像化的创造性阅读和理解。李红秀认为："从表层意义来看，影像

---

[1] ［美］基思·科亨：《电影与小说——互换的动力》，转引自达德利·安德鲁：《改编》，陈梅译，《当代电影》1988年第2期。

第四章 相克与相生：新世纪文学的图像问题

阐释是影像文本对小说文本的改编与转化，是平面化的文字媒介向立体化的视听媒介转变；从深层意义为看，影像阐释是编剧、导演、演员、摄影师、灯光师、化妆师等人对小说进行了一次集体性的再创造过程，这种创造过程相当复杂，既涉及社会制度、资本力量、生产机制、文化观念等问题，又包括广告宣传、市场运作、播放效果、成本回收等问题。"① 李红秀还以《芙蓉镇》《红高粱》《一半是海水，一半是火焰》《来来往往》为案例，认为小说书写与影像阐释之间有四种主要模式："忠实移植模式""变通取意模式""对位复合模式"和"文本互动模式"。"这四种主要模式在新时期发展中都是同时存在，但主流不一样，像复调声部处于变化中一样。20 世纪 80 年代初期是以忠实移植模式为主流，80 年代中期是以变通取意模式为主流，80 年代末到 90 年代初是以对位复合模式为主流，90 年代后期至今是以文本互动模式为主流。"② 事实上，新世纪的小说改编也存在着忠实移植模式、变通取意模式、对位复合模式与文本互动模式这四种模式，只是由于社会文化语境的转换、后现代主义的高涨、影视文化的泛滥以及娱乐主义的狂欢，小说改编已转变为以文本互动模式为主。

如果以影视文本对小说文本的忠实与否以及忠实程度为依据的话，我们可以将文学改编分为三种模式：一是"忠实于原著的改编"；二是"不忠实于原著的改编"；三是"颠覆于原著的改编"。在影视文化兴起之际，文学改编主要以"忠实于原著的改编"为主；在影视文化勃兴之际，文学改编主要以"不忠实于原著的改编"为主；而在新世纪影视文化狂欢时代，文学改编主要以"颠覆原著的改编"为主。如果说前两种模式还有着原著的或全面或片面、或整体或部分、或多或少的影子的话，那么"颠覆于原著的改编"则完全是借原著之壳而还后现代（主要是解构主义）之魂，即所谓的"戏说""大话""穿越"与"玄幻"等。"改编模式的转变，体现的恰恰是文学与电视剧在大众文化原野中的文化地位的转换，也就是说，何者是主导者、何者是从属者的等级秩序。"③ 文学改编对原著的忠实、不忠实以及颠覆，换一个角度就是表征着改编本对原著的血缘传承关系，即赓

---

① 李红秀：《新时期的影像阐释与小说传播》，四川大学出版社 2007 年版，第 19 页。
② 李红秀：《新时期的影像阐释与小说传播》，四川大学出版社 2007 年版，第 21 页。
③ 张邦卫：《媒介诗学——传媒视野下的文学与文学理论》，社会科学文献出版社 2006 年版，第 202 页。

续亦或断裂。所以,我们可以将新世纪的文学改编概括为两种基本模式:一是"恋母":忠实于原著的改编;二是"弑父":不忠实于甚至颠覆于原著的改编。

1. "恋母":忠实于原著的改编

忠实于原著的改编,并不意味着影视文本对小说文本的照搬,而是一种创造性的改造。盘剑认为:"从总体上说,改编自文学作品的电视剧大多坚持忠实于原著的原则,即力求在思想内涵、表现形式和艺术风格等方面都尽可能与文学原著保持一致。……当然,忠实于原著或还原式的改编并不是对原著毫无改动,也不是忽视电视艺术的独特规律,抛弃其镜头、画面的特殊功能,将电视剧这一注重语言因素的视听艺术完全等同于语言艺术的文学。"① 事实上,《今夜有暴风雪》《蹉跎岁月》《新星》《围城》《红楼梦》《三国演义》《西游记》以及所有被认为完全忠实于原著的改编作品都既对原著进行了相应的改动,也绝不忽视电视镜头、画面的巧妙运用,只是这种改动不是改变原著的旨趣,而是遵循原著的思维逻辑对原著进一步挖掘和深化;其镜头、画面运用也是为了更好地再现原著文学描述的内容,并与"对白"或"旁白"相结合准确地还原原著的意境与意蕴。"这种忠实于文学原著的改编原则显然反映了电视剧创作者对文学和观众既有的文学审美经验的尊重,正是在这种双重尊重中可能存在着文学与电视剧关系的一种状况:文学处于主导地位,电视剧从属之。"②

与此不同,还有一种忠实于原著的改编表征的并不是文学主导、影视剧从属的文化秩序,而是影视剧主导、文学从属的文化秩序,或者说是文学被他者化,更具体地说就是小说影视剧化。这些原著没有"准经典"性质,但本身就是为迎合电视剧所代表的大众文化语境并为电视剧量身定做的文学脚本,或者说本身内含众多影视叙事的基本要素。如曹桂林的《北京人在纽约》等"新移民文学",池莉的《来来往往》、刘恒的《贫嘴张大民的幸福生活》等"新都市文学",金庸的《笑傲江湖》《射雕英雄传》《神雕侠侣》《雪山飞狐》《天龙八部》等"武侠文学",便是如此。相比较而

---

① 盘剑:《走向泛文学——论中国电视剧的文学化生存》,《文学评论》2002年第6期,第72—73页。

② 盘剑:《走向泛文学——论中国电视剧的文学化生存》,《文学评论》2002年第6期,第74页。

第四章 相克与相生：新世纪文学的图像问题

言，如果从文学与电视剧的关系来看，这表现的是文学原著首先具有了电视剧的文化特征，即"文学忠实于电视剧"。在新世纪的视觉文化时代，文学从被电视剧所忠实到忠实于电视剧，这种"错位"的根源就在于文学本身的"泛化""弱化"与"边缘化"，主动践行电视剧的文化符号与文化指令。正是因为这些文学原著先天地内在着影视剧的元素，从而在后期的改编中很容易在相似相通上进行切换变形，故而改编的对称性与忠实度很高。这种忠实于原著的改编，虽然也是一种"恋母"，但只是表层的，深层的却是一种"从子"的主动迎合。

2. "弑父"：不忠实于甚至颠覆于原著的改编

不忠实于原著的改编，是影视文本摆脱小说文本的挣扎前行，是影视霸权话语彰显的必然结果。自20世纪80年代后期以来，迅猛发展的大众文化在不知不觉中改变了文学与电视剧的主从关系——随着大众文化时代传播媒质由语言文字向影像符号、声音符号的全面转变，以及图像时代影像霸权意识的渗透，文学的主导地位让位于视听艺术的电视剧，这一重要变化在文学名著的改编中表现为对原著的不忠实。比如电视剧《四世同堂》《雷雨》对老舍、曹禺原著的改编。还如"红色经典"改编热中，电视剧《林海雪原》《铁道游击队》《红色娘子军》《沙家浜》等对原著的改编。这种不忠实于文学原著的改编并不意味着电视剧与文学脱离关系，而只是表明电视剧已从亦步亦趋地跟随文学、尽心尽力地表现文学转向以新的艺术观念运用文学和改造文学——把文化产品（包括经典文学、艺术作品）材料化、资源化正是当代大众文化的基本特征。

颠覆于原著的改编，从本质上说是不忠实于原著的改编的一种极端表现，是新世纪小说改编的常见形式，如"借壳上市"的"戏说"与"借尸还魂"的"大话"。这种改编是因为受到后现代解构思潮的影响，是将原著搁置的一种策略。在这里，无论是经典名著也好，还是一般文学作品也好，在导演和改编者的手里，只是一个可供借鉴的素材。那种对原著毕恭毕敬、亦步亦趋的改编态度不复存在，名著或经典的神圣与权力被消解。改编不再刻意寻求对原著进行正确的理解，不再被动地去寻求作者的"原意"。在这一类型的改编中，《雷雨》是取材式"创造性叛逆"改编的开篇之作，《我这一辈子》（2002）《日出》《林海雪原》（2003）《金锁记》继之。至于"戏说""大话"式的改编，虽起于香港电影《戏说乾隆》《大话西游》《月光宝盒》等，但像《春光灿烂猪八戒》《福星高照猪八戒》《喜气洋洋猪八戒》对吴承恩《西游记》的改编，以及如《美人心计》《步步惊心》《倾世皇妃》《后宫·甄嬛传》等对取材于历史题材的网络小说的改编，似乎都成了新世纪文学改编的成功范例与亮丽风景。本着颠覆于原著而改编的电视剧极力彰显娱乐性与大众性，虽然这些作品大都在不同程度上背离了原著，却大受市场的青睐。比如，颇受争议的电视剧《雷雨》的改编，尽管有论者认为电视剧消解了原著的理性和思想深度，以及感情和审美的深度和力度，原著深刻的社会批判性主题消失了，分量厚重的题材变成了通俗、言情的风月故事，但也有论者从电视剧的大众文化本性出发，认为电视剧《雷雨》"得大于失"。孟繁树认为，电视剧《雷雨》在将小众的话剧改编成大众的电视剧的过程中，较为顺畅地完成了通俗化、大众化的转换。它对原著进行了丰富、补充和拓展，电视荧屏上的繁漪形象要比话剧中更为复杂，也更为丰满。总体而言，这是一部具有独特审美价值的、既耐人寻味又能激起人们欣赏兴趣的电视剧。① 还比如，改编自《西游记》的不同版本的影视剧，也预示了大众文化摆脱主流文化与精英文化的规约从而获得独立品格的可能，周星驰的《大话西游》甚至在某种程度上还成了一种颠覆《西游记》的后现代经典。

从对文学改编模式的分析中，我们可以看出新世纪小说的影视改编的理念已发生了嬗变，即从忠实走向不忠实、从赓续走向断裂、从"恋母"走向"弑父"。具体地说，"小说的电视剧改编理念从由体现原著故事到倾向于体现原著精神，到用当代精神去阐述对原著的理解，再到后现代大话式的对原著的'解构'，经历了一个从简单到复杂的嬗变"②。改编理念的丰富与发展，大大丰富了视听语言的叙事能力，提升了影视的传播效果，也带动了小说原著的畅销，展示了作为电子媒介的影视对作为纸质媒介的小说的巨大影响力。更为重要的是对普遍存在于各类题材改编影视剧创作中的对原著施以叛逆或解构的倾向，宣告了影视剧已逐渐摆脱单向依附于文学的从属地位，原著甚至是文学经典不再是影视剧奉为圭臬的"摹本"，而是变成可供影视剧创作者任意调用和改造的"素材"。

---

① 参见《光明日报》1997年4月16日。
② 毛凌滢：《从文字到影像：小说的电视剧改编研究》，四川大学出版社2009年版，第54页。

第四章　相克与相生：新世纪文学的图像问题

（三）"媚俗"与"唯美"：文学改编之风格

假如从审美风格的角度进行考察的话，新世纪的文学改编无外乎两种：一是"媚俗"，二是"唯美"。"媚俗"与"唯美"风格的形成，首先源于改编者改编策略的选择不同所致——即"审美世俗化"与"审美崇雅化"；其次源于改编者受众预设、市场定位的不同所致——即"大众化"与"小众化""商业化"与"精品化"。因此，"媚俗"与"唯美"风格的形成，不仅与小说文本走向影视文本以及影视文本的审美元素、审美内涵、审美形态密切相关，同时也表征着新世纪小说文本走向影视文本的两种截然不同的理念与路径。

1. "媚俗"：世俗化改编

文艺作品是适应人们的精神需要而创作出来的精神产品，它同物质产品一样，有着不同的层次和类型，如高下之分、雅俗之别。在长期的审美实践中，人们积淀了通俗与崇雅的审美趣味。在新世纪，由于大众文化特别是影视文化的勃兴与图像文化的狂欢，大众普遍存在着一种通俗、从俗、媚俗甚至是鄙俗的审美兴趣与审美偏好，这样生产性的受众与再生产性的影视传媒共同建构了一种审美世俗化的美学事实。所谓"审美世俗化"，实质上就是对审美崇高化的一种否定陈述，这种审美选择涵括审美日常生活化与日常生活的审美化两种形态，有感性主义与消费主义的命题表述，审美世俗化同现代主义与后现代主义所张扬的享乐原则如出一辙。毫无疑问，电子时代的符号制作几乎无限制地扩大了人们的感官经验，特别是电视诱导下的视觉经验。在后现代的文化里，电视并不是社会的反映，恰恰相反，"社会是电视的反映"。这样，电子传播媒介接管或者替代了大众认知世界的感官，并成为当代社会一切感官与形象、功能与符号的"生产厂家"，于是感性介入的方式与纯粹的感性直观成了这个社会的唯一存在与终极目标，而图像恰恰吻合了这种畸变的文化要求，成为感性介入与感性直观的栖居之所和宏大广场。于是，审美体验让位于感官享乐，间接性让位于直接性，立体的综合丰富性让位于平面的一览无余，意义的多极化让位于感官刺激的单极化，精英性让位于大众性，崇高性让位于世俗性，语言让位于图像。

现代电子传媒的图像符号与传统的文字符号相比，其覆盖范围不仅远远超出文字符号所共构的"想象共同体的边界"，而且也使全球化成为现实。南帆强调说："必须承认，电子传播媒介对于世界性'同质文化'的诞生具有不

· 183 ·

可低估的意义。这是任何文字著作都不可比拟的。"① 换言之，在现代电子传媒制作的图像符号的不断刺激与强化下，大众在日复一日的感官刺激与感官享乐中，认同了电子传媒的话语权力，也认同了影像符号的"言说"。于是残酷的事实成了客观必然：大众对机械化的图像符号的归附必然导致对想象性的文字符号的反叛。这样，一边是人气稀薄，一边是人头攒动；一边是门可罗雀，一边是万人空巷；"旧是王谢堂前燕，飞入寻常百姓家"，昔日心安理得独享殊荣的语言艺术与文化，如今被电子传媒的图像符号与图像文化消解得"冷冷清清"；大众的迷狂与图像崇拜及图像消费，成就了图像艺术与文化的狂欢。

审美世俗化催生了一种极端视觉化的美学现实。于是，与人们在日常生活里的视觉满足和满足欲望直接相关的"视像"或"图像"的生产与消费，便成为我们时代日常生活的美学核心。重感性、轻理性，亲视觉满足、疏信仰沉思，近表面直观、远深层静观，成为当代美学现实的呈现。就像阅读摆脱了对文字的艰难理解而依赖于对插图的直观，日用商品的漂亮包装代替了人们对商品使用功能的关心，人在日常生活过程中的衣食住行等需要和满足逃避了理性体悟的压力，转而服从于各种报纸、刊物、电视、互联网上的图像广告。在"看得见"的活动中，对象之于人的日常生活的意义被转换成一种视像，直观地被放大在人的视觉感受面前；衣食住行等的需要和满足已不仅仅局限于实际的消费活动，它们由于视像本身的精致性、可感性，而被审美化为日常生活的一种视觉性呈现。这样，当代文化语境中"图像的狂欢"，成为一种看得见、摸得着的美学现实，这种美学现实不再指向理性主义的超凡脱俗的精神理想，而是蜕变为视觉形象身体快意的享受。

事实上，新世纪小说的影视改编本身就是"走向影像"与"化身影视"的审美世俗化的佐证。至于改编之后的影视文本，其拼贴文本的媚俗元素，制作文本的媚俗主张，可以说是俯首皆拾、随处可见。著名小说大师米兰·昆德拉曾经指出，"媚俗"指的是一种态度，即为了取悦别人，从而付出一切代价向大多数人讨好。这一点，只要稍加考察红遍新世纪荧屏的类型剧，如警匪剧、反腐剧、谍战剧、抗战剧、青春剧、励志剧、历史剧、穿越剧等，就能轻易捕捞。例如著名女作家池莉的小说《来来往往》被改编为同名电视剧《来来往往》之后，小说文本的媚俗元素有增无减，而且被直观化、扩大

---

① 南帆：《启蒙与操纵》，《文学评论》2001年第1期，第65页。

第四章 相克与相生：新世纪文学的图像问题

化与场景化。有学者尖锐地指出，《来来往往》打着伪平民立场的幌子，作品中出现肮脏下流的词汇，无限放大人的生理需求和动物本能，媚的是最广大的小市民的俗。仅从《来来往往》的语言来看，就出现了诸如："我操""野鸡满天飞""夜发廊""未婚先孕""群宿""崩溃""你这个婊子养的""你他妈的""狗日的""搞女人""玩不玩""妓女和嫖客""阴毛""××"等字眼几十次之多，尤其是"我操"这句最难听的骂人话更是频频出现。假如说小说《来来往往》还只是一种想象化媚俗的话，那么电视剧《来来往往》却是一种直观化、场景化、动作化的媚俗，这事实上已经是躲在鄙俗的"青楼"内而不想也不愿走向清雅的自然。对此，如果套用著名诗人北岛的诗句"卑鄙是卑鄙者的通行证，高尚是高尚者的墓志铭"的话，那就是"媚俗是媚俗者的通行证"。

2．"唯美"：崇雅化改编

除"媚俗：世俗化改编"之外，新世纪小说的影视改编还有一种改编风格就是"唯美：崇雅化改编"。这既包括符合中国传统美学观念和风格的改编，也包括吸纳国外艺术模式、追求个性化的唯美主义风格的改编。前者如《贫嘴张大民的幸福生活》和《空镜子》，后者如李少红执导的《大明宫词》《橘子红了》和《金粉世家》。这类作品把突出编导者艺术风格放在首位，而不是媚观众之俗、取观众之悦，通过唯美精致的画面再现独特的个性化的艺术品位，由影视改编这种集体化的创作提炼为编导个性化作品的展现。

以李少红执导的《大明宫词》为例，这是迄今为止堪称中国电视剧史上最极致的文学尝试。该剧设置了一个"权力与情感"的文化母题，运用绚烂唯美的视觉造型，瑰丽、华美充满贵族气息的书面语言（对白与旁白），展开了淋漓尽致的叙事。非口语化、非生活化的"另类"语言表达，对传统的电视艺术的审美规范构成了尖锐的挑战。为中国电视剧带来了富有独创性的、令人耳目一新的话语风格。就话语风格和情节构架而言，该剧借鉴的是英国古典主义风格，剧中高度诗化、哲理化的莎士比亚式的语言不仅成为这部特立独行的电视剧的标志性形式特征，还直接参与到叙事中并决定了作品的结构模式和艺术基调。对于《大明宫词》的标新尝试与立异试验以及全剧所呈现的唯美之风，一时议论纷纷，褒贬不一。褒扬者认为，《大明宫词》一扫戏说历史剧的浮泛与浅薄，跳出支离琐碎的日常叙事的窠臼，赋予新世纪电视剧创作难能可贵的唯美风格、深度意蕴与审美雅化。贬抑者认为，《大明宫词》是"荧屏怪胎",大部分观众对该剧的语言风格和艺术风格难以接受,"阳春白雪"是有了,但却少了"下里巴人",忽视了大众文化语境下观众的接受心理与接受习惯,也忽略了电视剧作为大众文化主流样式的文化属性。值得一提的是,李少红后来执导的《人间四月天》和《橘子红了》(根据台湾女作家琦君同名小说改编)等作品中,深沉的情感内涵、浓郁的诗化色彩得到保留,在情节和人物语言的探索上则削弱了形式探索的色彩,体现了对大众审美趣味的趋附与迎合。对此,有学者认为:"无论如何,这类电视剧作品自觉的文化化与诗化的追求与转型具有重要意义,即创作者不再把文学趣味、诗化风格视为电视剧的尖锐对立,而是尝试着在不牺牲剧作的通俗化品格和受众市场的前提下,心可能将高雅的文化格调、唯美的艺术追求和丰富的诗化意蕴融汇其中。"①

就新世纪小说的影视改编而言,"唯美"并非不行,但"曲高和寡"则肯定不行,毕竟它损害了影视的大众性与市场性,所以如何正确处理精英话语与大众趣味、精品意识与市场份额的关系,做到雅中有俗、俗中有雅、雅俗共赏,做到艺术与市场的双丰改,依然是一个值得正视与探索的问题。

三、影像播映:新世纪文学的经典化与再经典化

影视播映,是指改编自小说文本的影视剧的播放与展映,这是新世纪小说的在图像时代最主流的传播方式,也是最关键的传播环节。诚然,影视作为一种强势媒体确实对新世纪小说的生存空间进行了挤压,导致了新世纪小说的危机,但也启动了新世纪小说的生机。从传播学的角度来看,影视为小说生存提供了新活土、新空间,小说凭借影视得以拓展自己的生存空间与文化场域。小说走向影视的影像迁移,从本质上说是新世纪小说的"文化迁移",作为"文化移民"的新世纪小说似乎在视觉文化时代找到了新的栖居之所。在中外电影史上,大量的小说名著被成功地改编为影视剧,充分表明了传统艺术向现代艺术的转换和现代艺术对传统艺术的接纳。影视崛起的意义,绝不仅仅是自身功能的凸显与强化,而是以文字符号为媒介的小说中的某些因子通过一种大众便于接受的渠道向影视的渗透,形成一种适应当代人的生活方式和审美判断的新型文本形态——小说的影像版本,一种堪与文字版本

---

① 毛凌滢:《从文字到影像:小说的电视剧改编研究》,四川大学出版社 2009 年版,第 53—54 页。

第四章 相克与相生：新世纪文学的图像问题

并驾齐驱的文本形式。影像文本与文字文本之间形成一种互凭互用、互惠互利的"共谋关系"，二者互相促进、互相提升、互相传播。于是，文学传播在新世纪真正进入影像传播时代。

作为新世纪文学的影像传播之关键环节，影像播映不仅大大地助力新世纪文学的大众化与市场化，也大大地给力新世纪文学的经典化与再经典化。从理论上说，经典不是一成不变的，它是一个不断经典化的动态过程，即使是那些已被世人视为经典的作品，也依然存在一个再经典化的问题。所谓"经典化"（canonization），就是经典的形成过程（canon formation）；所谓"再经典化"（re－canonization），就是经典的再次形成过程（re－canon formation）。一般来说，文学作品的经典化与再经典化至少要包括以下几个因素：（1）文学作品的艺术价值；（2）文学作品的可阐释的空间；（3）特定时期读者的期待视野；（4）发现人/赞助人；（5）意识形态和文化权力的变动；（6）文学理论和批评的观念；（7）文学作品的教与学等。事实上，处于市场与影视、网络语境中的新世纪文学改编与影视改编，总在自觉与不自觉、有意与无意地从事着对新世纪文学作品的经典化与再经典化。

以刘恒的中篇小说《贫嘴张大民的幸福生活》为例。这部小说最初发表在1997年《北京文学》第10期上，曾获得"老舍文学奖"之优秀中篇小说奖。该小说先是被改编成电影《没事偷着乐》，后被改编成了同名电视连续剧《贫嘴张大民的幸福生活》，被誉之为"凡俗人生的诗意阐释"。两次改编都极为成功，相比较而言，电视剧的改编更为出色，该剧获得中国"第22届飞天奖"之优秀编剧奖、"第18届金鹰奖"之长篇电视优秀奖。一系列"象征资本"的获得，充分印证了《贫嘴张大民的幸福生活》的成功改编。对此，有学者认为："如果说电视剧《围城》的诞生为小说的电视剧改编提供了一个种典范，那么可以说电视剧《贫嘴张大民的幸福生活》的诞生为小说的电视剧改编提供了另一种风格与典范。前者是编导用电影化的方式，将一部长篇小说经过精雕细刻、精心裁减后的再创作，体现了知识分子式的语言的'大雅'，具有极强的文学性和知识含量，但又雅中有俗，成功地将精英话语与大众趣味进行了巧妙的融合，使原著从象牙塔走进了寻常百姓家。后者却是将一部容量有限的七万字中篇小说成功扩展为20集的长篇电视剧，充分体现了老百姓舌尖上语言的'大俗'以及形而下的磕磕碰碰、柴米人生的日常生活状态，但它又俗中带'雅'，没有止于原生态的、机械的还原生活，面是在表面的世俗与琐碎的写实背后蕴含着韵味深长的精英意识与精英思考。因此，该剧的改编使日常生活电视剧叙事在题材、表现方式、话语精神、美学追求等方面都树立了一个典范,达到了一个新的高度,形成了电视剧改编创作中一道独特的风景。"① 正是在这个意义上,《贫嘴张大民的幸福生活》的电视剧改编不仅有了人性之美、诗性之美,也有了理性之美。于是,小说《贫嘴张大民的幸福生活》与电视剧《贫嘴张大民的幸福生活》交相辉映,共同携手行走在经典化的路上。

值得一提的是,新世纪网络小说也在开启属于它自己的经典化进程。新世纪网络小说的经典化行动颇多,如文学网站的刊载与推介、向传统出版与权威评奖归附、出版集子与选本、扎堆改编为影视剧播映等。在新世纪网络小说的经典化过程中,最值得关注的是网络小说的影视改编。当然,如今网络小说所涉及的宫廷、豪门、都市家庭、情感等题材,几乎都是现代人喜欢看的电视剧,由于网络小说有读者基础、改编难度小、戏剧化程度高,对于制作单位和影视投资方来说是最好不过的"原料"。另外,网络小说的内容轻松活泼,而且又有很多深受年轻人追捧的原创段子,使得改编成影视剧之后台词也非常时尚易于传播,更让影视剧投资商青睐。尤其是《寻秦记》《宫》《步步惊心》等由网络改编的穿越剧收视率高涨,形成了网络小说改编成电视剧的热潮。据盛大文学统计,2011年有三类网络小说最受影视改编青睐:一是"婚恋伦理",如《裸婚时代》;二是"穿越宫斗",如《步步惊心》;三是"偶像时尚",如《来不及说我爱你》。业内人士认为,与名著改编、经典作品改编相比,热门网络小说的改编没有职业编剧创作中的"闭门造车"等局限性,相反因为在创作过程当中与网友随时互动,使得作品与市场需求几乎"零距离",其开放性和新鲜感都是其他作品不具备的长项,因此搬上荧屏很快就吸引了观众的收看。对此,有人以电视剧热播为参照系认为新世纪有十大必看的改编成电视剧的热门网络小说,它们分别是:《佳期如梦》《S女出没,注意》(电视剧为《一一向前冲》)《何以笙箫默》《碧甃沉》(电视剧为《来不及说我爱你》)《步步惊心》《未央·沉浮》(电视剧为《美人心计》)《泡沫之夏》《倾世皇妃》《后宫·甄嬛传》《千山暮雪》等。所以,我们认为改编自网络小说的电视剧的热播,对视觉文化时代的受众与大众有着深度影响与极度诱导,围观之后的认同,认同之后的追捧,追捧之后的偶像,"粉丝群"

---

① 毛凌滢:《从文字到影像:小说的电视剧改编研究》,四川大学出版社2009年版,第193页。

第四章 相克与相生：新世纪文学的图像问题

的壮大与"粉丝文化"的漫漶似乎在无形地重构着新世纪的文学秩序，从而进一步给力了新世纪网络小说的经典化进程。

在新世纪，解构主义思潮迭起，文化多元主义与异质思维蜂起，在文学领域随之而起的是"戏说经典"与"故事新编"。不管是对经典的"戏说"，还是对经典的"大话"，甚至是对经典的"新编"，既是对经典的解构，也是对经典的再经典建构。例如"戏说经典"现象：《西游》被大话，《三国》被水煮，悟空变成了好员工（《孙悟空是个好员工》），沙僧和八戒都开始写日记（《八戒日记》与《沙僧日记》），慈禧太后有了"先进事迹"（《慈禧先进事迹》），贾宝玉成为"文化大革命"时期的造反派（《宝黛相会之样板戏版》），杨子荣有了私生子，白毛女摇身一变为商界英雄（《新版白毛女》）。"戏说经典"的流行或"大话文化"的泛滥还只是大众文化冲击文学经典的一个侧面。事实上，当今世界，不是没有了文学经典，而是关心文学经典的人已经被分流于影视、读图、DVD、卡拉OK、酒吧、美容院、健身房、桑拿浴甚至是星巴克、超市或者远足、听音乐乃至独处。日常生活在商业霸权的宰制下也为人们提供了多种文化消费的可能。这就是文化权力支配性的分离，文学经典指认者的权威性和可质疑性已同时存在。尽管如此，我们还是要说，"戏说经典"其实依然是一种经典化的推衍与再经典化的跟进。换言之，没有经典何来"戏说"，毕竟任何解构其实也是一种建构，"破"总是建立在"立"的基础之上，并最终指向一种新的"立"。从这个角度上讲，假如说吴承恩的小说《西游记》是传统经典的话，那么改编后的电视剧《西游记》（含杨洁、张纪中两个版本）忠实于原著，是《西游记》再经典化的扛鼎之作。然而值得一提的是，那些不忠实于原著、以"戏说"与"大话"见长的如《大话西游》《月光宝盒》《春光灿烂猪八戒》《福星高照猪八戒》《喜气洋洋猪八戒》等影视剧又何尝不是《西游记》再经典化的得力之作？事实上，《大话西游》本身已成为后现代文化语境下的另一种经典，这是无法忽视的文化事实。换言之，《大话西游》是《西游记》再经典化的结晶。

第五章 病变与嬗变：
新世纪文学的美学问题

在新世纪，电子媒介、数字媒介、通讯媒介等给文学提供了一个前所未有的开阔的生长平台的同时，也给文学审美带来了新质的生长与范式的转变。麦克卢汉曾经认为："一切传播媒介都在彻底地改造我们，它们对私人生活、政治、经济、美学、心理、道德、伦理和社会各方面影响是如此普遍深入，以至我们的一切都与之接触，受其影响，为其改变。媒介即信息。"① 麦克卢汉的"媒介即信息"，从某种角度说似可推论为"媒介即美学（审美）"。尼尔·波兹曼认为："和语言一样，每一种媒介都为思考、表达思想和抒发情感的方式提供了新的定位，从而创造出独特的话语符号。"② 王一川也指出："大众媒介不只是审美现代性的外在物质传输渠道，而就是它本身的重要构成维度之一；它不仅具体地实现审美现代性信息的物质传输，而且给予审美现代性的意义及其修辞效果以微妙而又重要的影响。"③ 毕竟新世纪的媒介家族以一种不断创新的文学形式，拓宽了文学审美的新天地，抛弃了传统的只有文字的静态的"单媒式审美"，而进入一种融音、影、文为一体的动态的"多媒式审美"。从整体说，伴随着新世纪文学的文化生态与文本形态的生成以及语境转型、观念转型、属性转型、身份转型、场域转型、机制转型、话语转型，新世纪文学的审美转型也势所必然，即从"审美"到"泛审美"。具体地说，新世纪文学的审美变异主要表现在审美范式、审美形态、审美方式、审美价值、审美功能、审美意味、审美伦理、审美趣味等方面。

---

① ［加］马歇尔·麦克卢汉：《理解媒介——论人的延伸》，何道宽译，商务印书馆2000年版，第33页。
② ［美］尼尔·波兹曼：《娱乐至死》，章艳译，广西师范大学出版社2004年版，第12页。
③ 王一川：《大众媒介与审美现代性的生成》，《学术论坛》2004年第2期，第125页。

第五章 病变与嬗变：新世纪文学的美学问题

第一节 从"日常生活审美化"到"审美日常生活化"

德国美学家沃尔夫冈·韦尔施在《重构美学》一书中认为，在全球化的境遇里，人们正在经历"当代审美泛化"的质变，它包含两个方面的双向互动过程：一方面是"日常生活审美化"孳生与蔓延；另一方面是"审美日常生活化"下沉与泛滥。二者虽然共同表征的是审美与日常生活的内在关系，即"生活美学"的建构问题，但是二者的审美走向与审美取向却是截然不同的。所以，从"日常生活审美化"到"审美日常生活化"，表征的是"当代审美泛化"之后的后现代转型。

一、"日常生活审美化"

在新世纪，日常生活审美化既是一个美学事实，也是一个美学问题。就日常生活而言，以电视和网络为典型表征的文化形态已经成型并渐成"帝国"。滚滚而来的电视剧在悉心揣摸大众的消费性想象，电视广告美轮美奂，在彰显商品审美价值的同时反仆为主，每以亮丽的包装掩饰内容的空洞。网络上游戏和文化产品的销售正日益看好，与此同时，各色人等留恋在互联网的虚拟世界里，借助各种聊天工具与各种交友软件，追逐着虚伪的激情与虚幻的爱情。购物中心、度假中心、街心公园、主题公园、电影院、健身房、美容院、浴足馆、地铁高铁、家庭装修等，这一切都在不遗力地悉心地打造日常生活的审美新理念。即使是那些所谓的"高大上"的所谓的花园豪宅、香车美人、时装选秀、时尚美食、泡吧品茗、休闲旅游等，尽管与普通大众有一定的现实距离，但普通大众并不陌生，一样如鱼得水游走在审美想象的生活空间之中。对于这种美学事实，费通斯通在《消费文化与后现代主义》一书将之称为"日常生活的审美呈现"（The Aestheticization of Everyday Life）。英国伯明翰学派的代表人物雷蒙·威廉斯所提出的"文化是普通人的文化"（culture is ordinary），很自然就能让人引出日常生活，特别是日常生活审美化的话题。

最早提出"日常生活审美化"这一观点的是英国学者迈克·费瑟斯通，他在 1988 年 4 月新奥尔良的"大众文化协会大会"上作了题为《日常生活的审美呈现》（The Aesthetieization of Everyday Life）的报告。在这个报告中，迈克·费瑟斯通分析了"日常生活的审美呈现"的三种含义：其一，日常生活审美化是指一战以来产生了达达主义、先锋派和超现实主义运动等等的艺术类亚文化。它们一方面消费了艺术作品的神圣性，造成经典高雅文化艺术的衰落；另一方面进而消解了艺术与日常生活之间的界限，导致艺术可以出现在任何地方、任何事物之上。其二，日常生活审美化是指与此同时生活向艺术作品逆向转化，或曰将生活转化为艺术作品，追求现实生活的艺术化。其三，日常生活审美化是指深深渗透入当代社会日常生活结构的符号和图像，这种图像世界一方面将现实生活艺术化与梦境化，另一方面又使艺术化处理的日常生活进一步强化了人们的物质欲望。[①]"日常生活的审美呈现"的三种含义，实质上就是"日常生活审美化"的三个维度，它们都表征了审美、艺术向日常生活大举进军的所谓"后现代现象"，它与启蒙运动以降将科学、艺术、道德等领域逐一分立出来的"现代性精神"，是背道而驰的。

　　德国后现代哲学家沃尔夫冈·韦尔施在《重构美学》一书中也对"日常生活审美化"进行了充分的阐释。他指出："毫无疑问，当前我们正经历一场美学勃兴。它从个人风格、都市规划和经济一直延伸到理论。现实中，越来越多的要素正在披上美学的外衣，现实作为一个整体，也愈益被我们视为一种美学的建构。"[②]韦尔施认为"美学的建构"存在着两种审美化：一是"日常生活审美化"，这是浅表性的审美化；二是"认识论审美化"，这是深层次的审美化。就"日常生活审美化"而言，韦尔施也将之分为两种审美化：一是"浅表审美化"，包括"现实的审美装饰""作为新的文化基体的享乐主义""作为经济策略的审美化"；二是"深层审美化"，包括"生产过程的变化：新材料技术""通过传媒建构现实"。（1）就"现实的审美装饰"而言，韦尔施指出："审美化最明显地见之于都市空间中，过去的几年里，城市空间中的几乎一切都在整容翻新。购物场所被装点得格调不凡，时髦又充满生气。这股潮流长久以来不仅改变了城市的中心，而且影响到了市郊和乡野。差不多每一块铺路石、所有的门户把手和所有的公共场所，都没有逃过这场审美化的大勃兴。甚至生态很大程度上也成了美化的一门分支学科。事实上，倘若发达的西方社会真能够随心所欲、心想事成的话，他们会把都市的、工业的和

---

① 参阅陆扬：《日常生活审美化批判》，复旦大学出版社2012年版，第137—140页。
② ［德］沃尔夫冈·韦尔施：《重构美学》，陆扬、张岩冰译，上海译文出版社2002年版，第4页。

第五章 病变与嬗变：新世纪文学的美学问题

自然的环境整个儿造成一个超级的审美世界。"[1] 这就是韦尔施所重点剖析的"现实的审美装饰"，即"审美化意味着用审美因素来装扮现实，用审美眼光来给现实裹上一层糖衣"[2]。（2）就"作为新的文化基体的享乐主义"而言，韦尔施认为，在表面的审美化中，一统天下的是最肤浅的审美价值，那就是不计目的的快感、娱乐和享受。而这一盲目追逐快感和享受的新文化，在今日已经远远超越了日常生活中具体对象的审美表象，而成为现代人追逐时尚的文化本能。它与日俱增支配着我们的文化总体形式和全部文化经验。（3）就"作为经济策略的审美化"而言，商品的包装反客为主，广告替代商品本身，唱起了主角。在韦尔施看来，这一过程是发人深省的。其中最引人关注的是两个位移。首先是商品和包装、内质和外表、硬件和软件的换位，如原先是硬件的商品如今成了附庸，再如原先是软件的美学赫然占了主位。其次，当今的广告策略揭示了这一事实，美学已经成为一种自足的社会指导价值，如果不说是主流的话。倘若广告成功地将某种产品同消费者饶有兴趣的美学联系起来，那么这产品便有了销路，不管它的真正质量究竟如何。因为消费追求的不是物品，而是通过物品购买到广告所宣扬的生活方式与生活情调。（4）就"生产过程的变化：新材料技术"而言，韦尔施认为，随着微电子学的崛起，古典的硬件，即材料愈益变成审美的产品。今天的审美化不再仅仅是一种"美的精神"，抑或娱乐的后现代缪斯，不再是浅显的经济策略，而是同样发端于最基本的技术变革，发端于生产诸过程的确凿事实。换言之，这就是生产过程的审美化。（5）就"通过传媒建构现实"而言，韦尔施认为，社会现实自从主要是经传媒、特别是经电视传媒来传递和塑造以来，也经历着剧烈的非现实化和审美化过程。电视的现实是可选择的，可改变的，可丢弃的，也是可以逃避的。倘若有什么东西不中观众的意，观众只消换一下频道。这种频道转换，就是电视消费者的非现实化。还有传媒的图像提供的不再是现实的纪实见证，在很大程度上，更像是安排好的、人工的东西，并且与日俱增地根据这一虚拟性来加以表现。现实通过传媒正在变成一个供应商，

---

① ［德］沃尔夫冈·韦尔施：《重构美学》，陆扬、张岩冰译，上海译文出版社2002年版，第4—5页。
② ［德］沃尔夫冈·韦尔施：《重构美学》，陆扬、张岩冰译，上海译文出版社2002年版，第5页。

而传媒就其根本而言是虚拟的,可操纵的,可作审美塑造的。①

在新世纪中国,倡导日常生活审美化的"三驾马车"分别是陶东风、金元浦和王德胜,而陶东风是始作俑者。在《日常生活的审美化与文化研究的兴起——兼论文艺学的学科反思》一文中,陶东风首提话题;在《日常生活审美化与新文化媒介人的兴起》一文则梳理了日常生活审美化与大众传播媒介以及新文化媒介人的内在关系。他认为,日常生活审美化并不是一个孤立的文艺或审美现象,而是联系着整个社会文化的转型,特别是产业结构的变化和文化的市场化转型,诸如服务工业、信息工业的兴起,媒介工业、影像工业的发展,视觉文化的繁荣等。而所谓的"新型文化媒介人",则是指处于社会文化转型过程中崛起的供职于各类文化产业部门的"新型知识分子"。他们热爱时尚生活,热衷于生活方式的塑造与生活品位的追求,他们既是日常生活审美化的身体力行者,也是大众在日常生活审美化方面的引路人与设计师,换言之,他们是时尚话语的制造者与打造者。② 在《日常生活审美化:一个讨论——兼及当前文艺学的变革与出路》中,陶东风认为生活审美化的现象我们并不陌生,它就发生在我们中间,表现为审美活动与日常生活的界限模糊乃至消失,借助大众传播、文化工业等,审美不再是贵族阶层的专利,也不再局限于音乐厅和美术馆等和日常生活隔离的高雅艺术场所,它就发生在我们的生活空间中,如百货商场、街心公园、主题公园、度假胜地以及美容院、健身房等场所。③

在《别了,蛋糕上的酥皮——寻找当下审美性、文学性变革问题的答案》一文中,金元浦认为,美曾经是艺术的"蛋糕上的酥皮",但是现在审美已不再专属于文学和艺术,审美性、文学也不再是区别文学与非文学、艺术与非艺术的根本的、唯一的特征。社会生活出现了审美的日常生活化与文学性向非文学领域全面扩张的普遍现象。他说:"审美的日常生活化是说在当今社会中,原先被认为是美的集中体现的小说、诗歌、散文、戏剧、绘画、雕塑、音乐、舞蹈等经典的(古典的)艺术门类,特别是以高雅艺术的形态呈现出来的精英艺术已经不再占据大众文化生活的中心,经典艺术所追求的审美性、

---

① 参阅[德]沃尔夫冈·韦尔施:《重构美学》,陆扬、张岩冰译,上海译文出版社2002年版,第4—10页。
② 参阅陶东风:《日常生活审美化与新文化媒介人的兴起》,《文艺争鸣》2003年第6期。
③ 参阅陶东风等:《日常生活审美化:一个讨论——兼及当前文艺学的变革与出路》,《文艺争鸣》2003年第6期。

第五章 病变与嬗变：新世纪文学的美学问题

文学性则是从艺术的象牙之塔中悄然坠落，风光不再，而一些新兴的泛审美/艺术门类或准审美的艺术活动，如广告、流行歌曲、时装、电视连续剧乃至环境设计、城市规划、居室装修等则蓬勃兴起。美不在虚无缥缈间，美就在女士婀娜的线条中，诗意就在楼盘销售的广告间，美渗透到衣食住行等社会生活的方方面面。"① 在金元浦看来，审美的悄然坠落与泛审美的蓬勃兴起，是无法否认的美学现实，也是表征着消费文化的"超级实在"。泛审美在日常生活中无处不在、无所不在，甚至诚然就是一种日常生活的当然构成，审美走向了日常生活化的嬗变之旅。

假如说金元浦是从消费文化与文化产业的维度来窥探日常生活审美化的话，那么，王德胜则更多是从影视传媒与新感性的维度来窥测日常生活审美化。在《视像与快感：我们时代日常生活的美学原则》一文中，王德胜明确指出日常生活审美化是一种"新的美学原则"。他认为曾经被康德鄙弃的过度追求享受的声色感官娱乐，正在日益成为当下时代日常生活的美学现实。这样一种美学现实，极为突出地表现在人们对日常生活的视觉性表达和享乐满足上。王德胜认为："对于今天的人来说，视像的存在最为具体地带来了人在日常生活中的感官享受，这种享受本身就是一种直接的身体快感。这里，视像与快感之间形成了一致性的关系，并确立起一种新的美学原则：视像的消费与生产在使精神的美学平面化的同时，也肯定了一种新的美学话语，即非超越的、消费性的日常生活活动的美学合法性。"② 在王德胜看来，作为一种"新的美学原则"，日常生活审美化表征的是看得见、摸得着、进得去、出得来的新感性主义与感觉美学。

通过上述费瑟斯通、韦尔施、陶东风、金元浦、王德胜等人关于"日常生活审美化"的论述，我们似可推论，所谓"日常生活审美化"（the aestheticization of everyday life），就是直接将审美的态度引进现实生活，大众的日常生活被越来越多的艺术品质所填满。这样，在大众日常生活的衣、食、住、行、用之中，"美的幽灵"无所不在，如外套和内衣、高脚杯和盛酒瓶、桌椅和床具、电话和电视、计算机和手机、住宅和汽车、霓虹灯和广告牌、

---

① 金元浦：《别了，蛋糕上的酥皮——寻找当下审美性、文学性变革问题的答案》，《文艺争鸣》2003年第6期，第12页。
② 王德胜：《视像与快感：我们时代日常生活的美学原则》，《文艺争鸣》2003年第6期，第8页。

商品设计与包装、商场与展橱、街道与公园、酒吧与夜店、KTV与咖啡屋、宾馆与酒店、浴室与澡堂、卫生间与公厕、乡村与农家乐等，都显示出审美泛化的迹象。就连人的身体，也难逃大众化审美的捕捉，从美发、美容、美甲、美胸、美乳、美腿、美臀到美体都是如此，这一点，在女性身体的展现上尤其突出。可见，在新世纪消费主义、审美主义的漫漶下，审美消费可以实现在任何地方、任何时候、任何事物，这就是"日常生活审美化"的极致状态。曾几何时，高雅的艺术、神圣的审美与大众的日常生活没有任何直接的关系，但是随着本雅明所谓"机械复制时代"的到来，随着文化工业的勃兴，曾经的"高在云端"的古典主义艺术形象通过"机械复制"的工业化生产流程"跌进尘埃"，出现在大众的日常用品上与日常起居之中。大众可以随时随地消费艺术及其复制品，曾经的高低的文化间隔、神魔的品格差距、雅俗的趣味鸿沟似乎都被填平了。当然，在新世纪影像文化肆虐的语境中，"日常生活审美化"的最突出的呈现，就是仿真式"类像"（Simulacrum）在当代文化的内爆。这种由影视、摄影、摄像、广告、设计所大量生产的仿真式"类像"也可以称之为"拟像"，它与"本像"的最大不同就是它的无限复制性与大量繁殖性，以"看的方式"引导大众的图像消费。大众生活在图像之中，图像艺术的直观性、有限性让大众沉醉、依附，并内化为大众的日常生活经验。这种由审美泛化而来的文化状态，被波德里亚称之为"超美学"（Transaesthetics），也就是说艺术形式已经渗透到一切对象之中，所有的事物都变成了"美学符号"。

二、"审美日常生活化"

所谓"审美日常生活化"（aesthetic turning into everyday life），实质上是"日常生活审美化"的另一面，就是将日常生活的态度引进审美世界，大众的审美活动被越来越多的生活叙事所牵引。如果说"日常生活审美化"更多关注"美向生活播撒"、关注美学问题向生活领域延伸的话，那么"审美日常生活化"则更多关注"生活向美进驻"、聚焦于"审美方式转向生活"，力图消抹艺术与日常生活的边界、填平审美与日常生活的鸿沟。随着"生活向美进驻"，或者说"审美日常生活化"，审美与日常生活同一。其一，从艺术实践的角度来看，从20世纪70年代始，当代西方"前卫艺术"以一种"反美学"（Anti-aesthetics）的姿态反击康德的美学原则——审美领域与功利领域的绝缘与无涉，强调走向观念（conceptual art，即观念艺术）、走向行为（per-

第五章 病变与嬗变：新世纪文学的美学问题

forming art，即行为艺术)、走向装置 (installation art，即装置艺术)、走向环境 (environment art，即环境艺术)……一句话，就是回归到日常生活世界。可见，当代西方"前卫艺术"在努力拓展自己的边界，力图将艺术实现在生活的各个角落，从而将人类的审美方式改变。在这种"艺术生活化"的趋向中，艺术与日常生活的界限日益模糊。这也就是阿瑟·丹托 (Danto) 所论的"平凡物的变形"如何成为艺术的问题。其二，从哲学沉思的角度看，海德格尔、维特根斯坦、杜威等现代哲学家，皆反对主客二分和主体性的哲学思维方式，主张"走向生活"。如海德格尔主张"作为存在真理的艺术"、维特根斯坦主张"作为生活形式的艺术"、杜威主张"作为完整经验的艺术"，其实都是将"艺术"视作一种回归生活的人的活动。特别是维特根斯坦的"生活形式" (Leben form) 十分值得关注，他认为："语言的述说仍是一种活动，或是一种生活形式的一个部分。"在这个意义上，"生活形式"被认定为语言的"一般语境"，也就是说，语言在一种语境的范围内才能存在，它被看作是"风格与习惯、经验与技能的综合体"。但另一方面，日常语言与现实生活契合得是如此紧密，以至于想象一种语言就是想象一种"生活形式"。由此而来，正如语言是世界的一部分，艺术也是一种"生活形式"，如"欣赏音乐是人类生活的一种表现形式"。① 其三，从现象学的角度看，美与日常生活有着一种现象学的关联。所谓"日常生活"，就是日复一日的、普普通通的、个体享有的"平日生活"。每个人都必定要过日常生活，它是生存的现实基础，日常生活的世界就是那个自明的、熟知的、惯常的世界。如果说，日常生活是一种"无意为之"的"自在生活"的话，那么，非日常生活则是一种"有意为之"的"自觉生活"。事实上，传统的审美生活则是一种非日常生活。两者虽有差别，但两者又有关联，那就是所谓的"直观性""自身明见性" (self-evidence) "同时生成性" (Gleichzeitigkeit)，这也许就是"日常生活审美化"与"审美日常生活化"的内置驱动。

正是如此，有学者认为："我们研究的美学对象在电子媒介时代发生着由实到虚、由实物到拟像的蜕变，我们对于美的研究也由过去的纯美学走向了审美日常化的范畴。"② 在此，我们有必要理清一下"日常生活审美化"与

---

① 参阅 [德] 海德格尔：《文化与价值》，黄正东、唐少杰译，清华大学出版社 1987 年版，第 102 页。
② 杨拓：《试论电子媒介时代的文学审美》，《江西社会科学》2011 年第 4 期，第 122 页。

"审美日常生活化"的联系与差别。鲁枢元在《评所谓的"新的美学原则"的崛起:"日常生活的审美化"的价值取向析疑》一文认为,二者虽然有密切的联系,但在审美指向、价值取向上则迥然不同,甚至就像"物的人化"与"人的物化"一样几乎是悖反的。鲁枢元明确地说:"在我看来,'审美的日常生活化',是技术对审美的操纵,功利对情欲的利用,是感官享受对精神愉悦的替补。而'日常生活的审美化',则是技术层面向艺术层面的过度,是精神操作向自由王国的迈进,是功利实用的劳作向本真澄明的生存之境的提升。二者的不同在于,一是精神生活对物质生活的依附;二是物质生活向精神生活的升华。这样说并不否定二者之间的有机联系,但其价值的指向毕竟是不同的。"① 可见,"日常生活的审美化"是指日常生活走向审美,从物性走向诗性,是一种价值提升与层次提高;而"审美的日常生活化"是指审美走向日常生活,从诗性走向物性,是一种价值堕落与层次降落。在鲁枢元看来,真正的日常生活的审美化,则是一种充满了精神愉悦的审美至境。同样,真正的审美的日常生活化,实质上是一种充满着消费主义、功利主义、实用主义的审美偏至。

假如我们从阿多尔诺(注:另译为阿多诺)关于"文化工业"的论述出发,我们同样可以发现,正是市场的机制,推动了审美的日常生活化的进程。阿多尔诺认为:"整个世界都得通过文化工业这个过滤器。……今天,文化消费者的想象力和自发性之所以逐渐萎缩,这不能归罪于心理机制。文化产品本身,其中最有代表性的有声电影,抑制观众的主观创造能力。……工业社会的力量对人们发生的影响,是一劳永逸的。……社会上所有的人都接受文化工业品的影响。文化工业的每一个运动,都不可避免地把人们再现为整个社会所需要塑造出来的那个样子。"② 可见,不仅"所有的人都接受文化工业品的影响",而且所有的审美也都接受文化工业品的影响,这是不可置疑的。审美的工业化、产业化,既是审美走向日常生活化的前提,也是审美走向日常生活化的推力。走向了日常生活的审美必然是抹平了审美距离、消弭了审美张力、淡化了审美价值的审美。对此,阿多尔诺深刻地指出:"今天,不仅

---

① 鲁枢元:《评所谓的"新的美学原则"的崛起:"日常生活审美化"的价值取向析疑》,《文艺争鸣》2004 年第 3 期,第 7 页。
② [德] 霍克海默、阿多尔诺:《启蒙辩证法》,洪佩郁、蔺月峰译,重庆出版社 1990 年版,第 117—118 页。

第五章 病变与嬗变：新世纪文学的美学问题

把文化与维持日常生活联系在一起看作是文化的堕落，而且也看作是强制娱乐消遣活动的理智化。实际上，人们仅从影像中，通过电影院放映的影片或无线电的广播，就已经接触到了文化，这表明文化与日常生活已经联结在一起。"① 按阿多尔诺的观点，"文化与日常生活联结在一起"是一种"文化的堕落"的话，那么，"审美与日常生活联结在一起"也是一种"审美的堕落"。对审美的日常生活化，阿多尔诺表现了深深的忧虑。阿多尔诺认为，是电台败坏了音乐的品位，泯灭了音乐的个性，降低了大众文化的标准，并可能促成民主的溃败。事实上，大众传媒把自己生产出来的传媒文本有意的模糊化之后，制造当下的基于技术复制的媒体艺术就是经典艺术的幻象，以强化受众对媒介现实的认同与依附。于是乎，以无聊当有趣，以绯闻当新闻，以鄙俗当通俗，以做作当本真，以虚情假意当真情实意，以缺陷当个性，以叛逆当反抗，以负能量当正能量，以投机取巧当脚踏实地等，成了当下所谓的如"中国好声音""中国梦想秀""天天向上""非诚勿扰""星光大道""百家讲坛"等媒体艺术的审美取向。

事实上，新世纪已经进入了一个消费时代，消费成了一切社会归类的基础，也成了一切文化艺术活动的基础，人们消费时装、消费别墅、消费汽车、消费明星、消费身体、消费美丽、消费历史、消费故事、消费化妆品，同时也在消费广告、消费图像、消费品牌、消费符号、消费文学（包括作家、作品），这一切都使得艺术活动日益无可救药地市场化、商业化与产业化，而正是市场的机制，推动了新世纪审美的日常生活化的进程。但问题在于，这类通力标举身体快感的享乐主义美学，或者说，消费型的快感美学，是不是就足以构成同康德所谓的"理性主义和道德主义美学"分庭抗礼的"新的美学原则"？不仅如此，究竟谁是那只"操纵和拨弄"着审美日常化、艺术产业化的"无形的手"？究竟是一部分人的需要，还是大众的需要，还是市场开拓、资本增殖的需要？费瑟斯通认为："消费社会决不能仅仅把它看作释放着某种一统天下的物质主义，因为它同样向人们展示述说着欲望的梦幻图像，将现实审美化又去现实化。波德里亚和詹姆逊正是抓住这一方面，强调了图像在

---

① ［德］霍克海默、阿多尔诺：《启蒙辩证法》，洪佩郁、蔺月峰译，重庆出版社1990年版，第134页。

消费社会中担当的新的中心角色,而使文化有了史无前例的重要性。"① 这种文化也许更多是由大众传播媒介操纵的消费文化,它持续不断地重构着当代都市的欲望。正如波德里亚在《拟像》一书中所说,我们生活的每一个地方,皆已处于现实的某种"审美"幻觉之中。

三、新世纪文学审美的日常生活化

新世纪文学表现为一种生活化的文学的新生态和新形态。由于在新现代性文化语境下日常生活中的世俗精神拥有重要价值,因此大量日常生活细节流淌在作品中成为重要表现特征。同时,建立在各自的偌大人群特有生活基础上的"打工者文学""80 后"文学、青春文学、身体写作、新都市文学、新农村文学以及网络生活中的网络文学,也以其特有的"身份政治",打破了自 20 世纪后 20 年所形成的专业化的作家文坛的自以为是,扩展了中国文学的新的生活领域,文学和日常生活的界限趋于模糊,这也许是新世纪文学所带来的一个最大的变化。自此以后,我们将以生活的意义来理解文学,也许哪里有生活,哪里就有文学。所谓文坛,所谓文学,都将由特定生活中的人群和社会来定义和构建,谁也无权垄断。我们在向"纯文学"的价值和创作表达应有的敬意的同时,还应提醒人们,他们也是这个偌大的中国文学生活的一部分,诸如人文精神、精神高端、灵魂等词语,都要在中国生活和经验中经过"分析哲学"式的检验才好。我们对文学的理解,应该来自中国的现实生活,如果作历史溯源的话,我们更愿意让它接通千年中国文脉中的经验与教诲,而不是来自 18 世纪或 20 世纪的欧洲,尽管我们会从欧洲的美学观念中受益匪浅。在新现代性生活的意义上,我们的人生和文学所要处理的,不是纯粹的道德律令和抽象精神,而是当下的生活及人的处境本身,人的身体与性情本身,人的欲望与消费活动,或曰诚如马克思所说的,人的物质生活与精神生活这两个基本维度。

比如新世纪的小说、散文与报告文学就特别强调对日常生活的表达,个人化写作、小资散文、新都市小说、"三农"文学等,都娴熟地书写出了日常生活中的人与人性。孟繁华认为:"应该说,对极端化或绝对化的生活状态的表达还相对容易些,因为那里隐含着不易察觉的、先在的道德或立场的优越。

---

① Mike Featherstone, *Consumer Culture and Postmodernism*, London: Sage Publications, 1991, p. 68.

第五章 病变与嬗变：新世纪文学的美学问题

……但是，对日常生活，对每个人都熟悉的生活状态，对不因时代、环境和制度而改变的，也就是'超稳定文化结构'中的人与人性的表达，就要困难得多。这就是越是熟悉的生活，越是司空见惯的状态，越难以表达。文学是处理人类精神和心灵事务的领域，表达日常生活中的人与人性，是文学的宿命，如果不放弃或牺牲文学，不改变文学的书写对象或范畴，那么，对人和人性的表达就永远是文学的困惑和焦虑。"① 例如，毕飞宇的《青衣》《玉米》《玉秀》《玉秧》等，以男性视角对女性、特别是对农村女性生存状态和心理状态的状写与描摹，几乎达到了登峰造极的地步。还有须一瓜的《地瓜一样的大海》、迟子建的《第三地晚餐》、叶舟的《目击》等都提供了独特而新鲜的生活经验。所以，从这个角度来说，新世纪文学试图通过生活的表象并洞穿表象揭示出隐含于表象背后的人性或世道人心。表象不仅仅是一种只可感知的和可见的存在，同时它也是一种精神事件和现象。这样，新世纪文学不仅有了属于它的生活逻辑，也有了属于它的文化逻辑。

在新世纪，由于媒体的力量及大众文化的勃兴，文学审美走进日常生活甚至成为日常生活的构成部分。诚如列斐伏尔所指出的，文学与日常生活从来就息息相关，诗人也好，哲学家也好，神学家也好，尽管他们表面上都是日常生活的大敌，但事实上都是在这个处处不尽如人意的日常世界里，做着他们异想天开的白日梦。列斐伏尔认为："文学的和'精神的'19世纪，是从奈瓦尔、波德莱尔和福楼拜开始的。浪漫主义回到了卢梭，连带着他的伤感修辞，以及一种它依然可以引为自得的个人主义，因为它在自己和自然以及神圣之间没有看到障碍，也因为它还没有认真经受过孤独和痛苦的检验。司汤达也是一个18世纪的人物，对人类、自然和自然生物一派乐观、充满信心。波德莱尔和福楼拜带我们走进了一个新的时代，我们今天依然生活其间。"② 像列斐伏尔所说的生活在波德莱尔和福楼拜的文学世界之中一样，我们也一直生活在鲁迅、沈从文、茅盾、张爱玲、王安忆、金庸、莫言等等的文学世界之中。这一点，在我们当下的旅游生活之中表现尤其明显。比如我们走进凤凰旅游，从某种角度说是走进沈从文笔下的"边城"与"湘西"。换言之，沈从文的"边城"与"湘西"事实上已成为我们日常休闲生活的有机

---

① 孟繁华：《坚韧的叙事——新世纪文学真相》，福建教育出版社2008年版，第70页。
② Henri Lefebvre, "*Critique of Everyday Life*", Volume One, London, Verso, 1991, p. 105.

构成。同样，鲁迅笔下的"鲁镇"与"绍兴"、茅盾笔下的"乌镇"、张爱玲与王安忆笔下的"上海"、莫言笔下的"高密"、金庸的"江湖"等也是如此。当然，在新世纪的影像观看生活之中，"看"文学作品准确地说是"看"由文学作品改编而成的影视作品，几乎更是大众日常生活的常态。

对此，马大康认为："一方面，文学艺术本身诸如情景喜剧、肥皂剧、流行音乐、身体艺术、通俗文学、摇滚，等等，已成为热门畅销的商业卖点；另一方面，文学艺术又变着花样、想方设法进入日常生活并与商品联姻，广告、策划、美容、瘦身、设计、餐饮、服装、环境……其中无不渗透着文化，无不见到文学艺术的倩影。"① 文学艺术走进日常生活，并在日常生活中四溢，实质上是走向实用性与功利性，一则是让自己"解魅化"（Disenchant），二则是让自己"消费品化"，以削平深度、淡化意义的方式完成对大众趣味的献媚，并最终完成实现跟日常生活的同一与同化。对此，张颐武曾经深刻地指出："从整体上看，中国文学在一个新的全球化和市场化的环境下的'常态化'的运行，是今天和未来中国文学的基本形态。文学不再是社会活动的中心，而是其中一个不可或缺的部分。文学将会像在发达国家那样，越来越不再是宏大的叙事，而是普通的阅读生活的一部分。"②

第二节　从"膜拜价值"到"展示价值"

本雅明在《机械复制时代的艺术作品》一书中认为，艺术作品在原则上是可复制的，人所制作的东西总是可被仿造的。从古至今，这种复制随着社会的发展与科技的进步，似乎可以分为手工复制、机械复制、电子复制与数字复制等四个阶段，也可分为复制文字、复制图像、复制声音、复制影像等四种形态。本雅明指出："如果说石印术可能孕育着画报的诞生，那么，照相摄影就可能孕育了有声电影的问世。而上世纪末就已开始了对声音的技术复制。由此，技术复制达到了这样一个水准，它不仅能复制一切传世的艺术品，从而以其影响经历了最深刻的变化，而且它还在艺术处理方式中为自己获得

---

① 马大康：《从"鉴赏"到"消费"——消费文化与文艺学研究范式变革》，《文艺争鸣》2004年第5期，第20页。
② 张颐武：《重新想象中国：新世纪文学的新空间》，《文艺争鸣》2011年第2期，第11页。

第五章 病变与嬗变：新世纪文学的美学问题

了一席之地。"① 作为一种艺术处理方式，复制既不可低估也不可忽视。

一、艺术原作的"膜拜价值"

尽管如此，再好的艺术复制品也无法替代艺术原作，原作始终是原作，复制品毕竟是复制品。诚如本雅明所说的，"即使在最完美的艺术复制品中也会缺少一种成分：艺术品的即时即地性，即它在问世地点的独一无二性。但唯有借助于这种独一无二性才构成了历史，艺术品的存在过程就受制于历史。这里面不仅包含了由于时间演替使艺术品在其物理构造方面发生的变化，而且也包含了艺术品可能由所处的不同占有关系而来的变化。前一种变化的痕迹只能由化学或物理分析方法去发掘，而这种分析在复制品中又是无法实现的；至于后一种变化的痕迹则是个传统问题，对其追踪又必须以原作的状况为出发点。"② 与艺术复制品相比，艺术原作最大的区别就在于受制于历史与语境的"即时即地性"，这是"独一无二"的，对此，本雅明把它称之为"原真性"（Echtheit）。本雅明说："对传统的构想依据这原真性，才使即时即地性时至今日作为完全的等同物流传。完全的原真性是技术——当然不仅仅是技术——复制所达不到的。原作在碰到通常视为赝品的手工复制品时，就获得了它全部的权威性。"③ 这种"原真性"，其实就是本雅明所谓的"光韵"（Aura）的附魅之基。

"那么，究竟什么是光韵呢？从时空角度所作的描述就是：在一定距离之外但感觉上如此贴近之物的独一无二的显现。"④ 在这里，"距离"和"独一无二"是理解"光韵"的关键词。在本雅明看来，"光韵"的真正含义是"指作品独特的质地和由此带来的神秘感，它只属于原创的、独一无二的作品"。"光韵"使人陶醉神往，并具有某种类似于宗教仪式一样的神秘感与庄重感，毕竟最早的艺术作品大多起源于宗教的礼仪，所以本雅明认为艺术原创作品

---

① ［德］瓦尔特·本雅明：《机械复制时代的艺术作品》，王才勇译，中国城市出版社2002年版，第7页。
② ［德］瓦尔特·本雅明：《机械复制时代的艺术作品》，王才勇译，中国城市出版社2002年版，第7—8页。
③ ［德］瓦尔特·本雅明：《机械复制时代的艺术作品》，王才勇译，中国城市出版社2002年版，第8页。
④ ［德］瓦尔特·本雅明：《机械复制时代的艺术作品》，王才勇译，中国城市出版社2002年版，第13页。

具有较高的"膜拜价值"。本雅明解释说:"我们知道,最早的艺术品起源于某种礼仪——起初是巫术礼仪,后来是宗教礼仪。在此,具有决定意义的是艺术作品那种闪发光韵的存在方式从未完全与它的礼仪功能分开,换言之,'原真'的艺术作品所具有的独一无二的价值植根于神学,这个根基尽管辗转流传,但它作为世俗化了的礼仪在对美的崇拜的最普通的形式中,依然是清晰可辨的。"①

二、艺术复制品的"展示价值"

随着复制技艺的日臻成熟,在历经机械复制、电子复制、数字复制等阶段之后,作品可以随时随地大量复制,而且复制到了可以乱真的地步,艺术作品不再是独一无二了。"艺术作品的可机械复制性在世界历史上第一次把艺术品从它对礼仪的寄生中解放了出来。复制艺术品越来越成了着眼于对可复制性艺术品的复制。"② 无数的复制品叠加累积,必然会遮蔽"这一个原作"的"光韵"。本雅明认为:"在对艺术作品的机械复制时代凋谢的东西就是艺术品的光韵。这是一个有明显特征的过程,其意义远远超出了艺术领域之外。总而言之,复制技术把所复制的东西从传统领域中解脱了出来。由于它复制了许许多多的复制品,因而它就用众多的复制物取代了独一无二的存在;由于它使复制品能为接受者在其自身的环境中去加以欣赏,因而它就赋予了所复制的对象对现实的活力。这两方面的进程导致了传统的大动荡——作为人性的现代危机和革新对立面的传统大动荡,它们都与现代社会的群众运动密切相连,其最强大的代理人就是电影。"③ 随着艺术作品在机械复制时代"光韵的消失"或"光韵的凋谢",尽管其"膜拜价值"虽然受到抑制以至萎缩,但是其"展示价值"却依凭不断创新的复制技术得到强化以至张扬。这一点,在照相摄影、影视摄像以及数字媒体艺术中表现尤其明显,按本雅明的话说,就是"展示价值整个地抑制了膜拜价值"。

本雅明说:"我们可以把艺术史描述为艺术作品本身中的两极运动,把它

---

① [德] 瓦尔特·本雅明:《机械复制时代的艺术作品》,王才勇译,中国城市出版社2002年版,第15—16页。
② [德] 瓦尔特·本雅明:《机械复制时代的艺术作品》,王才勇译,中国城市出版社2002年版,第17页。
③ [德] 瓦尔特·本雅明:《机械复制时代的艺术作品》,王才勇译,中国城市出版社2002年版,第10—11页。

的演变史视为交互地从对艺术品中的这一极的推重转向对另一极的推重,这两极就是艺术品的膜拜价值(Kultwert)和展示价值(Ausstellungswert)。"① 人们对艺术作品"膜拜价值"的推重,一是艺术作品是巫术服务的创造物,它的存在有着一种无法抵挡的神喻;二是艺术作品的独一无二性,它的存在有关一种无法替代的"原真性"。人们对艺术复制品"展示价值"的推重,一是艺术复制品是文化工业的生产物,它的存在有着一种无法估量的传播功能与普及效应;二是艺术复制品的可复制性与多数量性,它的存在有着一种无法抹杀的"替代性""影子性""亲近感"。对此,本雅明十分推重艺术复制品的"展示价值",他说:"由于艺术品进行技术复制方法具有多样性,这便使艺术品的可展示性如此大规模地得到了增强,以致在艺术品两极之间的量变像在原始时代一样会使其本性的质得到突变,就像原始时代的艺术作品通过对其膜拜价值的绝对推重首先成了一种巫术工具一样(人们以后才在某种程度上把这个工具视为艺术品)。现在,艺术品通过对其展示价值的绝对推重便成了一种具有全新功能的创造物。我们意识到的这种创造物的'艺术'功能,人们以后便在某种程度上把它视为一种退化了的功能。现在的电影提供了达到如上这种认识的最出色的途径,这一点是绝然无疑的。"② 可见,艺术复制品是一种具有全新功能的创造物,其功能是传播与普及、教育与娱乐、认知与审美,其价值就是展示,即"面向大众的展示"。

三、从"静观"到"震惊"

在本雅明看来,机械复制艺术是一种面向大众的全新艺术,而绝不是一种"伪艺术",其所处的时代是"艺术的裂变时代",它对艺术审美的最大的影响就是"韵味"的消失、"距离"的消失与"独一无二"的消失。在技术复制时代与文化产业社会,由于照相、摄影、摄像、拷贝等复制技术的高度发达,任何艺术作品可以随时随地大量复制,而且复制到了以假乱真的地步,艺术作品不再独一无二了,不再具有独特的韵味。这样,艺术作品的"膜拜价值"受到抑制,"展示价值"得到加强,艺术作品被展示在公共场合,供人

---

① [德]瓦尔特·本雅明:《机械复制时代的艺术作品》,王才勇译,中国城市出版社2002年版,第19页。
② [德]瓦尔特·本雅明:《机械复制时代的艺术作品》,王才勇译,中国城市出版社2002年版,第21页。

们观看与消费。这也就是我们为什么在许多公共场合、私人宅院、酒店宾馆、厕所俗室等都能看到诸如《蒙娜丽莎的微笑》《沉思者》《泉》《清明上河图》《富春山居图》等经典艺术作品（当然是复制品）赫然在目的原因之所在。机械复制艺术以"韵味"的匮乏甚至是消失作为代价换来了大众的参与以及自身的普及，这未尝不是一件好事。但是当代审美文化越来越标准化、模式化和简单化，也越来越容易受到操控——无论是人为抑或技术的操控，机械复制技术大量复制的不只是艺术和艺术的主体，它还复制了消费这种艺术的大众。

从"膜拜价值"向"展示价值"的转变，事实上也是审美从"静观"向"震惊"的转变。假如说艺术原作的艺术法则是"静观"的话，那么，艺术复制品的艺术法则却是"震惊"。一个无法否认的事实是，除了极少数的社会精英与文化精英之外，普通大众触手可及、张目可望、随心可读的几乎全部是复制艺术与艺术复制品。故确立艺术复制品的艺术法则变得十分重要。在《机械复制时代的艺术作品》一书中，本雅明在"光韵"消失或缺席的境况之下，把"震惊"确立为机械复制艺术的一种正式的原则。如果说"光韵"是萦绕着感知对象的完整历史经验的自由联想的话，那么，"震惊"则是因外部刺激唤起的对瞬间事件的自觉关注；如果说"光韵"是与古典艺术相连的话，那么，"震惊"则直接指向现代复制艺术，它出现在照相摄影中，出现在电影电视中，出现在多媒体艺术中。"如今，用手指触一下快门就使人能够不受时间限制地把一个事件固定下来。照相机赋予瞬间一种追忆的震惊。这类触觉经验联合在一起，就像报纸的广告版或大城市交通给人的感觉一样。……技术使人的感觉中枢屈从于一种复杂的训练。不知从什么时候开始，一种对刺激的新的急迫的需要发现了电影。在一部电影里，震惊作为感知的形式已被确立为一种正式的原则。"①

就复制艺术而言，何以震惊、以何震惊与如何震惊、震惊如何等，就成了不得不深思的"问题群"。以新世纪的中国大片为例，我们就可以窥出其所宗奉的感性主义与视觉美学。为了达到"震惊"以及与之相谐的高票房，新世纪的中国大片不惜刻意"走眼球路线"而打造"为了震惊而震惊"的视觉盛宴。所谓"走眼球路线"是指影片主要诉诸观众的视觉感受。节奏明快的

---

① ［德］本雅明：《发达资本主义时代的抒情诗人》，张旭东译，生活·读书·新知三联书店1989年版，第146页。

镜头、路径诡异的拍摄、眼花缭乱的动作、赏心悦目的场面、注重外在效果的表演、宏大的气势、刺耳挠心的音乐，都是这类影片必不可少的元素。我们甚至可用"场面电影"的概念来进一步勾勒这种风格，即影片的创作围绕几个有创意的场面，而不是集中在故事上。故事只是一支粘合剂，用来将一个个充满想象力的场面合成整体。场面电影旨在呈现的不是视觉化的故事，而是场面本身，用它直观地刺激观众的眼球，制造炫目与震撼的感官愉悦。在这个方面，张艺谋的电影大片最有代表性。本着"视觉第一、故事第二"的理念，张艺谋的《英雄》《十面埋伏》《满城尽带黄金甲》等都是"视觉盛宴"的"菜"。除此之外，像陈凯歌的《无极》、冯小刚的《夜宴》与《集结号》等也有着无所不用其极的视觉冲击与"震惊"效应。与"走情节路线"和"走异趣路线"不一样，"走眼球路线"的中国大片主要面向底层大众放送与展示，示范着影视文化的消费化、娱乐化的整体位移，显现着"文化工业"的表征，加剧了艺术成分在电影创作中的进一步流失，导致银幕与现实生活、社会焦点、百姓情怀渐行渐远。于是，膜拜阙如，静观亦不可能，随之而来的却是形形色色的"戏仿"与"恶搞"，如《一个馒头引发的血案》《满城全是女人波》等。

四、展现"震惊"效果的新世纪文学

唐代著名诗人杜甫在《江上值水如海势聊短述》中有诗云："为人性僻耽佳句，语不惊人死不休。"其实就是从创作上追求诗歌语言的刻意求工，从阅读期待上追求"震惊"效果，即"语不惊人死不休"。后世文人墨客多用此法，以求"不鸣则已，一鸣惊人"。如唐代诗人王勃的《滕王阁序》就是以一句"落霞与孤鹜齐飞，秋水共长天一色"而语惊四座。再如传说中唐伯虎的祝寿诗："这个女人不是人，九天仙女下凡尘。养个儿子会做贼，偷得蟠桃供母亲。"也是在一抑一扬、一挫一拐中让"震惊"效果最大化。那么，就新世纪文学而言，对"震惊"效果的追求与展现无外乎两种情况：一是作为"外文本"的"震惊"，二是作为"内文本"的"震惊"。

（一）作为"外文本"的"震惊"

作为"外文本"的"震惊"，主要是指作品的装帧、腰封、书名、题记、宣传语以及作家的奇闻异事、绯闻官司等方面呈现出来的"震惊"。这一点，在新世纪的文学策划与打造文学畅销书上表现十分明显。在新世纪，许多文学畅销书多以美貌、情色、身体、隐私、事件等作为卖点。如 2004 年 28 岁南京女作家小意推出的新作《无爱纪》就是以征婚作为卖点的。美女作家赵波欲说还休地写道："我和张朝阳风花雪月的事。"女作家九丹打出的口号是："在《乌鸦》里把女人的衣服脱光了，在《女人床》里则把男人的衣服脱光了。"葛红兵《沙床》的推出不惜贴上"美男作家"的标签招摇过市。至于一大批新生代女作家的"另类命名书写"，如《像卫慧那样疯狂》《床》《热屋顶上的猫》《遗情书》等，则更是出于吸引读者眼球的需要。由洛艺嘉、严虹、王天祥、陶思璇组成的"美女组合"的作品《说吧，你是我的情人》《同居的男人》《亲爱的你》《很想做单亲妈妈》，这些书名的挑逗性与诱惑性十足，故有人称之为"粉色炸弹"。流风所及，就是一向以严肃女作家蜚声文坛的毕淑敏也把持不住，将她的原名《乳癌女人》改为《拯救乳房》出版。还有文坛中的"性骚扰"，也是屡见不鲜。如金庸名声震天响后，就有全庸的及时跟进；湖南的王跃文红火了，就有河北的王跃文走进江湖；你写《上海宝贝》出名了，我就写《杭州宝贝》《广州宝贝》《北京宝贝》等。

新世纪层出不穷的文学事件，也是令人"震惊"不已。如《马桥词典》"抄袭"事件，"美女对骂"事件，"二王之争"事件，"二张之争"事件，"二余之争"事件，葛红兵的"为二十世纪中国文学写一份悼词"事件，顾彬的"中国当代文学是垃圾"事件等。可见作家们敢说敢写、敢标新敢立异、敢胡言敢乱语、敢说大话敢放冷言，无非都是为了造势，为了炫目夺心，为了被关注，为了出名。批评家南帆曾经这样概括媒介时代作家的"成名绝招"：消息远比作品重要；在小报上亮相，在荧屏上露脸；大言不惭，故作狂傲，挑战权威；邀打成名；制作一种富有票房价值的个性；记者出场，制造新闻热点；表白自己不读书，轻蔑文学，塑造天才形象；对媒体出版商恭敬有加，对同行大加鞭挞；隐私的肆意暴露等等。这真是：这次第，怎一个"俗"字了得，怎一个"惊"字了得。

（二）作为"内文本"的"震惊"

作为"内文本"的"震惊"，主要是文学作品本身在内容与形式方面所呈现出来的"震惊"。对此，本雅明在《机械复制时代的艺术作品》一书中以法国著名作家波特莱尔的抒情诗为案例进行了十分精到的分析。本雅明认为，波特莱尔的抒情诗展现了现代人的惊颤经验（Schockerfahrung），他说："波特莱尔把惊颤经验置于其艺术创造的核心。"波特莱尔的抒情诗展现了惊颤经验。惊颤具有突发性和疏导性，因此，它的意义不是一目了然的，需要消化。本雅明指出："对有生机体来说，消化惊颤是一个要比接受惊颤来得重要的任

第五章 病变与嬗变：新世纪文学的美学问题

务"，因为，作为诗学原则的惊颤不再使诗的对象出现在其作为"故土"的质量中，而只是出现在"观赏"和"疏导"的质量中。在本雅明看来，波特莱尔的抒情诗展现了惊颤经验，从而使他的抒情诗对观赏者来说具有了突发性和疏导性特点，因而，这样的抒情诗需要观赏者进行思索和消化。本雅明还认为，波特莱尔的抒情诗植根于当代人的经验方式中，即植根于当代人的惊颤体验中。他指出，大都市的人流就表明了这种惊颤体验。在大都市的人流中"行走对单个人来说，是以一系列惊颤和信息刺激并迅速发生一系列神经反应"。本雅明指出，波特莱尔"把注意力投向了市场，他们观察是为了找到市场，为了找到买主，即使真理也是如此"。在本雅明看来，展现惊颤经验的波特莱尔的抒情诗是与现代人惊颤体验相一致的，现代人的体验方式就是它赖以存在的社会条件。①

其实，以"内文本"的形式向读者展现"惊颤体验"与"震惊效果"，在西方的现代派文学中表现尤其明显。如波德莱尔的《恶之花》、艾略特的《荒原》、普鲁斯特的《追忆流水年华》、乔伊斯的《尤利西斯》、福克纳的《喧哗与骚动》、卡夫卡的《变形记》与《城堡》、萨特的《恶心》、加缪的《局外人》与《鼠疫》、贝克特的《等待戈多》、马尔克斯的《百年孤独》等。在这些作品中，它们或以象征、或以异化、或以荒诞、或以意识流、或以魔幻现实主义的手法，通过非理性的夸张的形式，将现实生活打碎，按主观意象重新组合，或融化现实生活，或以另一形式出现，加以极度的渲染、夸大，将现实与非现实、客观的东西和主观的东西、常态心理与变态心理混合在一起，使本来荒诞的东西更加荒诞，使本来异化的东西更加异化。之所以如此，无非是追求作品最大的"震惊效果"。

就新世纪文学而言，展现"震惊"效果可以视之为一种审美共性。当然，有的是内容呈现，有的是形式呈现，有的是内容与形式的双重呈现。如陈忠实的长篇小说《白鹿原》开篇就写道——"白嘉轩一生中最自豪的就是娶了七个女人"，这胃口可真是吊满了，可以说是一种内容上的"震惊"。而像贾平凹的《废都》在作品所涉及的大量性描写时便有"此处删去××字"之类的卖关子手法，既是欲语还休，也是若隐还现，可以说是一种形式上的"震惊"。另外，像刘恒的《贫嘴张大民的幸福生活》的话语狂欢与话语暴力，陈

---

① 参阅［德］瓦尔特·本雅明：《机械复制时代的艺术作品》，王才勇译，中国城市出版社 2002 年版，第 162—164 页。

应松的《马嘶岭血案》的惨不忍睹的血案现场,王跃文的《国画》对官场黑暗的披露,莫言的《檀香刑》对杀人过程与杀人心理的细致与精致的展示,六六的《蜗居》对"房事"的焦虑与挣扎,以及卫慧、棉棉、九丹、木子美等的欲望化叙事等,无不都是"震惊"有余、"静观"不足的代表性作品,是内容与形式的双重呈现。

新世纪一大批女性作家在展示"欲场"与"情场"方面可以说是到了触目惊心的程度。卫慧、棉棉、九丹、木子美等,一个比一个大胆,一个比一个开放,从上半身到下半身,从情到性,从欲到色,由夜总会到"女人床",从思想狂放到肉体放纵,从情绪化到动作化,从场景到细节,所有这些无非都是为了展现"震惊"效果。以至于到木子美的被称为"情色实录日记"的《遗情书》更是到了登峰造极的地步,被讽为"露阴游戏"。还如九丹的代表作《乌鸦》,不仅写作风格另类,而且因大胆触及了新加坡留学生的卖淫生活,在世界华语圈引起了广泛关注与激烈讨论。故九丹不仅有"美女作家"之名,还有"妓女作家"之称,《乌鸦》也被称之为"'妓女'悔罪篇"。有论者尖锐地指出:"九丹的性描写是放逐欲望的书写,实际上是将女性的隐私、身份、欲望展示于低俗的男性阅读市场,是一种精神卖淫,人文关怀的意味荡然无存、消失殆尽,女性小说意义的召唤将无从说起。"可见,九丹的《乌鸦》之所以如此,其实有一种考量是消费语境中男性读者的注意力。毕竟诚如道伦所说的:"我们就是我们注意的东西(we are what we pay attention to)。而注意力是一种稀缺资源,所以各种语言都会说'付出注意力'(pay attention)。"而且注意力是将刺激转化为商业资本的源动力。正是如此,九丹在《乌鸦》扉页上的题词似乎是在撩拨男性读者的"黄色想象"与捕获男性读者的注意力:"如果把写作比作脱衣服,那么脱了衣服之后,我不会炫耀自己的乳房有多美,而只是想把我的伤口指给别人看,并且告诉他们,这些伤口首先是我个人的罪恶,其次才是他人的罪恶。"所以,九丹的《乌鸦》以大胆内容、绝对隐私在新世纪的文学市场的上空做了一次炫目耀眼的飞翔和"肉体秀"。

新世纪的官场小说在展示官场黑幕、官场生态与官场争斗上也是到了瞠目结舌的地步。白烨认为:"严格意义上说,把'官场'作为一种专门的题材来写,是类型化小说的一个典型做法。现在被称之为'官场小说'的作品,大致上是由'反腐'题材作品脱胎而来,这类作品基本上是以官场为舞台,官员为主角,描写当下干部体制的矛盾所在与领导层面的生存状态,既以编织生活化的故事为主,又带有相当的纪实成分。"① 近年来,官场小说热点不断,热销不衰。早期王跃文的《国画》与《梅次的故事》,张平的《抉择》,陆天明的《苍天在上》与《大雪无痕》,周梅森的《中国制造》与《绝对权力》,杨文彬的《省委书记》,李佩甫的《羊的门》,阎真的《沧浪之水》,肖仁福的《官运》等,无不因其高仿真的官场纪实在市场上和读者中有着恒久的吸引力。以后陆续面市的田东照的"跑官"系列、张平的《国家干部》、晋原平的《生死门》、李春平的《步步高》、王晓方的《驻京办主任》与《公务员笔记》、纳川的《省府大院》、舍人的《宦海沉浮》、杨少衡的《党校同学》、邱建海的《官途》、小桥老树的《侯卫东官场笔记》、汪宛夫的《乌纱》、王敬瑞的《芝麻官悟语》、贾兴安的《县长门》以及邱华栋的《教授》、朱志荣的《大学教授》、吴茂盛的《招生办》、老悟的《招生办主任》等,更是将官场小说推向高潮。在新世纪,官场小说持续走俏,取得了令人惊叹的销售量,这是不争的事实。之所以如此,就在于这类作品纯粹以猎奇为目的,极尽想象夸张之能事,官场只是个媒介,反腐只是个幌子,夹杂情色、暴力与黑幕,以揭露凭空想象的秘闻、隐私为主要卖点,满足社会上部分人的窥私欲与猎奇癖。过分强调展示性与震惊感的官场小说,其缺陷也是十分明显的,正如学者汪涌豪所说的:"他们或许在写官场,但应该非关小说;它们可以勉强地将自己的作品归为虚构类的报告,但绝够不上称为文学。""这样的写作不仅非关小说,有时简直也无益于反腐。它虽然在客观上多少揭开了官场的黑幕,有利于社会的正气,但当主观上缺乏认识的高度和道义的担当,特别是对人性深刻的洞察、同情与悲悯,其对官场黑幕的揭露就可以无关激浊扬清,并很可能因一味的展览罪恶而流于欲讽反劝的窘境。""离真正的小说更远了"。②

第三节 从"影像"到"拟像"

在新世纪,影视等电子媒介与网络等数字媒介以一种不断创新的文学生产,不仅拓宽了文学审美的新天地,也促使文学审美范式出现了从"语言审

---

① 白烨:《命运与时运的交响回旋——2009年长篇小说概评》,《当代文学研究资料与信息》2007年第2期,第8页。

② 转引自周娜:《边缘化文学风景——新世纪文学热点览要》,电子科技大学出版社2011年版,第197页。

美"向"图像审美"、从"无厉害审美"向"功利化审美"、从"精神审美"向"生活审美"、从"超世审美"向"入世审美"的转变。按照托马斯·库恩在《科学革命的终结》一书中所说的,"范式"(Paradigm)就是某一个历史时期为大部分共同体成员所广泛承认的问题、方向、方法、手段、过程、标准等等。落实到美学问题上,"审美范式"指的是在某一特定历史时期大部分共同体成员所广泛认同的审美方式。事实上,从古至今,审美范式先后经历了三个阶段,分别是"形象:古典阶段""影像:现代阶段""拟像:后现代阶段"。换言之,就是"形象审美——影像审美——拟像审美"。当然,一种审美范式的新生与主流化,并不意味着另一种审美范式的消亡与退场。所以在新世纪,尽管有着图像增殖与图像霸权的客观存在,切实推进了"影像审美"与"拟像审美"的主流化与中心化,但"形象审美"依然还是生生不息,建构着属于自己的非主流化与边缘化的美学风景。

一、"影像"的审美表征

新世纪,我们正处于一个视觉文化时代或曰图像时代。海德格尔在《世界图像的时代》一文中指出:"从本质上看,世界图像并非意指一幅关于世界的图像,而是指世界被把握为图像了……世界图像并非从一个以前的中世纪的世界图像演变为一个现代的世界图像;而不如说,根本上世界成为图像,这样一回事情标志着现代的本质。"[①] 米歇尔在论述"图像转向"时说:"……人们似乎可以明白看出哲学家们的论述中正在发生的另一种转变,其他学科以及公共文化的领域也正在又一次发生一种纷繁纠结的转型。我想把这一次转变称为'图像转向'。"他还说:"图像现在所达到的地位处于托马斯·库恩(Thomas S. Kuhn)所谓的'范式'和'变异'之间,正如语言兴起而成为人文科学的中心话题一样。也就是说,图像正成为其他事物(包括喻形的构成本身)的一种模式和喻形。一个未解的难题,甚至是自身的对象……"[②] 从海德格尔的"世界成为图像"、米歇尔的"图像正成为其他事物的一种模式与喻形",我们可以推知:在图像技术高度发达、图像生产迅速扩大的新世纪,图像不仅是世界的中心,甚至从某种角度说就是世界本身。在经历了摄影、

---

① [德]海德格尔:《林中路》,孙周兴译,上海译文出版社2004年版,第91页。
② 转引自陶东风、金元浦、高丙中编:《文化研究》(第3辑),天津社会科学出版社2002年版,第14—15页。

第五章　病变与嬗变：新世纪文学的美学问题

电影、电视的常规发展与电子化、数字化、网络化的飞速跃进之后，机器性视觉媒介作为人的眼睛的延伸，极大地改变了人类"观看"世界的方式，这样，"世界通过视觉性机器被编码成图像"①。我们对自身及周遭世界的认知和感受，我们在世界的交往和生存，都潜移默化地受到了视觉媒介技术的强力制约和深刻影响。从这个意义上说，图像时代就是一个机器文化时代，也是一个技术文化时代，更是一个"看"的时代。

在图像时代，占主导地位的是影像，它是视觉媒介机器的产物，也是现代科技文明的成果。作为一种审美对象，影像"意指真实世界中的事物，通过光的反射作用在胶片感光剂或电子成像装置上的显影成像"②。随着审美对象从传统印刷媒介的形像（而不是形象）向现代机器媒介的影像的转换，审美范式也随之转型，即从形象到影像的现代转型。周宪在《视觉文化：从传统到现代》一文中考察了视觉范式从传统到现代转变的五种表现：从不可见到可见性，从相似性到自指性，从重内容到重形式，从静观到震惊，从趋近图像到为图像所围。③ 在《模仿/复制/虚拟——视觉文化的三种形态》一文中，周宪采用了历时考察的思路，选取了镜子、相机、电脑三种视觉媒介，考察了它们对应的三种视觉范式，即模仿、复制、虚拟。周宪的三种视觉范式的归纳，准确而精到，但由于缺乏对图像时代最主流的视觉媒介——电影与电视的关注而且显得有点美中不足。事实上，影像作为一种审美对象的确立与普及，有些特征是值得关注的：一是机器化生产，使得影像这种审美对象可以批量化生产，从而导致审美过程的商业化。二是机器化传输，使得影像这种审美对象可以突破时间和空间的限制，可以使得远在千里之外的人也能同时享受到清晰而又声情并茂的影像，并让人有一种身临其境的审美体验。三是机械化复制以至数字化复制，使得影像可以轻而易举地无限复制，且复制品之间没有任何差异，原本与摹本的区别彻底消失了，膜拜价值让位于展示价值，朝圣与敬畏之心荡然无存。

---

① 吴琼编：《视觉文化的奇观·序言》，中国人民大学出版社 2005 年版，第 12 页。
② 高字民：《从影像到拟像——图像时代视觉审美范式的变迁》，《人文杂志》2007 年第 6 期，第 119 页。
③ 参阅周宪：《视觉文化：从传统到现代》，见王岳川主编：《媒介哲学》，河南大学出版社 2004 年版，第 235—252 页。

二、"拟像"的审美表征

在图像时代，当图像"不再表征现实，甚至与现实无关，它依循自身的逻辑来表征，符号交换是为了符号自身"（鲍德里亚语）之时，视觉审美对象便从影像走向了拟像，从现代走进了后现代。"拟像"（Simulacrum）是鲍德里亚创造出来的一个概念，所谓的"拟像"是一种对现实的复制，但它逐渐脱离现实而取得了独立的地位。对于拟像的发展，鲍德里亚将之分为四个阶段："1. 它是对一个基本现实的反应。2. 它掩盖和歪曲了一个基本现实。3. 它掩盖一个基本现实的缺席。4. 它与任何现实都没有关系：它是它自身的纯粹拟像。"① 在《拟像的进程》中，鲍德里亚引用《传道书》中的两句话作为篇首引言："拟像物从来就不遮盖真实，相反倒是真实遮盖了'从来就没有什么真实'这一事实。拟像物就是真实。"② 在鲍德里来看来，拟像是一个非常宽泛的概念，不仅包括图像、形象和符号，而且包括社会事件、现实景观和生活行为。举凡一切的图像、景观、事件，只要按照拟仿的逻辑生成，就都是拟像。从整体上说，拟像生存于影视媒介、网络媒介、数字媒介等所建构的仿真社会与"超现实"或曰"拟现实"之中，秉承着拟仿逻辑，具有二元性和数字性之特征，是走向虚拟化的图像而具有虚拟性、欺骗性、不确定性和异质性。

我们知道，当代社会是一个由大众传播媒介所营构的一个仿真社会，"拟像和仿真的东西因为大规模地类型化而取代了真实和原初的东西，世界因而变得拟像化了"③。在鲍德里来看来，拟像是没有原本的东西的摹本，换言之，就是"无本之摹"，就像"无本之木、无源之水"一样不可靠、不可信。但是，拟像的最大魅力就在于虽是"无本之摹"却胜似"有本之摹"，让人在似是而非、似非而是的审美幻觉之中沉醉不知归处。事实上，在电子媒介时代，我们所生活的世界是一个由电子网络构建起来的图像化的虚拟世界，很多时候，我们无法准确辨别事物的真实或虚假。用鲍德里亚的话说，就是拟像不

---

① 转引自杨拓：《试论电子媒介时代的文学审美》，《江西社会科学》2011 年第 4 期，第 124 页。
② ［法］让·鲍德里亚：《拟像的进程》，见吴琼编：《视觉文化的奇观》，中国人民大学出版社 2005 年版，第 81—82 页。
③ ［法］让·鲍德里亚：《仿真与拟像》，见汪民安编：《后现代性的哲学话语》，浙江人民出版社 2000 年版，第 329 页。

第五章 病变与嬗变：新世纪文学的美学问题

再是对某个领域、某种指涉对象或某种实体的模拟，它无需原物或者实体，而是通过模型来生产真实，这种真实就是所谓的"超真实"，一种完全失去终极指向的真实。杰姆逊说："事物变成事物之形象，然后，事物仿佛便不存在了，这一整个过程就是现实感的消失，或者说就是指涉物的消失。"[①] 也就是说，当今我们生活的社会是这样的一个社会：现实中的实物正渐渐被拟像所代替，生活逐渐由真实向超真实转变。在真实不断被消解转换的过程中，各种拟像的模型出现了，而且填补了真实的空缺。但是这样的模型却给我们制造了一种比真实更真的幻觉——"超真实"，好像这些模型就是真实存在的。如博览会上的电子解说员、宣传片中的 3D 模拟交警、网络游戏中的 3D 人物等。

拟像作为一种审美对象的确立与扩张，从本质上说就是一种审美幻觉。这一点，鲍德里亚在 1981 年出版的《拟仿》（Simulation）一书中就已经明确指出，当今的现实"已完全为一种与自己结构无法分离的审美所浸润，现实已经与它的影像混淆在一起了"，"我们生活的每一个地方都已经处在一种对于现实的'审美'幻觉之中"。[②] 可见，拟像虽与审美融合为一，但从本质上却是幻觉，而且是一种超真实化与完美化的、信以为真的幻觉。以照片为例，新技术可以对照片中人物的胖瘦、高矮、色彩、背景的明暗度以及脸上的雀斑、头上的秃顶等进行随心所欲的修改，如当下十分流行的 PS 技术、美图秀秀软件等，从而最大限度地满足创作者对文本表征完美化效果的主观想象。还如电视广告、影视明星、MTV、纪录片、宣传片等，常常呈现为拟像形态，或者说是一种"失真"的"完美"。对此，鲍德里亚称之为"完美的罪行"，正如他说："完美的罪行就是创造一个无缺陷的世界并不露痕迹地离开这个世界的罪行。"[③] 可见，在鲍德里亚看来，拟像的"完美"是一场罪行，是对实在（real）的谋杀，毕竟"任何系统接近了完美操作性，也就接近了自身的死亡"[④]。

---

① ［美］杰姆逊：《后现代主义与文化理论》，唐小兵译，北京大学出版社 1997 年版，第 224 页。
② ［英］丹尼·卡纳瓦罗：《文化理论关键词》，张卫东等译，凤凰出版传媒集团、江苏人民出版社 2006 年版，第 213 页。
③ ［法］让·博德里亚尔：《完美的罪行》，王为民译，商务印书馆 2002 年版，第 43 页。
④ ［法］让·波德里亚：《象征交换与死亡·前言》，车槿山译，凤凰出版传媒集团、译林出版社 2006 年版，第 5 页。

作为一种审美范式，拟像既会抹杀审美客体的真实性，也会谋杀审美主体的辨真力，也会改造审美主体的无意识，还会瓦解审美主体的审美自律让主体陷入一种"非真实化"（derealization）处境，从而以所谓的"拟像旨趣"替代传统审美的"求真旨趣"，并以此作为一种审美定式与审美习惯。如果受众长时间沉浸于由拟像建构的超真实（即仿真文化）空间，受众不仅会对拟像失去辨真能力，也会对实在界失去应有的辨真能力。最重要的是，大众在拟像文化及由拟像组构的仿真文化中会逐渐失去对实在的兴趣，大众的求真旨趣会逐渐被拟像旨趣取代。这样，实在不再重要，拟像最为重要。换言之，由媒体呈现的拟像开始成为兴趣的中心与嗜好的焦点。以周星驰和六小龄童为例，大众喜欢他们，不是喜欢他们二人的现实形象，而是喜欢二人所展示出来的媒体形象，包括他们通过媒体展示出来的行为动作、性格气质、人物扮相、对话台词以及独特配音。此时的尴尬在于，如果把这些配音改装成周星驰和六小龄童自己的声音，大众可能对这一自然真实的"真声本音"并不喜欢。因为他们喜欢并认可的周星驰与六小龄童不是实在的周星驰与六小龄童，而是媒体拟像的即被媒体拟化的周星驰与六小龄童。在拟像这种审美范式之下，求真危机始终存在，这就是所谓的"表征危机"（representational crisis）。

三、从"读的方式"到"看的方式"

从古至今，文学的审美方式不外乎三种基本形态：一是"听的方式"（口传文学时代）；二是"读的方式"（书面文学时代）；三是"看的方式"（视像文学时代）。在图像时代，随着审美范式从形象到影像、再到拟像的转变，新世纪的文学审美也随之出现变异，其中最值得置于视觉文化语境中探讨的就是从"读的方式"向"看的方式"的转变。这是一次革命性的转变，虽有回归返朴之义，却更多是一种与时俱进的创新递嬗。

看，是人类认知世界的一种方式，也是人类审美活动的一种方式。画家鲁斯金（John Ruskin）说得好："人类灵魂所做过的最伟大的事物就是睁眼看世界……能看清这个世界，既是一种诗意，也是一种预言，同时还是一种宗教。"[①] 从古至今，为了更好地看见、看清、看懂、看透世界以及我们自身，

---

① 转引自［美］保罗·M. 莱斯特：《视觉传播：形象载动信息》，霍文利等译，北京广播学院出版社 2003 年版，第 2 页。

第五章 病变与嬗变：新世纪文学的美学问题

人类相继发明了许多看的工具和技术，不断丰富着看的方式和看的艺术，推进着视觉经验与视觉体验的嬗变。周宪认为："我以为，考察视觉文化的不同形态，就是考察视觉观念的历史。用伯格的话来说，就是所谓'看的方式'（ways of seeing），亦即我们如何去看并如何理解所看之物的方式。"① 当然，我们看事物的方式受到我们所知的东西或我们所信仰的东西的影响。换言之，人们怎么看和看到什么实际上是深受社会文化影响的，并不存在纯然透明的、天真的和无选择的眼光。在这里，周宪借用伯格的话对"看的方式"进行了很好的阐释，并进一步借用库恩的"范式"（paradigm）提出了所谓的"视觉范式"。周宪解释说："……视觉范式，亦即特定时代人们（尤其是那个时代的艺术家和哲学家）的'看的方式'。它蕴涵了特定时期的'所知的东西和所信仰的东西'，包孕了布尔迪厄所说的'作为信仰的空间的生产场'，因此塑造了特定时代和文化适应的眼光。恰如科学的革命是范式的变革一样，视觉文化的演变也就是看的范式的嬗变。视觉文化史就是视觉范式的演变史。"②

"当世界被当作视觉对象来把握的时候，它表达的并不是世界存在本身，而是体现人类主体价值和欲望的意识形态……由视像技术构成的数字图像，满足着人类实现自身价值的普遍梦想和欲望，影响着人们的生存方式和态度。"③ 随着"看的方式"的推衍与"视觉范式"的演变，新世纪的审美活动发生了深刻的改变："总的说来，这种改变主要表现在审美活动中的四个相互关联的方面：1. 审美活动从一种维护生存的活动变成了一种把握世界整体，确证自身力量的价值活动；2. 审美活动从一种体验性的整体活动变成了一种分析性美学活动；3. 审美活动从一种教化活动变成了一种工具性活动；4. 审美活动从一种从容优游的活动变成了一种一味忙碌的企业活动。"④ 基于此，高字民在《从影像到拟像——图像时代视觉审美范式研究》一书中将视觉审美的特点归纳为四点：一是"审美距离的消解与审美基础的悖论"；二是"审

---

① 周宪：《视觉文化：从传统到现代》，见王岳川编：《媒介哲学》，河南大学出版社 2004 年版，第 235 页。
② 周宪：《视觉文化：从传统到现代》，见王岳川编：《媒介哲学》，河南大学出版社 2004 年版，第 237 页。
③ 李鸿祥：《视觉文化研究——当代视觉文化与中国传统审美文化》，东方出版中心 2005 年版，第 336—337 页。
④ 李鸿祥：《视觉文化研究——当代视觉文化与中国传统审美文化》，东方出版中心 2005 年版，第 196 页。

美创造的技术化与审美判断的计量化";三是"审美性质的不纯粹性和审美中介的媒体化";四是"审美对象的批量化和审美过程的商业化"。①

这样,"看的方式"的扩张必然导致"读的方式"的萎缩。就新世纪文学而言,审美活动由原来的"读书"更多转向当下的"看图像"。在前图像时代即以文字为主的审美时代,人们更多的是通过阅读来进行审美。通过阅读,运用自己的抽象思维来构筑文字中的画面,虽然语言文字不能保证所表述内容之真实性,但是它会通过语言文字的叙述形成一个语境或情境,并在读者的阅读与想象中形成场景与画面,从而获得一种体悟式的审美快感。在图像时代,随着电影、电视以及互联网视频的发展,"看"逐渐取代"读",成为大众的主要审美范式。人们每天都在观看视像、视频与视屏,更习惯于通过"看的方式"而不是"读的方式"来获取资讯与信息。语言的式微必然导致图像的狂欢,按尼尔·波兹曼的话说,"图像对语言进行了猛烈的攻击"②,"看的方式"取代"读的方式"成为最主要的审美范式。

在"看的方式"的主导下,新世纪文学是如何呈现它的"好看"、如何实现它的"好看"的呢?又是如何践行它的"好看法则"的呢?其一,将图像概念或"看的方式"引入文学的话语体系之中,以"好看"驱动作品的"好读"。这一点,诚如贝斯特和凯尔纳在剖析利奥塔的后现代主义时所说的:"利奥塔希望使形象进入话语并改造话语,以及发展一种形象化的写作模式,即'以言词作画,在言词中作画'。因此,他推崇想象的和一词多义的诗歌转义,推崇写作中的暧昧,将诗歌标榜为一切写作为型的楷模。其目的是想以图像的话语瓦解抽象的理论话语,以那种采用越界性文学策略的新话语颠覆霸权话语。"③可见,利奥塔并不是将图像从话语中独立出来、分立起来,而只是想把图像概念引入文学的话语体系,以凸显话语内容图像的叛逆性力量,或者文学内容话语性与图像性的对抗和冲突,并从而将文学之为文学的"文学性"规定为审美的形象性。对于利奥塔来说,文学的理想品格应当是图像性的,由于图像的解构性,文学也应该是后现代性的。其二,在"内文本"

---

① 参阅高字民:《从影像到拟像——图像时代视觉审美范式研究》,人民出版社 2008 年版,第 32—40 页。
② [美]尼尔·波兹曼:《娱乐至死》,章艳译,广西师范大学出版社 2004 年版,第 98 页。
③ Steven Best and Douglas Kellner, "Postmodern Theory, Critical Interrogations", New York: The Guilford Press, 1991, p. 152.

第五章 病变与嬗变：新世纪文学的美学问题

的写作上让"图像化写作"大行其道。"图像化写作"是新世纪文学的一种内图像化策略，主要包括图像化叙事、图像化结构、图像化人物、图像化转换等。这一点，我们已在第八章中有详细的论述，在此不再赘述。由于践行了图像化写作策略，新世纪文学从某种角度上说越界成为生活图像的一份资源，文学不仅成为图像化的对象也成为图像化的结果。其三，在"次生文本"的改写上让"文学改编"呼风唤雨。"文学改编成影视"是新世纪文学的一种外图像化策略，既是文学进入影视，也是影视对文学的整编，表征的是作为"语言学转向"的对立面的艾尔雅维茨所说的"图像转向"。将文学作品改编成影视剧主要有两种改编模式：一是"忠实于原著的改编"；二是"不忠实于原著的改编"。盘剑认为："从总体上说，改编自文学作品的电视剧大多坚持忠实于原著的原则，即力求在思想内涵、表现形式和艺术风格等方面都尽可能与文学原著保持一致。……当然，忠实于原著或还原式的改编并不是对原著毫无改动，也不是忽视电视艺术的独特规律，抛弃其镜头、画面的特殊功能，将电视剧这一注重语言因素的视听艺术完全等同于语言艺术的文学。"① 影视剧不同于文学，但影视剧少不得、缺不得文学，文学毕竟是影视剧的本与源。影视对文学的整编，它们挑挑拣拣，只选取语言中能够转换出形象的那些部分。金惠敏认为："由于语言与图像的不相容性，影视对文学的整编、重组本质上并非在语言与图像之间建立一种新的张力关系，即图像从语言的压迫下解放出来并反过来统治语言，如此文学尚可卑微地奔走效劳于图像之前，而文学在被榨取之后便不再是原先意义上的文学，在影视中仅留下文学的残迹。"② 尽管如此，在影视中的"文学残迹"，依然有利于文学的大众化传播，毕竟"看"比"读"更加易于让人接受。从这个层面上讲，"看"有利于文学的传播，虽然文学的美感多被阉割，但是在当今以图像和拟像为主的时代，影视的普及对文学的普及依然有着不可低估的效用。

第四节 从"审美"到"审丑"

新世纪文学所处的新世纪十五年，是一个"泛美学"（transaesthetics）的

---

① 盘剑：《走向泛文学——论中国电视剧的文学化生存》，《文学评论》2002年第6期，第72—73页。
② 金惠敏：《图像增殖与文学的当前危机》，见王岳川编：《媒介哲学》，河南大学出版社2004年版，第220页。

时代,或曰"审美泛化"(aestheticization)的时代。鲍德里亚说过:"我们的社会生产出一个普遍的审美泛化:所有的文化形式,也不排除那些反文化的形式,都被提升了,所有的再现模型和反再现模型都被请入其中。"① 在"审美泛化"的语境中,不仅那些"反文化"与"反再现模型"可以入主审美视域,就是那些"反美学"与"反文学"也同样可以入主审美视域。由于全社会对所谓的"高大上"的审美疲劳,而那些所谓"矮矬俗"却更能带来不可企及的审美震惊效果。这样,"真善美"虽然还是审美家族的主人,但"假恶丑"在进入审美的视野之后竟然成了审美家族的新贵。这样,新世纪的文学审美出现了所谓的从"审美"向"审丑"的后现代转型。从整体上说,从"审美"向"审丑"的后现代转型有几点是值得关注的:其一,表征着表层化、感官化、断裂化的后现代哲学。其二,"泛审美"强调审美沉浸与欲望投射,迷恋于"当下"与"片刻"之欢。其三,审美主体失去了主动性和能动性,成了"时尚""流行""另类"生活方式的追逐者。其四,文学感受在"泛审美"的影响下走向"碎片化"与个性化。其五,书写"丑"、塑造"丑"、展示"丑"与张扬"丑",或者说"以丑为美",成为新世纪文学扎眼的话语狂欢。

一、"以丑为美"的审美趣味

从理论上说,审美观念是一个时代审美风尚得以可能的前提,而审美趣味则制约着一个时代个人的审美取向。余虹认为:"审美趣味也是一种文化现象。古希腊人认为强健的人体是神性的标志,它很美,于是在奥林匹克运动会和神像雕塑中裸露之。中世纪的基督徒认为肉体是罪性的根源,它很丑,于是在日常生活与绘画中都要深蔽之。……审美趣味是一种引导并制约着个体如何审美的文化力量。"② 在余虹看来,作为一种文化力量,审美趣味依托于审美主体的主观性与集体约定及社会认同。美与丑,既是相对的,也是转换的,但是随着审美文化的历时性积淀,依然有着为绝大多数人认同的、可以厘清的美学向度。美与丑,虽然都是一种审美范畴,但是美的规定性与丑的规定性毕竟不同。所以,"以美为美"是常态,而"以丑为美"是异态,表

---

① Jean Baudrillard, "The Transparency of Evil: Essays on Extreme Phenomena", trans. James Benedict, London and New York, 1994, p. 16.
② 余虹:《审美文化导论》,高等教育出版社 2006 年版,第 4 页。

第五章 病变与嬗变：新世纪文学的美学问题

征着审美趣味的病态化转变。

事实上，在西方美学史，倡导丑并让丑走向审美的圣殿早在启蒙主义那儿就得到了大力宣扬。法国的伏尔泰曾经说过："莎士比亚笔下的光彩照人的畸形人给我们带来的快感要比当今的理智、慎重大一千倍。"在这里，畸形人具有"光彩照人"的审美属性，并能引起读者的审美愉悦以至审美快感。西班牙的埃斯特万·阿特亚加也说："摹仿所摄取的只是集美丑善恶一身的远非完美的个人"，他甚至认为："艺术史的每一页都驳斥了摹仿'美的自然'的理想。"其后，莱辛在打破丑的禁令上更具影响。在《拉奥孔》中，莱辛认为，近代诗歌艺术主要不是美的艺术，而是真的艺术，它不以美为最高理想，而以真为最高法则。真实的现实，既有美，也有丑，因此丑有权利可以入诗。"丑可以入诗"有二层含义：一是描写丑的对象；二是根据真的法则，打破古典和谐美的原则，对艺术各元素作不和谐的处理。这后一条具有更本质、更深刻、更长远的意义。① 随着启蒙主义向浪漫主义的转折推进，人们已经"感觉到万物中的一切并非都是合乎人情的美，粗俗藏在崇高的背后，恶与善并存，黑暗与光明相共"，"诗人着眼于既可笑又可怕的事件上"。在近代的思想里，"滑稽丑怪都具有广泛的作用，它无处不在：一方面，它创造了畸形与可怕；另一方面，它创造了可笑与滑稽"。雨果曾经大声疾呼："现在是时候了，一切富有学识的人都应该抓住那一条总是把我们称之为美的东西和我们根据偏见称之为丑的东西联结起来的纽带。缺陷——至少我们是这样称呼的——往往是品格的一个命定、必然、天赋的条件。"正是如此，雨果在《巴黎圣母院》中塑造了一个外形极丑而内心极美的卡西莫多和一个外形很美而内心很丑的腓比斯，特别是卡西莫多更是人们津津乐道的典型。可见，丑通过艺术的加工可以成为艺术之美，虽是病态，但同样迷人。诚如鲍桑葵在《美学史》中所说的："即令我们被我们自己制造的丑包围起来，我们也有了更大的更敏锐的美感。"正是在这些美学观念的烛照之下，20世纪的西方现代派更是放肆地将丑、荒诞、异化、魔幻、黑色幽默等纳入审美视野，成为一种最典型、最纯粹的美学形态与范畴。

尽管丑是与美相对的美学范畴，审丑是与审美相对的审美形态，但是，我们想要强调的是，审丑的可然律并不代表着"以丑为美"的必然律。毕竟审丑最终是为了窥探丑背后的美、粗俗背后的崇高、滑稽背后的端庄、荒诞

---

① 参阅［德］莱辛：《拉奥孔》，人民文学出版社1982年版，第18页。

背后的真实，是为了"以丑写美""以丑化美""以丑求美""以丑彰美"，则绝不是"以丑为美"与"美丑不分"。

事实上，由于美学精神的流失与缺失，新世纪似乎正迎来一个"以丑为美"的病变时代。比如，江苏卫视的相亲节目《非诚勿扰》中的女嘉宾马诺以出格的言行举止、过激的伦理价值竟然博得了无数大众的眼球和最高的人气指数，真是没有不敢说的，也没有不敢做的。还如，2010年岁末一部充斥着暴力、脏话甚至带有点情色的电影《让子弹飞》大获成功，票房突破5亿元人民币。类似的电影《色戒》《满城尽带黄金甲》《肉蒲团》《赤裸特工》等则是"床战与肉搏"的最赤裸展示。在娱乐圈里，同样有着徐××的镂空透视装的上演，车模兽兽的爆乳露体。至于网络上的所谓"网络美女"如流氓燕、芙蓉姐姐、竹影青瞳、天仙妹妹、凤姐等无不都是读图时代的红人，特别是芙蓉姐姐靠搞怪作秀成名，她通过在网络上发布视频或者图片的"自我展示"（包括自我暴露）而引起广大网民关注，进而走红。他们的"自我展示"往往具有哗众取宠的特点，言论和行为通常借"出位"引起大众的关注。他们的行为带有很强的目的性，包含一定的商业目的，为了出名而在所不惜，不求"流芳百世"，但求"遗臭万年"。这一点，契合了消费社会语境下网民的审丑、娱乐、刺激、偷窥、臆想、意淫等看客心理，从而"丑行天下"。在近几年的网络媒介中，对丑的追捧似乎成了一种常态，"我是流氓我怕谁"，"丑到极处便美到极处"，以丑陋为美，以粗俗为美，以叛逆为美，以抹黑为美，以诋毁为美，以对抗为美，以爆乳为美，以露阴为美，以自私自利为美，以矫情为美……形形色色的恶搞让人应接不暇。在这种"以丑为美"的趣味主义的引导下，王朔曾经批判的"四大俗"如金庸的小说、琼瑶的电视剧、成龙的电影、四大天王的歌曲等转变为新的"四大俗"如赵本山的小品、周立波的海派清口、郭德纲的相声、周杰伦的歌曲等。

比如赵本山的小品，其最大的特点是低俗，其表现有两种文化倾向：一是有"文革"的影子。二是有封建的糟粕。三是缺乏时代之美。值得深思的是，这种低俗的艺术形式却是我们这么多年来央视春晚的"招牌菜"与"主打节目"，谁之过？可见，赵本山的小品绝对不是赵本山一个人的小品，而是一个群体审美趣味的象征，一个时代审美精神的象征。

我们知道，"凡事过犹不及"，当审丑走向"以丑为美"的趣味主义与反美主义歧路时，就到了该深刻反省的时候了。对此，我们认为2014年10月召开的北京文艺工作座谈会及习近平总书记的讲话，恰是阻止"以丑为美"

第五章 病变与嬗变：新世纪文学的美学问题

这个"野马"狂奔的"拴马桩"。习近平总书记的讲话有十点是振聋发聩的：一是文艺不能在市场大潮中迷失了方向，不能在为什么人的问题上发生偏差，否则文艺就没有生命力。二是文艺不能当市场的奴隶，不能沾满了铜臭气。三是艺术可以放飞想象的翅膀，但一定要脚踩坚实的大地。四是低俗不是通俗，欲望不是希望，单纯感官娱乐不代表精神快乐。四是把爱国主义当作文艺创作的主旋律，要坚持正确导向，弘扬正能量。五是文艺工作者应该确立导向自信，在伟大的人民中去写作崇高的作品，也在崇高的作品表现人民的伟大。六是坚持洋为中用、开拓创新。七是倡导说真话、讲道理。八是精品之所以"精"，就在于思想精深、艺术精湛、制作精良。九是好的文艺作品就应该像蓝天上的阳光、春季里的清风一样，能够启迪思想、温润心灵、陶冶人生，能够扫除颓废萎靡之风。十是追求真善美是文艺的永恒价值；艺术的最高境界就是让人动心，让人们的灵魂经受洗礼，让人们发现自然的美、生活的美、心灵的美。① 透过习近平总书记的讲话，我们似乎可以感受到习近平总书记对当前文艺乱象与怪状的焦虑与忧患，特别是时下泛滥的低俗之风、纵欲之风、颓废萎靡之风以及感官娱乐。习近平总书记指出，当下，过度娱乐化充斥荧屏，凶杀、打斗、色情营造的感官生理刺激冲淡乃至取代了文艺的精神美感。身为"人类进步的阶梯"的图书也未能幸免，内容"害人"、封面"吓人"、标题"雷人"的书籍，居然被摆放在书店的关键架位。随着互联网的发展和普及，低俗的作品更是如癌细胞一样滋生扩散。低俗泛滥，扭曲的价值观被无限放大，人人都是受害者。对此，习近平警示："低俗不是通俗，欲望不代表希望，单纯感官娱乐不等于精神快乐。追求真善美是文艺的永恒价值。让人动心，让人们的灵魂经受洗礼发现自然的美、生活的美、心灵的美才是艺术最高境界。"② 习近平总书记的一针见血与高屋建瓴，既是对"以丑为美"的审美纠偏，也是新世纪文艺工作的"阿拉丁神灯"。

二、"以丑为美"的审美呈现

进入新世纪以来，由于受到消费文化和电子媒介文化的双重影响，新世纪文学不仅乱象丛生，而且像崇高、神圣、真善美等价值立场的退却，从而让"以丑为美"恰如洪水泛滥，甚至是见怪不怪、习以为常。当然，这里的

---

① 参阅习近平：《在北京文艺工作座谈会上的讲话》，《人民日报》2014年10月28日。
② 习近平：《在北京文艺工作座谈会上的讲话》，《人民日报》2014年10月28日。

所谓"丑",不仅仅是指"丑陋",而是一个相对广泛的概念,它不仅表征着审美形态,也表征着一种畸变的审美趣味、蜕变的审美价值与病变的审美倾向。事实上,在新世纪,当所谓"崇高书写""主流书写""宏大叙事""英雄叙事""革命叙事""文学经典"等为许多"文坛大腕"与"网络大神"所不屑时,"以丑为美"的"乱花"必然"迷"住广大作者与读者的慧眼。

(一)"以渎圣为美"

"亵神渎圣",也可称之为"渎圣化"。神圣,在古典美学的视域中是何等崇高的形而上词汇,有着无法抗拒、无法比拟的膜拜性。然而在新世纪的消费主义语境中,神圣同商品、身体、美丽、历史、荣誉、榜样等一样成了可以消费的对象,失去了神圣性的神圣而成为可以任意拼贴、戏仿、大话、谐谑的对象。同样在新世纪的解构主义语境中,一切均可解构,包括崇高、神圣、伟大、英雄、经典、传统等,都被打入世俗尘埃,既有七情六欲,也是五花八门。

新世纪的网络文学有着最鲜明的"渎圣化"倾向。网络作为一个虚拟世界,可谓"林子大了什么鸟都有",但有一种是无法消弭的"共鸣",那就是消解神圣。网络文学淡化意识形态与主流价值及传统伦理,更多注重娱乐、休闲性,出现了许多无主题、无思想、无倾向的作品,也出现了许多刻意"亵神渎圣"的作品。这些作品有的以自由的心态和解构的手法对已有的价值观进行重新审视后,形成了十分鲜明的后现代表征;有的采用嘲讽、调侃的手法,通过对传统文学的颠覆和解构,反叛传统和经典;有的通过欲望化的本色表达和关注日常生活体验来解构思想的深度与厚度,从而无一例外地走向"平面化";有的以自由书写为幌子进行肆无忌惮的"抹黑""祛魅""去神圣化"。对此,诸如《大话西游》《悟空传》《流氓的歌舞》《明朝那些事儿》《成都,今夜请将我遗忘》等,似乎都可作为"渎圣化"的最好样本与最佳注释。

例如,当年明月的《明朝那些事儿》的开篇以市井八卦的口吻介绍一个大明王朝的开国君主朱元璋,全然没有历史典籍中的严谨庄重和传统文学中的严肃端庄。

姓名:朱元璋,别名(外号):朱重八、朱国瑞/性别:男/民族:汉/学历:无文凭,秀才举人进士统统的不是,后曾自学过/职业:皇帝/家庭出身:(至少三年)贫农/生卒:1328—1398/最喜欢的颜色:黄色(这个好像没得选)/社会关系:父亲:朱五四农民/母亲:陈氏农民(不好意思,史书中好

像没有她的名字)/座右铭:你的就是我的,我的还是我的/

这种语言基调显然不是要给开创明史的皇帝朱元璋歌功颂德,这部小说以一个普通人的视角重塑了以往高高在上的政治家和至高无上的皇帝,讽刺了朱元璋因出身贫寒而自卑、作为弱势被欺压的窝囊,与人交往时的蝇营狗苟,所谓的雄图霸业不过是弄权者之间的尔虞我诈,和地痞无赖的争斗并无二异。

再如,今何在的《悟空传》将原著《西游记》的人物形象作了时空转换与置换颠覆,让古典名著里一心朝佛的取经师徒脱胎换骨,变成了有爱有恨、有欲有求、有苦有痛的"人",即由"神"而"人"。一篇网上的评论说:"我们生活在没有英雄的时代,一切神佛都被我们打破了。所以只有我们这一代人会对这一作品流泪。"《悟空传》打破了神佛,情节与人物发生了"天翻地覆"的变化,如唐僧从一个虔诚的朝圣者变成了一个无佛无天、放荡不羁、才华横溢的金蝉子,甚至是有点话痨、令人讨厌的"啰嗦鬼";孙悟空由一个天不怕、地不怕、敢同如来打一架的"齐天大圣"变成了一个具有分裂性人格、恶魔与天使同在的"情圣";猪八戒为爱情牺牲一切,甘愿承受无尽的痛苦;沙悟净固执而虔诚地找回琉璃杯碎片,沦为权威的奴隶、制度的牺牲者。还有,在《悟空传》中,唐僧与孙悟空还都被塑造成了有彻底怀疑精神的人,如唐僧质疑小乘佛法、孙悟空质疑天庭对生灵统治的合法性等,都有着鲜明的"渎圣化"。当然,最能代表《悟空传》的主旨还是小说中那句传遍了网络的名言——"我要这天,再遮不住我眼;要这地,再埋不了我心;要这众生,都明白我意;要那诸佛,都烟消云散。"在自我中心主义极度张扬的时代,所谓的"天""地""诸佛""众生"等都不过是如此而已。

(二)"以叛逆为美"

叛逆,有时是创新与革命的驱动,但是无节操、无节制的叛逆却只能一种丑行。在新世纪,一大批所谓的作家以叛逆为荣、以叛逆行世,并被树为叛逆的"偶像",如王朔、王小波、顾城、高行健、韩寒、陈丹青、葛红兵、顾彬、卫慧、棉棉、苏菲舒、木子美等。他们不仅对现行的文学机制与体制叛逆,也对文学传统与经典叛逆,他们厚今而非古、厚己而非他、崇洋而媚外,目空一切,睥睨天下。其实,借用王小波的话,他们不过是"一只特立独行的猪",以另类搏名、以叛逆捞利,就像王朔自己所说的,"我是流氓我怕谁",以流氓自居,让痞子话语、流氓谩骂、裸体读诗肆意张狂,不以为耻,反以为荣。

对文学传统的颠覆与重置,对文学经典的"祛魅"与"反叛",是新世纪最典型的"叛逆"。在这中间,最有代表性的当首推对鲁迅的重新评价。2000年葛红兵在《给二十世纪的中国文学写一份悼词》一文中用质疑的口气说:"鲁迅的弃医从文,与其说是爱国的表现,不如说是他学医失败的结果。""他的人格和作品中有多少东西是和专制制度殊途同归的呢?他的斗争哲学、'痛打落水狗'哲学有多少和民主观念、自由精神相同一呢?"2000年第二期《收获》开辟了"走近鲁迅"专栏,依次刊发了冯骥才的《鲁迅的功与过》、王朔的《我看鲁迅》,以及早年林语堂的《悼鲁迅》三篇具有颠覆性的文章。冯骥才认为,鲁迅的"国民性批判源于1840年以来西方传教士那里。""鲁迅对传统文化的批判往往不分青红皂白。"王朔则认为:"我认为鲁迅光靠一堆杂文几个短篇是立不住的,没听说有世界文豪只写过这点东西的。""我坚持认为一个正经作家,光写短篇总是可疑,说起来不心虚还要有戳得住的长篇小说,这是练真本事,凭小聪明雕虫小技蒙不过去。"林语堂则以反讽给鲁迅画了两副"活形"图:"不交锋则不乐,不披甲则不乐,即使无锋可交,无矛可持,拾一石子投狗,偶中,亦快然于胸中。此鲁迅一副活形也。""终不以天下英雄死尽,宝剑无用武之地而悲。路见疯犬、癞犬,及守家犬,挥剑一砍,捉狗头归,而饮绍兴,名为下酒。此又鲁迅之一活形也。"这三篇文章有一个共相,那就是对中国现代文学的旗帜——鲁迅的否定性评价,将鲁迅从中国现代文学的"神坛"上拉下。对此,朱振国点评说:"可以说冯骥才的开篇是'点穴',王朔的卖点是'抹粪',林语堂的压卷是'漫画像'。"他认为:"宗师、奠基人,开先河者,有其不完善之处是难免的,但他们的历史地位是不可动摇的。想以对巨人的轻侮衬托自己的高明,或以为巨人已长眠地下不可能辩诬和抗争而显得猖狂,只能证明自己的愚蠢、浅薄和卑劣。"

除鲁迅被颠覆之外,20世纪中国文学史上的一大批文学大师难脱解构之厄。如2007年7月,湖南卫视请"80后"作家韩寒、著名画家陈丹青做了一档节目,二人就"阅读与小说"进行讨论时语出惊人,炮轰了一大批文学大师,其中包括老舍、茅盾、巴金、钱钟书、曹禺、冰心、余华、苏童等。之所以炮轰,无非是二人一唱一和于两点:一是这批作家的"文笔很差"和"文字相当幼稚";二是这批作家的作品"没法读"和"也读不去"。如陈丹青附和韩寒说:"还有巴金,写得很差的。冰心完全没办法看。老舍还好,不是不经读,读过可以的。钱钟书当然学问好,见解也好,但不是我喜欢的那类作家。"陈丹青还感叹说:"除鲁迅一上来就很老成。还有曹禺这样的天才,

第五章　病变与嬗变：新世纪文学的美学问题

20 几岁写的剧本，一辈子也知道没有办法超越。老舍的《骆驼祥子》还是很好，虽然还是没有读完；巴金的小时候读过，《家》《春》《秋》几乎全忘了，晚年的东西完全没有办法读，什么《真话集》，完全已经没有了才华。""像余华、苏童，我看一页就放下了。"韩寒、陈丹青对文学大师的炮轰绝非个案，它代表了一个时代的审美风尚，那就是以颠覆为荣、以断奶为荣、以截根为荣、以叛逆为荣、以偏激为荣。对此，有一大批学者和粉丝对韩寒表示支持，认为对于文学作品的阅读，每个读者都有不同的口味，老一辈文学大师的语言确实有些"落伍"，"文学代沟"客观存在，"应该包容批评的声音，包括对权威的挑战"。在此，我们认为，假如说韩寒、陈丹青的"炮轰"还只是个人的奇谈怪论的话，那么对这种"炮轰"的"支持"与"点赞"就不能不说是一个时代的咄咄怪事了，它充分印证了我们这个时代在审美趣味上的病变与异化。

所以，新世纪以来，无论对文学大师座次的重排——如"鲁郭茅巴老曹"统统被打倒，甚至还宣称"为中国文学保持一线血脉者，唯张爱玲是也"，如以"重写文学史"为名将"三红一创、山青保林"统统否定，还是为 20 世纪中国文学写下的"悼词"，以及对鲁迅地位的挑战，甚至宣称中国当代文学是"垃圾"，"文坛算个屁，谁也别装逼"，都表明颠覆经典与重置传统的潮流，已成为新世纪文学的一道眩目的风景。

（三）"以低俗为美"

尽管我们知道低俗不是通俗，欲望不是希望。但是新世纪文学依然存在着雅俗无界，甚至是雅向俗滑行以至低俗、鄙俗的病态化气象。换言之，就是"以低俗为美"。其一，大量畅销书类型的作品，审美境界都拘囿于现实生活的具体情境与日常感触，审美观照浅层人生欲望及其病态性欲求。这种类型的作品在新世纪文坛不仅是多，而且是滥，甚至是泛滥成灾。如《当年拼却醉颜红》《无爱再去做太太》《花心不是我的错》《成都，今夜请将我遗忘》《爱你两周半》《英格力士》《抒情年代》《手机》《中国式离婚》《蜗居》《上海宝贝》《棉》《国画》《驻京办主任》《招生办主任》《乌鸦》《遗情书》等，似乎都在刻意强调欲望泛滥、人性迷失、物性狂放的社会普遍性，以连篇累牍、长年累月地推演此类世相为能事，结果普遍地出现文学创作的"平面化"和文本价值的"浅表化"。

其二，不少深受主流文坛认可的作品，普遍地表现出对于污浊、畸形、诡异的审美兴奋与审美热情。阎连科的《日光流年》和《受活》虽是立意高远之作，但作品以"男人卖皮女人卖肉"和"残疾人绝活团"等畸形生态为关键情节加以渲染，则让人在倍感惨烈、绝望的同时，又不能不心生污秽、诡异、丑陋之感。莫言的《檀香刑》对刑场行刑的快感铺张与快意渲染，《四十一炮》对罗小通丑陋吃相和"肉神节"和"吃肉比赛"等酣畅恣肆地描述，《生死疲劳》以"牲畜六道轮回"为文本结构形态着力于人的动物性与兽性。这些作品，与《红高粱》《丰乳肥臀》《蛙》《打洞》等有共同的审美取向——"低俗"与"暴力"。余华的《兄弟》随处可见"屁股""粪坑""屎尿""搞"之类粗俗的语词和细节。东西的《后悔录》开头津津有味地以"狗交配"的描写来当作引人入境的噱头，则更是审美境界等而下之的"肮脏"。对此，刘起林一针见血地指出："如果说，单部作品对畸形、污秽、陈腐的生命形态的依赖也许自有其别开生面之处，但众多声誉隆盛而又颇具创造力的作家、众多被交口称誉的作品，竟不约而同地关注和痴迷于这类违背常态审美趣味的世态和生存现象，使得对于审美接受者心理乃至生理上的恐怖、丑陋乃至恶心感的刻意强化，成为了一种旷日持久的创作思维倾向，这就不能不说是一种审美病态的表现了。"①

其三，不少引人注目的作品凭借娴熟的叙事策略与技巧，沉溺于展示浑浊世相与日常琐碎。贾平凹的《秦腔》着力于描述那"鸡零狗碎的泼烦日子"，因匠气而琐碎，因迷茫而萎缩。王安忆的《长恨歌》立意刻绘生活与历史的"日常形态"，但对大千世界"琐屑"世相中底蕴"自生自长"的过分依赖，却使作者所希求的体察的丰赡与精深，不时转化成了文本世界"无边无际的汤汤水水"式的松散与疲软。《遍地枭雄》大量铺陈"大王"所讲述的与故事情节和文本底蕴均缺乏必要关联的"典故"，从而导致文本境界漂移、整体凝聚力柔弱。至于《一地鸡毛》《懒得离婚》《蜗居》《杜拉拉升职记》《贫嘴张大民的幸福生活》等则更是将日常生活、庸俗世道进行放大化与聚焦式处理。还有轰动一时的《狼图腾》和《藏獒》，虽然前者张扬强力、后者宣扬忠诚，但两部作品呈现的生存景况、价值立场、生存背景，都是高度紧张、残忍、血腥，只能生死相搏、你死我活的暴力、决杀型生命形态，是人类负面行为的写照与负面精神的投影。

（四）"以纵欲为美"

---

① 刘起林：《新世纪文学的审美气象病态化倾向》，《湖南社会科学》2007 年第 6 期，第 158 页。

第五章　病变与嬗变：新世纪文学的美学问题

　　人是有欲望的动物，从心理学的角度说，欲望与需求是人行动的动机与动力。欲望无对错，只有禁欲与纵欲才是需要诟病的。按弗洛伊德的观点，作家的创作准确来说是一种"白日梦"，是作家欲望准确地说是性欲（即力比多）的升华。纵观新世纪文学，一个显著的情态就是"文学欲望化"，从欲求到纵欲，从想象肉身到肉身体验，以纵欲为美，以露肉为荣，主要有两种最集中化的写作形态：一是"美女写作"，二是"肉身写作"。

　　其一，"美女写作"。新世纪的"美女写作"以卫慧的一路尖叫着开场，以木子美的四处遗情达到高潮。"她们被 Logo（标志）成'美女作家'或'另类作家'或'文学新人类'。她们的作品以女性意识的身体主义写作为主（源自西苏就女性文学提出的'躯体写作'的口号，指女性用自己的肉体表达思想，其叙述完全从自己的亲身体验和身体渴求出发）。即如棉棉所说'用肉体检阅男人，用皮肤写作'，也如卫慧所宣称的那样'钻进欲望一代躁动而疯狂的下腹，做一朵公共的玫瑰'。"① 这些"公共的玫瑰"对外开放女人的隐私，展示肉体的细节，表达灵肉的放纵，书写欲望的贪恋和满足。卫慧的成名作《上海宝贝》"充满了物欲、肉欲、性、同居、同性恋、吸毒等疯狂极端的另类体验"。小说向我们昭示的是一种重肉轻灵、性爱剥离的另类生存哲学。木子美通过肉身叙事记录床上细节，把她喜欢的"淫乱"和"放荡"等词语演绎得活色生香。一本《遗情书》不仅达到了自我欲望的放纵，也满足了公众的偷窥欲，把文学的感官化、大众化、公共化推向了高潮。至此，肇始于张贤亮的性政治转喻体系在新世纪文学的感性叙事中也就只剩下感性甚至是性的躯壳了。换言之，性本能的核心已经只剩下了性。值得一提的是，木子美及其《遗情书》并非个体现象，它是中国社会中新兴的缺少社会责任感的群体代表。值得深思的是，著名社会学家李银河竟然把木子美及其《遗情书》视为"性革命"的里程碑，她认为这标志着"在中国这样一个传统道德根深蒂固的社会中，人们的行为模式发生了剧烈的变迁"，她呼吁人们宽容以待。如此大胆的写作，如此鲜明的呼应，只能说明我们当下的审美趣味出现了揪心的病变。诚如评论家白烨所说的："'木子美现象'所带来的影响是消极和负面的影响，而这种影响的被传播和放大，正是失却规范的网络与媒体最终促成的。从这个意义上也可以说，'木子美现象'所反映的木子美个人

---

①　转引自周娜：《边缘化文学风景——新世纪文学热点览要》，电子科技大学出版社2011年版，第258页。

的道德叛逆，事实上构成了对中国网络和中国媒体的职业操守的挑战与考验。而在这样的考验面前，我们的网络与媒体交出的是并不合格的答案，而正是值得我们认真检省与深入反思的。"[1]

其二，"肉身写作"。新世纪的"肉身写作"从广义说包括欲望化书写、隐私书写、上半身写作、下半身写作等，从狭义上说则是指"下半身写作"。"肉身写作"的浊浪排空，很明显与新世纪的审美趣味的三种倾向有关，它们分别是娱乐性、世俗性、肉身体验。正是如此，"下半身写作"的代表人物沈浩波曾宣称："诗歌从肉体开始，到肉体为止。"因为"只有肉体本身，只有下半身，才能给予诗歌乃至所有艺术以第一次的推动"。沈浩波的《一把好乳》和《肉体》，以及尹丽川的《为什么不能再舒服一些》等诗歌，正如他们所宣言的那样："不要传统，不要西方，不要诗意，不要思想。"剩下的就只有"寻找快感，寻找肉体"的纵欲和沉醉。于是"身体在文学世界中占据了统治地位，身体的欲求和满足是至高无上的律令"。他们的诗歌创作也就变味成了一场文字上的快感游戏与意淫交媾，是满足肉体欲望的文字狂欢。对于"下半身写作"，批评与诟病似乎是理所当然，但令人颇费思量的是竟然有许多人为之摇旗呐喊，为肉体正名，为纵欲招魂。最典型的莫过于诗论者王士强的评价："与其具体诗歌文本所显示的成就相比较，'下半身'诗歌的'影响'是大于'本体'的，它的价值更在于其所彰显的文化策略的意义和开风气之先的'弄潮者'角色。固然其出场和存在不无'作秀'的成分，但其影响确是不可谓不大的，自此以后，诗歌的面貌和诗坛的格局发生结构性的变化，以粗鄙化、狂欢化为主要特征的'下半身'诗歌美学在诗歌民刊，尤其是网络诗歌中蓬勃生长、大行其道，某种意义上'下半身'的诗歌革命是'成功'的。"[2] 这种对"下半身写作"贴肉状态的推崇，无异于从反面印证了新世纪从某种角度上说是一个道德缺席、价值退却、伦理失序、人文不在、审美丧失的年代。

---

[1] 转引自周娜：《边缘化文学风景——新世纪文学热点览要》，电子科技大学出版社 2011 年版，第 31 页。

[2] 转引自周娜：《边缘化文学风景——新世纪文学热点览要》，电子科技大学出版社 2011 年版，第 89 页。

第六章　无教与有教：
新世纪文学的教育问题

所谓文学教育，是一种通过文学文本的阅读、教学、赏析等，使人在获得审美愉悦的同时丰富知识、发展能力、提升道德、开阔视野、陶冶情操的过程；它更主要的是一种知识教育、教化教育、情感教育、审美教育和人性熏陶教育。换言之，文学教育就是关于文学和利用文学的教育，体现的是"硬教育"与"软教育"的统一，分别对应的是文学教育的知识层面与精神层面。从古至今，关于文学教育的历史轨迹及其价值地位大致经历了数次推演与变迁：一是重"实用"论；二是"实用"与"文学"并重论；三是重"文学论"；四是"文学无用论"。在新世纪，由于人文主义让位于经济主义、情感主义让位于工具主义、感性主义让位于理性主义、审美主义让位于功利主义，文学及文学教育的"边缘化"及"再边缘化"是一个十分突出的问题。这也就是为什么会有"文学已死"和"作者已死"以及"文学教育不过是文学从业者个人的孤芳自赏与自我慰藉"等言论泛滥的原因。然而不管社会如何发展，经济如何攀升，物质如何富裕，生活如何富足，一个只有物质文明的民族永远只可能是一个"精致的功利主义"民族。文学是一种软实力，却是一种绵长恒久的软实力。没有厚重的中国文学支撑的"中国梦"，最终不过是没有强大的精神与灵魂的"白日梦"。正是如此，大力繁荣发展社会主义文艺，积极推进社会主义文学教育事业，必须成为我们实现"中国梦"的当然选择，诚如刘勰在《文心雕龙·宗经》中所说的"经也者，恒久之至道，不刊之鸿教也"，也如叶圣陶先生所说的"要养成读写的知能，非经由语文学和文学的途径不可"。当然，我们在此讨论的新世纪文学的教育问题，不仅关注的是文学教育的现实与现状、危机与生机、方法与方案、途径与路径，其实也是以此作为一个视点去观照新世纪文学本身，或者说彰显的是新世纪文学的生态问题、地位问题、传播问题、经典化以及再经典化问题。

第一节　传媒语境中高校文学教育的现状与对策[①]

文学教育本来就是文学的应有之义。中国古代十分重视学诗，如《论语·阳货》中说："小子何莫学夫《诗》？《诗》可以兴，可以观，可以群，可以怨；迩之事父，远之事君；多识于鸟兽草木之名。"中国古代也特别重视教诗，如《诗大序》中说："故正得失，动天地，感鬼神，莫近于诗。先王以是经夫妇，成孝敬，厚人伦，美教化，移风俗。"可见，文学的功能传统上早有"教育"一项，我们需要文学教育，在进入物质化、技术化、信息化、产业化、商业化的新世纪，我们更需要文学教育的滋养。我们之所以需要文学教育，是因为文学能让我们认知、澄明我们置身其中的时代，又能超越时代而获得永恒性的滋养。罗曼·罗兰曾经说过："在任何一种伟大的艺术中，人们都可以得到滋养，无论是现在这一代，还是未来的一代。"那么，我们所谈的文学教育到底是什么呢？简言之，就是专业的语言文学教育或曰高校的文学教育。在新世纪，文学教育的状况如何、出路何在？包括经典阅读、文学知识普及以及文学写作能力培养在内的文学教育又发生了哪些令人欣喜或令人担忧的变化？在电视、网络、手机等新媒体不断强势的媒介社会，如何破解文学教育的困境，如何采取因时而变的对策，这些问题显得尤为迫切。

一、被弱化：高校文学教育现状的计量分析

审视高校文学教育的现状，一个最好的切入点就是人才培养方案。我们可以通过人才培养方案的课程设置、课时分配以及学分构成来透视高校文学教育的现状。一般来说，高校文学教育的课程大致分为三大类：一是公共基础课；二是专业必修课；三是专业选修课。当然我们可能更简洁地分为两类，即专业课与非专业课。下面我们择取综合性大学、师范性大学、理工性大学、艺术性大学四种不同类型的高校来进行计量分析。

[①] 项目成果：本文为浙江传媒学院重点教改项目《传媒视野下高校文学教学的创新与改革实践》(2011)、《新世纪文学创作型拔尖人才培养模式的探索与实践》(2011) 的研究成果。作者简介：张玉佳，四川大学商学院工商管理类会计学本科专业 2013 级学生。本节内容由张玉佳提供调研数据与计量分析，并撰写初稿，特此注明。

第六章　无教与有教：新世纪文学的教育问题

汉语言文学本科专业课程学分例表

学校	专业	专业课学分	占总学分比例%	非专业课学分	占总学分比例%
兰州大学	汉语言文学	103	68.67%	47	31.33%
北京师范大学	汉语言文学	105	66%	54	34%
华中科技大学	汉语言文学	91	63.2%	52.5	36.8%
浙江传媒学院	汉语言文学	110	64.7%	60	35.3%

从上表中我们可以看出，在高校的文学教育实践中，专业有被弱化的趋势。换言之，就是专业不专，通识难通。专业没学好，通识也只是学了些皮毛与浅尝辄止，知其然而不知所以然。具体地说，非专业类课程所占比例太大，而专业课程由于必须要向政治理论类课程、大学英语课程、计算机课程、大学体育及军事素质类课程让路，因而所占比例相对来说较少。另外，在综合性大学、师范性大学、艺术性大学与理工性大学的横向比较中，我们还可以发现：专业课的学分呈下降趋势，而非专业课学分却呈上升趋势。

事实上，在高等学校中，文学教育包括文学专业的文学教育和非文学专业的文学教育两大类型。如果说非专业文学教育主要是一种审美教育、情感教育和人文熏陶的过程，那么专业文学教育在这个过程中还必须通过更系统、更深入地学习和训练，进一步提高文学专业能力以及与文学密切相关的各种综合素质和职业素养。那么，高等学校中，非专业文学教育的现状又如何呢？在此，我们以同汉语言文学最为密切的新闻学专业为例进行分析。

新闻学本科专业文学课程学分例表

学校	专业	文学课程学分	占总学分比例%
清华大学	新闻学	语言文学类课程6	4.3%
复旦大学	新闻学	人文基础类课程9	6.4%
华中师范大学	新闻学	中国古代文学（上）3 中国古代文学（下）3 中国现代文学3 中国当代文学3	8%
浙江传媒学院	新闻学	中国历代文学作品选读3 中国现当代文学作品选读3 外国文学作品选读3	5.3%

一般来说,从专业的相似性与相关度看,新闻学的基础与支撑毫无疑问是文学,文学是新闻的母体,也是新闻的源泉。但是在大力强化通识教育与技能教育的语境下,文学所倡导的审美教育、情感教育不可避免地受到削弱、排挤甚至是清空、排除,文学类课程在新闻学课程体系中所占的比例已是少得可怜,差不多都在8%以下,有的甚至是归零。与文学有着血缘血脉关系的新闻学尚且如此,更遑论其他专业了。

所以,直面当下的高校文学教育,不管是专业文学教育还是非专业文学教育都面临着共同的困惑,甚至可以说是陷入了共同的困境。简言之,以市场为温床、以技术进步为支撑、以电视和网络为代表的大众传播媒介迅猛发展,并在公共话语空间掌握了强势的话语权。大众传媒时代的到来,加剧了文学多元化、大众化、娱乐化的发展趋势,从文学观念到文学的具体存在方式,从文学创作到文学的传播和接受都产生了巨大的裂变。在这样的现实语境中,高校文学教育"为什么教"(目的)"教什么"(内容)"怎么教"(方法),每一个环节都出现了我们不得不面对的新问题。

二、被边缘:高校文学教育现状的理性剖析

曾几何时,文学与政治的联姻,让文学成为一个时代与社会的中心。正是如此,大学的文学教育也很受重视。从当年的京师大学堂开办"中国文学门"开始,在现代大学教育制度下,文学教育者们本着"铁肩担道义,妙手著文章"的宗旨,历经中国现代、中国当代、新时期、21世纪的不同发展阶段,大学校园内的文学教育也是几起几落、浮沉不定,确实经历了一个从中心到边缘的进程。

从"中心"的视角来看,作为中国文化标牌与文学教育标牌的"北大中文"似乎可以说明许多问题。20世纪80年代的北大中文系,跟那时的整个中国学界一样,刚从"文革"阴影中走出来,有精神、有共识,意气风发,没多少琐碎的利益纠葛。人与人之间的关系比较单纯,也有激烈争论,但很真诚;理论资源有限,学术功力不深,但很执着。原北京大学中文系主任陈平原教授曾经说过:"独立的思考,强烈的社会责任感,超越学科背景的表述,这三者乃80年代几乎所有著名学者的共同特点。"当然,这跟那时学科界线不明晰、学术评估不严格也大有关系。那时候,你可以特立独行,坚守民间学术立场,不太理会官府决策以及商家利益。现在,教授和学生比那时富裕多了,聪明多了,著述也多多了,但精神状态不行。这么说,有怀旧的意味,

第六章 无教与有教：新世纪文学的教育问题

但绝非危言耸听——起码对于"人文学"来说是如此。20世纪八九十年代发生了一次学术转型，舞台上挑大梁唱主角的，由"人文学"变成了"社会科学"。现行的这套政府强力主导、以项目申请和学科评估推动的学术制度，对社会科学家或许还行，但对人文学者绝对不利。崇尚独立自由、擅长单打独斗的北京大学中文系师生，就精神气质而言，与80年代更为契合。北京大学老校长蔡元培先生曾经有一句名言："爱国不忘读书，读书不忘爱国。"既反对闭门读书，也反对盲目干政，如何理解这句话，就看你在什么语境中引说。强调大学乃"研究学理的机关"，是蔡先生的一贯主张，并非应付舆论压力的权宜之计。

从"边缘"的视角来看，在当下商业文化背景、消费主义与传媒主义的文化语境下，中国文学以及与之休戚与共的大学文学教育，确确实实在"被边缘"的逼促下不断地走向"边缘化"。正是如此，国外有学者惊呼："文学已死"和"文学研究是否还存在"（如美国的希利斯·米勒）。在国内，也有很多学者也认为，包括中文在内的人文学科在当今社会普遍遇冷，这就是所谓的"冷门论"或者是"无用论"。文学与大学的文学教育，成为少数人与少数学生无奈的选择与研修。有鉴于此，当下的高等学校文学教育，不管是专业文学教育还是非专业文学教育，都不可避免地面临着共同的新世纪困惑。

其一，文学"神性"的消解和文学教育"为什么教"的困惑。文学从来都是一种重要的艺术形态、文化形态，文学教育也从来都在"育人"和"成人"的人文教育、素质教育中居于引领地位。但在电子文化、消费文化盛行的大众传媒时代里，文学的"神性"日益消解，文学教育的作用、文学教育在教育领域中的地位也日益不为大众所重视。文学和文学教育很难在大学的校园里"风景这边独好"，但要最终消除或缓解人的"异化"，至少不要让"天之骄子"们成为只钟情于工具理性的"单面人"，我们将不得不背靠历史、面向未来，深刻反思当下高校文学教育的现实，以期科学地为文学正名，准确地为文学教育定位。

其二，文学经典的尴尬和文学教育"教什么"的困惑。文学经典在人文教育、文学教育方面具有独特的优势和效用，能够提升人的品性，增进人的智慧，对人的成长具有全面促进的作用。具有"黑色幽默"意味的是，大众传媒时代恰恰是一个文学经典失落的时代。从文学创作的角度看，大众传媒的高度发达降低了文学的入门门槛，文学创作不再是少数作家的专利，普罗大众也拥有了足够的文学话语权，文学作品以醒目而张扬的方式附丽于各种新兴的文化样式之中。不管是一本正经还是嬉皮笑脸,只要是放纵言说快意的语言文本,都可以贴上文学的标签——文学外在形态的膨胀伴随着内在思想艺术意蕴的稀释——这或许是我们这个时代经典匮乏的一个重要原因。从文学消费的角度看,披上文学外衣的通俗读物受到市场的追捧,坚持"纯文学"理念的作家作品则举步维艰,传统文学经典乏人问津。与此同时,文学经典在高校文学教育中也遭遇了"滑铁卢",大学生们如今普遍不读文学经典,甚至排斥文学经典。2005年4月25日的《光明日报》上有一则题为"读过四大名著的仅为5%,当代大学生人文素质堪忧"的报道,一个课题组对某重点大学86名学生进行随机采访,结果发现只有4人完整地读过我国四大古典小说名著,其比例仅为受访学生的5%,而且只有极少数的学生有在大学期间读一些经典名著的想法。四川某报记者到该省两所高校进行读书情况调查时,询问大学生"最近在读什么文学名著",得到的回答普遍是"几年没有读过了",包括中文专业在内的学生也都表示与文学名著"少有接触",他们的主要理由是"忙"与"读文学书没用"。

其三,文学阅读式微、文学诗性剥离和文学教育"怎么教"的困惑。大众传媒时代文学传播、文学接受方式的重大变化主要表现在两个方面:一是电子文化、视觉美学风行,"披文入情"与"动情关照"的传统文学阅读、诵读方式日渐式微,文学接受也出现"去语言化"和"去文本化"倾向。二是大众传媒基于自身的"眼球经济"策略,在文学传播当中关注具有新闻性的文学事件、有着忽略文学作品的"去文本化"倾向,能够现身于大众传媒视野的为数不多的文学文本解读也因过于通俗化、娱乐化而带有"去审美化"倾向。这两个方面的变化主要在"怎么教"上对当下高校文学教育产生了深刻的影响。

尽管如此,还是有许多钟情于文学事业与文学教育的学者与专家坚持认为:"人文学者最困难的时期已经过去了。"原北京大学中文系主任陈平原教授就多次强调:"大学的文学教育已经到了触底反弹的时候了。"从1991年撰写《学者的人间情怀》、1993年发表《当代中国人文学者的命运及其选择》起,陈平原一直在观察"人文学"在当代中国的位置变化以及功能转移。在他看来,人文学者最困难的时刻过去了。此前是"坚守",此后可以更多考虑"进取"与"创新"。"触底反弹"的说法,是对20年这样的中等时段的观察,若以百年这样长时段的眼光看待中文等人文学科,他承认,中文系现在有点"边缘化",但也不该被"悲情"笼罩。在今天这么个喧嚣的时代,需要理解我们的真实处境和发展路向,有所坚持,也有所创新。他坚信,当眼下五光十色浮华侈靡的大幕退去,学术重归平静,人文学科应该是最能站得住的。大学作为一个知识共同体,需要专业技能,也需要文化理想。对于营建校园氛围、塑造大学风貌、体现精神价值,起决定性作用的,是人文学科。

在众多像陈平原、陈晓明、王晓明等人文学者对文学"祛边缘"的不懈守望中,我们依稀可以看到"文学不死"与"文学复苏"的缕缕曙光。在此,我们要大力提高大学生学习文学的自觉性,毕竟"能说中国话"与"精通中文"是两个不同的概念。周作人谦称自己"国文粗通,常识略具",这可是很高的标准。我们不反对学英语,只是主张加强母语教育。在写《中文百年,我们拿什么来纪念?》这篇文章时,陈平原谈及请中文系为全校开设"大学语文"这一制度,在一次次的课程改革中被消磨掉了。校长看了报纸,很感动,说可以从头来,但我知道不太可能。电脑让我们远离了书法,数据库让我们远离了记诵,专业课则让我们远离了语文。无论教授还是学生,都不在意这种基础中的基础。其实,越是基础的,很可能越重要,就像空气和水。单就文化传承而言,任何一个国家的"国文",都相当于空气与水。

从政治化、工具化的桎梏里挣脱出来之后,突破学究气的经院教学模式,超越娱乐化的大众传播模式,遵循文学教育、人文教育的规律探索文学教学新机制,这是当下的高校文学教育的必然选择。我们有理由相信,在21世纪的高等教育中,文学教育不会衰落。正如温家宝总理所指出的:"学习理工科的,也要学习人文科学、学习文学和艺术。同样,学习人文科学和文学艺术的,也要学习自然科学。""我们培养的人,应该是全面的、具有综合素质的人。"但面对困境,高校文学教育必须放眼世界、躬身自省,树立正确的文学观和文学教育观,创新课程体系和教学方法体系,在纯文学、唯经典、纯审美和大众化、通俗化、娱乐化之间,寻找并建构一个符合新世纪文化语境的平衡点与契合度。

三、"传媒文学":传媒语境中高校文学教育的创新对策

在传统媒体与新兴媒体日益融合发展的背景下,在传媒渐次霸权化的语境中,文学作为传统的基础学科,也日益发生着"裂变",文学从叙事理念和模式到文本文体都发生了很大的演进,这为文学学科的发展提供了很大的空间,也提出了很大的挑战,对文学学科的教学改革也提出了崭新的课题。所谓"世易时移,变法宜矣",高校文学教育本来就是"水无常形,兵无定势,

法无定法",所以依据新世纪高校文学教育的现状及其所面临的文化语境,我们特提出"传媒文学"以期找到突围高校文学教育困境的新路径。所谓"传媒文学",简言之,就是文学传媒化、中文传媒化,强调文学素养与传媒技能的并重并举,依托现代传媒特别是影视、网络、手机等新媒体扩大文学传播,并进而优化文学教育。

1. 方式与方法

大学文学教学的最高境界是"授人以渔",而不仅仅是"授人以鱼",教师在传授给学生知识的同时,更重要的是教会学生学习方法。特别是在当下传媒社会的文化语境下,大学文学教育不可避免地会借助现代传媒技术与多媒体技术而腾飞,尤其是文学网络资源的充分运用等更是如此。"海量"的文学网络资源与形态多样、内容丰富的其他审美艺术的网络资源,只有依靠大学生内在的高度的自主性与科学的研习法,才能够合理科学的运用,也才能够化外在的传媒资源为学生内在的文学素养。鉴于此,我们特借鉴武汉大学王兆鹏教授的"四步教学法"以成"他山之石,可以攻玉"的期许。"四步教学法"是指:示范—引导—讨论—总结。以《中国现当代文学专题》教学为例:第一步示范课,以讲解作品为主,并讲授欣赏的方法,再辅以文学改编后的经典影视作品播放则效果将会更佳。第二步引导课,从专题的角度,给学生提出思考和需要讨论的问题,讲解有关学习和研究的方法途径;为了帮助学生学会组织利用材料,注意学术规范,教师还要开列有关书目、网址,布置学生进行主题型的网络阅读,查阅文献资料。第三步讨论课,注意选择题材、风格类型不同的作品,亦可设置一些需要重点把握的问题进行。第四步总结课,由教师对学生的讨论进行总结。"四步教学法"将学习的主动权还给了学生,学生由被动接受教师的观点转向主体性学习,学生必须按照要求查阅完相关的文献资料,从中及时了解一些最新的研究成果,同时他们的学术规范意识也得到了强化。教师督促学生自主学习,带着疑难问题,由教师在课堂中抓住学生的疑惑作精辟点拨指导。通过一次又一次这样的不断训练,学生就会举一反三,使其主动学习的能力不断提高。所以,我们坚持认为,现代传媒语境下大学文学教育的教育者们除了充分掌握现代传媒的相关技能之外,还应该转换角色定位,即教师角色由权威管理者、学习主宰者,转变成学习诊断者、学习催化者及资源专家,因为开放式教育身份没有高低,角色没有主辅,而是要在"尊重""鼓励""关爱"等民主和谐的气氛中让学员愿学、乐学。

第六章 无教与有教：新世纪文学的教育问题

2. 课程与课本

改革与创新传媒语境下大学文学教育的现状与困境，首先是创新文学教育课程。强化大学文学教育，首要的，也是根本的，必须创新文学教育课程体系。这种创新，应当是全方位、整体性、系列化的，至少涵盖六个方面创新。一是创新思想观念，一定要改变文学教育可有可无、可重可轻的看法，把文学教育看作关乎创办一流大学、培养全面发展、具有综合素养的优秀人才的战略举措来抓。二是创新课程设置。过往也开大学语文课，但是，大多属于公共课，有的还只是选修课，有的甚至干脆不开，要开也只是一种点缀。文学教育必须创新课程设置。不仅要继续开好大学语文课，还要使必修、选修、讲座等多种课程类型相互配合，课内、课外、校外等多种学习空间相互补充，教学、自学、活动等多种学习方式相互为用，构建起立体交叉式的文学教育课程新体系。三是创新教材编写，做到顺应学习心理，切合学科规律，凸现课程特色，确保教学成效。四是创新教学方法，改变师授生受、口耳相传的单一陈旧教学方法，实现教学方法的多样化、综合化和高效化。五是创新教学手段，尽量推行并普及现代化教学手段。六是创新教学评价，努力探索出一条科学评价并有效促进文学教育的教与学的新路子来。

3. 实验与实训

长期以来，在高校文学教育中始终存在着一个误区：那就是文学教学是一门不需要实验室的书本型教学。尽管古人强调"读万卷书、行万里路"，但在高校的文学教育的实践中，却只重视"读万卷书"，而忽视了"行万里路"。事实上，文学教育不仅要"眼到脑到"，还要"手到脚到"，更要"心到情到"。唯其如此，文学这种审美教育才能真正实现它的价值。实践出真知，文学来源于生活而又高于生活，文学的诗意总是来源于对现实世界的超越与穿透。鉴于此，部分高校的文学教育确实做出了许多令人侧目的尝试，大力彰显文学教育的技能之维与实践之度。

在此，我们仅以浙江传媒学院文学院的"传媒文学综合技能创新实训中心"为例来印证实验·实训·实践在文学教育中的重要性。本着创新全媒体语境下传媒文学应用技术与综合技能的宗旨，"传媒文学综合技能创新实训中心"主要包括以下实验室：现代文秘模拟实验室、对外汉语语音实验室、传统戏曲数字化传承实验室、影视观摩室、话剧表演室、影视制作室、报刊电子编辑实验室、文学网站模拟实验室、文化遗产保护与利用实验室、媒介素养教育模拟实验室等。这些实验室的建设，有利于文学教育的媒体平台转换，如改编于文学经典的影视作品的播放有利于对原著的传播与理解,甚至在比较中强化学生对原著的思考与回归。这些实验室的建设,有利于将以数字技术为核心的网络技术、信息技术、复制技术与影像技术运用于中文教学、文秘教学、艺术教学、文化遗产教学当中,彻底改变现在中文专业、文秘专业、对外汉语专业、戏剧影视文学专业、文化遗产专业的学生只有单一技能的不足,彻底改变学生只会"用笔(杆子)"不会"用机(子)"的缺陷。这些实验室的建设,还有利于实现"传媒文学"应用型、复合型人才培养模式的创新。

4. 创作与创意

2009年3月18日,上海大学创意写作研究中心主任、教授、博士生导师葛红兵在《文学报》发表《中国文学教育亟待改革》一文,提出改革传统的中文教育体制和结构模式,创立"文学创意写作"学科。有学者还提出,我们的文学教育不仅是要改革,而是要革命。还有人认为,这样的主张与20世纪的"文学革命"有着本质意义上的相似性,并从而提出"21世纪的文学革命"的口号。当今世界,全球化的浪潮、高科技新媒体的飞速发展,都在酝酿着一场新的文化革命。我们的民族文化要永远能够立于不败之地,就必须以全新的姿态迎接挑战。那么,文学教育革命的实施,必将成为21世纪新文化运动的一个有利的契机。

针对当前全媒体语境下中国语言文学的教育现状,我们认为应当摒弃当前教育模式,建立新型的以创意写作为方向的文学。"创意写作"(Creative Writing)是一切创造性写作的统称,包含狭义虚构类创造性写作和非虚构类创造性写作等。创意写作不仅培养作家,还更多地着力于为整个文化产业发展培养具有创造能力的核心从业人才,为文化创意、影视制作、出版发行、印刷复制、广告、演艺娱乐、文化会展、数字内容和动漫等所有文化产业提供具有原创力的创造性写作人才。西方文学教育一般归属艺术类,把创意写作作为文学教育教学的主攻方向。目前创意写作在西方是一个包含近20个子门类、提供本科、硕士、博士学科课程的大学科,为文化创意产业的发展提供了源源不断的原创动力。目前该学科在国内还处于空白,至少还是起步摸索阶段。中国的文学教育归属于人文社科类,以文学研究为主。传统中文系一般开设基础写作和应用写作,但二者较少涉及创造性写作的教育教学。传统中文系在学生培育目标上明确宣布"不培养作家"。因此,打破现有语言文学系框架,创建新型文学教育体系迫在眉睫。文学系不是新闻系、文秘系、

第六章 无教与有教:新世纪文学的教育问题

语言系,不培养公文写手、新闻记者,甚至不培养语文教师,文学系应该以创意写作为专业,培养具有艺术创造思维和文学写作才能的专业人才,他们未来将成为文化创意产业核心从业人员。

创意写作肇始于美国,1936年爱荷华创意写作工作坊创建,之后创意写作成为一门新兴科目在美国大学内得以确立和推广。不同于一般大学课程由教授向学生传授知识和思维方法,创意写作的教学有其特殊规律和方法,在这里不断从个人的经历、回忆、观察、思考中深挖素材,写出以往没人写过的原创作品成为教学目的。写作,从某种意义上,在这里变成认识自我、发现自我、表达自我的过程,激发学生的创造潜能,让写作真正切近学生个人体验是创意写作教学的根本原则。其授课形式多采用学生与老师组成合作团体,在课堂上大家平等地展示自己的作品,大家各抒己见,对别人的作品可以任意评价——优点、缺点、称赞、批评、修改意见等等。目前,英国、加拿大、澳大利亚、新西兰、以色列、墨西哥、韩国、菲律宾等国家也纷纷开始效仿美国,在大学设立创意写作专业。

鉴于此,改革现有文学教育模式,创建以创造性写作为方向的独立文学教育学科,培养新型写作人才和创意人才,承担起文化产业发展的支撑点和发动机的角色,是完全必要也是完全可以做到的。

5. 文学语言与媒体语言

不可否认,文学是一种语言的艺术。在全媒体时代,文学的语言虽有着自己的传统构成,却无法拒绝媒体语言的渗透与侵蚀。在当下的传媒文化语境中,"媒体语言"的研习与传播,应该成为高校文学教育中语言应用的重中之重,具体地说可以包括报纸语言、影视语言、网络语言以及相关的大众文化、通俗文化的语言习得。当然,语言符号是一种约定俗成的历史性建构。所以,媒体语言进入诗性的文学语言系统不仅是一种渐进的过程,而且也是一种优存劣汰的进程。这一点,在网络文学的体现已十分明显,即使是传统的纯文学文本中也是大量呈现。例如,《人民日报》第一次使用网络语言"给力"一词时,虽然有点石破天惊,却也是水到渠成。纵使是在最权威的《现代汉语词典》,也在一次又一次的修订中不断地加进为大众耳熟能详的英文词与网络语。对此,落实到高校的文学教育,既可以使用传统的文学话语进行全真教育,也可以使用媒体语话进行仿真教育。关于后者,易中天讲《三国》、于丹说《论语》等,不仅在于他们充分利用了电视媒体为其造势,还在于他们充分运用了观众熟悉与喜欢的新话语体系(主要是媒体话语)进行宣讲。一是说得好,二是听得懂,三是喜欢听,四是传得开,加之与热播的影视剧遥相呼应,当然也就能深入人心了。所以,我们认为易中天的讲《三国》、于丹的说《论语》,对于传媒语境中的高校文学教育而言,虽不能说是一种参照,但至少是一种参考。

第二节 作家教育背景与新世纪文学的调查报告①

新世纪的作家队伍是一个多元化、多层化与多代化的构成。假如我们按照作家的出生年代来划分的话,我们至少分为50年代作家群、60年代作家群、70年代作家群、80年代作家群及90年代作家群。由于作家不仅是知识与文化的传承者,也还是知识与文化的创造者,因而作家本身的知识谱系与文化构成总会不可避免地对作家的创作有着至关重要的驱动。对作家来说,教育背景往往会对其生活观、文化观、审美观与价值观发生深刻的影响。英国的纽曼(John Henry Newamn)主教在 The Ideal of University(《大学的理念》)说过:"大学不是诗人的诞生地,但一所大学不能激起年轻人一些诗意的回荡,一些对人类问题的思索,那么这所大学缺少感染力是无可置疑的。"大学虽然不是直接培养作家的场所,但大学给那些受过大学教育的作家以最初的诗意空间与审美想象。大学的历史传承、文化氛围、图书收藏、校园文化、师德师风、学问人品等,以及大学内部同学之间的非功利的交往、讨论、切磋,都以一种"随风潜入夜,润物细无声"态势滋养着那些"准作家们"的思维方式、审美意识与文化品位。尽管此后有诸多作家在不同场合、以不同的方式批评、指责甚至是抨击大学的弊病,但多是一种"爱之深,恨之切"的心态使然,当他们回忆自己的人生历程时,影响最大、印象最深、念想紧切的仍多半是大学的生活。"莽汉诗人"的代表李亚伟曾在《中文系》一诗中尽情调侃过大学教育,但他依然说:"我终身引以为傲的一件事是大学四年。"于是,作家教育背景与新世纪文学的内在关系就成为新世纪文学研究中一个不可迁绕的视域。

为了更好地探究新世纪作家教育背景与创作的内在关系,本调查报告主

---

① 作者简介:张玉佳,四川大学商学院工商管理类会计学本科专业2013级学生;王晨曦、陈郑予,浙江传媒学院文学院汉语言文学本科专业2011级学生;魏鑫磊、王克娜,浙江传媒学院文学院汉语言文学本科专业(涉外文秘方向)2011级学生。

第六章 无教与有教：新世纪文学的教育问题

要择取新世纪文坛中各个代际作家中最具代表性的作家，特别是国内外大奖的获奖作家，如诺贝尔文学奖、茅盾文学奖、鲁迅文学奖、郁达夫文学奖、传媒文学大奖、"五个一工程"奖，以及近十多年网络文学的"大虾"与"大神"。其中"50后"有莫言、贾平凹、路遥、王小波、韩少功、王安忆、铁凝、王朔、刘震云等；"60后"有余华、苏童、迟子建、麦家、格非、陈染、毕飞宇、虹影、东西等；"70后"有卫慧、棉棉、安妮宝贝、慕容雪村、饶雪漫、魏微、李师江、冯唐、徐则臣等；"80后"有韩寒、郭敬明、笛安、夏茗悠、落落、李海洋、张悦然、李傻傻、小饭等。

一、"50后"作家教育背景与经验式写作

活跃于新世纪文坛的、出生于1950年代的作家，如莫言、贾平凹、路遥、王小波、韩少功、王安忆、铁凝、王朔、刘震云等，不仅是新世纪文学的主力军，而且像莫言这样于2012年10月获得诺贝尔文学奖后甚至成为新世纪中国文学的名片与标牌。在这一批作家中，他们虽然大多受到过大学教育，也绝大部分受到过专业的文学教育的培养，但由于他们大多在农村长大，或者说在农村插过队，有的在部队摔打滚爬过，有的在厂矿机关工作过，有的在商海中沉浮过，写作的素材也来自于他们丰富的社会阅历、生活经历与情感体验，因而"50后"作家的作品呈现出极为浓厚的经验与体验，是一种典型的经验式写作。所以，"50后"作家的教育背景对于他们的写作而言，只是一种补充与完善，或曰一种锦上添花的点缀与修饰，他们的教育背景很难也没法遮蔽他们的经验式写作的特质。换言之，"50后"作家的教育背景让他们的经验式写作趋向娴熟。

"50后"作家教育背景例表

作家姓名	教育背景	代表作品
莫言	解放军艺术学院文学系 北京师范大学鲁迅文学院创作研究生班	《红高粱》《酒国》《丰乳肥臀》《檀香刑》《生死疲劳》《蛙》等
贾平凹	西北大学中文系	《商州》《小月前本》《浮躁》《废都》《白夜》《土门》《高老庄》《怀念狼》《秦腔》《高兴》《古炉》等

路遥	延安大学中文系	《人生》《平凡的世界》《在困难的日子里》《我和五叔的六次相遇》《黄叶在秋风中飘落》《惊心动魄的一幕》等
王小波	中国人民大学贸易经济系	《黄金时代》《白银时代》《青铜时代》《黑铁时代》等
韩少功	湖南师范学院中文系	《爸爸爸》《女女女》《马桥词典》《暗示》《日夜书》等
王安忆	中国作家协会第五期文学讲习所	《小鲍庄》《小城之恋》《纪实与虚构》《长恨歌》《富萍》《桃之夭夭》《遍地枭雄》等
铁凝	河北省文学讲习所	《哦,香雪》《六月的话题》《永远有多远》《没有钮扣的红衬衫》《玫瑰门》《大浴女》《笨花》等
王朔		《浮出海面》《一半是火焰,一半是海水》《玩的就是心跳》《顽主》《看上去很美》《我是你爸爸》《动手凶猛》《过把瘾就死》等
刘震云	北京大学中文系 北京师范大学鲁迅文学院创作研究生班	《塔铺》《单位》《官场》《一地鸡毛》《故乡天下黄花》《故乡到处流传》《故乡面和花朵》《我叫刘跃进》《一句顶一万句》等

从上表中可以看出,莫言、贾平凹、路遥、韩少功、刘震云是大学科班出身(汉语言文学专业),王小波是大学非科班出身(贸易经济专业),王安忆、铁凝、王朔没有大学受教育经历,其中王安忆、铁凝有过短暂的文学创作培训经历,而王朔是在自己的写作中摸索前行,"想怎么写就怎么写",却依然"看上去很美"。可见,就"50后"作家而言,他们的教育背景虽然对他们的写作有一定的影响,但并非关键,成就他们的是他们自己得天独厚的生活体验与人生体悟。这诚如路遥在《平凡的世界》里所写的:"我们出身于贫困的农民家庭——永远不要鄙视我们的出身,它给我们带来的好处将一生受用不尽。"

在此,我们仅以路遥为例,探究其教育背景与创作的内在关联以及在作品中的表现。路遥被称为"土著"作家,主要受到农民文化的影响,作为农民的儿子,他深深地爱着他的故乡,承袭和接受了传统文化的影响,以农民

第六章 无教与有教：新世纪文学的教育问题

生活作为他取之不尽的源泉。同时经受过大学教育的他不仅受到《红楼梦》、鲁迅作品的影响，也受到诸如巴尔扎克、托尔斯泰、肖洛霍夫的影响。在《平凡的世界》中，路遥始终以深深纠缠的故乡情结和生命的沉重感去感受生活，以陕北大地作为一个沉浮在他心里的永恒的诗意象征，是一部伟大的现实主义小说，也是小说化的家族史；作家高度浓缩了中国西北农村的历史变迁过程，作品达到了思想性与艺术性的高度统一。具体地说，主要体现在以下几点：

其一，在故事情节和人物塑造上。路遥读大学之前的各种人生经历和生活上的困苦为后来的文学创作提供大量素材和灵感。如作品《平凡的世界》的开篇写道："谨以此书先给我生活过的土地和岁月。"第一章中"菜分甲乙丙三等。甲菜以土豆、白菜、粉条为主，里面有些叫人嘴馋的大肉片，每份三毛钱；乙菜其他内容和甲菜一样，只是没有肉，每一份一毛五分钱；丙菜可就差远了，清水煮白萝卜"，这种对饭菜的详细描写以及孙少平高中毕业回家乡做一名乡村教师或许就来源于路遥年少的那段中学经历和教师经历。进入延安大学之后，路遥学习中文，接触到了大量外国文学作品和思想，这些对作品人物的塑造和情节都有发展作用。如作品《平凡的世界》中人物孙少平"迷上一系列像《牛虻》《马克思传》《斯大林传》《居里夫人》和世界上一些作家的传记"。以及田晓霞墙上挂着的《伏尔加夫》……她已经在学校图书馆为他借了好了不少好书，其中有狄更斯的《艰难的时世》、夏绿蒂·勃朗特的《简爱》、阿·托尔斯泰的《复活》和巴尔扎克的《欧也妮·葛朗台》，等等这些把田晓霞塑造成为"男性的精神导师"的形象。再如作品第一部中有这样的描写："一刹那，诗人的眼睛里骤然燃烧起了火焰，右手在空中扬起来大声朗诵到——'今儿个，清明节刚刚过罢，我，怀念，天安门广场上，那一朵朵，浸透了血泪的白花。残雪，哪能锁住明媚的春光？乌云岂能遮定阴谋的狡诈？我们的民族，是滔滔的黄河，历尽磨难，奔涌在英雄的华夏。'"这些充满诗性的语言都是路遥受到中文专业影响的表现。

其二，在语言风格上。由于有着"这一个"的教育背景，路遥的语言风格有着地方性与书卷性的杂糅。路遥从小在陕北土地长大的经历，使作品语言有独到的地方性与区域色。这些地方语言使得作品时刻渗透着陕西的文化氛围，它不仅表现在用词上，尤其表现在信天游这种文化形式的娴熟悉运用中。《平凡的世界》多次出现了信天游，如少安与润叶在山野里散步时，传来了一阵女孩子的信天游歌声："正月里冻冰呀立春消，二月里鱼儿水上飘，水上飘来想起我的哥！想起我的哥哥，想起我的哥哥，想起我的哥哥呀你等一等我……"这一曲信天游无疑唱出了润叶的心事心情心声，并在多次重复吟唱中不断深化。《平凡的世界》也出现了很多富有哲理性的语言，如作者关键处发出的声声喟叹："生活包含着更广阔的意义，而不在于我们实际得到了什么；关键是我们的心灵是否充实"，"在一个人的思想还没有强大到自己能完全把握自己的时候，就需要在精神上依托另一个比自己更强的人"。这些句子，无不是路遥生存经历、生活态度、生命体验及教育经验共育的语言之花。

其三，在主题思想上。路遥认为"只有在无比沉重的劳动中，人才活得更为充实"。作为农民之子和陕北农村的代言人，路遥的人生经验、生活体验与社会阅历，让他始终执着于"陕北大地"的诗意表达与"故乡情结"的沉重书写。把生活的苦难、残酷和卑微描写出来，并能够把年轻人的贫穷和窘迫写得如此无辜、纯洁甚至可爱。作家对贫穷的这种诗意的态度，更加猛烈地要把过去思考的东西喷发出来，才有了《人生》到《平凡的世界》这样的跳跃。他特别想超越活着的本身，特别想超越这种卑微和辛酸去挖掘人生的诗意。那么这种诗意过去顽强支撑他生存，也是他创作的"通灵宝玉"。路遥在茅盾文学奖颁奖典礼上发言时说："我们的责任不是为自己或少数人写作，而是应该全心全意全力满足广大人民群众的精神需要。我国各民族劳动人民创造了辉煌的历史壮丽的生活，也用她的乳汁育了作家艺术家。人民是我们的母亲，生活是艺术的源泉。人民生活的大树万古长青，我们栖息于它的枝头就会情不自禁地为此而歌唱。只有不丧失普通劳动者的感觉，我们才有可能把握社会历史进程的主流，才有可能创造出真正有价值的艺术品。"事实上，作为一个受中文专业教育并有着困苦的人生经历，路遥确实创造出了真正有价值的艺术品。

纵观1950年代作家，他们大多出生于农村或是曾在农村生活的经历，生活比较贫苦，这些深刻的记忆和经历为他们以后的文学创作提供了丰富的创作素材。随后又赶上高考恢复的第一批大学生跨入大学校门，接受知识的熏陶，这些大学里的知识理论为他们今后的文学创作提供了坚实的理论基础，从而使经历转化为文字、作品。但在接受中国传统教育的同时，又不断的接收到西方思想的冲击，这又为他们的文学创作提供新的灵感、注入新的血液。在该年代作家群中，大多数人在大学里所学专业都是中文系，只有个别是其他专业学科。就不同专业学科的作家相比较，其中学习中文的这些作家的作品要比其他专业学科的作家在文学性质方面比较浓郁、语言充满诗性、历史文化比较厚重、充满沧桑感，并大多以农村生活为题材；但学习其他学科的作家因为学习经济、政治、音乐等其他专业，使其作品涉及更加广泛的领域，为人物的塑造上增加新的亮点和特色。就两者相同点而言，1950年代整个作家群年少或青年的经历为他们的创作提供了肥沃的土壤，都是在结合自身的丰富经历和经验的基础上进行的文学创作，故曰"经验式写作"。

二、"60后"作家教育背景与体验式写作

与"50后"作家相比，"60后"作家刚好赶上高考的首班车，他们顺理成章地有了上大学的机会。与"50后"作家相比，他们可谓是幸运，受过高等教育的人明显多了起来，受过高等教育的面明显广了起来，接受教育的程度与层次也比"50后"要高得多，但同"70后"和"80后"相比，他们所受到的异国文化、外国文学、异质思想的影响与熏陶相对来说要弱一些。所以，从这个角度来说，"60后"作家的教育背景更多呈现的是一种传统文化的赓续与本土资源的滋润。

十一届三中全会之后，改革开放已初步成为国家的意志与社会的共识，而这期间也正是"60后"作家在大学校园吮吸国外的文学艺术以及各种文化信息的黄金时期。大学教育所赋予的知识优势和文化素养，使这些"60后"作家捷足先登地获取了萨特、罗兰·巴特、德里达、福科等现代主义或后现代主义大师们的思想理论资源，广泛涉足于西方哲学、社会学、心理学、历史学、文化学、语言学以及各种有助于开阔视野的知识领域。在写作方面，他们借鉴加缪、卡夫卡、塞林格、凯鲁亚克、马尔克斯、福克纳、博尔赫斯等的经验，采用"隐喻""荒诞""反讽""魔幻"等多种写作手法。外来资源虽然成就了绝大部分"60后"作家的"先锋"外衣，但由于"60后"作家对外来资源的生吞活剥以及求形似去神似的不足与缺陷，所以"60后"作家的写作从根本上说依然还是一种以本土资源与生活体验为主的写作，我们不妨称之为"体验式写作"。换言之，"60后"作家的教育背景让他们的体验式写作或多或少地烙上了"异域"或"先锋"的印迹。

"60后"作家教育背景例表

作家姓名	教育背景	代表作品
余华	北京师范大学与鲁迅文学院合办的研究生班	《在细雨中呼喊》《活着》《许三观卖血记》《兄弟》等
苏童	北京师范大学中文系	《桑园》《妻妾成群》《罂粟之家》《红粉》《米》等
迟子建	大兴安岭师专中文系 西北大学中文系 北京师范大学与鲁迅文学院合办的研究生班	《伪满洲国》《额尔古纳河右岸》《雾月牛栏》《清水洗尘》《逝川》《白银那》《世界上所有的夜晚》等
麦家	解放军工程技术学院无线电系 解放军艺术学院文学创作系	《解密》《暗算》《风声》《风语》《刀尖》等
格非	华东师范大学中文系	《欲望的旗帜》《褐色鸟群》《青黄》《锦瑟》《暗示》《敌人》《边缘》《人面桃花》等
陈染	北京师范大学分校中文系	《与往事干杯》《无处告别》《私人生活》《梦回》《离异的人》等
毕飞宇	扬州师范学院中文系	《玉米》《推拿》《哺乳期的女人》《青衣》《平原》等
虹影	重庆某中专学校会计专业 鲁迅文学院 复旦大学	《孔雀的叫喊》《阿难》《饥饿的女儿》《好儿女花》《K》等
东西	河池师专中文系	《耳光响亮》《后悔录》《没有语言的生活》《永远有多远》《原始坑洞》等

从上表中我们可以看出,"60后"作家如余华、苏童、迟子建、麦家、格非、陈染、毕飞宇、虹影、东西等,除了余华没有接受过正式大学教育之外,其余的都不同程度地接受了正式大学教育,甚至到后来余华也参加了北京师范大学与鲁迅文学院合办的研究生班的研修。在这些作家当中,如果论及最初大学教育与最后的研修教育的话,余华、苏童、迟子建、麦家、格非、陈染、毕飞宇、虹影、东西等几乎都是文学科班出身,并且表达了对大学文学教育的崇敬与依恋。如格非认为:"人是被他周围的环境和时代造成的,你喜

第六章 无教与有教:新世纪文学的教育问题

欢文学,也因为你的性情和修养造就了你,然后文学又赋予了你新的反省力。"格非还说,大学四年"总是专注于自己喜欢的事情。除了认真读完中文系规定的一百本书外,另外也选择了很多其他书来读,很杂很广。不停止地读书学习,那其实是一件好事"。苏童认为:"我们这一代所受到的来自传统的影响,要远远弱于受到外国作家的影响。"不管是来自于传统作家的影响,还是来自于外国作家的影响,其实大多得益于弥足珍贵的大学文学教育。

除上述作家之外,"60后"作家如刘索拉、马原、叶兆言、洪峰、北村、臧棣、清平、戈麦、西渡、芒克、唐晓渡、于坚、韩东等都有着高端与厚实的大学教育,绝大部分还是优质的大学文学教育。如刘索拉毕业于中央音乐学院,马原毕业于辽宁大学中文系,叶兆言毕业于南京大学中文系,洪峰毕业于吉林大学中文系,北村毕业于厦门大学中文系,臧棣、清平、戈麦、西渡毕业于北京大学中文系,芒克、唐晓渡毕业于南京大学中文系,于坚毕业于云南大学中文系,韩东毕业于山东大学哲学系。

优质的教育背景,助推了"60后"作家在创作上的古今沟通与中西打通,也使他们的体验式写作有着"50后"作家少有的"狼奶"。虽然如此,西方的"狼奶"的大量摄取,却依然改变不了"60后"作家整体上呈现的体验式写作的内核与主色,毕竟"60后"作家的写作,在很大程度上是依据了他们自身的经历和体会来创造的。他们把自己看到的、听说的或者经历的,要么稍加修改,要么直接搬上书本。我们可以从很多他们的作品中找到这样的痕迹。以苏童的《蛇为什么会飞》为例,苏童在作品中将目光投掷于当下社会,开始思考一群被社会抛弃的小人物的命运。他曾经说:"我从小就对生活在社会底层的人物、场景十分熟悉,他们的形象,一举一动可谓烂熟于心。"苏童这句话说明了他的写作题材很多都是来源他曾经的生活。熟悉苏童的人都知道,在之前的小说中,苏童的叙事优雅从容,纯净如水,文字风格十分明显。而在这一部小说中,他却做了许多改变,笔法开始有些老练和辛辣,对书中人物的描写少了几分抒情淡雅,多了一些揶揄和可怜。且不说每一种写作风格都需要非常深厚的文字功底,光是两种风格之间的转换就可以看出苏童驾驭文字的能力,这同多年的专业训练是分不开的。

能够印证这种体验式写作的还有"60后"代表作家余华。余华没有读过大学,但去鲁迅文学院学习了一段时间。余华在之前做过牙医,这种从事外科医生的经历培养了他的拿手好戏——在冰冷中叙述残酷,就像他可以慢条斯理地将生活的残酷本质从虚假中剥离出来一样。余华的文字不是华丽的,他跟麦家一样都是朴实的平淡的,他所崇尚的只是叙述,用一种近乎冰冷的笔调娓娓叙说一些其实并不正常的故事,而所有的情绪就是在这种娓娓叙说的过程中悄悄侵入读者的阅读。余华用一种很平静的,甚至是很缓慢的方式,将人们在阅读时可能存在的一个又一个向好的方向发展的幻想逐个打碎。人们从此对他的作品留下深刻了印象——因为阅读它们是一次心理的恐惧经历。

纵观1960年代作家,他们大多受过高等教育,绝大部甚至是优质的大学文学教育,他们在文学题材的选取和文字风格的形成上呈现一种多元化态势,每个作家都形成了自己的一套写作手法。他们的作品,在20世纪90年代以及新世纪十五年都是中国文坛的中坚和主流,代表了这个时间段作家的崛起与文学的繁荣。但明显的是,从他们的作品中还是可以看出对一个共同时代的回忆与一种共同生活的体验,让人们在他们的作品中感受到他们对于那个特定年代的控诉、剖析与期盼。所以,从这个角度来说,"60后"作家的体验式写作实质上是一种喝着"狼奶"的植入式诗性体验。

三、"70后"作家教育背景与知识式写作

同"50后"和"60后"作家相比,"70后"作家成长的年代是中国教育迅速发展的新时代,他们接受大学教育的时期恰恰正是中国教育尚未产业化与尚未大量扩招的白银时期。不可否认,产业化与扩招给中国教育带来量上的"大跃进",也给中国教育带来质上的"大滑坡",从此中国大学教育似乎真的迎来了从"精英教育"走向"大众教育"的拐点。庆幸的是,"70后"作家们的大学教育似乎在"肆意扩招"与"产业化"到来之前就已完成。所以,"70后"作家所受的教育质量相对来说还是比较高的,知识的获取与视野的拓展主要来自于他们的书本、书卷与书院,加之由于他们从校门走向校门、从学坛走向文坛的经历,人生阅历的单调,社会体验的偏至,直接经验的缺少导致间接经验的丰盈,在创作与作品中便有着越来越厚重的知识成分而不是经验与体验。因此,"70后"作家凭借对知识的学习、模仿、积淀与升化打开了写作之门、迈上了写作之旅。从这个角度来说的话,"70后"作家的写作准确来说是"知识式写作"。

第六章 无教与有教：新世纪文学的教育问题

"70后"作家教育背景例表

作家姓名	教育背景	代表作品
卫慧	复旦大学中文系	《像卫慧寻样疯狂》《水中的处女》《欲望手枪》《上海宝贝》《我的禅》等
棉棉	上海某高中三年级	《糖》《社交舞》《声名狼藉》《于忧郁的明天升上天空》《誓言》等
安妮宝贝	复旦大学经济系	《彼岸花》《告别薇安》《二三事》等
饶雪漫	四川自贡师专中文系	《沙漏》《左耳》《离歌》《酸甜》等
慕容雪村	中国政法大学法律系	《成都，今夜请将我忘记》《天堂向左，深圳向右》《伊甸樱桃》等
魏微	江苏宿迁市计量学校 北京师范大学中文系作家班 南京大学中文系作家班	《在明孝陵乘凉》《乡村、穷亲戚与爱情》《化妆》《大老郑的女人》《流年》《拐弯的夏天》等
李师江	北京师范大学中文系	《比爱情更假》《肉》《她们都挺棒的》《逍遥游》《福寿春》等
冯唐	北京协和医科大学临床医学博士	《万物生长》《十八岁给我一个姑娘》《北京北京》《欢喜》《不二》等
徐则臣	北京大学中文系文学硕士	《午夜之门》《夜火车》《跑步穿过中关村》《苍声》《啊，北京》《西夏》《人间烟火》《天上人间》《小城市》等

从上表中我们可以看出，"70后"代表作家如卫慧、棉棉、安妮宝贝、慕容雪村、饶雪漫、魏微、李师江、冯唐、徐则臣等9人当中，只有棉棉是高中学历，其余作家均是本科及以上学历，像徐则臣是文学硕士，而冯唐是临床医学博士。对于"70后"作家而言，接受大学教育的程度在一定程度上能决定作家写作水平的高低。客观地说，棉棉的作品明显不如同是"宝贝写作"与"身体写作"的毕业于复旦大学中文系的卫慧。而且透视棉棉的作品不仅有着明显的知识性缺陷，还有着"心有余力不足"的古典文学素养的缺失，甚至还一度陷入"抄袭门"的骂战之中。对照棉棉的教育背景，一个仅仅只有高中毕业的女作家，显然在"70后"作家的知识式写作中捉襟见肘、力有不逮了。与此相反，毕业于北京大学中文系获文学硕士的徐则臣则不同，他

被认为是中国"70后作家的光荣",他的写作"敏锐、正直、宽阔。他的小说,正视人类经验的复杂,体认卑微人生的艰难,也珍视个人成长史上的创伤记忆对自我的影响和塑造。他以一种平等的思想、冷静的观察介入当代现实,并以叛逆而不失谦卑的写作伦理建构个人的历史,使其中的每一个人都拥有被理解的权利"。他的作品被认为"标示出了一个人在青年时代可能达到的灵魂眼界",他的长篇小说《午夜之门》获"第六届华语文学传媒大奖2007年度最具潜力新人奖",徐则臣甚至还于2011年入围第八届茅盾文学奖。

再以卫慧为例。卫慧毕业于复旦大学中文系,她曾诉说过自己对复旦大学的依恋与感激:"在复旦大学我的脑子活泼了,对世界的感受复苏了。复旦给我的是自由空气,是破落贵族的气息。"在她的自传体小说《上海宝贝》中提到:在复旦大学中文系读书时她就立下志向,做一名激动人心的小说家,凶兆、阴谋、溃疡、匕首、情欲、毒药、疯狂、月光都是她精心准备的字眼。她的作品大多以上海为背景,写年轻人的糜烂生活,性、毒品、酒精是她的小说中经常出现的字眼,但她却用诗一般的描写将性的欢愉予以美化、典型化,恰当地表现了女性对情欲的生理反应。复旦不仅给了卫慧表现自己的文学志向的机会,同时四年的复旦大学生活也给了她沉淀的机会。不能否认大学毕业后她的超乎常人的经历为她的创作提供了素材,但是复旦四年的文学旅程却为她的创作进行了塑造、提升了品位,纵使是身体上狂野与情性的狂放,那也是一种有着古典传承并惹人遐思的"内野"与"雅性"。

纵观1970年代作家,不管是被人们称作是"美女作家",还是被称作"中间代"的中坚力量,"70后"作家在中国文坛上已经开辟了属于自己的一片天地。这一代人的经历和学历造就了特属于他们这一群人的文学。他们中间的大部分人是受过高等教育的高材生,对于一个作家来说,大学不仅是他们增长知识、培养技能的地方,也是人格塑造和性格养成的圣殿,还是他们初步形成自己的世界观、人生观和价值观的圣地,更是丰富文学知识、提高文学修养的精神港湾。

四、"80后"作家教育背景与知道式写作

与"50后""60后""70后"相比,"80后"作家如韩寒、郭敬明、笛安、夏茗悠、落落、李海洋、张悦然、李傻傻、小饭等似乎更具一种共相,那就是青春化。这种青春化不仅表现于他们的写作追求与阅读兴趣,也表现于他们的年龄构成的年轻化。他们在出道之初,普遍为初中、高中在校学生,

第六章 无教与有教：新世纪文学的教育问题

或相同学历的同龄人。这种少年早成、花季绽放与青春繁华，说到底与"80后"作家所受到的高水平、高质量的教育相关，这不仅包括他们所经历的九年制义务教育，也包括高中教育、大学教育。

"80后"作家教育背景例表

作家姓名	教育背景	代表作品
韩寒	上海市朱泾镇罗星中学 上海市松江二中	《杯中窥人》《三重门》《他的国》《长安乱》《光荣日》等
郭敬明	上海大学影视工程专业（肄业）	《幻城》《梦里花落知多少》《爱与痛的边缘》《悲伤逆流成河》《左手倒影，右手年华》《小时代》三部曲等
笛安	山西大学历史学专业（本科） 巴黎索邦大学社会学专业（硕士）	《姐姐的丛林》《告别天堂》《芙蓉如面柳如眉》《龙城系列》之《西决》《东霓》《南音》等
夏茗悠	北京大学广播电视编导专业（本科） 复旦大学广播电视编导专业（硕士）	《三年K班》《再见，冥王星》《声息1》《声息2》《是日夏茗》《8分钟的温暖》等
落落	上海进才中学	《年华是无效信》《尘埃星球》《须臾》《不朽》《剩者为王》《千秋》《万象》等
李海洋	湖北警官学院	《温暖》《锦瑟年华》《少年查必良伤人事件》《乱世之殇》等
张悦然	新加坡国立大学计算机专业	《葵花走失在1890》《十爱》《樱桃之远》《水仙已乘鲤鱼去》《誓鸟》《红鞋》，主编主题书《鲤》系列等
李傻傻	西北大学中文系	《温暖》《红X》《被当做鬼的人》《李傻傻二年》等
小饭	华东师范大学哲学系	《不羁的天空》《我的秃头老师》《毒药神童》《我年轻时候的女朋友》《蚂蚁》《爱近杀》《婚前教育》等

从上表中我们可以看出，"80后"代表作家如韩寒、郭敬明、笛安、夏茗悠、落落、李海洋、张悦然、李傻傻、小饭等9人所受的教育水平普遍较高，

教育的产出与成果颇有说服力。在这些人当中，有 2 位硕士，2 位有留学经历，4 位毕业于"211"学府，最低的也有高中学历。即使像韩寒、落落只读到高中，却以他们高质量的作品如《三重门》和《年华是无效信》等在"新概念作文大赛""校园文学"及"青春写作"中力拔头筹而暴得大名，分别被誉为"现代青年领袖"与"校园青春小说女王"，这不能不说与系统的基础教育和优良的素质教育密切相关。至于郭敬明，尽管肄业于上海大学影视工程专业，但之前的九年制义务教育与高中教育为他的写作提供了坚实的基础与丰富的滋养，并以《幻城》等作品被誉为"当代大学生青年的标杆"。当然，值得一提的是，作为"80 后"偶像级作家的韩寒、郭敬明、落落等，毕竟由于所受教育程度的偏低，知识的短板与学识的缺失让他们的作品不可避免地存在着"轻"与"青"的局限与偏至。尽管这是韩寒、郭敬明、落落等畅销的标志与资本，但远离了文学大家与文学经典所应具有的"厚重""老练"与"宏富"。他们单一化与类型化的写作，注定他们在新世纪多代同堂的文坛中只能是一条清澈的小溪。在他们的作品中，除了校园与青春，除了自我与个体，缺少了对社会的观察、对历史的借鉴、对政治的关注、对文化的反思与对知识的传承，诗性泛滥而哲性缺失，叛逆行为多而深沉考量少，知其然而不知所以然，用青春赌来的畅销极有可能潜隐着"伤仲永"的悲忧。所以，从这个角度说，我们可以把"80 后"作家的写作称之为"知道式写作"。

对于"80 后"作家而言，大学教育已经不是影响文学创作的关键因素，专业教育也不是成就文学创作的唯一法门，大学专业教育只是助推创作的引擎之一、磨炼作家的熔炉之一。当然，"80 后"作家的知道式写作，因为专业背景的不同而呈现出不同的风貌。在韩寒、郭敬明、笛安、夏茗悠、落落、李海洋、张悦然、李傻傻、小饭等 9 人中，涉及的专业有影视工程、广播电视编导、历史学、社会学、哲学、计算机、法学、刑事等，他们在所学专业的基础上结合生活经历，展开不同风貌的文学写作。以郭敬明为例，他的专业是影视工程，这和角色创造和情景设置息息相关。关于这一点，郭敬明在最初成名的《幻城》当中提到"一边是火族，一边是冰族，一边是火焰之城，一边是幻雪帝国"。这是书的故事背景，奠定了小说虚幻性走向。这和 3D 电影很相像，只是它的技术凭靠文字。从目录中我们可以看出这个小说和电影的相似性很高，像影视作品一样层层推进。我们从宏观角度来赏析，这其实类似于"阿凡达"这样的科幻巨著，场景真实，可观性强，绝对能够吸引读者眼球。这种影视工程的技术性，同样出现在《爵迹系列》与《小时代系列》

之中。可见，郭敬明的影视工程的专业知识，不仅支撑了他的写作方式，也深深地融进作品深处。再以夏茗悠为例，她的专业是广播电视编导，直接结果就是她拥有在这个领域足够专业的知识。她的一系列作品一直贯彻连贯性和穿插性原则。她的前期作品中，人物都就读于阳明、圣华这两所学校，角色或朋友或亲人，这些人物同时出现在几部作品中，在一部中是主角，其余作品就走个过场，这使得作品中的人物和故事构成一个圈子。除了在人物的设计方面借鉴影视剧之外，在故事与情节的安排上也极力以动作化的情节推动故事的发展，加之悬念的设置与伏笔的预置，让人欲罢不能，读小说就像是看一场电影、观一部电视剧，中间因故离席就会错过影片线索或是转折点，之后便难以理解导演拍摄电影的最终意图以及影片的真实内涵。

纵观 1980 年代作家，他们不像"50 后"和"60"作家那样有教育的断层，持续而优质的义务教育、高中教育与大学教育，加之资讯的发达与知识的爆炸，以及成才的现代化观念与成功的后现代化理念，让他们的写作别具一格，而且有着发文出书成名少年化、年轻化的共相。在他们的写作中，既有专业的影子，也有非专业的信息，但透露了"80 后"这一代人的兴趣与爱好，轻写作引领了轻阅读，"知道式写作"完全吻合了信息时代的"知道主义"。他们虽然具有青春热情与精力、多元想象力和勃发创造力，但随心所欲的写作姿态和立场，变化莫测的标签和外套，注重娱乐性、前卫性、消费性、传媒性与自我性，追求时尚与自塑偶像，也给新世纪文学带来了许多流弊。

第三节 "网络文学引导工程"的实践性建构

在新世纪，网络文学早已成为一支不可忽视的生力军。就网文文坛而言，有几点是十分显著的：网站繁多、写手众多、作品海量、粉丝庞大、资本雄厚、号召力强、影响力大，特别是影视剧与动漫游戏对知名网络小说的跟进与改编，更是彰显了网络文学在新世纪文坛中的强劲生命与旺盛生机。但是，新世纪的网络文学也是泥沙俱下、鱼龙混杂、良莠不齐，许多作品以张扬色情、暴力、反智、祛魅、反英雄、黑领袖、伪历史等获取点击率与轰动效应，并且在平面化、低俗化、鄙俗化与同质化上竞逐。鉴于此，根据习近平总书记的"8·19"重要讲话和 2014 年 10 月 15 日在北京文艺座谈会上的重要讲话精神、国家新闻出版广电总局《关于推动网络文学健康发展的指导意见》（新广发〔2014〕133 号）以及 2015 年 9 月 11 日中共中央《关于繁荣发展社会主义文艺的意见》，我们既要大力发展网络文艺，也要大力加强网络文艺引导工程的建设。

一、推进"网络文学引导工程"的必要性分析

（一）网络文学的发展现状

网络文学是依托互联网创作和传播作品的文学新形态与新样式，具有内容丰富、形式多样、题材多元、传播广泛、消费便捷等特点。近年来，网络文学迅速发展，已成为我国数字出版产业的重要组成部分和网络文艺的重要类型，广受众多文学爱好者及青少年喜爱。

1. "三分天下有其一"。中国社会科学院研究员白烨认为，中国当代文学格局与文坛已呈"三分天下"的态势，其中网络文学已占一分，并与传统主流文学、市场化文学"鼎足而三"。套用一句网络流行话语，那就是："你承认，还是不承认，网络文学它都在那里。"

2. "十六年生聚"。从1998年到2015年，网络文学已经有了16年的发展史。经过16年的生聚，网络文学的合法性得到了广泛认同，对传统文学的冲击在量上是越来越多、在质上是越来越好，站稳了自己的阵地，形成了自己的气候。已经"十六年生聚"的网络文学，必然以量变促质变，行走在属于自己的经典化之路上。值得一提的是，2010年有1部网络文学作品入围第五届鲁迅文学奖、2011年有7部网络文学作品入围第八届茅盾文学奖。

3. "市场传奇"。经过16年的培育，网络文学已从"垃圾文学"变为"市场传奇"。网络从写手娱乐交流之地，成为文学出版市场巨大的掘金场。近年来，许多畅销的网络小说被大幅度地改编为热播的影视剧，也充分地证明了畅销网络小说的市场号召力、读者欢迎度。另据《中国作家富豪榜》统计，一个"当年明月"的版税收入差不多相当于全部传统作家的版税收入。

4. 庞大的作者网络。据中国作家协会专门负责与文学网站联系并追踪观察网络文学的马季先生介绍，"现在全国大约有1万家左右的文学网站与社区，从事各种形式网络写作的人有千万以上，排除了重复注册等因素，经常写作、有签约的作者大概有100万，其中一万到两万人能从中获得经济收益，三千到五千人从事专职写作"。一个文学的大国需要文学人口的基数，应该说，网络文学庞大的作者网络恢复了亿万民众心中的文学梦。

5. 庞大的读者网络。网络文学不仅建构了庞大的作者网络，也建构了庞大的读者网络。据统计，中国的网民数量已达5.6亿。与传统读者相比，网

络文学的读者的最大特点是"粉丝化"。粉丝既是消费者,也是生产者,从而最大限度地带动了"粉丝经济"的繁荣。"粉丝经济"最大的特点生产—消费一体化,粉丝既是"过度的消费者",也是"积极的意义生产者"。

(二)网络文学的存在问题

从整体上说,目前网络文学也确实存在数量大、质量低,泥沙俱下、鱼龙混杂、良莠不齐,"三俗"泛滥,有"高原"缺"高峰",抄袭模仿、内容雷同,机械化生产、快餐式消费以及片面追求市场效益,侵权盗版屡打不绝,市场主体良莠不齐,管理规则不健全,市场监管不完善等突出问题。

具体地说,目前网络文学也确实存在着从"审美"向"审丑"的后现代转型。其一,表征着表层化、感官化、断裂化的后现代哲学。其二,"泛审美"强调审美沉浸与欲望投射,迷恋于"当下"与"片刻"之欢。其三,审美主体失去了主动性和能动性,成了"时尚""流行""另类"生活方式的追逐者。其四,文学感受在"泛审美"的影响下走向"碎片化"与个性化。其五,书写"丑"、塑造"丑"、展示"丑"与张扬"丑",或者说"以丑为美",成为网络文学扎眼的话语狂欢。

具体地说,目前网络文学还确实存在着意识形态淡化、"三观坠地"、历史虚无主义甚至是"崇西去中"的倾向。比如许多作品"以渎圣为美""以叛逆为美""以低俗为美""以纵欲为美"十分明显。还如许多作品"妖魔化中国""祛魅英雄""解构领袖""历史虚无主义""民族精神断根"也十分明显。最主要的还有许多作品充斥着黄赌毒甚至是反党反社会主义的内容。这些问题不利于文化软实力的建设,也有损于文化安全、政治安全与国家安全。

二、推进"网络文学引导工程"的可行性分析

推动网络文学健康有序发展,对繁荣文学创作,引导文艺创新,提升数字出版产品质量和服务水平,培育出版产业新的增长点,丰富网络内容建设,激发民族文化创造活力,满足人民群众精神义化需求,增强国家文化软实力等都具有重要意义。有四点可行性是值得重视的:

1. "方向":习近平总书记重要讲话。习近平总书记"8·19"重要讲话和在北京文艺工作座谈上的重要讲话精神以及2015年9月11日中共中央《关于繁荣发展社会主义文艺的意见》是十分重要的方向与路灯。网络文学的健康发展事关国家安全、网络安全、文化安全,事关下一代人的精神培养,更关乎"中国梦"的实现。

2. "规制":《关于推动网络文学健康发展的指导意见》。国家新闻出版广电总局《关于推动网络文学健康发展的指导意见》(新广发 [2014] 133 号)既是规制也是规矩,还是行为准则。《指导意见》明确规定了推动网络文学健康发展的指导思想、基本原则、发展目标与重点任务,明确了推动网络文学健康发展的保障措施。

3. "引擎":网络文学评论初见成效。网络文学评论引导初见成效。网络文学研究渐成气候。目前国内网络文学评论团队主要有:一是中南大学欧阳友权团队;二是厦门大学黄鸣奋团队;三是中国社会科学院陈定家团队;四是北京大学邵燕君团队;五是中国作协马季团队;六是浙江团队(主要是杭州师范大学夏烈教授、浙江传媒学院张邦卫教授、赵思运教授、何坦野教授、葛娟副教授、温州大学胡友峰教授等)。

4. "标牌":"浙江模式"的"网络文学引导工程"。浙江省作家协会在全国率先实施的"网络文学引导工程"进展顺利,开创了网络文学正确引导、科学管理、健康发展的"浙江模式"。一是首创全国省、市、县三级网络作协组织。二是探索正确引导、务实有效的服务方法和途径。2014 年重点实施了 9 项具体引导举措,着力打造网络文学引导的"浙江模式",分别为建立活动基地、开展研究评论、建设发表平台、启动创作和评选大赛、加强队伍建设、开展作家培训、保护会员权益、搭建产业链等。三是创新联动拓展、科学管理的长效机制。通过与省内各级党委宣传部联动,坚守底线,把好政治关;与"浙江在线"合作,开辟网络作家创作平台;与各级作协联动,开展创作采风活动;与省外网络作协联盟,摸索形成网络文学科学的评价体系和行业规范等。

三、推进"网络文学引导工程"的思想与原则

1. 指导思想。坚持为人民服务、为社会主义服务根本方向,高扬社会主义核心价值观旗帜,追求真善美,传播正能量;紧跟时代发展,把握人民需求,以中国梦为时代主题,以爱国主义为主旋律,以中国精神为灵魂,以中华优秀传统文化为根基,始终把创作生产优秀作品作为中心环节,推出更多人民喜闻乐见的优秀作品,使人民群众精神文化生活更加丰富和积极向上。

2. 基本原则。坚持百花齐放、百家争鸣方针,提倡体裁、题材、形式、手段充分发展;把社会效益和社会价值放在首位,实现社会效益与经济效益、社会价值与市场价值相统一;坚持深化改革与促进发展并重,规范管理与扶

第六章 无教与有教：新世纪文学的教育问题

持引导并举，形成精品力作不断涌现、优秀人才脱颖而出的生动局面；加快科技创新和成果运用，以精品战略、品牌战略和重点项目为带动，激发网络文学产业链各个环节的创造热情，构建优势互补、良性竞争、有序发展的产业格局。

四、推进"网络文学引导工程"的目标与任务——以"浙江模式"为例

（一）发展目标

用3至5年时间，使创作导向更加健康，创作质量明显提升，陆续推出一批思想精深、艺术精湛、制作精良、深受群众喜爱的原创网络文学精品；使运营和服务的模式更加成熟，与图书影视、戏剧表演、动漫游戏、文化创意等相关产业形成多层次、多领域深度融合发展，在网络内容建设和文艺创新中的作用更加突出；培育一批原创能力强、投送规模大、覆盖范围广、管理有章法的网络文学出版和集成投送骨干企业，打造一批具有市场竞争力的品牌，为弘扬社会主义先进文化、丰富人民群众精神文化生活，推动数字出版和文化产业繁荣发展发挥重要作用。

（二）重点任务

用3至5年时间，在"网络文学引导工程"的整体框架下实施一系列有着"浙江风格""浙江气派""浙江模式"的小工程，以小工程的实践推动大工程的合成。

1. 把握正确导向，打造网络文学的"马克思主义工程"。引导网络文学创作者牢固树立马克思主义文艺观，坚持以人民为中心的创作导向，把人民作为创作表现的主体，作为审美的鉴赏者和评判者，把满足人民精神文化需求作为内容创作和传播的出发点、落脚点；引导网络文学创作植根现实生活，为人民抒写、为人民抒情、为人民抒怀；倡导网络文学创作塑造美好心灵、引领社会风尚，使网络文学价值引导、精神引领、审美启迪等方面作用得到充分发挥。

2. 强化精品意识，打造网络文学的"精品工程"。引导网络文学企业把出版优秀作品作为中心环节，努力推出更多传播当代中国价值观念、体现中华文化精神、反映中国人审美追求，思想性、艺术性、观赏性有机统一的优秀作品；引导网络文学企业以社会主义核心价值观为引领，大力弘扬中国精神，唱响爱国主义主旋律，聚焦中国梦的时代主题，传承中华优秀传统文化，展示中国文化独特魅力；倡导网络文学企业把创新精神贯穿创作生产全过程，

不断增强网络文学的吸引力和感染力；推动设立"网络文学精品工程"，支持网络文学企业积极承担国家重点出版工程项目，在选题立项、作品生产、评选、评奖、表彰和宣传推广等方面加大扶持力度。

3. 强化质量意识，打造网络文学的"质量工程"。把内容质量作为网络文学的生命线，积极引导网络文学讲品位、重格调、弃粗鄙、戒恶搞；建立网络文学内容质量管理长效机制，健全作品抽查、阅评制度，完善符合网络文学作品出版特点的审读流程及管理办法；支持网络文学企业根据自身特点，建立有利于精品力作不断涌现的编、审、发出版全过程质量评估体系和控制机制。

4. 开展评论引导，打造网络文学的"评价工程"。充分发挥文学评论褒优贬劣、激浊扬清的作用，在艺术质量和水平上实事求是，在大是大非问题上表明立场，说真话、讲道理；遵循网络文学创作传播的规律和特点，积极开展多种形式的网络文学作品内容研讨和评论，坚持把人民群众满意认可作为衡量标准，综合作品价值取向、艺术水准、审美情趣、读者口碑，凝聚社会共识，逐步建立科学的网络文学作品评价体系，切实改变文学网站单纯追求点击率倾向。

5. 加快人才培养，打造网络文学的"教育工程"。加强网络文学从业者思想道德建设，深化马克思主义文艺观教育，引导网络文学创作、编辑、出版、传播等环节自觉践行社会主义核心价值观，培养造就一批思想、业务、道德水平高的名作家、名编辑；完善网络文学出版人才培养体系，着力培养管理人才、营销人才、策划人才，切实解决高层次、专业化、复合型人才短缺问题；依托社会组织、行业协会、大专院校开展多种形式的专业人才技术培训，完善人才评价标准，形成人才培养、引进、使用、考核、晋升、退出等全过程良性互动机制，为网络文学繁荣持续发展提供源源不断的人才保障。

四、推进"网络文学引导工程"的路径与措施——以"浙江模式"为例

（一）成立"浙江省网络文学创作与研究中心"

由浙江传媒学院、浙江省作家协会、桐乡市三家在浙江传媒学院文学院成立"浙江省网络文学创作与研究中心"，并将之纳入"浙江省 2011 媒体传播协同创新中心"，并由浙江省作家协会出面协助争取能够得到浙江省社科规划办、浙江省社科联的同意将"浙江省华语网络文学创作与研究中心"列入省级创研中心以便从一开始就提升该创研中心的平台效应与影响力。经过几

第六章 无教与有教：新世纪文学的教育问题

年的建设，最终打造成为国内最有影响力的中心。

"浙江省网络文学创作与研究中心"的创作团队以浙江省网络作家协会及其旗上网络作家为主，广泛吸收大校大学生中的网络写作新手。"浙江省网络文学创作与研究中心"的研究团队以浙江传媒学院及其学者为主，兼及国内省内研究网络文学的专家。设特聘研究员、兼职研究员、专职研究员三种形式。

（二）建立"浙江省网络文学创作与研究基地"

由浙江传媒学院、浙江省作家协会、桐乡市三家在"世界互联网大会"的永久会址——乌镇旁的互联网小镇建立"浙江省网络文学创作与研究基地"。以网络的内容生产助推互联网大会。基地实行半开放式管理，定期或不定期进行网络文学创作讨论会、网络文学研究讨论会。定期或不定期地搞好网络文学写作笔会、采风、体验营活动（如"浙江省网络文学体验营"）。特别是依托于"世界互联网大会"召开之际适时召开"年度全国性的网络文学创作研讨会"或"年度国际性的网络文学创作研讨会"。邀请知名的网络作家与网络文学研究专家与会，并适时推出颁发"年度最佳网络文学作品颁奖大会"。

（三）实施"浙江省网络作家培训与培育工程"

针对网络作家普遍文化水平不高的现实，由浙江省作家协会、浙江省网络作家协会与浙江传媒学院三家依托于"浙江省网络文学创作与研究中心"，共同实施"浙江省网络作家培训与培育工程"。具体包括以下三点：

写作业务培训。培训内容主要包括文学知识、文化知识、写作能力、法律法规、创意策划等。培训形式可以是短期集中培训，也可以分散的讲座培训。

成人本科教育。主要是针对现在大多数网络作家学历低的现状，浙江传媒学院文学院与继续教育学院共同开设成人教育形式的本科学历班，如开设汉语言文学（网络作家）、汉语言文学（创意写作）、戏剧影视文学（编剧与策划）等专业（含方向），制订个性化的人才培养方案以满足特定要求。

在职专硕教育。在条件成熟的情况下，可以依托浙江传媒学院"新闻传播专业硕士点"（简称"专硕"）开设研究生班，初拟方向可以是"新闻传播专业硕士（文化传播）""新闻传播专业硕士（网络传播）""新闻传播专业硕士（创意写作）"等。

（四）实施"浙江省知名网络作家进高校工程"

由浙江传媒学院文学院引进知名或当红的网络作家进校讲学讲课与驻校

创作，开创一种互派共荣的引导机制，从而进一步扩大网络作家的影响力与知名度，让网络作家的传播效应最大化。积极推进"客座教授制"与"讲座教授制"，并在浙江传媒学院校内打造有影响力的工作室作为文化遗存。

讲学讲课。在当前高校写作课教学理论化的语境下，大量引进有着丰富创作经验的网络作家到浙江传媒学院讲学讲课。实施"客座教授制"与"讲座教授制"。让知名网络作家从线上走向线下，从幕后走向讲台。充分利用网络作家的影响力与感召力，"撒下一粒种子，也许将会催生一片树林"。

驻校创作。实行知名网络作家驻校创作制。由浙江传媒学院提供知名网络作家工作室。在优良的高校校园之内，安心写作力作，潜心创作精品。浙江传媒学院可视情况给予适当的工作补贴，如网络作品在线下出版，可以纳入浙江传媒学院的奖励之列。

打造具有文化遗产意义的网络作家工作室。对于驻校创作的知名网络作家的工作室，浙江传媒学院利用现有的传媒资源，加大创意与策划，加强宣传与报道，注意保护与保存，推进传播与传承，使之具有文化价值与文化意义的文化遗存。并进一步包装策划适时以文化名片的形式推出。

（五）编辑出版《华语网络文学评论》与《华语网络文学选刊》，打造独特的"选刊与评论互动传播机制"

编辑出版《华语网络文学评论》（刊物）。目前国内对网络文学评论的刊物有两个：一是广东省作协、广东网络文学主编的《网络文学评论》（以书代刊）；二是浙江省作协、浙江省网络作家协会主编的《华语网络文学评论》（以书代刊）。由浙江省作家协会、浙江省网络作家协会与浙江传媒学院及"浙江省网络文学创作与研究中心"共同编好《华语网络文学评论》，打造知名栏目，推出有轰动效应与转载率、引用率的文章，最终申请为正式出版物，并能入选 CSSCI。

编辑出版《华语网络文学年度优秀作品选》（著作）。目前国内对网络文学年度优秀作品的选编出版除榕树下网络文学工作室、中国社会科学院白烨研究员从事过，但都是偶一为之，没有形成固定的模式、风格、装帧、出版社的长效机制，故拟以固定的模式、风格、装帧、出版社的形式每年出版一套《华语网络文学年度优秀作品选》，主要以中短篇网络作品为主，题材体裁不限，长篇或超长篇的以"内容简介＋最精彩部分摘录"的形式加以选编。坚持连续 5 年做下来，力争做出属于自己的集群效应。

编辑出版《华语网络文学选刊》（刊物）。"选刊"意味着一种标准，一种

第六章 无教与有教：新世纪文学的教育问题

"好"与"优秀"，是一种文化象征资本的赋予，也是一种示范。思路可参照《中篇小说选刊》《小小说选刊》《微型小说选刊》以及《散文选刊》。在没有正式刊号之前，可以大开本的形式以书代刊，每两个月出版一期，每年出版六期。主要以中短篇网络作品为主，题材体裁不限，长篇或超长篇的以"内容简介＋最精彩部分摘录"的形式加以选编。可参考《新华文摘》入选长篇小说的样式。坚持连续5年做下来，力争做出属于自己的集群效应。

（六）编辑出版《华语网络文学年度创作年鉴》《华语网络文学年度研究年鉴》与《浙江省网络文学白皮书》，打造属于浙江的"年鉴品牌"

《华语网络文学年度创作年鉴》。以年度为限，主要包括创作综述、创作大事记、网坛热点、重要作家简介、重要作品简介、作家访谈录、产业成果（含改编）等。

《华语网络文学年度研究年鉴》。以年度为限，主要包括研究综述、研究大事记、重大的研讨会、热点与聚点、按影响因子排序的代表性论文列表、代表性论文的内容摘要、对重要网络文学作家作品及现象的笔谈等。

《浙江省网络文学白皮书》。以年度为限，重点关注浙江省的网络文学及其产业现状，力争图文并茂、数据翔实、扬优抑劣，特别是对一年来的优劣进行总结。

（七）制订"网络文学评价体系"，推出"网络文学排行榜"

"华语网络文学评价体系"。拟由浙江传媒学院充分利用大数据分析，制订"华语网络文学评价体系"。这是一个系统工程，对各种指标合理选择及各种指标的合理分值进行科学的探讨，至少应包括以下一些核心指标：意识形态指数、发表平台、点击数、阅读量、粉丝数、改编可行度、改编次数、线下出版数、码洋、版税、获奖、入选年度优秀作品选、被研究指数、相关论文发表数等。以综合指标替代过去单一的经济指标，以综合效益取代过去单一的经济效益。制订这样的评价体系，可能需要一年左右的时间，并在高水平学术刊物与学术网站上进行发表与发布以期取得最大的认同度。最终推动这个评价体系能够得到网络文坛、网络作家、业界、学术界、作协及宣传部门的广泛认可。

"华语网络文学排行榜"。用3至5年的时间连续推出依托于所制订的"华语网络文学评价体系"的"月榜"与"年榜"。既可实行总榜制，也可以实行分榜制（即按类型制榜）。入榜的作家作品的数量可以相对固定，以体现权威性，切不可泛滥，如"月榜"不超过10篇、"年榜"不超过100篇。

(八)建设"网络文学发表平台"

由浙江省作家协会与浙江传媒学院共同启动"华语网络文学发表平台建设"。在财力允许的情况下,可以考虑单独建设网站。在财力不允许的情况下,可以考虑合作建设网站。一是要考虑现有商业网站的影响;二是考虑现有的"中国作家网"与"中国文学网"。

(九)启动"网络文学新苗培育工程"

整体思路是"以赛促育"。拟由浙江省作家协会、浙江省教育厅、浙江传媒学院、桐乡市文化广电新闻出版局、桐乡市作家协会共同打造"浙江省'茅盾杯'中学生作文比赛""浙江省'茅盾杯'大学生作文比赛"。重点设置网络文学单项奖。要求相关参赛作品要刊发于指定的网站,并有一定的点击率。这两个赛事由浙江省作家协会与浙江传媒学院共同努力,争取能列入浙江省教育厅所认可的省级专业比赛。加大奖励额度,适当控制获奖比例。对于"浙江省'茅盾杯'中学生作文比赛"的选手,如获一等奖、二等奖,经浙江传媒学院认可后颁发浙江传媒学院"戏剧影视文学""戏剧影视文学(编剧与策划)"的艺考合格证。还可以有资格报名参加今后浙江传媒学院"中国语言文学大类三位一体招生"考试。

参考文献

[1] [古希腊] 亚里士多德：《诗学》，商务印书馆1999年版。

[2] [德] 黑格尔：《美学》（共三卷），商务印书馆1997版。

[3] [德] 马克思：《1844年经济学哲学手稿》，人民出版社2000年版。

[4] [德] 马克思、恩格斯：《马克思恩格斯选集》（共四卷），人民出版社1972年版。

[5] [美] M. H. 艾布拉姆斯：《镜与灯》，北京大学出版社1989年版。

[6] [德] 哈贝马斯：《公共领域的结构转型》，学林出版社2002年版。

[7] [美] 丹尼尔·贝尔：《资本主义文化矛盾》，三联书店1989年版。

[8] [美] 詹明信：《晚期资本主义的文化矛盾》，三联书店1997年版。

[9] [美] 华勒斯坦：《开放社会科学》，三联书店1997年版。

[10] [美] 库恩：《科学革命的终结》，北京大学出版社2003年版

[11] [德] 沃尔夫冈·韦尔施：《重构美学》，上海译文出版社2002年版。

[12] [法] 雅克·德里达：《文学行动》，赵新国等译，中国社会科学出版1998年版。

[13] [法] 皮埃尔·布迪厄：《艺术的法则——文学场的生成和结构》，中央编译出版社2001年版。

[14] [英] 伊恩·P. 瓦特：《小说的兴起》，三联书店1992年版。

[15] [美] 赫伯特·马尔库塞：《审美之维》，广西师范大学出版社2001年版。

[16] [法] 蒂博代：《六说文学批评》，三联书店2002年版。

[17] [法] 莫里斯·布郎肖：《文学空间》，商务印书馆2003年版。

[18] 福柯、哈贝马斯、布尔迪厄等：《激进的美学锋芒》，中国人民大学出版社2003年版。

[19] [英] 汤林森：《文化帝国主义》，上海人民出版社1999年版。

[20] [德] 瓦尔特·本雅明：《机械复制时代的艺术作品》，中国城市出版社

2002年版。

[21] [法] 让·波德里亚：《消费社会》，南京大学出版社2001年版。

[22] [英] 特里·伊格尔顿：《当代西方文学理论》，中国社会科学出版社1988年版。

[23] [美] 麦克卢汉：《理解媒介》，商务印书馆2000年版。

[24] [美] 约翰·弗斯克：《理解大众文化》，中央编译出版社2001年版。

[25] [美] 约翰·弗斯克：《关键概念：传播与文化研究辞典》，新华出版社2004年版。

[26] [斯] 阿莱斯·艾尔雅维茨：《图像时代》，吉林人民出版社2003年版。

[27] [英] 多米尼克·斯特里那蒂：《通俗文化理论导论》，商务印书馆2001年版。

[28] [英] 尼克·史蒂文森：《认识媒介文化》，商务印书馆2001年版。

[29] [美] 马克·波斯特：《信息方式》，商务印书馆2001年版。

[30] [美] 马克·波斯特：《第二媒介时代》，南京大学出版2000年版。

[31] [美] 约书亚·梅罗维茨：《消失的地域：电子媒介对社会行为的影响》，清华大学出版社2002年版。

[32] [美] 阿特休尔：《权力的媒介》，华夏出版社1989年版。

[33] [美] 伯格：《通俗文化、媒介和日常生活中的叙事》，南京大学出版社2000年版。

[34] F.贝尔等：《技术帝国》，三联书店1999年版。

[35] [美] 戴安娜·克兰：《文化生产：媒体与都市艺术》，译林出版社2001年版。

[36] [英] 约翰·斯道雷：《文化理论与通俗文化导论》，南京大学出版社2001年版。

[37] [英] 约翰·多克：《后现代主义与大众文化》，辽宁教育出版社2001年版。

[38] [美] 尼尔·波兹曼：《娱乐至死》，广西师范大学出版社2004年版。

[39] [加拿大] 安德烈·戈德罗：《从文学到影片——叙事体系》，商务印书馆2010年版。

[40] [美] 玛乔瑞·帕洛夫：《激进的艺术：媒体时代的诗歌创作》，上海外语教育出版社2013年版。

[41] [芬兰] 莱恩·考斯基马：《数字文学：从文本到超文本及其超越》，广

西师范大学出版社 2011 年版。

[42] [美] 约翰·杰洛瑞：《文化资本——论文学经典的建构》，南京大学出版社 2011 年版。

[43] [加拿大] 安德烈·戈德罗：《从文学到影片——叙事体系》，商务印书馆 2010 年版。

[44] 童庆炳主编：《文学理论教程》，高等教育出版社 1998 年版。

[45] 王一川：《文学理论》，四川人民出版社 2003 年版。

[46] 南帆：《文学理论（新读本）》，浙江文艺出版社 2002 年版。

[47] 徐岱：《边缘叙事》，学林出版社 2002 年版。

[48] 徐岱：《美学新概念——21 世纪的人文思考》，学林出版社 2001 年版。

[49] 周宪主编：《文化现代性与美学问题》，中国人民大学出版社 2005 年版。

[50] 王宁：《"后理论时代"的文学与文化研究》，北京大学出版社 2009 年版。

[51] 陶东风：《文学理论与公共言说》，中国社会科学出版社 2012 年版。

[52] 金水兵等：《当代文学理论范畴导论》，北京大学出版社 2011 年版。

[53] 姚文放：《审美文化学导论》，社会科学文献出版社 2011 年版。

[54] 黄发有：《准个体时代的写作——20 世纪 90 年代中国小说研究》，上海三联书店 2002 年版。

[55] 罗钢、王中枕主编：《消费文化读本》，中国社会科学出版社 2003 年版。

[56] 肖峰：《信息主义及其哲学探析》，中国社会科学出版社 2011 年版。

[57] 朱国华：《文学与权力——文学合法性的批判性考察》，华东师范大学出版社 2006 年版。

[58] 张末民等：《新世纪文艺学的前沿反思》，人民文学出版社 2007 年版。

[59] 陈昕：《救赎与消费——当代中国日常生活中的消费主义》，江苏人民出版社 2003 年版。

[60] 邵燕君：《倾斜的文学场——当代文学生产机制的市场化转型》，江苏人民出版社 2003 年版。

[61] 邵燕君：《新世纪文学脉象》，安徽教育出版社 2011 年版。

[62] 南帆：《双重视域——当代电子文化分析》，江苏人民出版社 2001 年版。

[63] 陈平原、山口守编：《大众传媒与现代文学》，新世界出版社 2003 年版。

[64] 王君超：《媒介批评——起源·标准·方法》，北京广播学院出版社 2001 年版。

［65］李岩：《媒介批评——立场·范畴·命题·方式》，浙江大学出版社2005年版。

［66］于洋、汤爱丽、李俊：《文学网景——网络文学的自由境界》，中央编译出版社2004年版。

［67］贺仲明：《中国心像——20世纪末作家文化心态考察》，中央编译出版社2002年版。

［68］栾栋：《感性学发微——美学与丑的合题》，商务印书馆1999年版。

［69］洪忠煌：《影视剧诗学》，浙江大学出版社2002年版。

［70］祁述裕：《市场经济条件下的中国文学艺术》，北京大学出版社1998年版。

［71］谭桂林：《转型期中国审美文化批判》，江苏人民出版社2001年版。

［72］王岳川主编：《媒介哲学》，河南大学出版社2004年版。

［73］张来民：《作为商品的艺术》，中国社会科学出版社2002年版。

［74］陆扬、王毅：《大众文化与传媒》，上海三联书店2000年版。

［75］陆扬：《日常生活审美化批判》，复旦大学出版社2012年版。

［76］黄鸣奋：《超文本诗学》，厦门大学出版社2002年版。

［77］黄鸣奋：《网络媒体与艺术发展》，厦门大学出版社2001年版。

［78］欧阳友权：《网络文学论纲》，人民文学出版社2003年版。

［79］欧阳友权主编：《网络文学概论》，北京大学出版社2008年版。

［80］欧阳友权：《数字化语境中的文艺学》，中国社会科学出版社2005年版。

［81］潘知常、林玮：《大众传媒与大众文化》，上海人民出版社2002年版。

［82］潘知常、林玮主编：《传媒批判理论》，新华出版社2002年版。

［83］蒋原伦：《媒体文化与消费时代》，中央编译出版社2004年版。

［84］金惠敏：《媒介的后果》，人民出版社2005年版。

［85］蒋晓丽、石磊：《传媒与文化——文化视角下的传媒研究》，华夏出版社2008年版。

［86］蒋荣昌：《消费社会的文学文本：广义大众传媒时代的文学文本形态》，四川大学出版社2004年版。

［87］陈晓明：《表意的焦虑：历史祛魅与当代文学变革》，中央编译出版社2002年版。

［88］陈定家：《比特之境——网络时代的文学生产研究》，中国社会科学出版社2011年版。

[89] 张邦卫：《媒介诗学导论——传媒视野下的文学与文学理论》，博士学位论文，浙江大学，2005年。

[90] 张邦卫：《媒介诗学——传媒视野下的文学与文学理论》，社会科学文献出版社2006年版。

[91] 蒋述卓、李凤亮主编：《传媒时代的文学存在方式》，广西师范大学出版社2010年版。

[92] 杨守森等著：《数字化时代与文学艺术》，齐鲁书社2010年版。

[93] 赵勇：《大众媒介与文化变迁：中国当代媒介文化的散点透视》，北京大学出版社2010年版。

[94] 周海波：《传媒时代的文学》，人民文学出版社2007年版。

[95] 周海波：《现代传媒视野中的中国现代文学》，中华书局2008年版。

[96] 王烨：《新文学与现代传媒》，学林出版社2008年版。

[97] 单小曦：《现代传媒语境中的文学存在方式》，中国社会科学出版社2008年版。

[98] 刘茂华：《媒介化时代的文学镜像》，武汉出版社2010年版。

[99] 孙绍先主编：《文学艺术与媒介关系研究》，中国社会科学出版社2006年版。

[100] 钟琛：《当代文学与媒介神话——消费文化语境中的"文学媒介事件"研究》，华夏出版社2008年版。

[101] 路善全：《中国传媒与文学互动研究》，中国社会科学出版社2007年版。

[102] 陈伟军：《传媒视域中的文学——建国后十七年小说的生产机制与传播方式》，广西师范大学出版社2009年版。

[103] 孟繁华：《坚韧的叙事——新世纪文学真相》，福建教育出版社2008年版。

[104] 孟繁华：《文学革命终结之后——新世纪文学论稿》，现代出版社2012年版。

[105] 周立民：《精神探索与文学叙述——新世纪文学论稿》，广西师范大学出版社2008年版。

[106] 彭青：《新世纪文学视野中的"三农"》，中国社会科学出版社2012年版。

[107] 贺仲明：《一种文学与一个阶层：中国新文学与农民关系研究》，人民

出版社 2008 年版。

[108] 申霞艳：《消费、记忆与叙事——新世纪文学研究》，中国社会科学出版社 2011 年版。

[109] 杨剑龙等：《新世纪初的文化语境与文学现象》，中央编译出版社 2012 年版。

[110] 欧阳文风：《短信文学论》，中国社会科学出版社 2011 年版。

[111] 欧阳文风：《博客文学论》，中国文史出版社 2008 年版。

[112] 苏晓芳：《网络与新世纪文学》，中国社会科学出版社 2011 年版。

[113] 苏晓芳：《新世纪小说的大众文化取向》，中国社会科学出版社 2009 年版。

[114] 马季：《读屏时代的写作——网络文学 10 年史》，中国工人出版社 2008 年版。

[115] 张丽军：《谔谔之声——关于新世纪文学的理性思考》，中国社会科学出版社 2011 年版。

[116] 房伟：《中国新世纪文学的反思与建构》，中国社会科学出版社 2012 年版。

[117] 王绯：《21 世纪新媒体与文学发展》，社会科学文献出版社 2012 年版。

[118] 黎杨全：《数字媒介与文学批评的转型》，上海三联书店 2013 年版。

[119] 周娜：《边缘化文学风景——新世纪文学热点览要》，电子科技大学出版社 2011 年版。

[120] 葛娟：《亚文学生产与消费研究》，人民出版社 2013 年版。

[121] 韩晗：《新文学档案 1978——2008》，电子工业出版社 2011 年版。

[122] 范国英：《新时期以来文学制度研究——以茅盾文学奖为中心的考察》，巴蜀书社 2010 年版。

[123] 雷达主编：《新世纪小说概观》，北岳文艺出版社 2014 年版。

[124] 王先霈主编：《新世纪以来文学创作若干情况的调查报告》，春风文艺出版社 2006 年版。

[125] 白烨主编：《2005 年中国文坛纪事》，文化艺术出版社 2006 年版。

[126] 白烨主编：《中国文情报告（2007－2008）》，社会科学文献出版社 2008 年版。

[127] 白烨主编：《中国文情报告（2008－2009）》，社会科学文献出版社 2009 年版。

[128] 白烨主编：《中国文情报告（2009—2010）》，社会科学文献出版社 2010 年版。

[129] 李建军主编：《十博士直击中国文坛》，中国工人出版社 2004 年版。

[130] 管宁主编：《传媒时代的文学书写》，江苏大学出版社 2010 年版。

[131] 陈定家选编：《身体写作与文化症候》，中国社会科学出版社 2011 年版。

[132] 陈定家选编：《审美现代性》，中国社会科学出版社 2011 年版。

[133] 彭亚非选编：《读图时代》，中国社会科学出版社 2011 年版。

[134] 刘方喜选编：《消费社会》，中国社会科学出版社 2011 年版。

[135] 王德领：《重读八十年代——兼及新世纪文学》，学苑出版社 2009 年版。

[136] 李洁非、杨劼：《共和国文学生产方式》，社会科学文献出版社 2011 年版。

[137] 王本朝：《中国当代文学制度研究》，新星出版社 2007 年版。

[138] 李春雨：《出版文化与中国文学现代转型》，北京语言文化大学出版社 2011 年版。

[139] 张捷鸿：《大众文化的美学阐释》，中国海洋大学出版社 2006 年版。

[140] 李红秀：《新时期的影像阐释与小说传播》，四川大学出版社 2007 年版。

[141] 王德胜：《视像与快感》，安徽教育出版社 2008 年版。

[142] 李明德：《仿像与超越——当代文化语境中的文学期刊》，中国社会科学出版社 2007 年版。

[143] 毛凌滢：《从文字到影像——小说的电视剧改编研究》，四川大学出版社 2009 年版。

[144] 高字民：《从影像到拟像——图像时代视觉审美范式研究》，人民出版社 2008 年版。

[145] 高燕：《视觉隐喻与空间转向——思想史视野中的当代视觉文化》，复旦大学出版社 2009 年版。

[146] 李显杰：《电影修辞学：镜像与话语》，文化艺术出版社 2005 年版。

[147] 张冲主编：《文本与视觉的互动——英美文学电影改编的理论与应用》，复旦大学出版社 2010 年版。

[148] 中国知网：http://www.cnki.net/

[149] 中国作家网：http://www.chinawriter.com.cn/

[150] 中国文学网：http://www.literature.org.cn/

后 记

当窗外的秋风秋雨掠过水乡江南、人间天堂之际，我之关于"传媒语境中新世纪文学的转型研究"似乎也到了一个该中途栖憩的驿站。一分耕耘，一分收获，十多年植根于传媒与文学的探究，虽有种种纷繁俗事和行政事务的干扰与分心，却也在时断时续与步履蹒跚中挣扎前行、艰难繁衍，取得了一份又一份令自己心慰与心安的小小成果。在2006年8月出版了《媒介诗学——传媒视野下的文学与文学理论》之后，《大众媒介与审美嬗变——传媒语境中新世纪文学的转型研究》全部书稿的完成，不禁让我有一种如释重负的感觉，这意味着属于我的"传媒与文学研究"又多了一块可以承接过去、赓续未来的砖石。

事实上，在当今的文学研究领域中，"传媒与文学研究"是一个值得全身心投入的热点，"传媒与新世纪文学研究"是一个值得深入探究的焦点，"传媒与新世纪文学的转型研究"更是一个值得真诚正视的顶点。不管新世纪文学这个命题的科学性到底如何，也不管新世纪文学这个命题到底是真命题还是假命题，事实上新世纪文学就以以它的存在、发展、勃兴与繁荣不断地诠释着新世纪文学的内涵与外延。从理论上说，任何一种文学现象的命名，都有着其不可避免的局限性，外在的命名与内在的张力总是存在着一种无法逾越的距离，这也就是语言符号难以将历史上、现实中的文学现象言说至尽的缺陷。从这个角度来讲，从时间之维来对过去、现在或将来的文学现象进行命名，也许是一种最为科学、最为合理的命名方式。与20世纪中国文学相对照，或者是一种顺理成章的延续与延宕，我们将走过千禧之年的中国当下文学称之为新世纪文学，也未尝不是一种明智的抉择。不管我们承认与否，新世纪文学就存在那里，在赓续20世纪中国文学的同时，也在以标新立异的文学行动修正着20世纪中国文学并创造着属于它自己的内容与形式。

时至今日，新世纪文学已经走过了十五个年头，并以2012年莫言获诺贝尔文学奖而似乎达到了一个顶点，但也似乎预示新世纪文学也走到了一个新

后 记

的拐点。与20世纪中国文学相比，新世纪文学的语境至少涵括市场化、消费社会、高科技、网络、图像等，这些似乎又可以概括为现代传媒霸权化之后所生成的、无处不在的媒体化语境。栖身于媒体化语境中的新世纪文学，不仅有着属于它自己的文化语境，也有着属于它自己的文学生态，还有着不可回避、不可忽视的文学趋势与转型。这本小书，并不是对新世纪文学的总体性概括与全景呈现，而是着眼于鲜活的文学现象，采用比较的方法对新世纪文学的形态、功能、属性、机制、场域、媒介、话语、价值、作用、视野、质素等进行反思，从而简要勾勒出新世纪文学的脉络与路径，粗略梳理出媒体化语境中新世纪文学转型的框架与规律。当然，所有这些都是不成熟、不完善的，更成熟、更完善的宏著力作有待于后来者的深思熟虑与深耕细耘，但这已超出了我的学识与能力。我知道，在新世纪文学的研究领域，在传媒与新世纪文学的研究领地，我只是一个满怀热爱与激情的普通参与者。

本书是我主持的教育部人文社会科学项目《现代传媒与新世纪文学的转型研究》（编号：07JC751019）、浙江省社科联研究课题年度课题《媒体化语境下新世纪文学的转型研究》（编号：2009N30）、湖南省高等学校科学研究青年项目《传媒视野下新世纪文学的价值体系研究》（编号：08B002）的最终成果，也是我主持的国家社会科学基金一般项目《媒体化语境下新世纪文学的转型研究》（批准号：10BZW103）的阶段性成果。本书既是浙江省省级重点学科"戏剧戏曲学"的成果之一，也是浙江传媒学院校级重点学科"中国语言文学（文化与传播）"的成果之一。

在此，我衷心地感谢给我提供优质学术环境的奚建华先生、彭少健先生、项仲平先生、詹成大先生、王挺先生，郑重地感谢我的博士生导师徐岱先生及一直扶持我的张炯先生、季水河先生、谌东飚先生，永久地感谢和怀念不幸因病于2013年7月仙逝的大师兄叶世祥先生。我还要感谢给我提供部分资料搜集、调研报告的四川大学商学院的张玉伴、浙江传媒学院文学院的王晨曦、陈郑予、魏鑫磊、王克娜等五位同学。

是为之记。

张邦卫

2015年11月8日于杭州·云水苑